JOSEPHINE MOON

Das Schokoladenversprechen

GOLDMANN
Lesen erleben

Buch

Seit drei Jahren verkauft Christmas Livingstone in der *Schokoladen-apotheke* selbst gemachte Köstlichkeiten, denen manche sogar Heilkräfte zuschreiben. Sie liebt ihr geordnetes, überschaubares Leben und genießt es, die Menschen mit ihren Kreationen jeden Tag ein wenig glücklicher zu machen. Doch dann sorgen unvorhergesehene Ereignisse für Turbulenzen. Ihre beste Freundin hat Christmas heimlich für ein Stipendium in Frankreich angemeldet – für einen Kurs bei dem so berühmten wie exzentrischen französischen Chocolatier Maître Le Coutre. Doch noch bevor Christmas sich überlegen kann, das Stipendium anzutreten, platzt ein junger Mann in ihr Leben: Lincoln van Luc, ein Botaniker mit strahlend blauen Augen. Lincoln arbeitet an einem Buch über Kakao und könnte dabei etwas Hilfe gebrauchen. Am besten von jemandem, der etwas von Schokolade versteht, sich der Materie aber von einer anderen Seite nähert. Jemand wie Christmas …

Dass es bereits bei ihrem ersten Zusammentreffen gefunkt hat, will Christmas sich nicht eingestehen. Schließlich wäre das gegen ihre wichtigste Lebensregel: *Keine romantischen Beziehungen!* Aber vielleicht sind manche Regeln einfach dazu da, um gebrochen zu werden …

Autorin

Die Australierin Josephine Moon hat sich ihren Traum vom Leben als Schriftstellerin erst nach einigen Umwegen erfüllt. Sie arbeitete in unzähligen Jobs, wobei ihre längsten Anstellungen zwischen drei und vier Jahren währten – als Lehrerin und als Lektorin. Außerdem gründete und leitete sie eine Pferderettungsstation in Queensland, liebt Tiere, und zu den Höhepunkten ihres Lebens zählt, dass sie einmal im Meer vor Tonga mit Buckelwalen schwimmen durfte. Josephine schreibt am liebsten Geschichten, die etwas mit Essen zu tun haben, und hofft, dass ihre Romane auch Seelennahrung sind. Hätte sie geahnt, dass sie einen der Recherche dienenden High Tea von der Steuer absetzen kann, hätte sie sich diesen Themenbereich schon viel früher gesucht. Josephine Moon lebt mit ihrem Mann, ihrem Sohn und diversen Tieren an der Sunshine Coast in Queensland, Australien. Sie ist überzeugt, den schönsten Beruf der Welt zu haben.

Josephine Moon

Das Schokoladenversprechen

Roman

Aus dem Englischen
von Ulrike Laszlo

GOLDMANN

Die Originalausgabe erschien 2015 unter dem Titel
»The Chocolate Promise« bei Allen & Unwin, Australien

Der Roman erschien in England unter dem Titel
»The Chocolate Apothecary«
bei Allen & Unwin, c/o Atlantic Books, London

1. Auflage
Deutsche Erstausgabe Februar 2017

Umschlaggestaltung: UNO Werbeagentur, München
Umschlagfoto: Kai Schwabe/Westend61/Corbis
Redaktion: Friederike Arnold
AB · Herstellung: Str.
Layout: Rebecca Notter
Kapitelvignette: shutterstock
Satz: DTP Service Apel, Hannover
Druck und Bindung: GGP Media GmbH, Pößneck
Printed in Germany
ISBN 978-3-442-48533-8
www.goldmann-verlag.de

Besuchen Sie den Goldmann Verlag im Netz

Für meinen Dad Brian und meine Stiefmutter Pamela,
die mir so viel von Tasmanien gezeigt haben.
Ich möchte die vielen Familienerinnerungen aus dieser Zeit
nicht missen.

1

Christmas Livingstones zehn wichtigste Regeln für ein glückliches Leben

1. Tu, was du liebst, und liebe, was du tust.
2. Lass dich niemals von Hunger quälen.
3. Es gibt fast nichts, was sich nicht mit Schokolade verbessern ließe.
4. Nutze jeden Tag alle deine fünf Sinne.
5. Teile deine Freude mit anderen, umso stärker wirst du sie empfinden.
6. Eine Massage ist kein Luxus, sondern eine Notwendigkeit.
7. Frage dich, was Oprah tun würde.
8. Dein Schicksal ist nicht vorbestimmt, es liegt in deiner Hand.
9. Hör niemals auf zu suchen.

   Und das Wichtigste:

10. Keine romantischen Beziehungen!

Es war Donnerstag, genau gesagt Gründonnerstag – der Tag vor dem langen Osterwochenende, an dem am Samstag die Gartenausstellung in Evandale stattfinden würde –, und in der *Schokoladenapotheke* war die Hölle los. An Ostern, am Valentinstag und am Muttertag lief das Geschäft am besten, und in diesem Jahr wurde der Muttertag schon eine Woche nach Ostern gefeiert.

Cheyenne und Abigail arbeiteten im Laden; sie verkauften und bedienten, als hinge ihr Leben davon ab, und trugen Silbertabletts hin und her, schwer beladen mit heißer Schokolade, Mokka, Teekannen, Apfelkuchen mit Schlagsahne, Schokoladenfondants, mit Schokolade überzogenen Himbeeren, Brownies und Pralinen. Biscotti. Makronen. Baiser. Der Duft all dieser Köstlichkeiten vermischte sich zu einem magischen, berauschenden Parfum und drang hinaus auf die Straße, wo einige Leute wie hypnotisiert stehen blieben und dann den Laden betraten.

In den Osterferien waren immer viele Besucher in der Stadt, und anscheinend fanden sich alle irgendwann in Christmas Livingstones stattlichem georgianischem Haus ein, um dem wechselhaften Wetter zu entfliehen. Sie stand in der Küche, hinter den Schwingtüren, wischte sich die Hände an der Schürze ab und spähte in den Laden. An dem langen Gemeinschaftstisch in der Mitte des Lokals war kein Platz mehr frei, und die Gäste unterhielten sich lautstark miteinander.

Sie würde die ganze Nacht brauchen, um die Schokoladenwaren und das Gebäck, das heute verzehrt wurde, morgen wieder anbieten zu können. Vielleicht sollte sie sich Hilfe holen. Aber wen? Sie konnte wohl kaum von Cheyenne oder Abigail erwarten, dass sie nach ihrer Tagesschicht noch bis spät in die Nacht blieben. Vielleicht ihre Schwester? Val konnte zwar nicht kochen und verstand auch nichts davon, wie man Schokolade temperierte, verarbeitete und anschließend verzierte, aber sie war wunderbar pragmatisch. Sie würde abspülen, sauber machen, kehren und Regale einräumen. Und sie würde Christmas bei Laune halten, wenn sie erschöpft war. Aber Val musste sich um ihren Mann und ihre drei Jungen kümmern.

Also blieb eigentlich nur Emily übrig. Sie arbeitete zwar heute, aber sie hatte sicher nichts dagegen, sich die Nacht um die Ohren zu schlagen. Christmas musste es ihr nur als eine Art Pyjama-Party verkaufen, wie sie es aus ihrer Kindheit kannten, und sie mit einem Glas Sekt locken, dann würde sie bestimmt kommen. Das war eines der Dinge, die sie an Emily so mochte – sie war immer hilfsbereit.

Christmas zog ihr Telefon aus der Tasche und zögerte einen Moment. Sie bat nicht gern jemanden um einen Gefallen, selbst wenn sie mit einer positiven Reaktion rechnete. Aber der Kundenstrom ließ nicht nach und schien sogar noch stärker zu werden.

»Tu es einfach«, befahl sie sich und tippte eine SMS.

Emily antwortete sofort. *Natürlich. Das kommt genau zur richtigen Zeit! Ich habe eine tolle Überraschung für dich. Kann es kaum erwarten!!!*

Eine Überraschung? Christmas konnte sich beim besten Willen nicht vorstellen, was das sein sollte. Und sie kam auch nicht länger dazu, darüber nachzudenken, denn soeben hielt der Paketbote mit quietschenden Reifen am Zaun vor der Eingangstür.

»Ausgezeichnet«, sagte sie laut. Sie schob die Schwingtüren zum Laden auf, wich einem kleinen Jungen aus, der einen Spielzeugzug über den Boden schob, und ging um die Rollatoren neben den kleinen runden Tischen herum, an denen einige ältere Gäste vor ihren heißen Getränken saßen. Sie hatte vorsichtshalber per Express ein paar Kilo Kakaobutter bestellt, und nun war sie ausgesprochen froh darüber. Rasch sprang sie die beiden letzten Stufen vor dem Eingang hinunter und begrüßte den Paketboten, der bereits eine Kiste mit der Aufschrift *Achtung: schweres Paket* aus seinem Lieferwagen hievte. Nachdem er es auf den Boden gestellt hatte, holte er die Lieferpapiere und den elektronischen Scanner hervor, auf dem sie unterschreiben musste.

Gordon Harding sauste auf seinem Hochrad vorbei, den Kopf zum Schutz gegen den Wind tief gesenkt und wegen der Kälte die Weste bis oben zugeknöpft. Sie winkte ihm fröhlich zu. Das war eines der Dinge, die ihr am Leben in Evandale so sehr gefielen – die Hochräder, die aus einer anderen Zeit stammten, aber dem Fortschritt und der Technologie trotzten und auf den Straßen immer noch nostalgischen Charme versprühten.

»Hier unterschreiben.« Der Paketbote hielt ihr das klobige Gerät und den elektronischen Stift entgegen. Sie kritzelte ihre Initialen auf das Display, bedankte sich und wartete, ob er ihr anbieten würde, die Kiste in den Laden zu tragen – vergeblich. Nachdem er in seinem Wagen davongebraust war, überprüfte sie das Gewicht. Auf dem Aufkleber waren fünfzehn Kilo angegeben. Sie war stark genug, um es hochzuheben, aber sie trug einen Rock, daher war es nicht so einfach, ihre Beine in die richtige Position zu bringen. Und die Kiste war groß und die Kartonverpackung glatt. Sie hob sie ein kleines Stück an, bevor sie ihr entglitt und mit einem dumpfen Aufprall wieder auf dem Gehsteig landete. Peinlich berührt, aber auch in der Hoffnung, dass ihr jemand zu Hilfe kommen würde, warf sie einen Blick in den Laden. Abigail und Cheyenne waren jedoch beide beschäftigt, und die meisten der männlichen Gäste waren älter als ihr früherer Stiefvater Joseph.

Sie dachte nach, als ein orangefarbenes Taxi an der Stelle hielt, wo soeben noch der Paketwagen gestanden hatte. Durch das Fenster sah sie, wie ein Mann dem Fahrer einige Scheine in die Hand drückte. Dann stieß er die Tür auf, stieg aus und zog einen abgewetzten Reiserucksack hinter sich her, der schon bessere Tage gesehen hatte und jeden Augenblick aus allen Nähten zu platzen drohte. Der Mann richtete sich auf, zog den Schulterriemen einer Laptoptasche zurecht und schlug die Tür zu. Das Taxi brauste los.

Er trug einen dunklen Bart, der zwar zerzaust und ein wenig ungepflegt war, aber auch urwüchsig und anziehend wirkte. Aber es war das Lächeln, bei dem seine atemberaubend blauen Augen aufleuchteten, das Christmas beinahe umwarf. Ihr verschlug es den Atem, und einen Moment lang war sie sprachlos und starrte ihn nur stumm an.

»Hi. Ist das der Schokoladenladen?« Er ließ seinen Rucksack auf dem Gehsteig stehen, kam auf sie zu und spähte durch das Fenster. »Ich habe am Flughafen einen Werbeprospekt gefunden. Kaum zu glauben, dass ich noch nie hier war.«

Christmas fand endlich ihre Sprache wieder. »Sie leben hier?« Okay, das klang nicht sehr einfallsreich, aber es war besser, als ihn weiterhin wortlos anzustarren.

Er drehte sich immer noch lächelnd zu ihr um. Sein Hemd steckte nur auf einer Seite in der Hose und hing auf der anderen heraus, und aus irgendeinem Grund bekam Christmas bei diesem Anblick weiche Knie. »Ich komme aus Tasmanien, aber ich habe in den letzten Jahren meistens in Übersee gearbeitet und zwischen meinen Aufträgen hier im Haus meiner Großmutter gewohnt.«

»Ich habe meinen Laden vor drei Jahren eröffnet.«

»Das ist *Ihr* Geschäft? Großartig. Vielleicht können Sie mir helfen, Schokolade für meine Großmutter auszusuchen. Sie lebt in einem Altenheim und ist ganz verrückt nach Süßigkeiten. Hier oben«, er tippte sich gegen die Stirn, »ist noch alles bestens, aber ihr Körper lässt sie im Stich. Ich bin auf dem Weg zu ihr. Und außerdem habe ich großen Hunger, also dachte ich, ich könnte hier auch eine Kleinigkeit essen.«

Christmas wusste nicht, wohin sie den Blick richten sollte.

Sie konnte ihn nicht länger anschauen, denn seine Gegenwart löste merkwürdige Reaktionen in ihr aus. Ihn umgab eine gewisse Aura, die sie beinahe magnetisch anzog. So etwas hatte sie schon seit Langem nicht mehr gespürt – wenn überhaupt schon jemals zuvor.

Und das war nicht erlaubt. Die Regel Nummer zehn lautete: *Keine romantischen Beziehungen!*

Das ging gar nicht.

»Kommen Sie herein, wir werden sicher etwas für Sie finden«, murmelte sie mit gesenktem Kopf und marschierte zur Eingangstür.

»Warten Sie, ist das Ihre Kiste?«

Als sie sich umdrehte, hatte er die Kiste bereits auf die Schulter gehievt wie ein Gnu, das er soeben erlegt hatte und nun zur Zubereitung einer Mahlzeit nach Hause trug.

»Ja. Danke.«

»Ich bin übrigens Lincoln.« Er folgte ihr in den Laden, bahnte sich den Weg an den Tischen und Schaukästen vorbei hinter die Theke und durch die Schwingtüren in die Küche.

»Es tut mir leid, dass es hier so unordentlich aussieht.« Christmas ließ den Blick über die mit Schokolade verschmierten Arbeitsflächen gleiten. Auch an den Kühlschranktüren und am Boden waren Spuren von Schokolade. Eigentlich sah der gesamte Raum so aus, als hätte sich hier ein Graffitikünstler ans Werk gemacht – allerdings mit leckerer Schokolade.

»Ich komme gerade aus dem südamerikanischen Dschungel. Glauben Sie mir, hier herrscht keine Unordnung. Wo soll ich die Kiste hinstellen?«

»Wie? Oh! Irgendwo auf die Arbeitsfläche. Danke.«

Lincoln stellte die Kiste mit einem dumpfen Aufschlag ab. Dann blieb er ruhig stehen und lächelte sie an, als würde er auf etwas warten.

Sie trat von einem Fuß auf den anderen und kratzte mit dem Fingernagel einen Schokoladenfleck von der Arbeitsplatte. »Sind Sie Musiker?«, fragte sie, weil er zuvor von seinen Aufträgen gesprochen hatte.

»Botaniker. Aber das wäre eine gute Alternative, falls ich mal einen neuen Job brauchen sollte.«

Fasziniert von seinen Augen schwieg sie einen Moment lang. »Danke fürs Reintragen. Und nun kümmern wir uns um Schokolade für Sie. Und sollten Sie nicht Ihren Rucksack holen?« Ihr war plötzlich eingefallen, dass er sein Gepäck auf dem Gehsteig zurückgelassen hatte.

Lincoln zuckte die Schultern. »Schon in Ordnung.«

Christmas wünschte, ihr Herz würde nicht so heftig pochen. »Also ...?«

»Sie haben mir Ihren Namen noch nicht verraten.« Er legte die Hand auf ihren Arm, und ein Stromschlag durchfuhr sie, als hätte er einen Nerv berührt. Flirtete er etwa mit ihr? Das war unglaublich. Niemand flirtete mit ihr. Nicht hier in dem alten, verschlafenen Städtchen Evandale. Hier fühlte sie sich sicher vor romantischen Verstrickungen. Bei nur eineinhalbtausend Einwohnern gab es einfach nicht genug Leute für eine Romanze.

»Christmas Livingstone«, erwiderte sie so sachlich wie möglich.

Er stieß einen Pfiff durch die Zähne aus. »Das gefällt mir.«

Meine Güte, sie musste diese Situation beenden. »Kommen Sie, wir sollten schnell etwas zu essen für Sie und Schokolade für Ihre Großmutter besorgen, bevor nichts mehr übrig ist. Heute herrscht großer Andrang. Sie wollen doch nicht leer ausgehen.« Sie drehte sich auf dem Absatz um und marschierte in den Laden, ohne einen Blick zurückzuwerfen. Allerdings versuchte sie zu erspüren, wie nah er hinter ihr war und ob er vielleicht gegen sie prallen würde, wenn sie abrupt stehen blieb.

Nicht dass sie das tun würde.

Zumindest nicht mit Absicht.

Die Regeln, rief sie sich ins Gedächtnis. Die Regeln waren zu ihrem Schutz gedacht. Sie hatten ihr gute Dienste geleistet und sie in den letzten drei Jahren auf Kurs gehalten. Jetzt war nicht der passende Zeitpunkt, um sie zu missachten. Sie musste sich zusammenreißen.

Emily traf nach Ladenschluss ein, zupfte sich einige Herbstblätter aus den langen, zerzausten Haaren und schniefte, als wäre sie erkältet. Aber sie lächelte.

»Bist du krank?«, erkundigte sich Christmas, stapelte einige Schüsseln und Teigspateln in die Spüle und drehte den Wasserhahn auf.

Emily schniefte noch einmal, hängte ihre Handtasche an den Kleiderhaken neben der Tür und zog ihre Lederjacke aus. »Ich glaube, ich habe Heuschnupfen. Kann man den auch im Herbst kriegen?«

»Den kann man sich zu jeder Jahreszeit einhandeln. Vielen Dank, dass du gekommen bist. Du hast etwas gut bei mir.« Christmas ging zum Kühlschrank und holte eine Flasche Sekt heraus.

»Unsinn. Betrachte es als Dankeschön für deine Hilfe an Neujahr bei meinem Umzug in das Reihenhaus.«

»Oh, ja.« Als Christmas an dem Korken drehte, löste er sich mit einem lauten Knall und flog an die Decke. »Das war wirklich harte Arbeit.« Sie lachte. Tatsächlich hatte sie eine Woche gebraucht, um sich davon zu erholen. Emily war eine unverbesserliche Sammlerin, und während die meisten Menschen einen Umzug als Gelegenheit ansahen, sich von einigen Dingen zu trennen, schien sie noch mehr gehortet zu haben. In ihrem Haus standen immer noch Dutzende Umzugskisten, die noch nicht ausgepackt waren.

Sie hoben die Gläser und stießen an. »Prost!«

»Also, worum geht es bei dieser Überraschung?« Christmas lehnte sich gegen die Arbeitsplatte. »Ich bin schon gespannt.«

Emilys Gesicht erhellte sich, und sie stieß einen quietschenden Laut aus. »Eigentlich wollte ich damit warten, bis wir mit unserer Arbeit fertig sind, aber das halte ich nicht aus.«

Sie stellte ihr Glas auf die Arbeitsfläche, holte ihre Handtasche und fischte ein Kuvert heraus. Dann drehte sie sich zu Christmas um und hielt es an den oberen Ecken hoch. »Du hast doch in letzter Zeit oft von Maître Le Coutre gesprochen.«

Christmas runzelte verwirrt die Stirn. Das hatte sie nicht erwartet. Maître Le Coutre war ein weltberühmter französischer Chocolatier, bekannt für sein großes Können, seine Exzentrik und seine jährlich stattfindenden Stipendiumkurse. Interessierte aus der ganzen Welt konnten sich dafür bewerben, eine Woche mit ihm zu verbringen und von seiner Größe zu profitieren. Seine Arroganz war unbeschreiblich, und der Kampf um eines dieser Stipendien uferte in Hysterie aus. Das Kursprogramm wechselte von Jahr zu Jahr, und keiner der Bewerber kannte es vorher. Ehemalige Teilnehmer berichteten von Dichterlesungen, Überraschungsflügen zu Kakaoplantagen in Afrika, Schlafentzug und nächtelanger Schokoladenverarbeitung, Lektionen über Opern und Zelten unter dem Sternenhimmel, bei dem Maître Le Coutre am Lagerfeuer dozierte und über den offenen Flammen in einem Topf geschmolzene Schokolade rührte; manche behaupteten sogar, sie hätten ihn während ihres Aufenthalts kein einziges Mal zu Gesicht bekommen. Er sei verrückt, sagten sie. Andere bezeichneten ihn als grausam. Viele hielten ihn für ein Genie. Aber nichts, was er tat, hielt die Leute davon ab, sich für seine Kurse zu bewerben. Je merkwürdiger er sich verhielt, umso mehr Anmeldungen gab es. Und da niemandem etwas Konkretes für diese Woche versprochen wurde und die Teilnehmer keine Gebühren zahlen mussten, konnte sich auch niemand wirklich beklagen. Er war ein Mysterium, und alle seine begeisterten Anhänger, einschließlich Christmas, hingen bei jedem seiner charismatischen Äußerungen hingebungsvoll an seinen Lippen.

»Ja, schon«, erwiderte sie vorsichtig und hörte plötzlich das Blut in ihren Ohren rauschen. Sie hatte oft mit Emily über ihn gesprochen und ihr die Zeitschriften gezeigt, in denen jedes Jahr die Anzeigen für die Stipendien abgedruckt wurden. Und sie hatten gemeinsam über Maître Le Coutres bizarres Verhalten gelacht.

»Und würdest du dorthin fahren?«, hatte Emily sie öfter gefragt. »Wenn du die Möglichkeit dazu hättest?«

Christmas hatte mit den Schultern gezuckt. »Klar, warum nicht?« Aber sie hatte sich nie ernsthaft darüber Gedanken gemacht, weil sie nicht vorhatte, sich für einen dieser Kurse zu bewerben. Ganz gleich, wie brillant Maître Le Coutre auch war – bei einer Reise nach Frankreich ging es nicht nur um berufliche Weiterbildung, sondern auch um etwas ganz Persönliches.

Emilys Augen leuchteten auf. »Du bist dabei«, flüsterte sie.

»Was?«

»Du hast einen Platz für den diesjährigen Stipendiumkurs!« Emily umarmte sie und drückte sie so fest, dass Christmas nach Luft schnappte.

»Oh, tut mir leid!« Emily trat lachend einen Schritt zurück und gab Christmas das Kuvert. »Lies!«

»Aber ich habe mich nicht dafür beworben.« Christmas starrte sie verblüfft und beunruhigt an.

»Das weiß ich. Ich habe in deinem Namen eine Bewerbung losgeschickt und einen langen Brief dazugelegt. Den zu verfassen hat eine Weile gedauert«, sagte Emily so atemlos, als koste sie selbst die Erinnerung daran einige Anstrengung.

»Was hast du denn geschrieben?«

Emily fuhr mit der Hand durch die Luft. »Oh, dies und das. Ich habe dich so oft darüber reden hören, dass du davon träumst, Schokolade als Medizin einsetzen zu können, da fiel es mir nicht schwer, deine Worte zu wiederholen.« Sie legte den Kopf zur Seite. »Das Bewerbungsformular ist seltsam. Sie scheinen nicht viel Wert darauf zu legen, ob man bereits Erfahrung mit der Herstellung und Verarbeitung von Schokolade hat, aber ich habe natürlich Fotos von deinen besten Stücken beigelegt«, versicherte sie Christmas rasch. »Aber vor allem habe ich über deine Leidenschaft für Schokolade und neue Erfahrungen damit berichtet.« Mit dramatischer Stimme fügte sie hinzu: »Du wirst nach Frankreich reisen! Endlich!« Emily umarmte Christmas noch einmal ungestüm.

Christmas war sprachlos. Nur eine Handvoll Bewerber pro Jahr ergatterten einen Platz in Maître Le Coutres Stipendiumkurs. Es wäre verrückt, dieses Angebot nicht wahrzunehmen. Aber der Kurs fand in Frankreich statt, einem unbekannten Land, von dem sie schon immer träumte, für das sie schwärmte und vor dem sie sich trotzdem fürchtete. Schon ihr ganzes Leben lang. Vor einigen Jahren war sie beinahe schon so weit gewesen, sich auf den Weg zu machen. Doch dann waren in Sydney die Ereignisse über sie hereingebrochen, und sie hatte diese Idee verworfen, ebenso wie ihre Träume von einer Liebesbeziehung und von Kindern. Sie hatte ihr Leben verändert, das nun beständig und vorhersehbar war.

Frankreich war die Heimat ihres Vaters, den sie nie kennengelernt hatte. Das Land lag auf der anderen Seite der Erde, und sie quälte sich seit Ewigkeiten mit dem Gedanken, es zu erforschen, und mit der Angst, wohin das führen könnte. In Anbetracht ihrer Vergangenheit und ihrer Familiengeschichte fiel ihr die Entscheidung nicht leicht, das Unbekannte in ihr perfekt geordnetes Leben zu lassen.

Aber jetzt, wo die Reise ihr praktisch aufgezwungen wurde, blieb ihr wohl nichts anderes übrig, als zumindest darüber nachzudenken.

2

Eine kleine Lektüre über Schokoladenmagie

Von Peter O'Donell

Ist Schokolade gut für Sie?
In der Schokoladenapotheke wird diese Frage mit einem eindeutigen Ja beantwortet. Christmas Livingstone, die Gründerin und Besitzerin des Ladens, geht sogar noch einen Schritt weiter. Für sie ist Schokolade nicht nur gut, sondern sogar ein Heilmittel. Von außen betrachtet könnte man glauben, dass es sich nur um einen der vielen Schokoladenläden mit Köstlichkeiten handelt, für die Tasmanien berühmt ist. Aber, wie der Name schon sagt, ist die Schokoladenapotheke viel mehr als nur ein reizendes, französisch angehauchtes Lädchen, in dem Eigenkreationen verkauft werden.
Dort findet man eine Fülle von zauberhaften Verführungen, mystische Weisheit und Heilmittel in der Form von zarter belgischer Schokolade und hausgemachten Rosenblätter-Baisers und köstlichem Tee und Kaffee.
»Ich möchte, dass meine Gäste das Gefühl haben, etwas Heilsames zu sich zu nehmen«, sagt Livingstone.
Diese Heilmittel werden nach einer »Schokoladen-Konsultation« verabreicht, bei der die verschiedenen Bestandteile der Schokolade und die botanischen Extrakte, die Livingstone damit kombiniert, auf das Wesen oder die Lebensumstände des Gastes zugeschnitten werden.

Mit der Schokoladenapotheke hat sich Ms Livingstone, eine ehemalige PR-Managerin in Sydney, die durch ihre stürmische Romanze mit Tennisspieler Simon Barton in die Schlagzeilen geriet, einen lang gehegten Wunsch erfüllt.
Ms Livingstone stammt aus Hobart, Tasmanien, und scheint sich hier in dem kleinen Städtchen Evandale gut eingelebt zu haben. Und das mit großem Erfolg. Ihr Terminkalender für private Schokoladen-Konsultationen ist fast jede Woche voll. Sie blüht auf, wenn sie das vollbringt, worauf ihr Name bereits hindeutet – ein kleines bisschen Magie.
Auf die Frage, was ihr den Antrieb dazu gibt, antwortet sie: »Eine der Regeln für mein Leben lautet, zu tun, was ich liebe, und zu lieben, was ich tue. Ich setze mir jeden Tag das Ziel, mich und andere Menschen glücklich zu machen. Das ist eine ungeheure Motivation. Wir leben in einer gestressten Gesellschaft und haben die Fähigkeit verloren, die einfachen Freuden des Lebens zu genießen, und besitzen oft nicht mehr die Weisheit, zu schätzen, wie wichtig sie sind. Kann es also einen schöneren Beruf geben?«
Nun ja, einen gäbe es da vielleicht noch: Ms Livingstone ist nicht nur die Eigentümerin einer Schokoladenapotheke, sondern sie hat auch noch eine Nische gefunden, in der sie als »gute Fee« tätig ist.
»Ich habe diese Website vor Jahren aus einer Laune heraus ins Netz gestellt. Zum Teil, um an einem Projekt zu arbeiten, das mir während einer schwierigen Änderungsphase in meinem Leben Kraft gab«, erklärt sie. »Schon bald wurde ich mit Anfragen überschüttet. Die Schokoladenapotheke verschlingt viel Zeit, daher kann ich mich nur um eine begrenzte Anzahl der Wünsche kümmern, was mir sehr leidtut. Einige Leute bezahlen mich für meine Dienste – zum Beispiel, wenn ich ihnen dabei helfe, eine Überraschungsparty auszurichten oder jemandem

anonym etwas Gutes zu tun –, und einige Wünsche erfülle ich unentgeltlich. Ich tue, was in meinem kleinen Rahmen möglich ist, aber mein Ziel ist es, mithilfe der zahlenden Kunden eine Assistentin in Teilzeit einzustellen, damit ich mehr Wünsche erfüllen kann. Es gibt so viele Menschen, die dringend Hilfe brauchen.«

Im Moment handelt es sich für Ms Livingstone nur um einen Nebenjob, der ihr jedoch sehr viel Freude bereitet. »Das macht mir großen Spaß«, sagt sie. »Und natürlich bekommt jeder als Dreingabe Schokolade geschenkt. Denn jeder Tag, der mit einem Stück Schokolade endet, ist ein guter Tag.«

Als Reisejournalist kann ich mich da nur anschließen. Also setzen Sie einen Besuch der Schokoladenapotheke ganz oben auf Ihre Liste, wenn Sie diesen wunderschönen Inselstaat bereisen.

Was: Die Schokoladenapotheke
Wo: Russell Street, Evandale, Tasmanien
Wann: Geöffnet dienstags bis sonntags von 9.00 – 16.00 Uhr
Anfahrt: Evandale liegt nur zehn Minuten mit dem Auto vom Flughafen Launceston entfernt.

Christmas wählte Peters Nummer.

»Christmas Livingstone, wie ich annehme.« Seine dröhnende, warme Stimme rief eine alte Sehnsucht in ihr wach.

»Ich habe gerade den Artikel in dem Bordmagazin gelesen, das du mir geschickt hast. Es war schon gestern in der Post, aber ich habe erst jetzt Zeit gefunden, es mir anzuschauen. Der Artikel ist wunderbar, vielen Dank. Es ist immer nervenaufreibend, wenn jemand etwas über mich schreibt; meistens kommt einiges nicht so richtig rüber. Aber dieser Artikel ist der beste, den ich bisher über die *Schokoladenapotheke* gelesen habe.«

»Traue niemals einem Journalisten«, erwiderte er. »Gerade du solltest das wissen.«

Sie hörte an seiner Stimme, dass er lächelte. Er fehlte ihr. Peter, beständig und zuverlässig – einer der wenigen Menschen, die wussten, warum sie Sydney vor drei Jahren verlassen hatte. Er war ein Journalist alter Schule, der schon längst hätte in Rente gehen können, für den das Leben jedoch noch viel zu aufregend war. »Du bist einfach genial und ein wirklich guter Freund. Ich sollte dir einen Anteil von dem zusätzlichen Gewinn abtreten, den dieser Artikel mir sicher bringen wird.«

»Unsinn. Gib es einem armen Kind, das dringend einen Teddybär braucht.«

»Was ist dein nächstes Reiseziel?«

»Kambodscha. Wie ich höre, soll es dort ausgezeichnete Nudelgerichte geben.«

»Viel Spaß, und iss eine Portion für mich mit.«

»Das werde ich machen.« Er lachte. »Mach's gut, Kleine.«

»Du auch. Und komm vorbei, wenn du wieder in Tasmanien bist.«

»Na klar.«

Sie legte lächelnd auf und steckte ihr Telefon in die Tasche ihrer blauen Schürze. Das Gespräch mit Peter hatte ihr den nötigen Auftrieb gegeben. Letzte Nacht hatte sie sich stundenlang Emilys begeisterte Ausführungen über das Stipendium in Frankreich angehört und versucht, Dankbarkeit und Begeisterung zu heucheln. In gewisser Weise empfand sie beides sogar, aber es war so überraschend gekommen, und sie hatte sich kaum auf ihre Arbeit konzentrieren können. Schließlich hatte sie sich bei Emily entschuldigt und ihr gesagt, dass sie nicht die halbe Nacht aufbleiben und sich mit ihr unterhalten könne, weil sie ein anstrengendes Wochenende vor sich habe. Emily hatte natürlich dafür Verständnis gezeigt, aber Christmas hatte danach etliche Stunden wach in ihrem Bett gelegen, auf Emilys tiefe Atemzüge von der Klappcouch auf der anderen Seite des Zimmers gelauscht und beunruhigt über eine Reise nach Frankreich nachgedacht.

Aber jetzt, aufgemuntert durch Peters Worte, sah sie sich in ihrem schönen Laden um und freute sich darüber, am Karfreitag allein hier zu sein und ihrer Fantasie freien Lauf lassen zu können. Ihr Blick blieb an dem Logo hängen.

In der Grundschule war es eine Zeit lang für die Mädchen in ihrer Klasse der letzte Schrei gewesen, einen Schwamm in schwarzen Kaffee zu tauchen und damit über ein weißes Blatt Papier zu streichen. Wenn die Flüssigkeit getrocknet war, zündeten sie ein Streichholz an und verkohlten die Ränder des Blatts. Der Geruch nach Kaffee und Rauch, den das Papier dann verströmte, war berauschend und gab Christmas das Gefühl, bereits erwachsen zu sein. Mit Tinte schrieben sie dann etwas auf das Blatt, um einen Brief aus alten Zeiten vorzutäuschen.

Die Erinnerungen daran hatten sie inspiriert, als sie das Logo für die *Schokoladenapotheke* entworfen hatte; das Ergebnis war ein tintenfarbenes Rechteck mit abgerundeten, schwarz umrandeten Ecken. Darüber stand in Schnörkelschrift *Die Schokoladenapotheke*. Darunter befand sich die Zeichnung einer Frau in einem viktorianischen Kleid auf einem Hochrad – ein Tribut an die Stadt, die für ihre jährlichen Hochradrennen bekannt war. Der Korb in der Hand der Frau quoll über von Kräutern und Blumen – ihre Heilmittel –, und ihr Haar fiel ihr locker über den Rücken und stand im scharfen Gegensatz zu ihrer steifen viktorianischen Kleidung. Trotz des strengen viktorianischen Stils harmonierte das Design mit dem georgianischen Gebäude, in dem ihr Geschäft lag.

Als Christmas den Laden entdeckt hatte, ragte aus dem überwucherten Rasen vor dem Gebäude ein Pfahl mit einem handgeschriebenen Schild, auf dem es hieß: *Vom Eigentümer zu verkaufen oder zu vermieten.* Sie hatte zwar während ihrer Tätigkeit in der Werbebranche genügend Geld beiseitegelegt, um eine Anzahlung zu leisten, aber ohne regelmäßiges Einkommen würde ihr die Bank keinen Kredit für einen Kauf bewilligen. Also einigte sie sich mit dem Besitzer auf einen Mietvertrag, der ihr die Möglichkeit zu einem Kauf offenließ, in der Hoffnung, den Laden eines Tages ihr Eigen nennen zu können. Deshalb waren solche Artikel wie der von Peter so wichtig für sie. Sie machte sich auf eine Durststrecke gefasst und durfte sich keine Fehler erlauben.

»Die meisten Geschäfte gehen im ersten Jahr pleite«, hatte ihre Mutter Darla wenig hilfreich verkündet, als Christmas ihr von der Eröffnung ihres Ladens erzählt hatte. »Na ja, ich denke eben praktisch«, hatte sie sich verteidigt, als sie Christmas' bestürzten Gesichtsausdruck bemerkt hatte.

Aber nach drei Jahren war Christmas immer noch hier.

Sie hatte von Anfang an gewusst, dass sie mit einem abwechslungsreichen Angebot aufwarten musste, wenn sie bestehen wollte, vor allem in diesem verschlafenen Städtchen abseits der Touristenpfade. Und sie konnte, obwohl ihr das am meisten am Herzen lag, ihren Lebensunterhalt nicht nur mit dem Verkauf von Schokolade verdienen. Hier konnte man sich in jedem örtlichen Supermarkt eine große Tafel Schokolade zu einem Fünftel des von ihr verlangten Preises kaufen. Deshalb musste sie die Kunden mit einem überwältigenden Sinneserlebnis anlocken. Sie nahm ein paar hübsche Nippsachen in ihr Sortiment auf und gab einigen anderen kleinen Geschäftsleuten aus der Gemeinde die Möglichkeit, ihre Waren an diesem schönen Ort zu verkaufen oder ihre

Dienstleistungen dort anzubieten. Nun stand in goldener Schrift an der Eingangstür: *Schokolade * Blumen * Haushaltswaren * Massage.*

Beim Renovieren des vorderen Raums in dem alten Gebäude hatte sie versucht, das Ursprüngliche der früheren Apotheke zu erhalten, aber gleichzeitig frischen Wind und französischen Charme hineinzubringen. Wegen der Vorschriften für den Denkmalschutz musste sie einige Anträge beim Gemeinderat stellen, bevor sie die massiven Holztüren am Eingang durch eine Glastür, die Passanten in den Laden locken sollte, ersetzen durfte. Eine Reihe von Lampen und zwei Kronleuchter sorgten nun für warmes Licht im Verkaufsraum.

Die alte Apothekerkommode mit vierundzwanzig Fächern aus dunklem Holz hatte sie hinter die Verkaufstheke gestellt. Einige der muschelförmigen Griffe aus Messing waren noch erhalten, andere im Laufe der Zeit durch silberfarbene Nachbildungen ausgetauscht worden. Auf die Kommode hatte sie drei hohe weiß getünchte Regale gestellt. Die Theke war mit einer Marmorplatte versehen, auf der man die verschiedenen Inhaltsstoffe mahlen, kleinhacken und mischen konnte, um sie dann in einem Mörser weiter zu zerkleinern. Hier stand auch eine Bank für die Kunden, die eine Schokoladen-Konsultation wünschten.

Auf dieser Bank hatte sie Tu Pham kennengelernt. Der Laden war erst seit wenigen Wochen geöffnet gewesen, und Christmas hatte hochfliegende Pläne über Schokolade als Heilmittel gehabt, ohne sich sicher zu sein, dass daraus etwas werden würde. Tu war in die *Schokoladenapotheke* gekommen, um sich von der guten Fee etwas für den dreizehnten Geburtstag ihrer Nichte zu wünschen.

Christmas hatte gerade eine Mousse gemacht. Sie fand es

sehr befriedigend, aus unappetitlichem Eiweiß und Zucker einen cremigen, luftigen und schneeweißen Schaum zu schlagen. Während Christmas mit dem Schneebesen hantierte, erzählte ihr Tu, dass ihre Nichte Lien bei ihr lebte, seit ihre Eltern vor fünf Jahren bei einem Autounfall ums Leben gekommen waren. Und als wäre das noch nicht schlimm genug, litt Lien auch noch unter juveniler Arthritis. Ihre Gelenke waren steif und geschwollen und schmerzten, sie hatte kräftezehrende Fieberschübe und fühlte sich oft unwohl und erschöpft. Sie war ein kluges Mädchen und ein großer Fan von irischem Tanz. Wenn ihre Medikamente gut anschlugen und ihre Arthritis unter Kontrolle war, nahm sie Tanzstunden.

Christmas hörte Tu mitfühlend zu und stellte sich einen Moment lang vor, wie ein vietnamesisch-australisches Mädchen begeistert einen irischen Tanz übte.

»Aber vor Kurzem hat sie einen Rückfall erlitten. Ihr Körper reagiert nicht mehr auf den Medikamentencocktail. Ich würde ihr sofort alle Schmerzen abnehmen, wenn ich das könnte.« Tu wischte sich eine Träne aus dem Augenwinkel.

Christmas schob Tu eine Kristallschale mit frisch zubereiteter Erdbeermousse hin, in die sie einen Tropfen ätherisches Geraniumöl gegeben hatte.

»Danke.« Tu nahm einen Silberlöffel und tauchte ihn in die schimmernde Mousse.

»Sicher fehlen ihr ihre Schulfreundinnen«, meinte Christmas. »Dreizehn ist ein schwieriges Alter.«

»Allerdings. Ihre beiden besten Freundinnen besuchen sie nach der Schule, aber sie ist völlig erschöpft. Depressiv. Und wer könnte das nicht nachvollziehen? Sie sollte jetzt eigentlich mit ihren Freundinnen abhängen, sich überlegen, was sie zum Schulball anziehen soll, und an Jungs denken.

Stattdessen ist sie fast ständig ans Bett gefesselt wie ein alter Mensch.«

Tu leckte den Löffel ab und riss begeistert die Augen auf. »Mmm! Das schmeckt hervorragend!«

»Danke. Es ist ein Experiment.«

»Nun, da spiele ich gern das Versuchskaninchen.«

Normalerweise hätte Christmas sich mehr über das Kompliment gefreut, aber sie musste an Lien denken. Das war nicht fair. Ein dreizehnjähriges Mädchen sollte nicht von solchen Schmerzen geplagt sein. Und sie war deprimiert. Christmas wusste nur zu gut, wie sehr eine Depression einen nach unten zog – man fühlte sich nur noch leer und verzweifelt. Schließlich schottete man sich von allem ab, bis das innere Feuer erlosch und einem alles zu viel wurde.

Eine Frau in einem hellgelben Anorak kam an die Theke und riss sie aus ihren Gedanken. »Bitte entschuldigen Sie mich einen Moment.« Christmas tätschelte Tus Hand.

Sie bediente die Kundin, legte ein Dutzend hausgemachter Pralinen in eine Schachtel und verschnürte sie mit einer Schleife. Als sie zurückkehrte, hatte Tu die Hälfte der Mousse verzehrt und wirkte viel fröhlicher.

»Das ist wirklich gut!«, schwärmte sie und fuhr mit dem Löffel durch die Luft.

»Warten Sie, ich gebe Ihnen etwas für Lien mit.« Christmas lief in die Küche, löffelte ein wenig von der Mousse in einen Kaffeebecher aus Pappe und verschloss ihn mit einem Deckel.

Sie ging durch die Schwingtüren zurück an der Theke. »Eine schönere Verpackung habe ich leider nicht gefunden.« Christmas reichte ihr den Becher.

»Das ist wunderbar. Sie wird sich sehr darüber freuen«, erwiderte Tu.

»Was kann ich tun, um Ihnen zu helfen?«

Tu wippte nervös und offensichtlich peinlich berührt mit dem Fuß. »Eine große irische Tanzgruppe ist im Augenblick auf Tour in Australien und wird nächste Woche in Hobart auftreten. Lien wird es sehr schwerfallen, sich den Auftritt anzuschauen, weil sie nicht gut sitzen kann. Aber wenn wir Eintrittskarten bekommen könnten, würden wir uns einen speziellen Rollstuhl leihen, ihr Wärme- und Stützkissen besorgen und uns um einen barrierefreien Zugang kümmern. Ich weiß, das ist viel verlangt, und wir bräuchten auch noch eine Übernachtungsmöglichkeit, weil die lange Autofahrt sehr anstrengend für sie sein wird …« Bei der Aufzählung all dieser Schwierigkeiten verdüsterte sich Tus Miene.

»Überlassen Sie das mir«, sagte Christmas. »Ich habe das Gefühl, dass das zu schaffen ist. Lien wird eine wunderbare Zeit haben. Ich werde versuchen, Eintrittskarten für sie und zwei ihrer Freundinnen und ein Hotelzimmer mit einem besonders weichen Bett zu bekommen.«

»Wirklich?« Vor Dankbarkeit wurden Tus Augen feucht.

»Na klar. Lien hat ein wenig Spaß verdient, und wir werden ihr das ermöglichen. Aber verraten Sie ihr noch nichts, für den Fall, dass es doch nicht klappt. Ich werde Sie anrufen, sobald ich mehr weiß. Und falls ihr die Mousse schmeckt, können Sie in der Zwischenzeit jeden Tag vorbeikommen und sich eine Portion davon abholen.«

Tu faltete die Hände, legte die Fingerspitzen an die Nase und starrte Christmas an, als könne sie ihr Glück kaum fassen. »Ich weiß nicht, was ich sagen soll. Vielen Dank.«

»Es ist mir ein Vergnügen. Und das meine ich ernst.«

Später an diesem Nachmittag hatte ihr Tu eine SMS geschickt und ihr mitgeteilt, dass Lien die Mousse sehr gut geschmeckt habe; sie sei plötzlich richtig gut aufgelegt gewesen. Seit sie sie gegessen habe, lächle sie und mache Witze. *Es muss eine Zauber-Mousse sein!*, hatte sie hinzugefügt.

Und Christmas, die gerade den Boden gefegt hatte, hatte innegehalten und sich auf ihren Besen gestützt, als ihr ein prickelnder Schauer über den Rücken gelaufen war.

Geraniumöl war dafür bekannt, eine beruhigende Wirkung auf das Nervensystem zu haben, die Stimmung zu heben, Hoffnung zu erwecken und Depressionen zu lindern. Zumindest hatte sie das gelesen. Konnte das Geraniumöl in der Erdbeermousse Liens Stimmung gehoben haben?

Ihr Herz klopfte heftig. Das war durchaus möglich. Und es gab etliche Forschungen über die gesundheitsfördernde Wirkung von dunkler Schokolade. Sollte beides der Wahrheit entsprechen, waren ihre Schokoladenkreationen vielleicht tatsächlich Heilmittel. Bisher hatte sie das für zu weit hergeholt gehalten, und dass ihre Mutter bei dieser Idee nur die Augen verdreht hatte, war nicht sehr hilfreich gewesen, aber vielleicht, nur vielleicht war doch was dran. Tus Rückmeldung hatte es auf jeden Fall bestätigt. Und von diesem Augenblick an hatte sie nur noch nach vorne geschaut.

Die Fahrt zu der Aufführung der irischen Tanztruppe war ein voller Erfolg gewesen. Tu, Lien und ihre Freundinnen hatten ein wunderschönes Wochenende in Hobart verbracht. Christmas hatte ihre Beziehungen aus der Zeit in der Werbebranche spielen lassen und mithilfe ihrer Freundin Mary Hauser, einer Journalistin, von der Tanzgruppe Gratistickets bekommen. Es war ihnen auch gelungen, ein Hotel für alle zu finden, und Lien hatte ein großes Bett gehabt, mit genügend Platz für die vielen, für sie nötigen Stützkissen. Am Tag nach ihrer Rückkehr hatten Tu und Lien Christmas besucht, und das Mädchen hatte vor Begeisterung gestrahlt. Schon bald darauf wurde Lien Christmas' Testesserin.

»Grässlich!«, erklärte sie, nachdem sie Christmas' deutsche Schokoladenmuscheln mit Kamille und Limette probiert hatte.

»Lien!«, rief Tu peinlich berührt. »Tut mir leid, Christmas.«

»Kein Problem. Es ist besser, wenn ich das von Lien zu hören bekomme als von einem zahlenden Kunden.« Christmas zwinkerte dem Mädchen zu.

Ungerührt griff Lien nach ihrem Stock, um sich aus dem Kühlschrank ein Glas Milch zu holen. »Vielleicht schmeckt es Schafen?«, frotzelte sie.

»Gute Idee. Ich werde den Rest zum Tierheim in Longford bringen.«

Tu reichte Christmas eine Schüssel mit Nudeln. »Bleibst du zum Abendessen?«

»Sehr gern.«

Lien zu helfen, war sehr rasch Christmas' Hauptmotivation geworden.

Regel Nummer eins: Tue, was du liebst, und liebe, was du tust.

Und Christmas liebte ihren Laden. Das bröckelige Mauerwerk und den alten Kamin, in dem sie kein Feuer machen konnte, weil das die Schokolade verderben würde. Sie war immer wieder begeistert von Cheyennes herrlichen Blumen, die neben dem Schokoladenschaukasten wie eine Pyramide aufgebaut waren und an einen farbenprächtigen, duftenden Wasserfall erinnerten. Und von dem Massageraum in der hinteren Ecke, einem heiteren kleinen Rückzugsort zur Heilung und Entspannung, wo Abigail jeden Tag Muskeln lockerte und Stress abbaute. (*Regel Nummer sechs: Eine Massage ist kein Luxus, sondern eine Notwendigkeit.*) Und sie liebte die Ecken und Winkel mit den Gartenkörben aus

Holz, den Weinfässern und den Brotkästen aus Metall, die handgemachten Seifen, die Flaschen mit Blütenwasser, die Keramikvögel, die Teekannen, den getrockneten Lavendel, die Blechdosen, die bezogenen Stühle, die Uhren, die Einmachgläser, die spitzenbesetzten Tischtücher.

Und genau deshalb sollte sie nach Frankreich fahren. Sie hatte einen ungewöhnlichen Berufsweg eingeschlagen. Er war ihr Leben, und sie wäre verrückt, wenn sie nicht fahren würde. Allerdings musste sie jegliche Gedanken oder Emotionen, die ihren Vater betrafen, aus ihrem Kopf verbannen und sich einfach nur auf die nackten Tatsachen konzentrieren: Dass sie nichts lieber tat, als Schokolade zu verarbeiten, und dass Maître Le Coutre ein virtuoser Chocolatier war.

Fahr nach Frankreich, befahl sie sich. Fahr nach Frankreich und vergiss deinen Vater.

3

Im Altenheim Green Hills in Oatlands wartete Elsa van Luc ungeduldig auf die Rückkehr ihres Enkels. Er war am Tag zuvor direkt vom Flughafen zu ihr gekommen, hatte aber sein Taxi auf dem Parkplatz warten lassen und war nur kurz bei ihr gewesen. Obwohl sie sich nichts lieber gewünscht hätte, als dass er länger blieb, hatte sie ihn nach Hause geschickt, damit er sich ausruhen konnte. Es gab nichts Schlimmeres als eine Großmutter, die zu sehr klammerte.

Sie hatte Lincoln bereits kommen gehört, bevor sie ihn sah, und ihr Herz hatte vor Freude schneller geschlagen. Vor der Tür ihres freistehenden Bungalows hatte er sie gerufen, aber ihre Antwort nicht abgewartet. Er war einfach hereingeplatzt, wie Hunderte Male zuvor, als er mit seinem Fahrrad zu ihrer Farm kam, um sie zu besuchen und mit ihr mit Rohzucker bestreuten Apfelkuchen zu essen. Gestern hatte er eine weiße Schachtel dabeigehabt.

Elsa hatte ihn nur an seiner Stimme und an seinem Lächeln erkannt – alles an ihm schien mit Haaren überwuchert zu sein.

»Hi, Nan.« Er beugte sich über ihren Rollstuhl, küsste sie auf die Wange und umarmte sie. Sein Bart kitzelte sie an der Nase.

»Meine Güte, wer besucht mich denn da? Ein Yeti?«

Er drückte ihr die Schachtel in die Hand, und sie umklammerte sie mit ihren gekrümmten Fingern, an denen die geschwollenen Knöchel stark hervortraten. Als sie den Duft nach Schokolade wahrnahm, hielt sie sich das Päckchen an die Nase, atmete tief ein und schloss genüsslich für einen Moment die Augen. Mit zweiundneunzig Jahren musste man jeden Augenblick auskosten, so gut es ging. Der Duft rief ihr die Erinnerung an die Zeit zurück, in der sie als junges Mädchen in einer vornehmen Konditorei gearbeitet hatte. Sie hatte ein weißes Spitzenhäubchen getragen und Silber polieren müssen und war den ganzen Tag ohne Pause auf den Beinen gewesen.

»Ich bin direkt hierhergekommen, mit einem kleinen Umweg über den Schokoladenladen.« Lincoln zog sich einen wuchtigen Stuhl an das Erkerfenster, wo sie in der vergangenen Stunde in dem Buch *Bis(s) zum Morgengrauen* gelesen hatte, dem aktuellen Werk von der Liste des Buchclubs. Lulu Divine, die im Bungalow neben ihr wohnte, war so empört über Elsas Wahl gewesen, dass Elsa ihre Stellung als Vorsitzende des Buchclubs in Gefahr sah. Lulu könnte bei der nächsten Wahl versuchen, sie zu stürzen. Sie konnte sich jetzt bereits gut vorstellen, wie Lulu eine gehässige Schmährede halten würde. Oh, diese Frau war wirklich eine Plage. Sie war früher Rodeoreiterin gewesen und auch jetzt immer noch ein sehr selbstbewusstes Mädchen (mit zweiundsiebzig war sie im Vergleich zu den anderen Bewohnern des Altenheims tatsächlich noch ein Mädchen), das mit achtzehn Jahren Australien verlassen und sich in Amerika dem harten Konkurrenzkampf im Rodeoreiten gestellt hatte. Für Bellas albernes, zimperliches Verhalten und ihre Opferrolle hatte sie sicher kein Verständnis. Nein, Lulu Divine würde dem Vampir Edward in null Komma nichts zeigen, wo er hingehörte.

Elsa hingegen hatte eine Schwäche für diesen Cullen-

Jungen entwickelt. Typisch für sie. Nichts hatte sich geändert. Manchmal wünschte sie sich, sie wäre in ihrer Jugend mehr wie Lulu gewesen. Ihr Ehemann Ebe war zwar kein Vampir gewesen, aber ein großes Kind, das niemals erwachsen wurde und keine Verantwortung übernehmen wollte. Ihm musste immer alles zufliegen. Harte Arbeit wurde in Ebes Augen gründlich überschätzt.

»Du sollst mir doch nichts mitbringen«, schalt sie ihren Enkel, aber sie wusste, dass Lincoln sie durchschaute und ihr den gespielten Vorwurf nicht abnahm. Sie hatte ihn schrecklich vermisst. »Und du hättest dich erst einmal zu Hause ausruhen sollen.«

Bei diesen Worten befiel sie plötzlich Heimweh, und sie dachte an das Haus, das sie in der Stadt gekauft hatte, als ihr die Farmarbeit nach Ebes Tod zu viel geworden war. Jetzt wohnte Lincoln während seiner kurzen Aufenthalte zwischen seinen Reisen dort. Es gefiel ihr, dass er einen Ort hatte, an den er zurückkehren konnte. Einen Ort, der nicht weit von ihr entfernt lag.

»Ich leide noch ein wenig unter Jetlag«, gab er zu. »Deshalb habe ich es nicht gewagt, selbst zu fahren. Im Geiste bin ich noch auf der anderen Seite der Erde.«

»Ich habe deine E-Mail bekommen«, sagte Elsa. »Was für ein Glück für mich, dass du dein Projekt ein wenig früher als erwartet abschließen konntest.« Sie kniff die Augen zusammen.

Er setzte sich und stützte die Arme auf die Oberschenkel. Dann richtete er seine blauen Augen auf sie, deren irisierende Farbe an die Federn eines Blauhähers erinnerten. Sie glichen Toms Augen, aber anders als bei seinem Vater wirkten sie nicht matt, sondern lebendig und interessiert. »Ja«, sagte er und beobachtete sie aufmerksam.

Eine Weile schauten sie sich an. Ohne Zweifel steckte Jenny dahinter.

»Ich nehme an, du bist eher zurückgekommen, weil deine Schwester dich darum gebeten hat«, sagte Elsa.

Er zögerte, als wolle er abwägen, wie viel er ihr verraten sollte. »Sie hat sich nicht ohne Grund Sorgen gemacht. Diese Schwester, wie heißt sie noch, Susan …?«

»Sarah.«

»Richtig, Sarah. Sie hat Jen in einer E-Mail mitgeteilt, dass sie sich Sorgen um dich mache.«

»Ach ja?« In Elsa flackerte kurz Ärger auf, der jedoch sofort wieder verflog. Ihre Lieblingskrankenschwester Sarah konnte in ihren Augen nichts verkehrt machen.

»Sie hat erwähnt, dass Dad Schwierigkeiten gemacht hat.« Lincoln versuchte offensichtlich, etwas aus ihr herauszubekommen. Viel schien er nicht zu wissen, aber er hatte wegen ihr seine Forschungsreise abgekürzt. Das war sehr schmeichelhaft. Aber wer sollte denn sonst vorbeikommen, wenn nicht er? Sie machte sich da keine Illusionen. Für Jenny war die Reise von Nord-Queensland mit dem jungen Nathan im Rollstuhl viel zu beschwerlich. Und was den Rest der Familie anbelangte: Elsas ältester Sohn Matthew war in Vietnam gefallen, ihr zweiter Sohn Jake war vor vierzig Jahren von Australien nach London ausgewandert, und ihr jüngster Sohn Tom war derjenige, der verrückt spielte.

»Also, wie geht es dir wirklich?«, fragte Lincoln ernst. Die Betroffenheit in seiner Stimme machte sie traurig. Er sollte sich nicht den Kopf wegen einer alten Frau zerbrechen.

Sie löste die Schleife an der Schachtel und las laut die Aufschrift auf dem sepiafarbenen Aufkleber vor. »*Die Schokoladenapotheke.* Ich glaube, von diesem Laden habe ich noch nie etwas probiert. Vielen Dank.«

»Gern geschehen. Aber versuch nicht, das Thema zu wechseln.«

Sie schluckte ihren Ärger hinunter. Die jungen Leute verstanden einfach nicht, dass es keinen Sinn hatte, Trübsal zu blasen und sich zu beklagen. Das änderte nichts, also sollte man damit nicht seine Zeit verschwenden. Stattdessen galt es, sich zu beschäftigen und immer wieder ein neues Ziel vor Augen zu haben, mochte es auch noch so unbedeutend sein. Selbst in ihrem Alter sollte man immer noch nach mehr streben. Tatsächlich war das lebenswichtig. Das sagte sie sich auch immer wieder, wenn sie voll Stolz ihren Namen am schwarzen Brett im Speisesaal las: *Vorsitzende des Buchclubs: Elsa van Luc, Wombat Bungalow.*

»Der Physio-Terrorist war diese Woche ganz begeistert von der Arbeit mit mir im Pool«, sagte sie fröhlich und versuchte, seine Bedenken zu zerstreuen. »Er sagte, es sei fantastisch, wie gut ich meine Hüften wieder bewegen kann. An Silvester werde ich einen Tanz an der Stange vorführen.«

»Diesen Partytrick würde ich zu gern sehen«, erwiderte Lincoln. Es war so leicht, ihn zufriedenzustellen.

»Hast du deinen Vater schon besucht?«, lenkte sie rasch ab.

»Ich komme direkt vom Flughafen.« Er warf ihr einen Blick zu. »Sobald ich den Jetlag überwunden habe, melde ich mich bei ihm. Ich wollte zuerst zu dir und mich vergewissern, dass es dir gut geht.«

Elsa öffnete die Schachtel und stieß einen Laut der Begeisterung aus. Einige der Pralinen waren oben mit einem filigranen Blumenmuster versehen. Ein paar waren geformt wie eine Kaffeetasse, mit weißer Schokolade als Milch. Andere waren nicht nur in farbenfrohe Folie verpackt, sondern auch mit winzigen Schleifen geschmückt. Und es gab sogar kleine, handbemalte Feen mit glitzernden Flügeln. »Sie sind beinahe zu schön, um sie zu essen«, schwärmte sie. »Jede dieser Pralinen ist ein Kunstwerk.«

»Der kleine Laden ist wunderschön«, sagte er. »Die Frau, die ihn führt, ist auch eine gute Fee.«

»Eine gute Fee?«

»Anscheinend. Ich habe am Flughafen einen Werbeprospekt gefunden.« Er klopfte seine Taschen ab, gab jedoch auf. »Wie auch immer, sie ist wohl eine professionelle Wünscheerfüllerin oder so etwas in der Art. Man kann sich an sie wenden, wenn man einem Familienangehörigen oder einem Freund einen Wunsch erfüllen möchte. Ist das nicht eine tolle Idee?«

Elsa schob sich eine Haselnusspraline in den Mund und stöhnte, als die zarte Schokolade schmolz und ihre Geschmacksknospen kitzelte, während ihr der Duft in die Nase stieg.

Lincoln grinste. Sie hielt ihm die Schachtel hin, aber er lehnte mit einer Handbewegung ab. Dann gähnte er.

»Es gibt noch einiges zu besprechen.« Elsa fuhr sich mit der Zunge über ihr Gebiss, um sich keinen Krümel der Scho kolade entgehen zu lassen. »Aber jetzt musst du dich erst einmal ausschlafen.« Sie zog eine ihrer dünnen Augenbrauen nach oben und deutete auf sein Gesicht. »Und duschen und dich rasieren.«

Er fuhr sich mit der Hand über sein langes, zerzaustes Haar und gähnte wieder. Seine Augen tränten vor Müdigkeit.

»Ich will alles über den Dschungel hören, aber nicht jetzt«, erklärte sie. »Ein Grund, um mich bald wieder zu besuchen. Aber jetzt fahr heim. Die Taxiuhr läuft, und es wird schon dunkel.«

Lincoln legte seine große, schwielige Hand auf ihre knotige, geäderte Hand. »Ich brauche keinen Vorwand, um meine Lieblingsgroßmutter zu besuchen.«

»Pah, außer mir hast du keine Großeltern mehr. Und das nutze ich natürlich aus, so gut ich kann. Komm wieder, wenn du dein Gesicht unter all den Haaren wiedergefunden hast.«

Er stand auf und küsste sie auf die Wange. Sie tätschelte seine Schulter. »Du bist ein guter Junge.«

Er grinste, und sie erinnerte sich plötzlich daran, als er ihr mit sechs Jahren bei der Gartenarbeit geholfen und mit beiden Händen voll Laub lächelnd vor ihr gestanden hatte.

»Danke, Nan. Bis bald.«

Als er mit großen Schritten das Zimmer verließ, hatte sie unversehens eine große Sehnsucht verspürt.

Und nun wartete sie wieder auf ihn. Wieder lag das Buch *Bis(s) zum Morgengrauen* aufgeschlagen auf ihrem Schoß, aber sie konnte sich nicht darauf konzentrieren. Stattdessen hielt sie am Fenster Ausschau nach seinem Wagen – eigentlich war es ihr Wagen –, und wartete darauf, ihn die Auffahrt herauftuckern zu hören. Sie wartete wie ein treuer Hund. Und überlegte sich, wie sie ihn dieses Mal dazu bringen konnte, länger bei ihr zu bleiben.

Es war ihr unangenehm, dass sie wegen seines Besuchs so aufgeregt war. Und sie fühlte sich unendlich schuldig, weil sie ihren Enkel mehr liebte als ihren Sohn.

Sie schämte sich dafür, dass sie sich, wenn sie ehrlich mit sich selbst war, wünschte, er würde für sie sein Leben ändern. Keine Reisen mehr um die ganze Welt. Sie wollte, dass er sesshaft wurde. Eine Frau fand, heiratete und Kinder in die Welt setzte. Sosehr sie ihren Enkel auch liebte – manchmal erinnerte sie seine lässige Einstellung zum Leben an ihren Mann. Obwohl Lincoln viel selbstloser und zuverlässiger war als Ebe.

Natürlich wollte sie nicht, dass er ihr Leben nach ihr ausrichtete. So egoistisch war sie nicht. Sie war eine alte Frau, und er war ein junger Mann. Da regierte das Gesetz der Natur.

Aber trotzdem wäre es schön, wenn sich alles irgendwie so fügen würde …

Vor allem, so wie die Dinge mit Tom jetzt standen. Wenn sie an ihren jüngsten Sohn dachte, hatte sie das Gefühl, als gieße ihr jemand einen Eimer kaltes Wasser über den Kopf. Nicht zum ersten Mal fragte sie sich, warum sich Lincoln und sein Vater so sehr voneinander unterschieden.

Natürlich gab es darauf eine Antwort. Lincoln hatte sich zum Teil für ein Weltenbummlerdasein entschieden, weil er nicht lange mit seinem Vater zusammen sein wollte. Die beiden Männer rieben sich aneinander wie zwei Feuersteine. Tom war mit Lincoln immer zu hart umgesprungen, das war allen aufgefallen. Und deshalb hatte Lincoln auch in seiner Kindheit mehr Zeit bei ihr als zu Hause verbracht. Tom war ein Narr und zu dickköpfig, um zuzugeben, dass er ein schlechter Vater gewesen war.

Aber sie hatte noch eine Chance. Sie musste nur etwas finden, was Lincoln stark genug motivieren würde, um hierzubleiben. Es war eine Herausforderung, wie eine Partie Schach, und sie mochte Herausforderungen. Damit konnte sie sich in den schlaflosen Nächten beschäftigen, fleißig wie ein Bienchen, wenn sie in ihrem Bett lag und nur die roten Lampen der Notrufschalter in ihrem Bungalow sie daran erinnerten, dass sie nicht allein und das Hilfspersonal in dieser gut betreuten Anlage in unmittelbarer Nähe war.

Sie hörte den Honda knirschend die Auffahrt heraufkommen und schlug ihr Buch zu.

Herausforderung angenommen.

An: Joseph Kennedy; Christmas Livingstone; Darla Livingstone
Von: Valerie Kennedy
Betreff: Terminankündigung!

Liebe Familie,
es ist so weit – Archie hat mir die entscheidende Frage gestellt! Na ja, das klingt ein wenig zu dramatisch. Genau genommen haben wir bei Fish und Chips beschlossen, dass es nach zehn Jahren und drei gemeinsamen Kindern allmählich Zeit wird zu heiraten. Wir haben uns dafür den 29. Juli ausgesucht. Eine einfache Trauung in der Kirche, mit anschließendem Empfang bei uns im Garten. Nichts Besonderes, keine großen Traditionen. Obwohl ich dich, Dad, fragen möchte, ob du mich zum Altar führen willst. Und Christmas, willst du meine Brautjungfer sein? Mum, glaubst du, dass du kommen kannst?

Val xx

An: Valerie Kennedy; Christmas Livingstone; Darla Livingstone
Von: Joseph Kennedy
Betreff: Re: Terminankündigung!

Mein kleiner Schatz, ich gratuliere euch beiden. Und natürlich werde ich dich gern zum Altar führen. Es wird mir eine Ehre sein. Ruf mich heute Nachmittag an.

Dad xx

Christmas hatte das Gefühl, einen Schwamm verschluckt zu haben. Einen großen, dicken Schwamm, der ihren Speichel aufsaugte. Die Zunge klebte ihr am Gaumen. Nur gut, dass Val ihr diese Neuigkeit per E-Mail und nicht persönlich mitgeteilt hatte.

Sie ließ die Schokoladentafel auf die Marmorplatte fallen, atmete tief ein und strich mit den Händen über ihre Schürze. Die Spitze an dem herzförmigen Ausschnitt ihres Kleids fühlte sich plötzlich kratzig an, und sie zupfte hastig daran.

Sie freute sich für Val. Ganz klar. Sie und Archie waren schon so lange zusammen, und ihre Beziehung schien sehr stabil zu sein. Und glücklich. Warum sollten sie nicht heiraten? Und es war eine Ehre, ihre Brautjungfer sein zu dürfen. Warum also fühlte sie sich so merkwürdig?

Schließlich verlor sie ihre Schwester nicht. Eigentlich würde sich nichts ändern. Val und Archie wohnten schon lange zusammen und hatten drei Jungen, also würde es keine größere Veränderung geben, die das Verhältnis zwischen den Schwestern belasten könnte.

Sie begann, die Schokolade in eine kleine Schüssel zu reiben. Ein ungutes Gefühl breitete sich langsam, aber unaufhaltsam von ihrer Körpermitte aus, durchdrang ihre Brust und wanderte ihre Beine hinunter.

Dieses quälende, überwältigende Gefühl war Eifersucht, wie sie entsetzt feststellte. Sie war tatsächlich eifersüchtig.

Aber es ging nicht um die Hochzeit – sondern um Joseph.

An: Joseph Kennedy; Valerie Kennedy; Darla Livingstone

Von: Christmas Livingstone

Betreff: Re: Terminankündigung!

Meine kleine Val heiratet!!! Wie aufregend! Glückwunsch! Ja, natürlich werde ich deine Brautjungfer sein. Wir sprechen uns bald! ☺ Liebe Grüße xxx

An: Valerie Kennedy; Christmas Livingstone; Joseph Kennedy
Von: Darla Livingstone
Betreff: Re: Terminankündigung!

Warum willst du etwas ändern, was bisher gut geklappt hat? Valerie, ich weiß, dass du glaubst, das Richtige zu tun, aber, ganz ehrlich, eine Ehe ist nicht immer so, wie man sich das vorstellt. (Sag ihr das, Joseph – du hast schließlich schon zwei gescheiterte Ehen hinter dir.) Bei dir und Archie läuft es doch gut, also macht euch das nicht kaputt.
Ich habe sehr viel Arbeit und sollte um diese Zeit eigentlich in West-Queensland sein. Aber wenn ihr bei eurem Plan bleibt, werde ich auf jeden Fall versuchen zu kommen.
Mum

An: Christmas Livingstone
Von: Valerie Kennedy
Betreff: Was zum Teufel ist mit unserer Mutter los?!

Als Christmas neun Jahre alt war, hatte sie sich ihren leiblichen Vater so vorgestellt wie die französische Cartoonfigur Pepe, das Stinktier aus der Trickfilmserie *Looney Tunes*. Christmas' Mutter hatte ihr nur erzählt, dass ihr Vater ein zwanzigjähriger umherziehender Jongleur aus Frankreich war, den sie nur »flüchtig« gekannt hatte (was immer das auch heißen mochte). Er war nicht auf ihrer Geburtsurkunde eingetragen. Und auch sonst niemand. Als Erwachsene hatte Christmas Zweifel gehegt, ob es ihn überhaupt gegeben hatte. Sie vermutete, dass Darla ihn erfunden hatte, um zu vertuschen, dass sie sich nicht mehr an Christmas' Vater erinnern konnte.

Aber als Kind hatte sie sich vorgestellt, dass ihr Vater schwarzes Haar mit einem breiten weißen Streifen darin hatte, das er zu einer Tolle frisierte. Er besaß stark ausgeprägte Backen, die er hingebungsvoll an das Objekt seiner zügellosen Begierde presste – ihre Mutter. Wenn er Darla an sich zog, flogen aus seiner Brust Cartoon-Herzchen, und aus seinen Augen schossen Sternchen, weil sie so unfassbar schön war. Er war stürmisch und unglaublich romantisch. Eine Rose zwischen den Zähnen brachte er ihrer Mutter ein Ständchen und flüsterte ihr atemlos französische Gedichte ins Ohr. Abgesehen davon, dass Pepe der schwarz-weißen Katze, in die er sich verknallt hatte, ungeniert nachstellte und sie sexuell belästigte und roch wie, nun ja, wie ein Stinktier, war er der Traum eines jeden Mädchens.

Später, als Christmas ein Teenager war und Darla ihr die schockierende Auskunft gegeben hatte, dass ihr Vater Gregoire Lachapelle hieß, hatte sich ihre Vorstellung von ihm rasch geändert. Für sie sah er nun aus wie einer der französischen Filmstars aus den Achtzigern. Sie lieh sich im örtlichen Videoladen entsprechende Filme aus und schaute sie sich immer wieder an. Er hatte sehr weiche tiefschwarze Locken, die ihm ins Gesicht fielen und die man sich am liebsten um die Finger gewickelt hätte. Olivfarbener Teint. Kantiges, glattrasiertes Kinn. Eine heisere, rauchige Stimme. Und Augen, in denen Leidenschaft schwelte. Sie kochte vor Wut, dass ihre Mutter diesen Mann hatte entwischen lassen.

Selbst als erwachsene Frau änderte sich Christmas' Vorstellung von ihrem Vater ständig. In letzter Zeit sah sie ihn gealtert und mit Falten im Gesicht vor sich. Wahrscheinlich war er mittlerweile in Rente, hatte graues Haar und einen silbergrauen Dreitagebart, den er sorgfältig pflegte und nicht allzu lang wachsen ließ. Manchmal stellte sie sich vor, dass er Bauer war, der sich auf den Feldern um seine Schafe kümmerte oder Wein anbaute. Oder er war Künstler in Paris, der, so wie sie, in einem Ein-Zimmer-Loft wohnte. Allerdings lebte er mitten im Herzen der Stadt, vielleicht im Quartier Latin, wo es viele Cafés gab. Hin und wieder bildete sie sich ein, er sei verheiratet und habe Kinder und Enkelkinder, mit denen er an den Wochenenden im Park spielte. Und manchmal war Gregoire in ihrer Vorstellung schwul – ein ehemaliger Jongleur, der als junger Mann die Reise über das Meer gewagt hatte, um sich und die Welt zu erkunden, wobei das Verhältnis zu ihrer Mutter ein Experiment dargestellt hatte.

Sehr zu Christmas' Verdruss geizte Darla mit Einzelheiten. Als Teenager hatte Christmas sie einmal gefragt, ob Gregoire tatsächlich Jongleur gewesen sei, und Darla hatte die Frage mit Ja beantwortet. Dann hatte sie den Blick in die Ferne gerichtet, die Schere auf die Zeitschrift gelegt, aus der sie gerade Gutscheine ausschnitt, und hinzugefügt: »Oder vielleicht war er auch Obstpflücker, der sich nur darauf verstand, mit Äpfeln zu jonglieren.«

Christmas war wütend und erfüllt von der für Teenager typischen Existenzangst. »Gab es andere?«, fragte sie. »Könnte es auch ein anderer gewesen sein?« Schließlich war sie in den psychedelischen Siebzigern gezeugt worden (selbst an Tasmanien war diese Bewegung nicht ganz vorübergegangen), und ihre Mutter konnte sich offensichtlich nicht mehr an alles genau erinnern.

Christmas hatte gehofft, dass Darla ihr das übelnehmen und sie wütend erwidern würde: »Natürlich nicht, red keinen Unsinn!« Aber stattdessen hatte sie gründlich darüber nachgedacht, während Christmas mit heftigem Herzklopfen auf ihre Antwort wartete.

»Nein«, sagte Darla schließlich, langsam und bestimmt. »Nein.«

Christmas war trotzdem wütend in ihr Zimmer gestürmt und hatte die Tür hinter sich zugeknallt.

Sie hatte niemals einen Vater gehabt, nicht einmal ein Foto von ihm. Es war beinahe so, als wäre sie aus dem Nichts aufgetaucht. Sie konnte nicht um ihren Vater trauern, weil sie nie einen gehabt hatte. Dennoch litt sie unter seiner Abwesenheit. Das war die grausame Ironie, etwas verloren zu haben, was man nie besessen hatte.

Joseph hatte ihre Mutter geheiratet, als Christmas sechs Jahre alt war. Er hatte einen stabilisierenden Einfluss auf Darla gehabt, den leeren Kühlschrank mit Fertiggerichten und frischem Gemüse gefüllt und Darla dazu gebracht, dass sie sich nicht mehr bis spät nachts in der Gegend herumtrieb, sondern Christmas vor dem Zubettgehen etwas vorlas und ihr ein Glas warme Milch brachte. Als Christmas sieben war, kam Val auf die Welt, und eine Zeit lang sah es so aus, als wären sie für immer eine glückliche Familie.

Aber ein Jahr später verließ Joseph sie. Die zwölfjährige Christmas stand in der Auffahrt und starrte dem vollgepackten Wagen nach, in dem ihr Vater mit ihrer kleinen Val saß. In einer Hand hielt sie ein Stück Papier mit einer Telefonnummer, die er ihr aufgeschrieben hatte. Sie könne ihn jederzeit anrufen, hatte er gesagt. Sie hatte sich geweigert zu weinen, obwohl der Schmerz sie beinahe umgebracht hatte.

Und nun würde er Val zum Altar führen und mit seinem kleinen Mädchen am Arm vor Stolz fast platzen.

Er war der einzige Vater, den Christmas je gehabt hatte, und nun hatte sie auch ihn verloren.

4

Die letzten Ausläufer des Sommers, wenn man das so nennen konnte, waren in der vergangenen Woche jeden Tag mit Regen verscheucht worden. Für die Farmer war das eine große Erleichterung, denn die Felder waren nach der langen Dürre im Winter, Frühjahr und Sommer ausgetrocknet.

Der Ostersamstag begann für Christmas bereits um sieben Uhr morgens mit einer Beratung für Rosemary McCaw, die sie insgeheim *Scarface Claw* nannte. (Nachdem sie in der vergangenen Woche ihren Neffen vier Bücher aus der Reihe *Hairy Maclary* vorgelesen hatte, verglich sie nun einige der Dorfbewohner mit den wunderbaren Figuren aus diesen Büchern, wenn sich deren Namen reimten. Und Rosemary McCaw, eine extravagante Frau um die siebzig, war dabei bei Weitem ihre Lieblingsfigur.)

»Ich komme einfach nicht zur Ruhe.« Rosemary setzte sich auf den hohen Hocker an die Theke und presste ihre beringten Finger an ihre unnatürlich geröteten Wangen. Christmas war sich nicht sicher, woher diese Röte kam, aber sie vermutete, dass Rosemary ganz gern mal ein Glas Sherry trank. Rosemary versuchte diese Färbung jedoch zu verbergen, so gut sie konnte. Ohne dick aufgetragenes Make-up, nachgezogene Augenbrauen und Rouge bis fast hinauf zu den Augen verließ sie nie das Haus. Ihr blaugraues Haar blitzte unter dem smaragdgrünen Schal hervor, den sie sich wie einen Turban um den Kopf geschlungen hatte.

Rosemarys erwachsene Kinder und deren gesamte Nachkommenschaft waren übers Wochenende bei ihr, und sie fühlte sich dem Ganzen jetzt schon nicht gewachsen, vor allem weil heute auch noch die Gartenschau in Evandale stattfinden würde. Sie war Mitglied des Organisationskomitees und hatte sich, wie sie Christmas immer wieder erzählte, die Hacken abgelaufen, weil es den anderen Komiteemitgliedern anscheinend gleichgültig war, ob Evandale aussah wie ein kleiner Hinterhofgarten, der Privatgarten der Queen oder wie ein Misthaufen vor einem Stall. Und heute musste sie sich vergewissern, dass jeder darauf achtete, Evandale von seiner besten Seite zu präsentieren, und hatte keine Zeit, sich um diesen Familienzirkus zu kümmern. Anscheinend hatten ihre Angehörigen beschlossen, alle auf einmal zu kommen, weil sie sich dann sicherer fühlten.

Christmas hörte sich Rosemarys Klagen aufmerksam an. »Ich empfehle Ihnen einfache dunkle Schokolade«, sagte sie schließlich und nahm eine Tafel aus dem Regal. »Sie besteht aus fünfundachtzig Prozent Kakaoschokolade aus Ecuador, hergestellt ausschließlich aus Criollo-Bohnen.«

»*Criollo?*« Rosemary ließ sich das Wort auf der Zunge zergehen, während sie nach der lebensrettenden Schokoladentafel griff.

»Criollo-Bohnen sind Aromabohnen, mit denen man üblicherweise nicht die Masse herstellt, sondern sie nur für bestimmte Geschmacksrichtungen verwendet.«

»Wie beim Wein.«

»So ähnlich. Das heißt, sie schmeckt nicht so wie die Schokolade, die man im Supermarkt kaufen kann und die normalerweise aus Forastero-Bohnen hergestellt wird.«

»Um so besser.«

»Und der hohe Kakaogehalt macht sie trockener und herber«, fuhr Christmas fort. »Aber sie enthält viele Antioxidantien, die dabei helfen, Stress abzubauen, und Endorphine im Gehirn freisetzen, die das Wohlbefinden steigern. Es gibt eine Untersuchung, aus der hervorgeht, dass die Inhaltsstoffe der Schokolade sogar eine schützende Wirkung auf das Herz-Kreislauf-System haben, vor allem in Zeiten von großem Stress. Sie ist nicht billig, aber Sie bekommen einiges für Ihr Geld, denn diese Schokolade enthält viele Nährstoffe, und nicht so viel gesättigtes Fett und Zucker wie die Schokolade aus der Massenproduktion.«

»Ich nehme sie«, erklärte Rosemary. »Wie viel soll ich davon essen?«

»Diese Tafel sollte für einen Tag reichen. Und Sie können überall ein Stück davon essen, unabhängig davon, wo Sie sich befinden und was Sie gerade tun. Das Koffein in der Schokolade wird Ihnen dabei helfen, sich auf Ihre Aufgaben zu konzentrieren. Und wenn Sie Nachschub brauchen, wissen Sie ja, wo Sie mich finden.«

Rosemary hob die Tafel Schokolade an ihre Lippen, als wollte sie einen Abdruck ihres mattroten Lippenstifts auf dem glatten Einwickelpapier hinterlassen, und ihre Gesichtszüge entspannten sich, als sie den Duft der gerösteten Kakaobohnen einsog. »Christmas Livingstone, Sie sind ein Engel«, sagte sie mit der heiseren, klangvollen Stimme aus ihren Zeiten als Theaterschauspielerin.

»Na ja, wohl eher eine gute Fee.« Christmas lächelte wie immer.

»Hätte ich nur so ein tolles Mittel zur Hand gehabt, als ich die Ophelia bei diesem schrecklichen Regisseur in Hobart gespielt habe, der bei jedem Atemzug geschrien und geflucht hat.«

Die nächsten fünfzehn Minuten erzählte Rosemary ihr

ausführlich, wie wichtig diese jährliche Gartenschau für eine Kleinstadt wie Evandale sei, und ganz besonders für den Tourismus in Tasmanien, und beklagte sich darüber, dass viele Bürger der Stadt heutzutage kein Interesse mehr daran zeigen würden. Christmas nickte und versicherte ihr, dass sie großartige Arbeit leiste. Sie hatte schon immer vermutet, dass Rosemary sich sehr einsam fühlte und sich deshalb so auf die Gemeinschaftsprojekte stürzte.

»Ich würde Ihnen außerdem eine Massage empfehlen, sobald Sie nächste Woche dafür Zeit finden«, fuhr Christmas fort. »Bei Stress gibt es nichts Besseres als gute dunkle Schokolade und eine Massage.«

»Meine Schulter plagt mich seit einiger Zeit. Sicher liegt das an diesem wechselhaften Wetter. Ich bin einmal von der Bühne gestürzt, und seitdem habe ich diese Probleme.« Rosemary griff sich an die linke Schulter und verzog das Gesicht.

Christmas warf einen Blick in ihren Terminkalender und kaute an ihrem Stift. »Abigail hätte am Dienstagmorgen noch einen Termin frei. Passt Ihnen das?«

»Das klingt gut.« Rosemary schob die Tafel Schokolade in ihre metallisch-violette Handtasche, nahm ihren Geldbeutel heraus und reichte Christmas ein paar Geldscheine. »Ich zahle die Massage gleich, dann ist das auch schon erledigt.«

Christmas notierte den Termin auf eines ihrer Visitenkärtchen, während sich Rosemary ein Stück westafrikanischer, gesalzener Milchschokolade von der Platte mit den Kostproben nahm.

»Mmm …« Sie schloss die Augen und sog die Wangen ein.

»Gut, oder? Zuerst schmeckt man den Zucker und danach das Salz, das den Geschmack noch verstärkt.«

»Mir fällt kein Wort ein, mit dem ich das angemessen beschreiben könnte«, flüsterte Rosemary.

Christmas lachte und begleitete sie zur Tür.

»Kann ich damit rechnen, dass Sie mir die Schokolade mit den Blumen für das Feinschmeckerzelt bringen?«

»Natürlich. Cheyenne kümmert sich um die Blumenarrangements und wird sie Ihnen bald bringen. Und ich liefere dann in Kürze die Schokolade.«

»Großartig. Bis später.« Rosemary atmete noch einmal tief durch, bevor sie sich auf den Weg machte.

Christmas winkte ihr nach, als sie über die Kokosmatte die eine Stufe zum Gehsteig hinunterstieg und ihr langer Rock die Blumenkübel mit den purpurroten Petunien streifte. Sie ging auf den Park zu, wo für die Ausstellung bereits weiße Zelte aufgebaut worden waren, trat kurz beiseite, um eine ältere Passantin vorbeizulassen, und wäre beinahe von Gordon Harding auf seinem Hochrad umgefahren worden. Rosemary schüttelte wütend die Faust und beschimpfte ihn, weil er mit seinem dummen alten Fahrrad so rücksichtslos durch die Stadt raste. Zumindest glaubte Christmas das. Sie unterdrückte ein Kichern und ging zurück in ihren Laden.

Sie stieß die Fensterläden aus blauem Holz auf, um die milde Morgenluft hereinzulassen, als Bert und Ernie zur Tür hereinstürmten. Die beiden hießen tatsächlich so, für sie musste sie sich keine anderen Namen einfallen lassen, denn etwas Treffenderes gab es nicht. Sie waren bereits seit ihrer Jugend miteinander befreundet und spielten jetzt jede Woche mit einem anderen Rentnerpärchen Canasta. Beide trugen gern Windjacken und Baseballkappen. Bert war seit über vierzig Jahren verheiratet, aber Ernies Frau war im vergangenen Jahr gestorben, und seitdem lächelte er nicht mehr so oft wie früher.

»Guten Morgen. Wir haben gehört, dass Sie heute den Laden schon früher aufmachen«, sagte Bert.

»Ja, wir haben einen großen Tag vor uns.« Christmas klopfte ihm leicht auf die Schulter, als er an ihr vorbeiging. »Wahrscheinlich wird mehr los sein als an jedem anderen Tag des Jahres.«

Bert und Ernie marschierten zu der Kaffeemaschine auf der Marmortheke.

Bei Christmas gab es den ganzen Tag über kostenlos Kaffee. Echten Kaffee aus frisch gerösteten Bohnen aus biologischem und ethisch korrektem Anbau, die erst kurz vor dem Überbrühen gemahlen wurden. Der Duft wehte auf die Straße, und die Aufschrift *Kostenloser Bohnenkaffee* auf der Tafel vor der Tür weckte das Interesse aller, die an ihrem kleinen Garten mit Petunien, Glockenblumen und Narzissen hinter dem weißen Zaun vorbeikamen. Da Evandale abseits der großen Verkehrsstraßen lag, war es für alle Geschäftsleute enorm wichtig, ihren Kunden einen Anreiz zu bieten. In den vergangenen Jahren hatten hier viele kleine Geschäfte schon bald wieder schließen müssen, und Christmas war fest entschlossen, mit allen verfügbaren Mitteln zu kämpfen.

Irgendwann hatte sie gelesen, dass während der Großen Depression in Amerika in den Kinos den Besuchern kostenloses Popcorn angeboten wurde und der unwiderstehliche Duft nach Butter und Salz die Passanten angelockt hatte. Das war ein Geniestreich – die ideale Methode, um in schwierigen Zeiten Geld zu verdienen. Das hatte sie sich gemerkt.

Kaffee war eine Währung. Und für sie ihr Social Media. Natürlich verdiente man ein bisschen etwas, wenn man Kaffee verkaufte, aber zuerst musste man die Kunden in den Laden locken. Kaffeetrinker waren wie Weintrinker und Schokoladenliebhaber. Wenn sie wollte, dass jemand zehn Dollar für hundert Gramm einer hochwertigen Schokolade bezahlte, anstatt sich für drei Dollar eine ganze Tafel mit viel

Fett und Zucker zu kaufen, musste sie sich auf die besonderen Bedürfnisse ihrer Kunden einstellen und ihnen den Kauf ihrer Produkte schmackhaft machen.

Und es funktionierte. Die *Schokoladenapotheke* war eines der am besten besuchten Geschäfte in der Straße, gleich nach Jane Shaws Ingleside Bakery, und das erfüllte Christmas mit großem Stolz. Sie hatte sich etwas ganz Besonderes aufgebaut und genoss ihr Leben.

Lincoln war seit zwei Tagen zurück und hatte noch Schwierigkeiten, wieder in die Alltagsroutine zurückzufinden. Er musste Lebensmittel einkaufen und sich mit dem schlechten Wetter abfinden. Und ihm graute vor dem bevorstehenden Besuch bei seinem Vater. Es fiel ihm nicht leicht, sich wieder an dieses Land zu gewöhnen, das so ganz anders war als das Amazonasgebiet – er fühlte sich hier noch nicht wieder zu Hause, und das beunruhigte ihn. Am liebsten wäre er gleich wieder abgereist.

Noch dazu flog sein Verleger Jeremy Gilshannon am nächsten Tag nach Tokio und wollte noch an diesem Vormittag per Skype mit ihm über das neue Buch sprechen. Lincoln schwante nichts Gutes, denn in seiner kurzen E-Mail hatte Jez hauptsächlich davon gesprochen, dass er sich nach seiner Rückkehr gern mit ihm auf ein paar Teppanyaki mit kaltem Bier treffen wolle. Aber immerhin hatte er nun eine Entschuldigung, den Besuch bei seinem Vater noch eine Weile hinauszuschieben, weil er »wichtige Besprechungen« hatte. Und da es Nan gut zu gehen schien, hatte er es nicht eilig, bei Tom nachzuhaken, womit er sie verärgert hatte.

Jez schenkte Lincoln am Computerbildschirm ein freundliches Lächeln. »Die Probekapitel sind gut«, lobte er, den Mund voll mit Müsli, und fischte mit dem Löffel eine verirrte

Rosine aus der Schüssel vor ihm. »Aber wir sind der Ansicht, dass ein Mitautor hilfreich sein könnte.«

»Wie meinst du das?«, fragte Lincoln verblüfft. »So etwas wie einen Ghostwriter?«

»Nein, einen Co-Autor. Einen gleichberechtigten Partner. Jemanden, der eine zusätzliche Dimension in deinen Text bringt. Du hast all das großartige Fachwissen über Kakao, geschichtliche Kenntnisse und die nötige Erfahrung und bist durch Afrika und Amazonien gereist. Nur manchmal – wirklich nur hin und wieder – stehen die Fakten einer guten Story im Weg.«

»Soll ich etwa lügen?« Im Hintergrund sah Lincoln, wie Jez' Partnerin einen Korb mit Wäsche durch das Wohnzimmer trug.

»Nein, nein!« Jez trank einen großen Schluck aus einer Tasse, aus der die Schnur mit dem Etikett des Teebeutels hing. »Wir wollen dein fantastisches Wissen über die Rituale rund um den Kakaobaum, aber wir wollen zusätzlich jemanden, der sich darauf versteht, daraus eine fesselnde Geschichte zu spinnen, damit sich das Buch so gut vermarkten lässt wie kein anderes Sachbuch in diesem Jahr.«

Lincoln wand sich innerlich angesichts der angedeuteten Kritik, aber es gelang ihm, ruhig zu bleiben. Jez war Grafikdesigner, der vor fünf Jahren ins Verlagswesen gewechselt hatte. Er dachte visuell, in farbigen, scharf umrissenen Bildern. Wenn er ein Buch las, sah er es bereits als Film vor sich. Anscheinend waren ihm Lincolns Probekapitel zu schwarz-weiß und unscharf erschienen, und deshalb suchte er nach einer ausdrucksvolleren, kräftigeren Sprache. Nach multidimensionalen Wörtern, die dem Leser auf jeder Seite entgegensprangen.

»Bei deinem letzten Buch war das anders. Es ist eigentlich

ein Lehrbuch und wird in Universitäten und Fachhochschulen im ganzen Land als Unterrichtsmaterial verwendet. Doch jetzt, wo sich Schokolade neuer Beliebtheit erfreut, ist die breite Öffentlichkeit unser Zielpublikum. Die Leute, die sich gern Kochsendungen wie *MasterChef* anschauen.«

»Aber es ist kein Kochbuch.«

»Nein, aber es könnte beides sein. Wir könnten damit zwei Welten verbinden: Du bringst dein Wissen als Botaniker und die wirtschaftlichen, sozialen und ökologischen Aspekte des nachhaltigen Anbaus von Kakao ein, und der andere Autor konzentriert sich auf die von uns allen geliebte Substanz. Auf den Geschmack, den Geruch, die Farbe. Wir wollen Bilder haben, uns beim Lesen praktisch diese wundervolle Schokolade auf der Zunge zergehen lassen, die aus dem Dschungel kommt, der dir so sehr am Herzen liegt.«

»Das weicht aber stark von dem Entwurf ab, den wir ursprünglich besprochen haben.« Lincolns Stimme klang ein wenig gereizt.

»Richtig.« Jeremy stellte der Siamkatze, die soeben auf seinen Schoß gesprungen war und ihn mit ihrem hocherhobenen Schwanz an der Nase kitzelte, seine Schüssel mit dem Rest Milch hin. »Und das liegt nicht an dir, so darfst du das nicht sehen. Wir wollen unsere Bücher gut verkaufen und müssen daher auf Marktentwicklungen reagieren. Und im Augenblick besteht eine enorme Nachfrage nach Büchern über alles rund ums Essen.« Er hob den Finger und nickte weise. »Die neuen Feinschmecker haben die Vampirliebhaber abgelöst.«

Lincoln schnaubte.

»Aber keine Sorge, wir wollen schon mehr bringen, als nur eine Anleitung für das Temperieren von Schokolade. Die Leser wollen genau wissen, woher ihre Lebensmittel kommen. Und das kannst du ihnen wunderbar erklären.«

Lincolns Ärger verflog. Er verstand jetzt, worauf Jez hinauswollte. »Hast du schon jemanden ins Auge gefasst?«

Jez zuckte mit den Schultern. »Wir haben Kontakt zu ein paar guten Autoren, die jederzeit einspringen können. Wenn du möchtest, fragen wir bei einigen von ihnen an. Aber möglicherweise kennst du ja jemanden, der sich dafür gut eignen würde?«

»Lass mir eine Woche Zeit. Ich muss das erst verdauen und überlegen, ob mir jemand einfällt.«

»Wunderbar. Also dann, ich muss los nach Tokio.« Jeremy drückte seiner Katze einen Kuss auf den Kopf. »Wir reden weiter, wenn ich wieder hier bin. *Sayonara!*« Er winkte Lincoln fröhlich zu und beendete die Verbindung.

Lincoln blieb eine Weile auf seinem Stuhl sitzen und starrte auf den dunklen Bildschirm. Er fühlte sich ernüchtert und verletzlich. Das Haus seiner Großmutter mit den pastellfarbenen Möbeln und den alten Laminatböden wirkte plötzlich leer und trist.

Er stand auf und schrieb seinem Freund Rubble eine SMS, um sich mit ihm am Donnerstag in einem Pub zu treffen – so hatte er wenigstens etwas, worauf er sich freuen konnte. Und nun musste er raus aus diesem Haus.

Rasch holte er sich einen Wollpullover und seine Autoschlüssel und fuhr die Auffahrt hinunter. Er wollte einfach nur frische Luft schnappen und den Kopf frei bekommen. Doch schon nach wenigen Minuten befand er sich auf dem Weg nach Evandale.

Hätte Christmas nicht ständig zwischen dem Geschäft, um das Abigail sich heute kümmerte, und dem Zelt der *Schokoladenapotheke* auf der Gartenausstellung, in dem Cheyenne ihr half, hin- und herlaufen müssen, hätte sie sich gerne in

Ruhe die Ausstellungsstücke genauer angeschaut. Es gab so viel zu sehen: sprudelnde, gluckernde Wasserspiele, Kübel mit farbenprächtigen Blumen, üppig wuchernde, duftende Kräuter, schimmernde Gartenfiguren aus Bronze, Schaufeln und Rasenmäher, Bewässerungssysteme und Kettensägen, Niemöl zur Schädlingsbekämpfung, Vogeltränken und Futterhäuschen, Bienenkörbe und Wurmkomposter. Das Zelt der *Schokoladenapotheke* stand neben den Imbisswagen, und der Duft nach brutzelnden Zwiebeln und Holzofenpizza brachte jedes Mal ihren Magen zum Knurren, wenn sie daran vorbeihastete.

Cheyennes Blumenarrangements in Weiß und Blassrosa waren geschmackvoll und einfach. Sie hatte das Zelt mit feiner weißer Gaze geschmückt, was romantisch wirkte und ein wenig an eine Hochzeit erinnerte. Christmas' handgemachte Pralinen hatten die Form von Blumen oder befanden sich in Schachteln, die mit echten Blumen verziert waren. Die auf Silbertabletts aufgereihten Köstlichkeiten erregten große Aufmerksamkeit. Sie hatte bereits einige Aufträge für besondere Anlässe erhalten, und viele Besucher hatten Fotos gemacht und auf den Seiten sozialer Netzwerke veröffentlicht. Es freute sie, dass es von ihren Kunden gleichzeitig auch viele Anfragen für Cheyennes Blumenarrangements gab.

»Was?« Cheyenne winkte einem jungen Pärchen nach, das sich ihre Visitenkarte hatte geben lassen.

»Ich dachte mir nur gerade, dass du das wirklich verdienst«, sagte Christmas. »Du arbeitest so hart, bist eine großartige Mutter, deine Arrangements für die *Schokoladenapotheke* sind immer sensationell und bereichern meinen Laden. Und dann arbeitest du auch noch im Service. Ich weiß nicht, wie du das alles schaffst. Ich finde es wunderbar, dass die Leute endlich dein Talent zu würdigen wissen.«

Verlegen spielte Cheyenne mit ihrem silbernen Armkettchen. »Na ja, man muss eben einfach tun, was man kann. Ich schätze mich glücklich, dass ich meine Blumen in deinem Laden verkaufen darf.«

»Ich bekomme dafür ja auch eine Gegenleistung.« Christmas deutete mit einer Handbewegung auf das Zelt und die Ausstellungsfläche. »Ohne deine Unterstützung würde ich das nicht schaffen.«

»Wir helfen uns gegenseitig.«

»So sehe ich das auch.«

»Und ich habe Spaß dabei. Ich bin gern unter Menschen.« Cheyenne holte ein Sandwich unter dem Tisch hervor und biss hinein. »Und ich freue mich, wenn ich Kontakte im Internet aufbauen und neue Freunde gewinnen kann.«

Christmas warf einen Blick auf ihre Armbanduhr. Später Vormittag – schon bald würde sich die *Schokoladenapotheke* füllen. »Ich gehe besser zurück in den Laden und schaue nach, wie Abigail zurechtkommt«, sagte sie. Abigail kannte sich mit allem gut aus und war sehr tüchtig. Sie arbeitete unter den gleichen Bedingungen wie Cheyenne – für die Stunden, die sie im Service arbeitete, stellte ihr Christmas den Raum für ihre Massagen zur Verfügung. Aber sie war keine Frohnatur wie Cheyenne. Abigail wirkte eher ernst und kam in Stresszeiten nicht so gut klar. Sie war eine gute Heilmasseurin und blühte auf, wenn sie sich einem Patienten hingebungsvoll widmen konnte. Menschenmengen hingegen brachten sie aus der Fassung, ganz im Gegensatz zu Cheyenne, die bei jeder neuen Bekanntschaft übers ganze Gesicht strahlte. Abigail war jünger und studierte Sportphysiologie – was immer das auch heißen mochte. Aber sie teilte sich ihre täglichen Aufgaben genau ein, während sie darauf wartete, dass die nächste Phase ihres Lebens begann.

»Ja, sie wird bestimmt schon beunruhigt sein«, erwiderte Cheyenne, ohne es böse zu meinen.

Sie hielten kurz inne und beobachteten Rosemary McCaw, die wie eine Laufente mit vorgestrecktem Hals von einer Seite des Rasens zur anderen sprintete, ihre smaragdgrüne Jacke um den dürren Oberkörper gerafft, und mit heldenhaftem Einsatz und mithilfe eines Megafons die Besucher aufforderte, Pflanzen und Ziergegenstände zu kaufen. Auf einmal blieb sie stehen, ließ das Megafon sinken, kramte ein Stück dunkle Schokolade aus ihrer Jackentasche und steckte sie sich in den Mund. Christmas rief ihr einen Gruß zu, und Rosemary drehte sich zu ihr um und winkte anmutig.

Christmas schlang sich ihre Baumwolltasche um die Schulter und wollte sich auf den Weg zu ihrem Laden machen, als ein großer, bärtiger Mann auf das Zelt zukam, in einer Hand zwei Taschen mit Pflanzen und in der anderen einen Hot Dog.

»Hi.« Lincoln lächelte.

»Oh, hallo.«

Lincoln schenkte auch Cheyenne ein freundliches Lächeln.

»Lincoln, das ist meine Freundin und Kollegin Cheyenne. Sie ist Floristin.«

»Hi.« Cheyenne lächelte und errötete unübersehbar. Und Christmas spürte plötzlich einen unerklärlichen Besitzanspruch auf ihn in sich aufsteigen.

»Und das ist Lincoln. Er ist Botaniker und hat mir gestern geholfen, eine Kiste in den Laden zu tragen«, fügte sie hinzu.

»Aha.« Obwohl sie sonst nicht auf den Mund gefallen war, brachte sie nur dieses eine Wort hervor. Christmas nahm an, dass der Mann mit dem Ketchup an den Fingern sie schwer beeindruckte.

»Freut mich, Sie kennenzulernen.«

»Ich bin gerade auf dem Rückweg in meinen Laden«, erklärte Christmas.

»Dann begleite ich Sie. Kann ich Ihnen etwas abnehmen? Etwas für Sie tragen? Darin bin ich sehr gut.«

Cheyenne kicherte und begann damit, unnötigerweise einen Strauß Lilien neu zu arrangieren.

Christmas lächelte. »Vielen Dank, ich habe heute Morgen bereits alles ausgeladen. Aber ich muss jetzt wirklich zurück, denn im Laden steht der große Ansturm bevor.«

Sie gingen zusammen durch die Menschenmenge, während Lincoln seinen Hot Dog aufaß.

»Warum schmeckt eine Wurst im Freien so gut?« Er leckte sich die Sauce vom Daumen.

»Das frage ich mich auch oft. Ich kaufe nie Würstchen, um sie mir zu Hause zuzubereiten, aber wenn ich an einem Imbissstand mit Würstchen auf dem Grill vorbeikomme, kann ich ihnen nicht widerstehen.«

Zur *Schokoladenapotheke* mussten sie noch ein paar Häuserblocks weitergehen. Die Straße war auf beiden Seiten zugeparkt, und auf den Gehsteigen drängten sich Fußgänger mit schweren Kisten, vollgeladen mit Pflanzen und Gartengeräten, oder mit Kinderwagen und Hunden aneinander vorbei, weshalb sie ein paarmal ihre Unterhaltung unterbrechen mussten.

»Sie waren gerade im südamerikanischen Dschungel«, fuhr Christmas schließlich fort. »Was genau haben Sie da gemacht?«

»Ich habe für eine Firma namens Neptune Enterprises gearbeitet.«

»Sie meinen den größten Schokoladenhersteller der Welt?« Ihr Interesse war geweckt.

»Richtig. Ich führe schon seit einigen Jahren immer

wieder mal Forschungen auf ihren Kakaoplantagen durch. Die Projekte sind unterschiedlich, aber in erster Linie geht es um den Anbau von Kakao. Also verbringe ich viel Zeit damit, mir ganz genau die Befruchtungsmechanismen auf der Mikroebene anzuschauen: Staubgefäße, Stempel, Pollen, Genetik, spezielle Merkmale, Nährstofftransfer und Mykorrizhapilze.«

Christmas riss beeindruckt die Augen auf, obwohl sie keine Ahnung hatte, was solche Pilze mit der Reproduktion von Kakaopflanzen zu tun hatten. »Das klingt sehr interessant«, sagte sie. »Und nach harter Arbeit. Wie ist das Leben im Dschungel?«

Lincoln trat zur Seite, um eine ältere Frau mit ihrem Hund vorbeizulassen, und holte sie mit ein paar schnellen Schritten wieder ein. »Der Dschungel ist sehr anstrengend, aber ich hatte es dort eigentlich im Gegensatz zu vielen anderen ganz bequem. Die Forschungsstation befindet sich im Amazonasbecken am Ufer des Río Napo. Durch die sich anschließende Lodge für Ökotouristen haben wir dort ebenfalls Dieselgeneratoren, Solarmodule, einen Abwassertank, Wasserfilter und solche Dinge. Viele Wissenschaftler nutzen die Station als Anlaufstelle, wenn das Wetter schlecht ist, sie in ihrer Arbeit an einem toten Punkt angekommen sind oder krank werden. Ich hatte dort eine Hütte für mich, sehr einfach, aber gemütlich und sogar mit Wi-Fi. Aber die Umweltforscher, die sich selbst finanzieren oder für Universitäten arbeiten, marschieren oft wochenlang durch den Dschungel, schlafen in Hängematten zwischen den Bäumen, entdecken beim Aufwachen eine Boa im Blätterdach und werden von Blutegeln und Dasselfliegenlarven gequält, die sich in die Haut bohren und ausgebrannt werden müssen.«

Christmas schauderte. »Das klingt schrecklich. Ich bin viel

zu sehr an gewisse Annehmlichkeiten gewöhnt, um so leben zu können.«

»Ich musste die Station nur für Tagesreisen verlassen, und manchmal habe ich in einem der Dörfer in einer Hütte übernachtet. Hin und wieder bin ich zu Fuß oder mit dem Kanu zu einer der benachbarten Fincas aufgebrochen.«

»Was ist eine Finca?«, fragte sie und schirmte die Augen gegen die grelle Sonne ab, die plötzlich vom Himmel strahlte.

»Das sind Kakaoplantagen im Familienbesitz, die oft nur einen halben oder einen Hektar groß sind«, antwortete er. »Der Kakao wird fast immer in kleinen Parzellen angebaut. Die Familien arbeiten Tag für Tag auf den Feldern, um sich damit ihren Lebensunterhalt zu verdienen. Ein hartes Leben. Was ich dort tue, ist leicht zu erklären: Ich trample unter den Bäumen herum und sammle Proben von Kakaofrüchten, Blättern, Blüten, Baumrinden und der Erde. Ich zähle die Früchte und mache Aufzeichnungen über die Wetterbedingungen und die Wachstumsgeschwindigkeit. Und fertige von allem Skizzen an, wie in alten Zeiten. Und mache natürlich Fotos. Ich fange befruchtende Insekten und stelle Lebendfallen auf, um festzustellen, welche auf Bäumen lebende Tiere sich dort aufhalten.«

»Wie zum Beispiel Affen?«

»Genau. Diese frechen kleinen Biester.«

Mittlerweile hatten sie die *Schokoladenapotheke* erreicht. Christmas blieb an der Tür stehen. Der Laden war bereits gut besucht. Abigail hatte sich eine rot-weiße Schürze vor ihr schwarzes Kleid gebunden, hastete von einem Tisch zum anderen und räumte die Teller ab. Christmas musste helfen, obwohl sie sich gern weiter mit Lincoln unterhalten hätte.

»Das hört sich so an, als ob Ihnen das großen Spaß machen würde.«

»Ja, das stimmt«, erwiderte er. »Ich weiß nie, wann ich wieder einen neuen Vertrag bekomme, aber damit komme ich klar. In Ecuador habe ich beobachten können, wie die Leute von einem Tag zum nächsten leben. Wir sind in diesem Land viel zu verwöhnt.«

Es gab noch so viel, was sie ihm sagen wollte –, wie sehr sie seinen Mut bewunderte, dass er einfach seinem Herzen folgte, ohne Garantie auf Erfolg –, aber sie musste sich von ihm verabschieden. Abigail sah bereits zu ihr herüber.

»Ich würde mich sehr gern noch weiter mit Ihnen unterhalten, aber ich muss in den Laden.« Sie deutete über ihre Schulter. »Ich glaube nicht, dass ich im Dschungel leben könnte, aber ich kann ausgezeichnete Schokolade machen, und das habe ich wahrscheinlich Leuten wie Ihnen zu verdanken. Und den Bauern natürlich. Wenn ich höre, wie schwer sie arbeiten müssen, fühle ich mich allerdings ein wenig schuldig.«

»Dafür besteht kein Grund. Die Früchte wachsen an den Bäumen, damit sie genossen werden können. Sie helfen sozusagen einem Baum, seinen Zweck zu erfüllen.«

Sie blickte ihn an. »Es so zu sehen gefällt mir sehr.«

»Gibt es in Ihrem Laden auch Schokolade aus Ecuador zu kaufen?« Seine Augen strahlten.

»Ja.«

»Großartig, dann komme ich mit und genieße das Endprodukt der Bemühungen meiner Freunde aus dem Dschungel. Außerdem möchte ich Nan noch mehr Schokolade für Ostern besorgen; ich besuche sie heute Nachmittag. Sie hat geschwärmt, dass sie noch nie bessere Schokolade gegessen hat.«

»Das ist ein schönes Kompliment. Richten Sie ihr meinen Dank dafür aus.«

Lincoln folgte ihr hinein, und ihr Puls beschleunigte sich.

Hätte sie es zugelassen, hätte sie eine leise Stimme gehört, die fragte, wie ein Leben ohne Regeln wohl aussehen könnte.

Aber sie weigerte sich, dieser Stimme Aufmerksamkeit zu schenken.

5

Rubble Jones war ein handwerklicher Künstler, der mit Begeisterung sein Talent nutzte, um aus allen möglichen Dingen zweckmäßige Möbelstücke zu kreieren. Am Donnerstag führte er Lincoln zu seinem heruntergekommenen BMW, der nach Lincolns Schätzung nur noch ein paar Dollar wert war. Lincoln ließ sich auf den aufgerissenen Sitz fallen und schob mit dem Fuß ein paar leere McDonalds-Verpackungen zur Seite.

Nach einer kurzen Fahrt durch die hübsche ländliche Gegend saßen sie vor Rosevears Tavern in der Sonne und schauten über die schlammige schwarze Erde hinaus auf die stahlblauen Wellen des West Tamar River. Auf der anderen Seite des Flusses erhoben sich grüne baumbestandene Hügel mit einigen Häusern und einer alten Kirche am Ufer.

»Willkommen zu Hause!« Rubble hob sein Bierglas. »Ich freue mich, dass du wieder hier bist.«

»Danke.«

»Also, was steht als Nächstes bei dir auf dem Programm, mein Freund?« Rubble lehnte sich auf seinem Stuhl zurück.

»Das weiß ich noch nicht. Ich bin hauptsächlich hier, um Zeit mit Nan zu verbringen.«

»Wie geht es dem alten Mädchen?«, fragte Rubble teilnahmsvoll.

»Ganz gut, glaube ich. Mein Vater macht mal wieder Probleme.«

»Das ist nichts Neues.«

»Stimmt, das ist nichts Neues.« Es war eine Erleichterung, nichts erklären zu müssen. Rubble verstand, was Lincoln meinte, denn er hatte bereits als kleiner Junge Toms Wutanfälle und seine verbiesterte, höhnische Art miterlebt. Und er hatte sich selbst auch einige von Toms abfälligen Bemerkungen gefallen lassen müssen, vor allem als er im Teenageralter an Gewichtsschwankungen litt. »Aber ich habe mir heute bereits einige Stellenanzeigen heruntergeladen – in der Forschung und in ähnlichen Bereichen.«

»Dann hat es dir im Dschungel gefallen?«

Lincoln schaute auf den Fluss hinaus. Die kühle Luft und die Weite seiner Heimat waren immer noch gewöhnungsbedürftig für ihn. »Der Dschungel ist faszinierend. Er schläft nie.«

»Wie New York.« Rubble nahm sich eine Handvoll von den heißen Pommes Frites, die die Bedienung ihnen soeben auf den Tisch gestellt hatte.

Alles an seinem Körper wabbelte, als er sich bewegte – seit ihrer letzten Begegnung hatte er mindestens fünfzehn Kilo zugenommen. Ein sicheres Zeichen dafür, dass er sich im »Hungermodus« befand. Natürlich nicht im wörtlichen Sinn – das wurde anhand seines Hemds, das beinahe die Knöpfe sprengte, und dem Fettpolster unter seinem Kinn deutlich. Es ging um eine künstlerische Durststrecke. Die launenhafte Muse ließ ihn mal wieder im Stich. Und das führte dazu, dass er immer mehr aß. So lange, bis Rubble kurz davor stand, verzweifelt aufzugeben, und plötzlich die Muse (die Rubble Lydia nannte) aufhörte, ihn durch Missachtung zu strafen, und wieder mit ihm flirtete. Dann begann eine Phase ungezügelter Kreativität, und Rubble arbeitete fieberhaft Tag und Nacht, lauschte auf den Sirenengesang seiner Muse, vergaß zu essen, zu schlafen und (leider) zu duschen und nahm dabei so stark ab, dass sich sein Agent Sorgen machte und ihm tiefgekühlte Lasagne vor die Tür stellte. Diese Fressphase war nötig für ihn – so verschaffte er sich Reserven für die hektische Zeit danach. Er war wie ein Grizzlybär, der sich auf den Winterschlaf in seiner kreativen Höhle vorbereitete. Und nach seinem Körperumfang zu urteilen, musste es wohl jeden Moment so weit sein.

Rubble war bei einer Portion Calamari angelangt. Er schob sich einige der fettigen Ringe in den Mund und leckte sich die glänzenden Finger ab.

»Woran arbeitest du im Moment?«, fragte Lincoln.

Rubble verzog das Gesicht. »An nichts. Ich habe eine kreative Blockade. Siehst du das nicht?« Er klopfte sich auf den Bauch.

»Vielleicht solltest du mich auf meiner nächsten Reise in den Dschungel begleiten.« Lincoln war überrascht, als er plötzlich begriff, wie sehr er seine Familie und Freunde vermisst hatte, obwohl er den Dschungel und seine Arbeit liebte.

In der Forschungsstation war er nie allein. Das Team von Neptune war groß und änderte sich ständig. Bei seiner letzten Reise hatte er sich mit Ernst, einem deutschen Wirtschaftsanalytiker, und Jasmine, einer jungen Agrarforscherin, angefreundet. Jasmine hatte bereits im Jahr zuvor mit Lincoln gemeinsam an einem Projekt gearbeitet. Sie forschte auf einer Plantage in Costa Rica, wo eine neue Sorte Kakao aus West-Afrika angebaut wurde, die schneller wuchs als die traditionellen Sorten in Südamerika. Ihre rasche und effiziente Arbeitsweise übertrug sich auch auf ihr Liebesleben. Einige Monate lang hatte sie Lincoln ihre Gunst geschenkt, bevor sie einen Kakaohändler aus der Schweiz kennenlernte, dem sie sich rasch zuwandte, nachdem sie sich auf liebenswürdige

Art von Lincoln verabschiedet hatte. Unter den Forschern herrschte ein lockeres, entspanntes Klima, und alle hatten viel Spaß miteinander. Aber keiner von ihnen kannte ihn so gut wie Rubble oder Jen oder seine Mum oder Nan – vor allem nicht so gut wie Nan.

Rubble dachte über seinen Vorschlag nach. »Hm. Eine Reise in den Dschungel. Wie exotisch. Vielleicht keine schlechte Idee.«

Sie prosteten sich in geheimem Einverständnis zu, und Lincoln spürte, wie das Unbehagen, sich zwischen zwei Welten zu befinden, ein wenig nachließ.

An: Die gute Fee von Evandale
Von: Dennis Chamberlain
Betrifft: Heiratsantrag

Liebe gute Fee, ich möchte meine Freundin bitten, meine Frau zu werden, aber in diesen romantischen Dingen bin ich ein Versager.

An: Die gute Fee von Evandale
Von: Veronika Lambert
Betrifft: Waschmaschine

Hilfe! Ich bin schwanger und erwarte mein sechstes Kind (ich weiß … fragen Sie lieber nicht!). Meine Waschmaschine ist kaputt, und wir haben keinen Trockner. Mir ist jeden Morgen übel, und ich ersticke in Schmutzwäsche und weiß mir nicht mehr zu helfen. Und natürlich haben wir kein Geld. Bitte, bitte helfen Sie mir!

Lulu Divine gehörte eigentlich nicht in ein Altenheim. Nicht in ihrem Alter. Aber sie saß wie immer hier, trug pinkfarbenen Lippenstift und hatte ihr langes blondes Haar gebürstet, bis es glänzte. Das hat sie wohl dem Umstand zu verdanken, dass sie keine Kinder geboren hat, dachte Elsa. Ihr eigenes Haar hatte sich nach ihrem dritten Kind nie wieder erholt.

Tom. Bei dem Gedanken an ihn verzog sie unwillkürlich den Mund.

Ungeduldig klopfte Lulu an ihren Rollstuhl und schlug dabei mit dem goldenen Ring, den sie am Mittelfinger ihrer linken Hand trug, gegen den Metallrahmen. Auf ihren knochigen Knien lag eine Ausgabe von *Bis(s) zum Morgengrauen*. Wie immer war sie die Erste im Zimmer. Lulu sah alles als Wettbewerb an – vom Bingo bis zum Griff nach dem Salzstreuer beim Abendessen. Zu jedem Treffen des Buchclubs trat sie ein Rennen gegen einen imaginären Wettbewerber an. Sie sauste in ihrem Rollstuhl vom Potoroo Bungalow über den Rasen in das Hauptgebäude, dort in einem beängstigenden Tempo den Gang hinunter, um in dem blauen Gemeinschaftsraum den besten Platz zu ergattern, von dem aus man einen Blick über das Flüsschen am Rand des Grundstücks hatte.

Elsa biss ihre falschen Zähne zusammen. Die herrische und streitlustige Art von Ms Divine ging ihr auf die Nerven, aber sie beneidete sie auch ein wenig um ihre schonungslose Offenheit und die Entschlossenheit, mit der sie ihre Meinung vertrat, gleichgültig, ob sie richtig oder falsch war. Unsicherheit zu zeigen oder einen Fehler einzugestehen war ein Zeichen von Schwäche, und Lulu duldete keine Schwäche. Und deshalb wusste Elsa genau, dass Lulu *Bis(s) zum Morgengrauen* und die hilflose Bella verabscheuen würde.

Die meisten Bewohner von Green Hills hatten während ihres Aufenthalts zumindest einige ihrer guten Umgangsformen abgelegt, und Elsa zuckte oft bei harten Worten, rechthaberischem Streiten und schlimmen Beleidigungen zusammen. Bei Lulu war jedoch klar, dass sie schon immer so gewesen war.

Vielleicht sollte Lulu ein Buch schreiben. Damit hätte sie eine sinnvolle Beschäftigung für ihren Lebensabend. Elsa lachte bei dieser Idee leise vor sich hin und stellte ihren Rollstuhl neben den von Yvonne Murphy, einer ehemaligen Parlamentsabgeordneten und nun von allen vergessenen Urgroßmutter, die an Alzheimer litt.

»Lass uns mitlachen, Elsa!« Lulus Gebiss blitzte im Licht der Leuchtstoffröhren auf. »So viel Zeit haben wir alle nicht mehr, um über einen guten Witz zu lachen – manche weniger als andere.« Sie warf einen Blick zur Intensivstation hinüber, wo zwei alte Menschen ihre Reise ins Jenseits angetreten hatten. »Und über diesen Mist können wir sicher nicht lachen.« Triumphierend hob sie ihre Ausgabe von *Bis(s) zum Morgengrauen* in die Höhe, um die Aufmerksamkeit aller auf sich zu ziehen, die sich langsam zu einem Kreis formierten.

An Elsas rechter Seite tauchte Doris Laherty auf, in ihrem Rollstuhl herbeigeschoben von Sarah, der jüngsten Krankenschwester im Heim.

»Hallo, Sarah.« Elsa lächelte. »Wie geht es Ihrem Bruder?«

»Viel besser, danke. Der Doktor meint, dass er wahrscheinlich noch mit einigen Rückfällen rechnen muss, aber das Schlimmste ist überstanden.«

Elsa schnalzte mitfühlend mit der Zunge. Der arme Junge hatte sich auf einer Reise nach Papua-Neuguinea mit Malaria infiziert. Eine Weile war sein Zustand sehr kritisch gewesen. Wenn sie daran dachte, dass Lincoln ständig demselben Risiko ausgesetzt war, wurde ihr flau im Magen.

Sarah ließ die Feststellbremse einrasten und tätschelte

Doris die Schulter. Die alte Dame hatte den Kopf zur Seite geneigt und schnarchte leise mit geöffnetem Mund.

Lulu verzog angewidert den Mund. »Wie ein Tier«, murmelte sie verächtlich.

»Was hast du gesagt, meine Liebe?« Elsa legte die Hand hinter das Ohr, obwohl sie noch sehr gut hörte.

»Ich sagte, ich hätte gern ein kaltes Bier«, erwiderte Lulu und ließ den Blick zum Fenster schweifen. »Vielleicht lasse ich mir später ein Taxi holen.«

»Ohne Begleitung darfst du nicht raus«, erklärte Robert Graham mit gewohnter Autorität. Der vierundsiebzigjährige ehemalige Beamte war seit seinem Schlaganfall hier und bekam jeden Tag Besuch von seiner Frau. Seine strenge Anweisung verlor jedoch durch seine undeutliche Aussprache an Wirkung. Er war durch den Schlaganfall fast erblindet und hörte sich die vom Club ausgewählten Bücher auf Audio-CDs an, die seine Frau ihm, ohne Mühen und Kosten zu scheuen, besorgte, damit er an der Gruppendiskussion teilnehmen konnte.

Lulu musterte Roberts schiefes Gesicht und lächelte gelassen. »Wer sollte mich denn aufhalten?«, erwiderte sie. »Das ist doch kein Gefängnis, und ich stehe nicht unter Vormundschaft. Ich bin ein zahlender Gast.«

Ja, das war sie tatsächlich. Elsa war immer neugierig, wie die einzelnen Heimbewohner ihre Unterbringung und Pflege finanzierten, und Lulus Situation interessierte sie ganz besonders. Aber Lulus Lippen waren versiegelt, wenn sie etwas aus ihrem Leben preisgeben sollte, was nichts mit ihrer Karriere als Rodeo- und Trickreiterin zu tun hatte. Sie erzählte nie etwas Persönliches über sich oder ihre Familie. Wahrscheinlich hatte sie keine Angehörigen mehr, zumindest bekam sie nie Besuch. Da sie den Bungalow neben Elsa bewohnte, wusste

Elsa genau, wie viel Geld sie täglich dafür bezahlen musste, während sie auf die Operation wartete, bei der sie zwei neue Kniegelenke bekommen würde. Sie würde wohl nicht für immer hierbleiben. Elsa, die ebenfalls neue Kniegelenke und eine künstliche Hüfte bräuchte, durfte wegen ihres hohen Alters und der möglichen Komplikationen bei der Narkose nicht mehr operiert werden. Die Missgunst, die sie deshalb gegen die jüngere Lulu empfand, ließ Elsa oft nachts nicht schlafen. Eines Tages würde Lulu aus diesem Haus marschieren und den Rest ihres Lebens woanders verbringen. Und Elsa war das nicht vergönnt.

»Vielleicht sollten wir jetzt anfangen«, sagte Rita Blumberg (achtundachtzig, Witwe, vier Kinder, die sich unterschiedlich intensiv um sie kümmerten, eine unbekannte Anzahl von Enkelkindern). Rita war eine recht erfolgreiche Malerin gewesen, und etliche ihrer Bilder hingen in Galerien im ganzen Land. Wie das in der Kunst jedoch oft der Fall war, hatte sich die Anerkennung der Öffentlichkeit nicht auf ihrem Konto niedergeschlagen. Unglücklicherweise litt sie nun an Parkinson und bebte, zuckte und zitterte auf ihrem Stuhl links von Lulu. Rita bewohnte eines der zwei Zimmer des Heims, die finanziell Bedürftigen zur Verfügung standen.

»Dieses Buch ist einfach nur lächerlich«, begann Lulu und richtete sich so weit auf, wie ihr arthritischer Rücken es zuließ. »Diese Bella Swan ist eine erbärmliche Frau. Wer denkt sich denn heutzutage noch so entsetzlich schwache weibliche Hauptfiguren aus? Sind wir denn nicht schon ein wenig weiter? Ich finde es höchst beunruhigend, dass das Buch so großen Erfolg hat. Der Protagonist ist ein Mörder, und ihr fällt nichts Besseres ein, als schwach zu werden, Trübsal zu blasen und ihn anzuflehen, sie umzubringen, damit sie so sein kann wie er.«

Lulu war offensichtlich eine dieser Feministinnen aus den Achtzigern und Neunzigern. Die Art Frauen, die sich stärker fühlten, wenn sie Männer unterbuttern und übervorteilen konnten. Anscheinend war ihr die *Goddess Revolution* im neuen Jahrtausend entgangen, bei der es darum ging, seine Weiblichkeit bereitwillig anzunehmen und zu feiern. Elsas eigene Vorstellung von Feminismus war ganz einfach: Jeder sollte seinen wahren Charakter ausleben dürfen.

Zum Beispiel die Art und Weise, wie sie Tom die Stirn bot, könnte bei Lulu und ihresgleichen sogar Zustimmung finden. Ihr jüngster Sohn verhielt sich wie ein verzogener, tyrannischer Fratz, und sie schämte sich dafür, ihn nicht besser erzogen zu haben. Auch wenn sie sich das schmerzhaft eingestehen musste, ließ sie sich nicht von ihm manipulieren. Sie mochte um einiges älter und körperlich weniger beweglich sein als er, aber geistig war sie noch fit, und solange sie noch atmen konnte, würde sie sich nicht von ihm herumkommandieren lassen.

Er wollte Geld. Nun, zu ihrer Zeit hatte man sich einen Job gesucht, wenn man Geld brauchte. Er war nicht gebrechlich und noch zu einigem fähig. Als Holzfäller fand er vielleicht keine Arbeit mehr, aber es lag an ihm, sein Schicksal in die Hand zu nehmen. Sie hatte hart gearbeitet und den Großteil ihres Lebens mit Ebe die Milchfarm bewirtschaftet. Bei Regen, Schnee und Wind war sie das ganze Jahr über vom Morgengrauen bis zur Abenddämmerung auf den Beinen gewesen. Ihre Ersparnisse steckten in ihrem Haus in Western Junction, und das war ihre Absicherung für Notzeiten. Man konnte nie wissen, was die Zukunft brachte.

In seinem Innersten war Ebe faul und unehrlich gewesen. Wenn möglich, hatte er sich um etwas herumgemogelt. Er hatte keine Bedenken gehabt, jemandem eine zwölf Jahre alte Kuh als dreijährige Zuchtkuh anzudrehen. Und er hatte nichts dabei gefunden, wenn sein Vieh »versehentlich« auf der üppigen Weide eines Nachbarn graste. Zu ihrer Enttäuschung schien auch Tom zu glauben, dass ihm die Welt etwas schuldig sei. Es war ihre Pflicht als Mutter, wahrscheinlich ihre letzte Pflicht, ihm beizubringen, dass er sich irrte.

Als er ihr eröffnet hatte, dass er sie nicht mehr besuchen würde, war sie zuerst traurig gewesen, aber ihre Traurigkeit war schnell verflogen und Zorn gewichen. Wie konnte er es wagen? Um ehrlich zu sein, war sie ohnehin nicht so erpicht auf seine Gesellschaft.

»Ich muss zugeben, dass ich a… a… am Anfang auch nicht viel von dem Buch ge… ge…halten habe. Aber dann ha… habe ich es als das akzeptiert, wa… was es ist. F… F… Fantasy eben«, stotterte Rita mit zuckendem Gesicht.

»Spielt das denn eine Rolle?«, fragte Lulu. »Bella ist trotzdem ein Rollenvorbild für viele Mädchen auf der ganzen Welt.«

Rita lächelte. »Ich wäre keine e… e… echte Künstlerin, wenn ich die Arbeit eines anderen Künstlers grundsätzlich verurteilen würde.«

Lulu schnaubte ungehalten.

»Dann hältst du also nichts von Eskapismus?«, fragte Elsa Lulu.

»Nicht wenn Frauen dabei ermutigt werden, sich in einer Beziehung missbrauchen zu lassen, nein.« Lulus Wangen röteten sich, und ihre Sonnenfalten traten noch deutlicher hervor. »Ich bin der Meinung …«

Elsa nickte und wandte sich an Robert. »Und was sagst du dazu?«

Lulu stieß einen wütenden Laut aus, als sie in ihrer Schmährede unterbrochen wurde.

Robert atmete tief durch. »Vampire sind eigentlich nicht mein Ding«, brachte er mühsam hervor. »Als Junge habe ich Bram Stoker gelesen, aber das war's dann schon.«

Roberts Pflegekosten in Green Hills wurden nach seinem Schlaganfall von einer Krankenversicherung übernommen. Er ist auch noch zu jung fürs Altenheim, dachte Elsa traurig.

Lulu, Elsa, Rita, Robert und Yvonne (die sich aufgrund ihrer Alzheimer-Erkrankung weder an das Buch noch an den Film, den sie am letzten Freitagabend im Fernsehraum gesehen hatten, erinnern konnte) diskutierten leidenschaftlich weiter, während Doris leise schnarchte und ihre blaugrauen Locken bei jedem Atemzug auf und ab wippten. Doris' aufwändige Pflege wurde von ihren hingebungsvollen Familienangehörigen und ihrer Pensionskasse übernommen. Ihre Enkelkinder saßen oft begeistert auf ihrem Schoß und streichelten ihre Wangen und ihr Haar, während sie schnarchte.

Elsa freute sich über die lebhafte Diskussion. Ging es im Buchclub nicht genau darum? Es wäre bodenlos langweilig, wenn alle sich ständig einig wären. Sie waren hier, um ihren Geist wachzuhalten, während ihr Körper nur noch die zweite Geige spielte. Und um Alzheimer in Schach zu halten, wenn sie nicht schon daran litten. Sie warf einen Blick zu Yvonne hinüber, die sich bemühte, dem Gespräch zu folgen, und fragte sich, ob diese geistigen Übungen womöglich ihren Verfall verlangsamten.

Sie schaute auf die Uhr. Beinahe Teezeit. Robert würde sicher bald gehen wollen, um auf seine Frau zu warten.

Neben ihrem Stuhl stand eine Tasche mit dem nächsten Lesestoff. Sie suchte immer Bücher aus, zu denen es auch einen Film gab, damit diejenigen, die das Buch nicht lesen oder sich nicht mehr daran erinnern konnten, eine Chance hatten, sich an der Diskussion zu beteiligen. Und einer Idee von Lincoln hatte sie es zu verdanken, dass sie schon das nächste Werk für den Buchclub im Juni in der Bücherei bestellt hatte.

Im nächsten Monat würden sie über das Buch *Chocolat* sprechen, und sie hatte sich nicht nur um den gleichnamigen Film, sondern auch um eine Gastrednerin bemüht. Sie hatte eine E-Mail an die bezaubernde Christmas Livingstone von der *Schokoladenapotheke* geschickt. Christmas hatte sofort geantwortet und Elsas Einladung, das Heim zu besuchen, mit Freuden angenommen. Und sie hatte sich nicht nur bereit erklärt, einen Vortrag über Schokolade zu halten, sondern auch einen Workshop mit Verkostung vorgeschlagen. Alle, die nicht an Diabetes litten und Diät halten mussten, würden begeistert sein. Elsa konnte es kaum erwarten, bis Lulu endlich ihre Tirade beendet hatte, damit sie ihre Neuigkeiten verkünden konnte.

Sie war aus mehreren Gründen aufgeregt. Zum einen wollte sie als die beste Vorsitzende des Buchclubs, die es jemals in diesem Heim gegeben hatte, in die Geschichte eingehen. Ihr Name sollte in Goldbuchstaben auf dem Schwarzen Brett im Speisesaal verewigt werden. Das würde bei jeder Mahlzeit ihre Stimmung heben. Und wenn sie ganz ehrlich war, empfand sie auch Genugtuung bei dem Gedanken, dass Lulu, die ihr den Platz gern streitig gemacht hätte, sich schrecklich darüber ärgern würde. Sollte sie ruhig, schließlich konnte sie eines Tages das Heim wieder verlassen.

Außerdem war es eine willkommene Gelegenheit, ein wenig Schwung in den eintönigen Alltag zu bringen, und eine Schokoladenverkostung war ganz nach ihrem Geschmack. Vor allem wenn sie sich etwas Ähnliches wie die Pralinen erwarten durfte, die Lincoln ihr aus Ms Livingstones Laden mitgebracht hatte. Das war Qualitätsarbeit! Elsa hätte gern Schokolade verarbeitet, anstatt Kühe zu melken und Kälbern auf die Welt zu helfen. Aber damals hatte man, im Gegensatz zu heute, mit Milchwirtschaft gut verdient, und ihr und ihrem Mann war es gelungen, so viel zur Seite zu legen, dass sie jetzt davon leben konnte. (Natürlich war das in erster Linie ihrer Sparsamkeit und vorausschauenden Planung zu verdanken, das musste gesagt werden.)

Ehen waren damals anders, sie wurden nach anderen Kriterien geschlossen. Heutzutage hatten die jungen Leute viel mehr Möglichkeiten, sich einen Partner auszusuchen und ihre Meinung noch einmal zu ändern. Sie konnten sich viel Zeit lassen, bis sie einen Hausstand gründeten. Zu viel Zeit, wenn es nach ihr ging. Wie bei Lincoln.

Nur wenige Tage, nachdem sie beschlossen hatte, Lincoln irgendwie dazu zu bringen, endlich sesshaft zu werden, war er mit einigen Topfpflanzen für ihr Zimmer bei ihr aufgetaucht. Er hatte ihr vergnügt von Christmas Livingstones Schokoladenladen erzählt, überschwänglich von dem Sortiment geschwärmt und ihr berichtet, wie sorgfältig Christmas die Rohstoffe und ihre Herkunft auswählte. Und keine zehn Minuten später hatte er den Anruf seines Verlegers erwähnt und ihr gesagt, dass Jeremy einen Co-Autor für das nächste Buch haben wollte. Lincoln hatte ein wenig niedergeschlagen gewirkt, und sie hatte sich gefragt, ob es tatsächlich so leicht und offensichtlich sein konnte.

»Wie wäre es mit Christmas Livingstone?«, hatte sie gefragt und sich bemüht, nicht übereifrig zu klingen. »Sie scheint eine gute Geschäftsfrau und darüber hinaus sehr kreativ zu sein. Käme sie nicht als Co-Autorin für dein Buch infrage?«

Der Ausdruck der Verdrossenheit auf Lincolns Gesicht hatte sich innerhalb einer Sekunde in Begeisterung verwandelt. »Ja«, hatte er ihr zugestimmt und sich über die bärtige Wange gestrichen. »Das könnte ich mir gut vorstellen.«

Elsa lächelte in sich hinein, während sie sich ganz gelassen gab und bereits plante, Rita aufzusuchen. Als gute jüdische Großmutter mit Erfahrung im Verkuppeln könnte Rita eine nützliche Verbündete sein. Aber Elsa kannte Lincoln sehr gut und wusste, dass sie ihn in dem Glauben lassen sollte, dass er das alles selbst bewerkstelligte. Also hatte sie nichts mehr dazu gesagt und beiläufig das Thema gewechselt.

Jetzt räusperte sie sich, um die Aufmerksamkeit der Buchclub-Mitglieder auf sich zu lenken. »Ich möchte etwas über das nächste Buch und über eine besondere Veranstaltung bekannt geben.« Sie hielt kurz inne und genoss es, dass sich ihr alle gespannt zuwandten. »Ich bin sicher, dass es euch gefallen wird. Es wird ein wahres Geschmackserlebnis werden.«

6

Am nächsten Tag, dem ersten Sonntag im Mai, war Muttertag, weshalb mit einem weiteren anstrengenden Tag im Laden zu rechnen war. Trotzdem hatte Christmas beschlossen, am frühen Morgen eine Runde zu joggen, bevor sie sich mit Emily zum Frühstück in der Ingleside Bakery treffen würde. Schließlich musste sie ein paar der Kalorien abarbeiten, die sie unweigerlich am Osterwochenende beim Probieren ihrer Waren zu sich genommen hatte, bevor sie in den Verkauf gingen.

Am Ostersonntag waren Val, Archie und die Jungs mit Joseph zum Brunch in die *Schokoladenapotheke* gekommen. Sie hatten sich in dem leeren Laden an den langen Holztisch gesetzt und nach dem Essen so viel Schokolade essen dürfen, wie sie wollten. Während sie sich ausführlich über die Hochzeit unterhalten hatten, hatten sich Christmas' Neffen über die Schokoladenriegel und feinen handgemachten Pralinen hergemacht. Natürlich hatte ihr niemand Schokolade mitgebracht, stattdessen hatte sie von den Jungen ein Päckchen mit noch nicht gebrannten und zum größten Teil nicht identifizierbaren Gegenständen aus Ton bekommen.

»Bitte glaub nicht, dass deine Neffen dich nicht lieben«, sagte Val. Sie trank einen Schluck Kaffee und lehnte sich an Archies Brust, während er seinen kräftigen, behaarten Arm um sie legte. »Es hat sie eine halbe Stunde gekostet, diese Dinger zu formen. Weißt du, wie schwer es ist, diese Jungs dazu zu bringen, so lange still zu sitzen?«

»Sie sind wunderschön«, erwiderte Christmas, obwohl die Tonklumpen hässlich waren. Sie dachte darüber nach, ob sie jedes einzelne Teil loben sollte, aber da sie nicht wusste, was sie darstellen sollten, wollte sie lieber nicht riskieren, dass jemand beleidigt war. »Vielen Dank, ich bin gerührt«, fügte sie aufrichtig und augenscheinlich begeistert hinzu. Ihre Neffen rannten durch die Schwingtüren hinaus in den Garten hinter dem Haus und jagten sich gegenseitig um die Vogeltränke.

Christmas erzählte Val, Archie und Joseph von Emilys Überraschung, und alle waren gebührend beeindruckt und sprachen aufgeregt darüber, wie schön diese Reise werden würde. Bis Joseph die Arme vor der Brust verschränkte und sich leise und einfühlsam erkundigte: »Wie fühlst du dich bei dem Gedanken, dass du französische Wurzeln hast?«

Val unterbrach sofort ihr fröhliches Geplauder. »Meine Güte, verflixt, das tut mir leid. Daran habe ich noch gar nicht gedacht.« Sie verzog das Gesicht. »Ich hatte nur Paris, Wein und Baguettes vor Augen.«

Archie schwieg und kratzte sich nachdenklich das bärtige Gesicht. Draußen im Garten kreischten die Kinder. Und alle Augen waren auf Christmas gerichtet.

»Es ist schon verwirrend«, gestand sie. »Am Wochenende war hier so viel los, dass ich keine Zeit hatte, mir gründlich darüber Gedanken zu machen.«

»Aber du würdest sicher versuchen, ihn ausfindig zu machen, oder?«, fragte Val.

Archie räusperte sich und nippte an seinem Kaffee, und Val warf ihm einen erstaunten Blick zu. Offensichtlich fragte sie sich, was er gegen ihre Frage einzuwenden hatte.

»Unternimm nichts, was dich belasten könnte«, warf Joseph ein. »Es wäre vollkommen in Ordnung, wenn du einfach die Zeit in Frankreich und den Schokoladenkurs genießt, ohne dich selbst unter Druck zu setzen.«

Christmas lächelte ihn dankbar an, erfreut über sein Verständnis.

Plötzlich kam Nate, der mittlere der Jungen, mit einem leblosen Spatzen hereingestürmt. Braxton lief hinter ihm her und versuchte, ihm den Vogel aus der Hand zu nehmen. Willis, der Älteste, kam hinzu und erklärte wichtig: »Der ist tot.«

»Nein, ist er nicht!«, widersprach Nate. »Er schläft nur. Schau doch, er atmet noch!«

»Was ist passiert?« Val sprang auf.

»Er ist gegen die Fensterscheibe geflogen«, berichtete Braxton atemlos.

»Und auf den Boden geknallt«, fügte Willis hinzu. »Diesen Aufprall kann er unmöglich überlebt haben.«

Meine Güte, er hört sich an wie ein Nachrichtenreporter, dachte Christmas.

Das Gespräch über Frankreich war beendet, und der arme benommene Spatz wurde in eine Pappschachtel gelegt und in eine ruhige Ecke des Zimmers gebracht, wo er sich erholen konnte. Glücklicherweise war er eine Weile später wieder bei Bewusstsein gewesen und in einer feierlichen Zeremonie zurück in die Freiheit entlassen worden.

Christmas zwang sich, langsam zu joggen. Seit sie in Sydney gewohnt hatte, war sie nicht mehr gelaufen, und sie kam schnell aus der Puste. Sie wusste allerdings, dass regelmäßige Bewegung ihr guttat, ebenso wie hin und wieder Rosenkohl oder Mungobohnen zu essen. Wenn sie weiterhin den Großteil ihrer Zeit mit der Verarbeitung von Schokolade verbringen wollte, musste sie etwas tun, um Kalorien zu verbrennen. Im Augenblick trug sie Kleidung um ein bis zwei Größen größer als zu ihrer Zeit in der Werbebranche. Normalerweise machte sie öfter einen Spaziergang und ging manchmal mit Emily in einen Gymnastikkurs. Als Gordon Harding sie auf seinem Hochrad im Pioneer Park überholte, schaffte sie es nur mit Mühe, ihm zuzuwinken. Er lächelte sie durch seinen dichten weißen Schnurrbart an und tippte sich zum Gruß an seine College-Kappe. Christmas konzentrierte sich darauf, einen Fuß vor den anderen zu setzen, und bemühte sich, das Seitenstechen zu ignorieren. Und sie würde die Gelegenheit nutzen, um über Frankreich nachzudenken, denn während sie nach Luft schnappen musste, blieb ihr nur wenig Energie, um unnötige Ängste zu entwickeln.

Natürlich war sie schon immer von Frankreich fasziniert gewesen. Wie auch nicht? Es war ihre einzige Verbindung zu diesem Teil ihrer Familiengeschichte.

In der Highschool hatte sie eine Brieffreundin gehabt, ein Mädchen in ihrem Alter namens Miriam Deschamps. Christmas hatte ihr sieben Monate lang jede Woche geschrieben und sich dafür beim örtlichen Postamt Briefmarken, Luftpostaufkleber und dünnes, fast gewichtsloses blaues Briefpapier gekauft. Obwohl sie sich auf Englisch schrieben, sah Christmas in jedem Brief an Mim eine Bestätigung ihrer Abstammung.

Mim lebte in Paris, bereitete sich auf ihre Schulabschlussprüfung, das *baccalauréat*, vor, trank schwarzen Kaffee ohne Zucker und las das Musikmagazin *Rolling Stone*. Sie tauschten Fotos aus. Mim hatte mausbraunes Haar, das ihr bis zur Taille reichte, und dichte Augenbrauen, und wenn sie lächelte, sah man eine Lücke zwischen den oberen Schneidezähnen. Sie war schlaksig und schien nur Jeans zu tragen – in Pink, Orange, Schwarz, Weiß und Lila. Eines Tages schlief der Kontakt zwischen ihnen ein, wie es so oft in diesem Alter passierte.

Jetzt, wo sie sich wieder daran erinnerte, fiel Christmas

ein, dass Emily diesen Briefkontakt immer geringschätzig abgetan hatte. Hin und wieder hatte sie die Briefe aus Christmas' Schultasche gekramt, sie gelesen, bei Mims begeisterter Schilderung der Stadt und ihrem Schreibstil verächtlich geschnaubt und die Augen verdreht. Christmas hatten Mims Briefe immer gefallen, aber sie hatte geschwiegen, wenn Emily darüber gespottet hatte. Wenn möglich, hatte sie die Briefe vor Emily verborgen. Vielleicht war Emily auf Mim eifersüchtig gewesen. Oder auf Christmas' Verbindung zu Frankreich, das im Vergleich zu Hobart sehr exotisch schien.

Sie biss beim Laufen die Zähne zusammen, warf keinen Blick auf die Antiquitätenläden an der High Street und gönnte sich keine Atempause, bis sie an dem alten Wasserturm aus Backstein an der Ecke der Cambock Lane angekommen war. Wegen der Auspuffgase an der High Street nahm sie die Abkürzung durch den Kirchhof an der St. Andrew Church. In den ruhigeren Straßen des Wohnviertels schoben Eltern ihre Kinder in ihre Autos, während sie Mobiltelefone und Müslischalen in den Händen balancierten.

Im Laufe der Jahre hatte Christmas sich viele Filme angesehen, die mit Frankreich zu tun hatten – französische Filme mit Untertiteln und Hollywood-Produktionen, die in Frankreich spielten. Besonders gut gefielen ihr *Die fabelhafte Welt der Amélie, Midnight in Paris, French Kiss, Ein gutes Jahr* und vor allem natürlich *Chocolat*. Aber sie hatte sich nie dazu aufgerafft, Französisch zu lernen. Natürlich hatte sie darüber nachgedacht, es aber nie in Angriff genommen. Sie hatte das Gefühl, dass das Erlernen der Sprache sie dazu verpflichten würde, Gregoire Lachapelle tatsächlich zu suchen. Und obwohl sie es oft in Erwägung zog, machte ihr die Vorstellung ziemlich Angst. Vielleicht existierte er gar nicht. Dann würden sich die wenigen Berührungspunkte, die sie sich ausgedacht hatte, als Hirngespinste herausstellen, und sie würde mit leeren Händen dastehen.

Darla hatte ihr versichert, dass sein Name Gregoire Lachapelle sei, aber sie konnte – oder wollte – ihrer Tochter keine weiteren Einzelheiten über sein Leben verraten. Nur dass er aus dem Süden Frankreichs stammte und ein- oder zweimal (in seinem starken, manchmal kaum zu verstehenden Akzent) von einer jüngeren Schwester gesprochen hatte, an deren Namen Darla sich nicht mehr erinnerte.

Als sie durch den Falls Park joggte, stieg in Christmas wieder der vertraute Zorn auf ihre Mutter auf. Als Mary Hauser ihr mit ihrem Schnauzer auf dem Arm entgegenkam, gönnte Christmas sich eine Pause, stützte die Hände auf die Knie und schnappte nach Luft. Mary setzte ihren Ferdy auf den Boden, und der Hund sprang an Christmas hoch und leckte ihre Hände, während sein Frauchen über das Osterwochenende und das herrliche Wetter plauderte und Christmas erzählte, welche Artikel sie über die Ausstellung zu schreiben plante, bevor sie sich wieder auf den Weg machte.

Da sie schon seit Langem nicht mehr gelaufen war, schlug Christmas ein vernünftigeres Tempo an, bog in die Russell Street ein und steuerte auf die Bäckerei zu, wo sie sich mit Emily verabredet hatte. Ihre Gedanken kehrten wieder zu Frankreich zurück.

Irgendwann in den Neunzigern, als das Internet zur primären Quelle für Nachforschungen wurde, hatte Christmas eine Zeit lang wie besessen nach Gregoire Lachapelle gesucht. Aber ohne weitere Informationen hatte sie nichts über ihn finden können. Im Telefon- und Branchenbuch *Les Pages Blanches* waren über eintausend Lachapelles eingetragen. Und selbst wenn er irgendwann einmal im Süden Frankreichs gelebt haben sollte, hieß das noch lange nicht, dass er viele Jahre später noch dort wohnte. Vielleicht lebte er gar nicht mehr. Sie wusste nichts über ihn, und das war das Problem. Deshalb quälte sie ihre ausschweifende Fantasie, und sie musste sich permanent mit anderen Dingen beschäftigen. Wenn sie ihren Gedanken freien Lauf ließ, kam dabei nichts Gutes heraus. Das hatte sie leider von ihrer Mutter geerbt. Aus diesem Grund hatte Darla bestimmt ständig körperlich anstrengende Jobs angenommen: Sie hatte geputzt, als Gärtnerin, im Wald und auf den Feldern gearbeitet. Darla musste immer etwas zu tun haben.

Christmas stolperte durch das eiserne Doppeltor in den Vorgarten der Ingleside Bakery, die nur ein paar Türen von der *Schokoladenapotheke* entfernt lag. Emily war schon da. Sie war immer überpünktlich, was so gar nicht zu ihren sonstigen Eigenschaften und Gewohnheiten passte. Sie trug einen handgestrickten, mehrmals um ihren Hals geschlungenen Schal, der sich mit ihrem langen Haar verflocht und ein paar große Löcher aufwies. (Christmas schloss daraus, dass ihn wahrscheinlich eine ihrer Nichten während einer kreativen Phase gestrickt hatte.)

Emily sprang auf, als sie Christmas sah, und schob den Metallstuhl über den Ziegelboden. »Hi!« Sie umarmte ihre Freundin, und ihr Haar kitzelte in Christmas' Nase. »Was hast du gemacht? Du bist knallrot und völlig verschwitzt!«

»Tut mir leid. Ich war joggen.« Christmas wischte sich schnaufend den Schweiß vom Gesicht.

»Meine Güte, warum?«

»Ich habe in den letzten Wochen ungefähr fünf Kilo Schokolade verdrückt. Und ich war der Meinung, ein paar Kalorien abarbeiten zu müssen.«

Emily verzog das Gesicht. »Das kann ich gut verstehen.«

Trotz des Läuferhochs – na ja, vielleicht war es nur ein

kleiner Endorphinkick – fühlte Christmas sich unbehaglich. Sie musste plötzlich daran denken, wie Emily sich über Mims Briefe lustig gemacht hatte und dass sie nicht ganz verstand, warum Emily sich in ihrem Namen für den Stipendiumkurs beworben hatte. Hatte das etwas mit Gregoire Lachapelle zu tun? Es gefiel ihr nicht, wenn sie sich in Emilys Gesellschaft nicht so recht wohlfühlte. Schließlich war sie wie eine zweite Schwester für sie. In vieler Hinsicht sogar mehr wie eine Schwester als Val, da sie im gleichen Alter waren.

»Hier gibt es Vanilletörtchen«, sagte Emily.

»Zum Frühstück?«

»Gönn dir mal was!«, befahl Emily.

Sie stellten sich an der langen Theke in der Bäckerei in die Schlange. In den 1860er Jahren hatte sich hier einmal das Rathaus befunden, und der Raum mit den hohen Decken und den prächtigen, großen Bogenfenstern war erhalten geblieben. Es war warm, denn wie die meisten Häuser in Tasmanien war auch dieses so gebaut, dass es zwar Schutz gegen die Eiseskälte bot, aber nicht gegen die wenige Wochen im Jahr herrschende Hitze. Emily bestellte Vanilletörtchen und Caffè Latte für beide, und sie gingen wieder nach draußen und setzten sich unter die hübschen blassrosa Rosen, die sich an dem Mauerwerk emporrankten.

»Du trinkst wieder Kaffee?« Christmas leerte das Glas Wasser in einem Zug.

»Ich habe versucht, nur noch Chai-Tee zu trinken, wie du mir geraten hast. Schrecklich. Ein schlechter Ersatz für Kaffee. Bäh!« Emily streckte die Zunge heraus und verzog das Gesicht.

»Aber wie hast du dich gefühlt?«, fragte Christmas nach.

»Beschissen. Migräne. Und ein heftiges Verlangen nach Zucker.«

»Also kein Unterschied.«

»Richtig. Ein schreckliches Experiment, das ich auf keinen Fall wiederholen möchte. Aber ich habe mich zu einer Sache durchgerungen: Ich werde meinen Kaffee zumindest ohne Zucker trinken! Ich nenne das ›Kommando-Kaffee‹.«

»Sehr gut!«

»Zuerst fiel mir ›Nackt-Kaffee‹ ein, aber das klang zu anzüglich.«

»Kommando-Kaffee klingt nett.«

»Finde ich auch. Und ich komme mir sehr tapfer vor, wie eine Kriegerin. Apropos Kriegerin, wie geht es deiner Mum? Wo ist sie jetzt?«

»Alles wie gehabt. Sie ist abweisend. Unmöglich. Es ist frustrierend. Sie ist im Augenblick irgendwo in Victoria und arbeitet für einen Medizinstudenten, der sich mit der Abnutzung der Zähne von Beuteltieren befasst, um ihre Ernährungsgewohnheiten zu erforschen, oder so ähnlich.«

»Das klingt nicht schlecht.«

»Nein, aber um die Zahnstrukturen zu untersuchen, braucht der Student Zähne.«

Emily schlug die Hand vor den Mund. »Oh, nein.«

»Doch. Mum fährt ganz allein auf einsamen Straßen durch die Wildnis, schneidet überfahrenen toten Beuteltieren die Köpfe ab und packt sie in den Kofferraum ihres Wagens.«

Emily wurde blass.

»Anscheinend muss man sich vergewissern, dass das Tier schon eine Weile tot ist, dann stinkt es nicht mehr so stark.«

»Können wir bitte das Thema wechseln?«

»Sehr gern.« Christmas atmete tief durch, um die Spannung loszuwerden, die sie immer überfiel, wenn sie über ihre Mutter sprach. Der Kaffee und die Törtchen wurden an ihren Tisch gebracht, und beide stürzten sich darauf. »Übrigens habe ich letzte Woche einen interessanten Mann kennengelernt.«

»In Evandale?«, fragte Emily mit vollem Mund.

»Ja, kaum zu glauben, oder? Er ist gerade aus Ecuador zurück, wo er gearbeitet hat. Er ist Botaniker, kommt aus Tasmanien und bleibt eine Weile hier.«

»Wie ist er so?«

»Groß. Ein bisschen abgerissen. Interessant.«

Emily zog die Augenbrauen hoch, die dringend gezupft werden mussten. »Das klingt vielversprechend, aber auch ein bisschen verdächtig. Warum ist er nicht verheiratet?«

»Keine Ahnung.«

»Das solltest du herausfinden. Wenn er nicht schwul oder hochgradig gestört ist – ein bisschen gestört wäre in Ordnung, das sind wir schließlich alle –, dann könnte er eine gute Partie sein.«

Christmas biss in ihr Törtchen und überlegte, dass sie noch einmal um den Häuserblock laufen musste, um es wieder abzuarbeiten. »Du weißt doch, dass ich daran nicht interessiert bin.«

»Oh, bitte! Schau dich doch an. Natürlich bist du an ihm interessiert!« Emily lachte. »Du gehst sogar joggen.«

»Das tue ich nur … aus Vernunftgründen!«, protestierte Christmas. *Ich bin doch nicht wirklich interessiert, oder?* »Und außerdem ist es verboten, wie du weißt.«

»Ja, die Regeln, ich weiß.« Emily bemühte sich offensichtlich, freundlich zu bleiben. Christmas musterte sie einen Moment lang, während sie mit ihrem Löffel die Kuchenkrümel vom Teller kratzte. Lag irgendetwas Unausgesprochenes zwischen ihnen? Und wenn ja, sollten sie dann nicht offen darüber reden? Sie wollte nicht womöglich in ein Wespennest stechen, aber es ließ ihr keine Ruhe.

Sie atmete tief durch. »Gibt es etwas, was du …?«

»Hm?«

»Na ja, glaubst du vielleicht, ich sollte während meines Aufenthalts in Frankreich nach meinem Vater suchen? Ist das der eigentliche Grund, warum du dich in meinem Namen für den Kurs beworben hast?«

Emily leckte langsam ihren Löffel ab und trank einen Schluck Kaffee. Es war untypisch für sie, dass sie so lange nachdachte, bevor sie etwas sagte, deswegen wusste Christmas, dass etwas im Argen lag.

»Ja«, erwiderte Emily schließlich.

»Wow, ich habe nicht damit gerechnet, dass du das so offen zugibst.«

»Warum nicht? Du jammerst seit dreißig Jahren …«

Sie jammerte?

»…, dass du nichts über ihn weißt und wie verantwortungslos es von deiner Mutter ist, dass sie dir nicht weiterhilft, und dass dir deshalb ein Stück deines Lebens fehlt. Ich habe nie verstanden, warum du nicht einfach nach Frankreich fährst und versuchst, ihn zu finden, anstatt dich in Gedanken pausenlos mit diesem Land zu beschäftigen, dir Geschichten über ihn auszudenken und in deinem Zuhause und deinem Laden ein kleines Frankreich um dich herum aufzubauen!«

Das saß.

»Verdammt, tut mir leid.« Emily seufzte und fuhr sich mit der Hand über die Stirn. »So habe ich es nicht gemeint.« Sie wirkte zerknirscht. »Ich habe nur versucht, eine gute Freundin zu sein. Ich weiß, wie sehr du dir eine Teilnahme an diesem Kurs gewünscht hast, und ich hielt es für eine perfekte Gelegenheit, um … na ja, um ein paar Geister aus der Vergangenheit zu vertreiben, oder so.«

Wollte Emily ihr wirklich nur einen Freundschaftsdienst erweisen, indem sie Christmas nach Frankreich schickte? Oder steckte etwas anderes dahinter? Plötzlich durchzuckte sie ein schrecklicher Gedanke. Womöglich hatte Emily die Nase voll von ihrem »Gejammer« und glaubte, dass Christmas sich zu sehr auf sich selbst konzentrierte und besessen davon war, dieses kleine Familiendrama immer wieder in ihrem Kopf abzuspielen?

Und falls Emily das wirklich dachte, könnte sie damit vielleicht sogar recht haben? Wie peinlich!

Christmas trank unangenehm berührt noch einen Schluck Wasser. Sie fühlte sich schuldig. So, als hätte sie etwas Gemeines getan, als würde sie sich schämen und brächte es aber nicht fertig, sich dafür zu entschuldigen.

Ihr Brustkorb schnürte sich zusammen. Sie kannte dieses Anzeichen und wusste, was folgen würde – ein nicht genau bestimmbares, schweres und erdrückendes Gefühl des Trübsinns. Depression. Eine Lektion, die sie bereits in ihrer Kindheit von ihrer Mutter und Großmutter gelernt hatte. Und sie arbeitete hart daran, dieses Gefühl nicht an sich herankommen zu lassen. Sie wollte auf gar keinen Fall in die Fußstapfen ihrer Vorfahren treten. Auch wenn sie genetisch vorbelastet war, besaß sie das Wissen und die Kraft, die Unwägbarkeiten unter Kontrolle zu halten.

Genau aus diesem Grund hatte sie ihre Regeln für ein glückliches Leben aufgestellt. Und deshalb durfte sie sich auch nicht für Lincoln interessieren und nach Gregoire suchen. Das Unbekannte war einfach zu gefährlich.

»Du weißt, warum nicht, Em.«

Emily schüttelte langsam den Kopf. »Früher einmal hätte ich das vielleicht akzeptiert.« Sie griff nach Christmas' Hand. »Aber jetzt tue ich das nicht mehr. Seit der Zeit, in der du dich in Sydney in dein Zimmer zurückgezogen hast, hat sich viel verändert. Du bist jetzt viel stärker.«

Christmas fehlten die Worte.

»Schau, ich will mich nicht mit dir darüber streiten.« Emily ließ Christmas' Hand los, schob ihren Teller zur Seite und lehnte sich in ihrem Stuhl zurück. »Du hast einen Urlaub und einen einwöchigen Kurs bei einem Maître Chocolatier vor dir. Das ist doch gut, richtig?«

»Ja, und ich bin dir wirklich dankbar. Ich kann dir nicht genug danken. Es ist so unglaublich, dass ich …«

Emily hob die Hand. »Denk darüber nach, okay? Tust du das? Lass es dir einfach durch den Kopf gehen.«

»Also gut, ich werde es mir überlegen.«

Christmas warf einen Blick auf ihre Armbanduhr. »Ich muss los.« Einerseits war sie erleichtert, dass sie offen miteinander gesprochen hatten, aber andererseits bedauerte sie es, dass sie jetzt gehen musste, obwohl sie immer noch ein gewisses Unbehagen empfand. Sie umarmte Emily zum Abschied und hoffte, dass sich mit der Zeit die Missstimmung zwischen ihnen von selbst geben würde.

7

An: Die gute Fee von Evandale
Von: Veronika Lambert
Betrifft: Re: Fragen

Ich weiß, Sie haben sich nicht danach erkundigt, aber ich möchte Ihnen erklären, warum ich so viele Kinder habe.
Zum ersten Mal wurde ich schwanger, als ich erst siebzehn war. Beim zweiten Mal hatte ich mich verrechnet, wenn Sie verstehen, was ich meine. Damals war ich neunzehn. Danach habe ich mir die Pille verschreiben lassen, und ich SCHWÖRE Ihnen, dass ich sie genau nach Vorschrift genommen habe! Aber das Schicksal wollte es anders, und mit zweiundzwanzig war ich schon wieder schwanger, dieses Mal mit Zwillingen!!! Beim nächsten Mal war eine Flasche Scotch schuld – mein Mann und ich sind nach sechs Jahren zum ersten Mal wieder ausgegangen. (Übrigens ist mein Mann der Vater aller meiner Kinder, und damals waren wir schon verheiratet.) Und das letzte Mal … nun ja … sagen wir einfach, ich habe tagsüber einen heißen Liebesroman gelesen und dabei ständig Ryan Gosling vor Augen gehabt. Und dann ist mein Mann unerwartet früh nach Hause gekommen … Und das Nachmittagsvergnügen wurde zum Alptraum!
Natürlich haben wir uns zwischenzeitlich darum gekümmert und dieses Problem für immer gelöst. ✂ Sam ist Parkranger in Cradle Mountain, und ich bin Hausfrau und Mutter. In unserer Ehe kriselt es in letzter Zeit. Für jede Hilfe wäre ich unendlich

dankbar. Vielen Dank, dass Sie sich die Zeit nehmen, meine Bitte in Erwägung zu ziehen. Sicher werden Sie mit solchen Hilferufen überschwemmt.

Veronika

An: Die gute Fee von Evandale
Von: Dennis Chamberlain
Betrifft: Re: Fragen

Liebe gute Fee Livingstone, Juliette und ich sind in den Vierzigern. Sie ist Witwe, war also schon einmal verheiratet. Ich nicht. In Liebesdingen bin ich nicht gut. Juliette mag Jazz, Wein, ausländische Filme, scharf gewürztes Essen, gute Schokolade und Katzen. Wir sitzen beide gern am Kamin und besuchen Weinkellereien und Gourmetveranstaltungen. Sie hat Angst vor Höhen, vor Wasser und vor Menschenansammlungen und mag es nicht, wenn man ihre Füße berührt. Ja, ich glaube, sie wird Ja sagen.

Das alte Glöckchen über der Ladentür bimmelte den ganzen Tag pausenlos, und Christmas fühlte sich versucht, es abzunehmen. Sie steckte in der Küche fest und verarbeitete mit Hochdruck Schokolade.

Cheyenne bediente, fröhlich wie immer, am Tresen. Mit ihren orangeroten Locken und ihrer hübschen, wenn auch ein wenig fülligen Figur und der mit Rüschen besetzten Schürze war sie die perfekte, muntere Verkäuferin.

»Ich glaube, du hast deine Berufung verfehlt«, sagte Christmas, als sie sich an der Kaffeemaschine gemahlene Bohnen für eine Ganache holte.

»Oh, nein. Ich bin sicher, dass ich eigentlich eine Prinzessin bin, die bei der Geburt vertauscht wurde.« Cheyenne kicherte. Bei einer anderen Frau in den Vierzigern hätte sich das viel zu mädchenhaft angehört, aber bei ihr klang es entzückend. »Ich warte immer noch auf meinen Märchenprinzen.«

»Und während du auf ihn wartest, machst du deine Sache hier ganz hervorragend.«

»Wenn ich dann eine Prinzessin bin und die Rechte an meinen Memoiren verkaufe, muss ich schließlich auch etwas über meine Zeiten als Durchschnittsperson schreiben, damit die Leser sich mit mir identifizieren können.« Cheyenne begann, weitere Bohnen zu mahlen.

Abigail kümmerte sich um den Service und machte ebenfalls Überstunden, obwohl sie dabei nicht ganz so fröhlich wirkte und ständig auf ihre Armbanduhr schaute.

Während Christmas fleißig weiterarbeitete, dachte sie über neue Rezepte für Lien nach, die nach einer langen Pause in der vergangenen Woche wieder am Schulunterricht teilgenommen hatte. Körperlich kam sie gut zurecht, aber ihre Medikamente machten sie benommen, und sie hatte Konzentrationsschwierigkeiten. »Ich habe das Gefühl, als hätte ich einen Kater«, hatte Lien geklagt, als Christmas sie an einem Nachmittag im Haus ihrer Familie auf dem Hügel hinter Launceston besucht hatte. Sie saß neben dem Kamin und versuchte, sich auf die Hausaufgaben in einem naturwissenschaftlichen Schulbuch zu konzentrieren, während Tu in der Küche nebenan Kartoffeln schälte.

»Du weißt doch gar nicht, wie man sich bei einem Kater fühlt«, sagte Tu und ließ eine Kartoffel in die mit Wasser gefüllte Spüle fallen. »Das hoffe ich zumindest.«

Lien legte ihren Stift zur Seite und streckte ihre Finger. »Ich lese viel«, entgegnete sie, und Christmas lächelte. Lien war tatsächlich eine eifrige Leserin und hatte immer ein

Buch bei sich. Allerdings vermutete Christmas, dass sie sich damit auch vor unerwünschtem Mitleid oder sogar vor Schikanen schützen wollte. Wenn man ein Buch vor der Nase hatte, durfte man still dasitzen und musste mit niemandem reden.

Seit ihrem letzten Besuch beschäftigte Christmas sich mit verschiedenen Schokoladenrezepten und verwendete wirksame Mischungen aus den ätherischen Ölen von Basilikum, Limetten, Zitronen, Pfefferminze und Grüner Minze. Alle diese Öle hoben die Stimmung, verhalfen zu einem klaren Kopf und verbesserten die Konzentrationsfähigkeit. Das lief sehr gut, aber sie hoffte, dass sie irgendwann auf etwas noch Wirksameres stoßen würde.

Aber im Augenblick bereitete sie Riegel aus dunkler Schokolade zu und verwendete dazu Trinitario-Bohnen von einer Farm in Gran Couva auf Tobago, die dort fermentiert und getrocknet wurden, bevor sie ihr neuester Lieferant in Amerika kaufte. Er röstete sie, packte sie ab und schickte sie zu ihr nach Tasmanien. Christmas mahlte sie vor der Verarbeitung und übernahm damit, wie Lincoln es so hübsch ausgedrückt hatte, einen wichtigen Teil bei der langen Reise eines winzigen Samens, um ihn seiner Bestimmung zuzuführen.

Kakaobohnen konnten auf viele Weise Schaden nehmen – beim Ernten, Trocknen, Fermentieren, Verpacken und Transport. Aber wenn ein Farmer hart arbeitete, ihr Lieferant die Bohnen in gutem Zustand erhielt und sie perfekt röstete, hatte Christmas nur noch die Verantwortung, daraus wunderbare Schokolade zu machen. Jede Bohne ging auf ihrem Weg zum Verbraucher durch viele Hände – und unter anderem auch durch ihre.

Sie schöpfte mit einer großen Kelle gut temperierte Schokolade aus dem Kessel, füllte sie in die Förmchen, entfernte den Überschuss mit einem großen Schaber aus Stahl, schüttelte die Förmchen kräftig hin und her und schlug sie dann kurz auf das weiße Marmorbrett auf der Arbeitsfläche, um die Luftblasen zu entfernen, die an winzige Vulkanausbrüche erinnerten.

Die Schokolade, die aus diesem speziellen Anbaugebiet in Tobago stammte, war sehr teuer, und das zu Recht. Christmas tauchte die Kelle wieder ein und ließ die dicke braune Flüssigkeit zurück in den Topf fließen. Die Oberfläche glänzte und kräuselte sich leicht. Und es duftete herrlich.

Der Thermostat an dem Temperierkessel schaltete sich ab, und das Geräusch erinnerte sie daran, dass sie sich genau an die Zeit halten musste. Sie rührte wieder im Kessel, spürte das Gewicht der Schokolade und löste einige Klumpen auf, die sich immer bildeten, wenn der Deckel geöffnet wurde und Luft auf die köchelnde Flüssigkeit traf. Christmas hatte gelernt, nachzudenken, während ihre Hände beschäftigt waren. Es war beinahe so, wie einem verstörten Freund Gesellschaft zu leisten, während man sich unterhielt. Ihre Gedanken kreisten um das geisterhafte Bild, das sie von ihrem Vater hatte, während die Arbeit ihrer Hände sie beruhigte. *Es ist alles in Ordnung; du musst es einfach ignorieren.*

Es war schwierig, die Reise nach Frankreich von dem quälenden Bedürfnis, etwas über ihre Vorfahren herauszufinden, zu trennen. Mehr als je zuvor musste sie nun Prioritäten setzen. Ein Kurs bei Maître Le Coutre in Frankreich war eine einmalige Chance, sich in der Schokoladenverarbeitung weiterzubilden. Na ja, wahrscheinlich kam es darauf an, welches Kursprogramm er ausgesucht hatte. Aber auch ohne Maître Le Coutre war Frankreich eine Hochburg für aufregende und bereichernde Erfahrungen im Gourmetbereich, und sie würde mit Sicherheit mit Ideen für neue Kreationen zurückkommen. Und sie würde den Sommer in der Provence verbringen. Bei dem Gedanken lief ihr das Wasser im Mund zusammen. Sollte es noch einen kleinen Zweifel an dieser Reise gegeben haben, so verflog er in diesem Moment.

Es war eigentlich ganz einfach: Gregoire Lachapelle spielte keine Rolle.

Sie konnte ihren biologischen Vater ganz und gar von der Reise getrennt sehen. Es gab keinen Zusammenhang. Es ging um unterschiedliche Dinge. Sie würde keine weitere Minute mehr darüber nachdenken, ob sie versuchen sollte, ihn ausfindig zu machen. Das war jetzt klar. Christmas würde diese fantastische Gelegenheit ergreifen und in Frankreich einen Kurs über Schokolade besuchen, und sonst nichts.

Als sie ihre Aufmerksamkeit den herzförmigen Förmchen zuwandte, die mit Watte poliert wurden, bis sie von den sich in den Fasern befindlichen Ölen glänzten, klingelte die Ladenglocke schon wieder. Sie hielt die Gussform über den Kessel und löffelte die geschmolzene Schokolade in die herzförmigen Vertiefungen, schabte den Überschuss zurück in den Topf und klopfte die Plastikschale auf die Marmorplatte.

Sobald sich Blasen bildeten, kam der Großteil der Schokolade wieder zurück in den Kessel, sodass nur eine hauchdünne Schicht in jeder Herzform zurückblieb. Christmas stellte die Schale zur Seite, um die Schokolade an der Luft trocknen zu lassen. Morgen würde sie eine Ganache aus Erdbeerlikör einfüllen.

Abigail erschien an der Tür; ihr dunkler Pony fiel ihr beinahe in die Augen. »Draußen ist ein Mann, der dich sprechen möchte. Er war vor Kurzem schon einmal zum Mittagessen hier. Ich habe ihm gesagt, dass du beschäftigt bist, aber er will unbedingt mit dir reden.«

Christmas warf einen Blick auf ihre pinkfarbene mit

Schokolade verschmierte Schürze, ihre bespritzten Arme und die Schokolade im Kessel, die leise blubberte und an den Rändern bereits eintrocknete. Verärgert schnalzte sie mit der Zunge. »Schick ihn zu mir rein.« Sie durfte ihre Arbeit jetzt nicht unterbrechen.

Sie holte sich eine neue glänzende Schale und tauchte wieder ihre Kelle in den Topf, als die Schwingtüren aufflogen und Lincoln hereinmarschierte.

»Oh, hi.« Ihr Ärger war sofort verflogen. Sie freute sich, dass er ihrer Einladung gefolgt war.

»Tut mir leid, wenn ich störe.« Er atmete tief ein. »Wow, hier riecht es fantastisch!«

»Man gewöhnt sich nach einer Weile daran«, erwiderte sie. »Eigentlich schade. Es gibt nichts Schöneres, als wenn der Duft von Kakao das Gehirn berauscht.«

Zwanglos trat er einen Schritt vor. Einen großen Schritt.

»Halt!« Sie hob ihre Kelle.

Er erstarrte.

»Sie dürfen nicht zu nahe an die Schokolade kommen, wenn Ihr Haar nicht bedeckt ist.«

»Oh, natürlich. Entschuldigung.« Sein Blick fiel auf das hübsche Haarnetz, das wie eine Badekappe eng um ihren Kopf lag.

Er kramte in seiner Hosentasche, fischte eine abgewetzte Lederbrieftasche heraus und holte eine Visitenkarte hervor. Sie bedeutete ihm mit einer Bewegung, dass sie keine Hand frei hatte, und er machte einen Schritt auf die Arbeitsfläche zu, beugte sich vorsichtig mit einem ausgestreckten Arm vor und legte die Karte so an den Rand, dass sie sie lesen konnte. Dann zog er sich schnell wieder zurück.

Sie warf einen Blick darauf: *Lincoln van Luc, Botaniker.*

»Ich wollte Ihnen ganz offiziell meine Karte geben, damit

Sie mich nicht für einen Kerl halten, der nur in Ihrem Laden herumhängt und eine Menge Schokolade isst. Ich schreibe derzeit ein Buch über Kakao, und mein Verleger Jeremy ist der Meinung, dass es sich nicht gut verkaufen wird, wenn ich es allein verfasse. Er hält es für zu wissenschaftlich und zu trocken und möchte, dass ich einen Co-Autor dazuhole. Jemanden, der auf der anderen Seite der Schokoladenproduktion arbeitet. Jemanden wie Sie.«

Es dauerte einen Moment, bis Christmas verstand, was er ihr sagen wollte. »Sie möchten, dass wir zusammenarbeiten?«

»Das wäre doch ideal, finden Sie nicht? Ich bin Wissenschaftler, Sie sind Chocolatier …«

»Nein, das bin ich eigentlich nicht. Ein Chocolatier ist ein Profi, während ich nur handwerklich arbeite …«

»Ich weiß, dass Sie Schokolade hervorragend verkaufen können und früher PR-Managerin waren. Das habe ich in der Ausgabe des Bordmagazins gelesen, die vorne im Laden liegt, als ich nach der Ausstellung hier etwas gegessen habe. Und außerdem … nun ja, meine Großmutter hat diesen Vorschlag gemacht, und ich finde ihn großartig. Ich könnte mich ohrfeigen, dass ich nicht schon eher daran gedacht habe, denn Sie scheinen dafür genau die Richtige zu sein«, fuhr er schnell fort. Seine Körperhaltung wirkte ein wenig steif, so als wäre er nervös oder unsicher.

»Ich weiß nicht, was ich dazu sagen soll.«

»Es ist doch toll, wenn man mit etwas Unerwartetem, Zufälligem konfrontiert wird, richtig?« Aus Lincolns Stimme war echte Begeisterung zu hören.

Ihr schwirrte der Kopf. Sie konnte doch kein Buch über Schokolade schreiben, oder? Sie arbeitete erst seit einigen Jahren in diesem Geschäft und hatte sich alles selbst beigebracht. Wie konnte sie da behaupten, eine Expertin in der

Schokoladenverarbeitung zu sein, und ihren Namen auf ein Buch setzen?

Außerdem verschlang ihre Aufgabe als gute Fee, die sie in ihrer kargen Freizeit nebenher erledigte, überraschend viel Zeit, und sie hatte noch einiges aufzuarbeiten. Für weitere Verpflichtungen hatte sie eigentlich keine Zeit mehr.

Und dann dieser Mann: etwas abgerissen, aber faszinierend. *Lincoln van Luc – ein attraktiver Mann.* Viel zu verführerisch, um eng mit ihm zusammenzuarbeiten.

Keine romantischen Beziehungen! So stand es klar und deutlich auf dem Blatt Papier über ihrem Schreibtisch, und sie las sich ihre Regeln mehrmals im Monat laut vor, obwohl sie sie natürlich auswendig kannte. Seit sie sie vor drei Jahren verfasst hatte, hielt sie sich an jedem Tag ihres Lebens daran. Allerdings präzisierte diese spezielle Regel nicht, wie lange sie eingehalten werden musste.

Suchte sie jetzt bereits nach einem Hintertürchen?

»Das ist sehr schmeichelhaft«, gab sie zu. »Und eine wunderbare Gelegenheit. Aber ich befürchte, ich habe dafür keine Zeit.« Sie wandte sich zu dem Temperierkessel um und rührte kräftig, um die Klumpen aufzulösen und gleichzeitig ihre Gefühle unter Kontrolle zu halten, die Lincoln van Luc mit seinem Erscheinen in ihrer Küche bei ihr ausgelöst hatte.

»Ich weiß, ich habe Sie damit regelrecht überfallen, und ich sehe, dass Sie sehr viel zu tun haben.« Sein Blick schweifte über die hohen Regale, in denen die Schokolade in den Gussformen abkühlte. »Ich würde Ihnen gern eine E-Mail mit einer Inhaltsangabe und ein paar weiteren Informationen schicken, damit Sie sich ein Bild davon machen können. Ich wohne für eine Weile ganz in der Nähe, nur zehn Minuten von hier entfernt.« Er deutete mit der Hand über seine Schulter. »Wir sind also praktisch Nachbarn.«

»Okay«, erwiderte sie zögerlich.

»Großartig.« Er lächelte so zuversichtlich, als hätten sie gerade einen Vertrag unterschrieben.

Und schon war er wieder verschwunden und ließ Christmas mit ihrer Schokolade und ihrer Arbeit zurück.

Kurz darauf – sie hatte sich noch nicht von Lincolns überraschendem Vorschlag erholt – summte ihr Mobiltelefon und kündigte ihr den Eingang einer E-Mail an. Und weil sie sich nach einer Ablenkung sehnte, wusch sie sich die Hände und schaute sich die Nachricht an. Sie kam von ihrem ehemaligen Arbeitgeber, der PR-Agentur McKenzie Jones. Man teilte ihr mit großem Bedauern mit, dass ihr Freund und Kollege, der Journalist Peter O'Donnell, im Alter von neunundsechzig an einem Herzinfarkt verstorben sei.

»Emily!«

Emily drehte sich um, eine Tube Augencreme in der Hand, und sah Val mit Tüten beladen in der Kosmetikabteilung von Myer in Launceston auf sich zukommen.

»Hi!« Sie legte die Creme beiseite und küsste Val auf die Wange.

»Was tust du hier?«, fragte Val leicht außer Atem.

»Ich bin eigentlich beruflich hier. Wir arbeiten an einem Bericht über Kochen und Backen wie anno dazumal.

Gerade habe ich in der CupCakery im Einkaufszentrum über das Backen von Cupcakes im Wandel der Zeiten recherchiert. Warst du schon einmal dort? Das ist ein richtig abgefahrener Laden, jede Menge Poster aus den Fünfzigern, antike Mixer und alte Kochbücher, ein kleines Museum für Kuchenbacken.«

»Mit Kuchenbacken habe ich nichts am Hut«, erklärte Val bestimmt. »Aber ich bin froh, dass ich dich hier treffe.

Ich wollte dich schon anrufen oder dir eine SMS schreiben, um dir zu danken, dass du Massy diesen Stipendiumkurs in Frankreich besorgt hast. Das ist toll! Und er wird ihr guttun.«

Emily biss sich auf die Unterlippe. Sie wollte auf keinen Fall die unausgesprochenen Verhaltensregeln zwischen Freundinnen und deren Schwestern verletzen, aber als die ernannte beste Freundin in dieser Dreierkonstellation fühlte sie sich verpflichtet, falls nötig, einen Schritt weiterzugehen. »Hast du Zeit für einen Kaffee?«, fragte sie.

»Na klar. Ich muss die Kinder erst in einer Stunde abholen.«

»Prima. Ich wollte mit dir über Christmas und diese Reise nach Frankreich reden. Ich mache mir Sorgen, dass sie diese Chance nicht nutzt, um etwas …« Sie zögerte und suchte nach den richtigen Worten. »Um etwas zur Aufarbeitung ihrer Vergangenheit zu tun.«

»Du meinst, sie sollte ihren Vater suchen?«

»Ja.«

»Da bin ich ganz deiner Meinung«, sagte Val, und sie zogen los, um sich eine gute Tasse Kaffee zu besorgen.

Christmas hatte in ihrem Leben erst an wenigen Beerdigungen teilgenommen. Die letzte war die von Mr Tupper gewesen, Rosemary McCaws zwanzigjährigem, an Arthritis und Diabetes erkranktem Kater, der im vergangenen Jahr auf Rosemarys Schoß für immer eingeschlafen war, während sie sich eine Folge von *Downton Abbey* angeschaut hatte. Mr Tupper wurde unter einem blühenden Baum in Rosemarys Garten begraben. Zur Beerdigung hatte sie eine Handvoll ihr nahestehender oder namhafter Dorfbewohner eingeladen. Rosemary las aus Shakespeares Werken vor, und eine Opernsängerin, eine Freundin aus ihrer Theaterzeit, sang ein Lied.

Es war ein erstaunlich bewegender Moment gewesen, als die sterblichen Überreste des roten Katers Mr Tupper beigesetzt wurden.

Trübsinnig überlegte Christmas, dass sie vielleicht jetzt das Alter erreichte, in dem um sie herum immer mehr Menschen das Zeitliche segneten, und sie eine endlose Prozession von traurigen Abschieden vor sich hatte, bis sie selbst einmal über das große Lavendelfeld im Himmel wandeln würde.

Sie schwenkte den Rotwein in ihrem Glas und setzte sich in dem großen Bett in der Frühstückspension auf, wo sie die Nacht an der Nordküste von Sydney verbrachte. Nicht weit von hier waren Peters Angehörige jetzt nach der Trauerfeier in seinem Haus versammelt, um sich gegenseitig Trost zu spenden. Auf dem Nachttisch stand eine leere Verpackung von einem thailändischen Take-away, und auf ihrem Bett verstreut lagen unzählige gebrauchte Taschentücher. Bis zum Abend hatte sie nicht geweint. Sie hatte sich dazu gezwungen, sich nicht gehen zu lassen, und ihre Tränen zurückgehalten. Lass den Schmerz nicht zu, hatte sie sich gesagt. Peters Frau und seine Kinder litten sicher viel mehr als sie, also welches Recht hatte sie zu weinen? Er war schließlich nicht ihr Vater.

Seine Kinder hatten alle sehr redegewandt über die Spiele gesprochen, die sie mit ihm in ihrer Kindheit gespielt hatten, und an Situationen erinnert, in denen ihr Vater ihnen seine Lebensweisheiten vermittelt hatte, die sie nun bis zu ihrem eigenen Ende bewahren würden. Sie hatten von seinem Wissensdurst erzählt und von seiner unerschütterlichen Begeisterung für Reisejournalismus, die ihn an Orte wie die Antarktis und Länder wie den Libanon und Estland und viele mehr geführt hatte. Er war an der Chinesischen Mauer entlangmarschiert, schwimmen gegangen, ohne zu wissen, dass sich in der Nähe ein großer weißer Hai befand, hatte den Kilimandscharo bestiegen, war bei einer äthiopischen Familie zu einem Kaffeeritual eingeladen gewesen, über glühende Kohlen gelaufen, in Ägypten mit vorgehaltener Pistole bedroht worden und hatte in den Flüchtlingslagern im Sudan bittere Tränen vergossen.

Aber vor allem die Worte seiner ältesten Tochter hatten Christmas zutiefst berührt. »Ganz gleich, womit Dad sich herumplagen musste – Durchfallerkrankungen, Überfälle, Verhaftungen wegen des Verdachts auf Spionage, verlorene Pässe oder von Kakerlaken bevölkerte Hotelzimmer –, sein Spaß und seine Freude am Reisen und am Leben gingen ihm nie verloren. Dad sagte immer: ›Das Leben ist zu kurz, um es hinter einem Schreibtisch zu verbringen. Ergreif jede Gelegenheit beim Schopf, die sich dir bietet. Sag niemals Nein.‹«

Christmas schenkte sich noch ein Glas Grenache ein. Sie verbrachte ihr Leben nicht mehr hinter dem Schreibtisch – davon hatte sie sich befreit. Aber versteckte sie sich jetzt in den vier Wänden ihres Schokoladenladens? Wenn sie ganz ehrlich mit sich selbst war, soweit man das nach über einer halben Flasche eines fantastischen australischen Weins sein konnte, begriff sie tief in ihrem Inneren, dass sie zu vorsichtig war. Sie nutzte nicht jede Gelegenheit, die sich ihr bot.

Nicht einmal Peter war es gelungen, sie dazu zu bringen, ihre Einstellung zu Gregoire Lachapelle zu überdenken. Sie war einfach nicht bereit dazu. Aber Lincolns Buch? Es war eine seltene, berufliche Chance. Und sie würde sie ausschlagen, weil sie Angst vor der Nähe eines attraktiven Mannes hatte.

Sie verdrehte die Augen. »Oh, Peter, wenn du mich jetzt so sehen könntest, würdest du mir eine gehörige Standpauke halten.«

Vor Jahren, als sie noch bei McKenzie Jones beschäftigt gewesen war, hatte sie mit Peter eine Pressereise zum Great Barrier Reef gemacht. Sie wohnten in einem Fünf-Sterne-Hotel, für das Christmas eine ihrer größten Kampagnen organisiert hatte. Mit lächerlich großen Strohhüten auf dem Kopf lagen sie am Strand und tranken eimerweise Piña Coladas. Im Laufe des Tages und mit zunehmender Hitze wurden sie immer alberner und lachten über die dümmsten Witze, bis Peter plötzlich sagte: »Ich würde alle meine Reisen in der ganzen Welt gegen einen einzigen Tag mit meinen Eltern eintauschen.«

Christmas war mit einem Schlag wieder stocknüchtern und brach in Tränen aus.

Peter tätschelte ihr den Arm. »Es tut mir leid. Ich weiß nicht, warum ich gerade jetzt an sie denken musste.« Mühevoll erhob er sich von der Strandliege und hielt sich an der Rückenlehne fest. Er starrte in sein bauchiges Glas, fischte die Cocktailkirsche heraus und steckte sie sich in den Mund. »Wahrscheinlich liegt es am Alkohol.« Er hatte die Schultern gezuckt. »Manchmal kommt man dann ganz direkt zur Sache.«

Nun saß sie, nur fünf Stunden nach Peters Beerdigung und der Rede seiner Tochter, in einem Pensionszimmer in Sydney und überlegte sich, ob sie vielleicht doch einfach anfangen sollte, Ja zu sagen. Sie trank ihr Glas aus und beschloss, dass es etwas gab, was sie sofort in die Tat umsetzen konnte.

Können wir kurz miteinander reden?

Lincoln van Luc
Wer ist da?

Christmas Livingstone
Oh, tut mir leid. Hier ist Christmas Livingstone.
Von der Schokoladen-Apokalypse
Apoplexie
Apagoge
Apotheke!!!
Sind Sie noch da?

Lincoln van Luc
Ja, tut mir leid. Ich beobachte gerade meinen Nachbarn über den Zaun. Er ist ehemaliger Kapitän zur See, hinkt und raucht Pfeife. So wahr ich hier stehe.

Das hätte ich jetzt wohl nicht sagen sollen. Ich höre mich ja an wie ein irrer Voyeur oder so. Aber er baut irgendetwas in seinem Garten.

Christmas Livingstone
Was denn?

Lincoln van Luc
Keine Ahnung.

Christmas Livingstone
Können Sie ihn nicht fragen?

Lincoln van Luc
Nein. Er kommuniziert nur in Zeichensprache.

Christmas Livingstone
Ist er gehörlos?

Lincoln van Luc

Nein. Wenn er etwas sagen will, schreibt er es auf eine Tafel und legt sie auf den Gehsteig. Heute steht darauf: ›Alle Regierungen sind korrupt, also such dir eine aus, die weniger korrupt ist als die anderen.‹

Christmas Livingstone

Oh, das klingt ja sehr ermutigend.

Lincoln van Luc

Allerdings. Aber Sie wollten über etwas mit mir reden?

Christmas Livingstone

Ja. Ich glaube, ich möchte dieses Buch mit Ihnen schreiben. Ich weiß nicht, wie viel Zeit Ihnen zur Verfügung steht. Ich fahre in sieben Wochen nach Frankreich und verbringe dort gut drei Wochen. Aber ich würde gern mitmachen. Ich würde gern Ja sagen.

Falls Sie noch daran interessiert sind.

Lincoln van Luc

Das bin ich.

8

Wieder war es Freitag – zwei Wochen nachdem Emily die Nachricht von dem Stipendium überbracht und Christmas noch immer rein gar nichts in Sachen Frankreich unternommen hatte. Wenn sie es je nach Übersee schaffen wollte, musste sie vor ihrer Abreise eine lange Liste von Aufgaben abarbeiten. Und ganz oben standen die beiden jüngsten Bitten ihres Patenschützlings. Sie übergab den Laden für einige Stunden Cheyenne, um Veronika Lambert zu besuchen.

Die Fahrt von Evandale nach Sheffield dauerte eine gute Stunde. Christmas kam an scheinbar endlosen gelben Weiden vorbei, hin und wieder unterbrochen von nackten, kahlen Eukalyptusbäumen, die ihre knorrigen Äste wie knochige Hände in einen bleigrauen Himmel reckten. Die Weiden erinnerten an Weizenfelder. Nur die Grüppchen ebenholzfarbener Angusrinder und die schmutzig grauen Schafe, die sich wie Felsen auf den Boden kauerten, verrieten, dass es sich bei den Halmen nicht um Weizen, sondern um strohtrockenes Gras handelte.

Das Städtchen Sheffield schmiegte sich an den Mount Roland im Süden, und von der Hauptstraße aus bot sich ein Blick über geschwungene gelbe Hügel, den ganzen Highway entlang bis zum Cradle Mountain.

Das Haus der Lamberts befand sich nur eine Straße vom Ortskern entfernt. Veronika öffnete die Tür, ein Baby auf der Hüfte. Sie trug einen fleckigen Overall und hatte das Haar zu zwei Zöpfchen geflochten, was sie viel jünger wirken ließ, als sie Christmas' Wissen nach war. Sie war mager und blass und erweckte einen schwächlichen Eindruck. Die geröteten, glänzenden Augen, die ebenfalls gerötete Nasenspitze und das rostrote Haar machten die Sache nicht besser. Sie sah aus, als würde sie jeden Moment in Tränen ausbrechen.

Zum Glück reichte ihre Kraft noch zu einem Lächeln.

Christmas begrüßte sie und überreichte ihr eine mit einer wasserblauen Schleife verschnürte Pralinenschachtel.

»Danke!«, sagte Veronika. »Kommen Sie rein. Die Kinder werden begeistert sein. Am besten verstecke ich die Pralinen, sonst kriege ich nichts mehr davon ab. Ich habe da einen Geheimplatz in meiner Unterwäschenschublade. Wenn ich etwas genießen will, anstatt mit meiner Familie darum zu kämpfen wie mit einem ausgehungerten Wolfsrudel, muss ich es verstecken. Es schmeckt einfach nicht so gut, wenn man es hinunterschlingen muss, um seinen Anteil abzubekommen.«

»Ihr Geheimnis ist bei mir sicher«, erwiderte Christmas, putzte sich die Füße an der Fußmatte ab und trat ein. Das Haus musste dringend renoviert werden: pfirsichfarbene Paneele und eine betagte Küche waren durch die Tür zu sehen. Der frei stehende Herd neigte sich ein wenig zur Seite. Als sie sich umschaute, bemerkte sie Socken, Schuhe, ein Dreirad, eine Puppe ohne Kopf und einen kleinen Fernseher. Ein Mischmasch aus Möbeln, das wirkte wie auf Flohmärkten zusammengesucht oder von Familienmitgliedern geerbt. Einige Möbelstücke waren mit ausgeblichenem Blümchenstoff bezogen, andere bestanden aus Furnierholz im Stil der Siebziger. Der graugrüne Teppichboden musste unbedingt gründlich gereinigt werden.

»Verzeihen Sie das Durcheinander.« Veronika ging voraus zum Esstisch. Als sie mit dem Fingernagel darauf tippte, klang es hohl. »Metall ist das einzige Material, das sie nicht kaputt machen können.«

Christmas lächelte anteilnehmend.

»Möchten Sie einen Tee oder einen Kaffee? Ach, Moment mal, ich glaube, der Kaffee ist alle. Aber Tee ginge. Ich fürchte allerdings, ich habe nur Teebeutel. Keine Zeit, Teeblätter in einer Kanne ziehen zu lassen. Ich schaffe es kaum, eine Tasse auszutrinken, nachdem ich sie mir zubereitet habe. Ständig stolpere ich überall im Haus über halbvolle Teetassen. Oft schwimmt da schon der Schimmel darin. Eklig, oder? Ich hätte das nicht sagen sollen. Jetzt halten Sie mich bestimmt für eine widerliche Haushaltsschlampe.« Veronika verlagerte das pummelige Baby auf die andere Hüfte und wiegte es, um es bei Laune zu halten.

»Nein, ich möchte nichts, danke.« Christmas lachte. »Und Sie sind nicht die Einzige mit den halbvollen Tassen. Meine Schwester ist genauso. Sie hat drei Söhne.«

»Herzliches Beileid«, antwortete Veronika.

»Eigentlich wollte ich nur vorbeischauen, persönlich hallo sagen und Ihnen die Pralinen bringen. Morgen treffe ich mich mit meiner Freundin Mary Hauser, um zu sehen, was sich machen lässt. Sie ist Journalistin, und wir haben es schon oft geschafft, Leuten etwas zukommen zu lassen, die es brauchen. Ist gute Werbung.«

»Oh, glauben Sie tatsächlich, dass Sie mir helfen können?« Veronikas Augen weiteten sich, und ein schmerzlicher Ausdruck huschte über ihr Gesicht.

»Wären Sie bereit, Ihre Geschichte später öffentlich zu erzählen und sich fotografieren zu lassen? Mit der Waschmaschine oder so? Es nützt dem Image eines Unternehmens, wenn wir ihm eine Erfolgsgeschichte zusagen können.«

Veronika nickte rasch. »Ja, natürlich.«

»Es wird nicht reißerisch«, beruhigte Christmas sie, als sie spürte, dass sich ein Hauch von Verlegenheit einschlich. »Ich will Ihnen helfen und Sie auf keinen Fall in eine peinliche Situation bringen.«

Veronika setzte das Baby in einen hölzernen Laufstall in der Ecke und gab ihm eine Schachtel Bauklötzchen. Dann zog sie sich einen Stuhl aus grünem Vinyl heran und nahm Christmas gegenüber Platz. »Selbstverständlich arbeite ich gerne mit. Ich bin einfach nur dankbar für jede Art von Hilfe. Ich schaffe es nicht mehr, die Wäsche in den Waschsalon zu schleppen.« Sie schlug die langen Finger vors Gesicht. »Die Tür hinter Ihnen sollten Sie besser nicht aufmachen. Ein Erdrutsch aus Strampelanzügen und Pyjamas von Taylor Swift. Sie würden auf Nimmerwiedersehen darin versinken.«

Christmas legte Veronika die Hand auf den mageren Arm. »Alles wird gut, glauben Sie mir. Sie sind nicht der erste Mensch, der in eine solche Krise gerät, und Sie werden auch nicht der letzte sein. Es ist gut, dass Sie um Hilfe gebeten haben. Ich werde mein Bestes tun, um die Sache sofort in Ordnung zu bringen.«

Und als sei diese kleine gütige Geste ein Nadelstich in einen mit Wasser gefüllten Ballon gewesen, rann langsam eine Träne aus Veronikas Augenwinkel.

Der mittägliche Ansturm war vorbei. Nur eine Handvoll Kunden war noch im Laden und ließ sich Kaffee und heißen Kakao schmecken. Christmas legte gerade letzte Hand an eine weitere Lage von wie Blumen geformten Pralinen. Diese Stücke waren bei der Gartenschau der Hit gewesen, und sie hatte schon viele Bestellungen für den Muttertag fertig. Nun machte sie welche für Mary Hauser, die ihrer Mutter etwas Besonderes zum siebzigsten Geburtstag schenken wollte. Auf den Pralinen prangten weiße und gelbe Gänseblümchen – die Lieblingsblumen von Marys Mutter. Sie hatte eine Lage flacher, runder belgischer Pralinen von etwa einem Zentimeter Dicke hergestellt und sie mit Ganache mit Crème-Brulée-Geschmack gefüllt. Dann hatte sie unten eine flache Schokoladenscheibe, ein wenig größer als die obere, angesetzt, sodass jede Ganache-Schicht auf einem Teller aus Schokolade ruhte.

Sie verteilte die winzigen Zuckerblümchen (eigens bestellt, denn sie war weder geschickt noch geduldig genug, sie selbst zu machen) auf dem Sockel und oben auf der Ganache, bis das Ganze aussah wie eine perfekte Schokoladentorte im Miniaturformat. Wunderschön, sagte sie sich, auch wenn sie sich damit selbst lobte. Sie durfte nur nicht vergessen, sie zu fotografieren, bevor sie sie in eine Schachtel packte, damit Mary sie heute mitnehmen konnte. Im Kühlschrank würden sie sich halten, bis Mary ihre Mutter besuchte – solange Mary sich beherrschte und sie nicht selbst verspeiste.

Christmas wünschte, sie hätte letzte Woche ihrer eigenen Mutter eine Pralinenauswahl zum Muttertag schicken können. Eigentlich war Darla eine strikte Anhängerin von Fleisch mit drei Gemüsesorten oder Steak mit Pommes und fand Christmas' Liebe zu gutem Essen und schicken Küchengeräten lachhaft und verschwenderisch. Aber nicht einmal sie konnte den handgemachten Schokoladenkreationen ihrer Tochter widerstehen. Wenn Christmas das nächste Mal mit Val sprach, würde sie ihr anbieten, welche für die Hochzeit anzufertigen. Sie musste herausfinden, welche Blumen Val sich für ihren Brautstrauß ausgesucht hatte, damit sie die passenden Zuckerblumen bestellen konnte.

Gerade band sie eine sonnengelbe Schleife um die Geschenkschachtel, als Mary die Ladentür öffnete. Sie trug ein militärisch wirkendes rotes Kleid mit einer doppelten Reihe aus Messingknöpfen und hohe schwarze Stiefel. Lippenstift und Nagellack waren ebenso glänzend rot, genau wie das Nietenhalsband ihres Schnauzers. Marys dunkles Haar mit den auffälligen hellen Streifen wies eine verblüffende Ähnlichkeit mit Ferdinands Fell auf. Erst vor Kurzem war Ferdy geschoren worden, weshalb seine spitzen Fledermausohren größer aussahen als sonst.

»Hallo!«, sagte Christmas. »Hallo, Ferdy.« Als sie den Hund am Hals kraulte, schlug sein Schwanz gegen Marys Rippen. Eifrig schnüffelte er Christmas auf der Suche nach Schokolade ab. Sie nahm ein Stück Hundeschokolade aus dem großen Glas mit den Hundeleckerchen (sie bestanden aus Johannisbrot, weil Schokolade für Hunde giftig war) und gab sie ihm. Er schnappte genüsslich danach, und seine kleinen Zähne zermahlten die Köstlichkeit.

»Das riecht ja heute lecker hier«, stellte Mary fest und meinte damit das berauschende Aroma von aufgegossenem Kaffee, den rosafarbenen Rosen in Cheyennes Deko und der brodelnden heißen Schokolade. Sie hob einen ihrer manikürten roten Finger, um Abigail zu begrüßen. Abigail führte gerade ihre schläfrige Klientin aus dem Massageraum in den vorderen Teil des Ladens, wo es kühler war, und servierte ihr eine Kanne Zitronengrastee.

»Ich bin gerade mit den Gänseblümchenpralinen für deine Mum fertig«, verkündete Christmas, griff nach der Schachtel und stellte sie vor Mary auf die Theke.

Mary spähte in die Schachtel. »Ach, du meine Güte, ich bin nicht sicher, ob sie die kriegt. Sie sehen viel zu lecker aus.« Sie biss sich auf die Lippe. »Hoffentlich kann ich mich bremsen.«

»Kaffee?«, bot Christmas ihr an.

»Nein, danke, Liebes. Ich hatte eben drüben in St Andrews

welchen. Ich arbeite an einer Story über ihr letztes Renovierungsprojekt. Wenn ich jetzt noch einen trinke, bin ich zu nervös, um zu meinem nächsten Termin zu fahren.«

»Eigentlich wollte ich mit dir über ein anderes Projekt sprechen und wissen, ob du mir helfen kannst.« Christmas schilderte Mary Veronikas missliche Lage. »Ich habe mich gefragt, ob du irgendjemanden kennst, der mit weißer Ware handelt und der uns für ein bisschen Werbung vielleicht unterstützen könnte.«

»Tolle Idee«, erwiderte Mary und zog ihr Kinn zurück, als Ferdy sie ein wenig zu leidenschaftlich abschlecken wollte. »Versuch es bei Phillip's Wonder Whitegoods oder möglicherweise bei Eric's Electrical. Sag ihnen, ich sei auf der Suche nach einer Titelstory über ein menschliches Schicksal. Ich sei bereit, vorbeizukommen und jede Menge Fotos zu machen.«

Christmas genoss das vertraute aufgeregte Gefühl, als ein weiteres Gute-Fee-Projekt Gestalt annahm. »Das ist ja wunderbar. Ich erledige das gleich heute Nachmittag. Es würde Veronika so viel bedeuten. Ich habe ihr gesagt, dass alles diskret abläuft. Ich glaube, dass ihr die ganze Sache ein wenig unangenehm ist, doch ich habe ihr versichert, dass du das hinkriegst.«

»Du kannst dich auf mich verlassen.«

»Danke.«

Wieder läutete die Ladenglocke. Als Christmas aufblickte, sah sie Lincoln über die Schwelle treten. Ihr Magen krampfte sich vor Aufregung zusammen. Sie verabschiedete sich von Mary und stellte sich hinter die Theke. Ihre Finger schlossen sich fest um die Marmorplatte.

Wie ihr auffiel, war er beim Friseur gewesen. Hinten und seitlich war seine Frisur ordentlich, obwohl er oben etwas Länge hatte stehen lassen. Auch sein Bart war gestutzt worden, sodass er weniger wie ein wilder Waldmensch wirkte, sondern eher wie ein Schauspieler aus Hollywood. Die durchdringenden blauen Augen wurden heute von einem meerblauen Hemd betont, dessen oberster Knopf aufreizend offen stand.

»Hallo.« Als er lächelte, entstanden tiefe, aber schmale Falten um seine Augen. »Hoffentlich komme ich nicht zu spät.«

»Hallo«, erwiderte sie, während ihre Finger sich von der Theke lösten. »Sie sind absolut pünktlich. Und Sie sehen gut aus.« Sie wäre am liebsten im Erdboden versunken. Manchmal leitete ihr Mund Dinge direkt und ohne Zensur aus dem Gehirn weiter.

Er schien erfreut. »Danke, ich bin auf dem Sprung und dachte, es sei Zeit, den Dschungel hinter mir zu lassen und mich ein bisschen auf Vordermann zu bringen.«

»Was haben Sie vor?«

»Meinen Dad besuchen.« Sein Lächeln verflog. »Er wohnt drüben bei Oatlands. Nun, ein Stückchen entfernt, aber ziemlich nah.«

»In der Nähe Ihrer Großmutter, richtig?«

»Ja.« Ein tiefer Seufzer. »Er ist ein schwieriger Mensch und einer der Gründe, warum ich so gern ins Ausland reise.« Er kratzte sich am Bart, als habe er zu viel geredet.

Sie beschloss, dieses offenbar heikle Thema ruhen zu lassen. Außerdem war ausgerechnet sie wohl am wenigsten dazu qualifiziert, über Väter zu sprechen. »Setzen wir uns doch an den Tisch in der Ecke«, schlug sie vor und ging voran zu dem kleinen runden Tisch am Fenster. Während sie Platz nahm, wischte sie sich die Hände an der Schürze ab – heute war sie aus salbeigrüner Baumwolle mit weißen und gelben Gänseblümchen und Libellen und einer hellgelben Paspel.

Sie genoss es, Schürzen zu tragen, wie eine Art mütterlichen Schutz vor der Außenwelt. Und sie war froh, dass sie jetzt eine anhatte, weil Lincoln sie mit Blicken durchbohrte. Es war, als stünde eine zusätzliche Barriere zwischen ihnen.

Er reichte ihr einige Papiere. »Ich habe Ihnen ein paar vorläufige Unterlagen mitgebracht. So etwas wie einen Vertrag vermutlich, der nur grob umreißt, was wir vorhaben und zu welchen Terminen – der erste ist im September –, und um Sie um Ihr Engagement und Ihre Bereitschaft zu bitten, an dem Projekt mitzuarbeiten. Das sichert uns ab, bis der Verlag einen offiziellen Vertrag aufsetzt und Sie zu meiner Co-Autorin macht.«

»Wow«, erwiderte sie, während sie die Seiten durchblätterte, ohne den Inhalt wirklich zu verstehen. »Das geht alles so schnell.«

»Haben Sie irgendwelche Zweifel?«, fragte er, und Besorgnis zeichnete sich auf seinem Gesicht ab.

»Oh, nein, überhaupt nicht. Wann möchten Sie anfangen? Würde Ihnen nächste Woche passen? Am Montag habe ich Ruhetag, also könnten wir uns hier treffen.«

»Klingt gut. Sagen wir, um zehn?«

»Ich trage es mir ein.« Sie kramte in ihrer Schürzentasche, förderte einen Stift und das dünne Notizbuch mit dem Eiffelturm darauf zutage und notierte es sich. »Ich muss mir alles aufschreiben«, erklärte sie. »Sonst wirble ich meine verschiedenen Lebensbereiche durcheinander.«

»Im Moment läuft es bei mir genau andersherum«, antwortete er. »Ich habe auf einmal viel mehr Zeit, als mir lieb ist. Eigentlich sollte ich jetzt noch am Amazonas sein.«

»Vermissen Sie das Land?«

»Einiges daran. Dass der Dschungel ständig in Bewegung ist zum Beispiel. Es herrscht dort nie Stillstand. Etwas wächst immer, und wenn es nur Pilze sind. Dauernd schleicht, tropft oder quakt es. Diese sich ständig verändernde Unberechenbarkeit gefällt mir. Ich kann Stillstand nicht leiden.« Er lächelte plötzlich. »Vielleicht ist Stillstand nicht das richtige Wort, denn wenn es regnet, bleibt man buchstäblich im Morast stecken.«

Sie verzog das Gesicht. »Für mich wäre das, fürchte ich, nichts. Wahrscheinlich habe ich einen Hang zum Luxus.«

»Hier ist das Leben in vielerlei Hinsicht einfacher. Aber Sie würden sich wundern. Man verfällt in einen Rhythmus, passt sich all dieser Bewegung an und taucht darin ein, so als würde man in einen reißenden Fluss springen und sich von ihm ganz entspannt dorthin tragen lassen, wo er hinwill.«

»Werden Sie wieder dorthin zurückkehren?«

»Klar.«

Es erschreckte Christmas, welche Enttäuschung dieses eine Wort in ihr auslöste.

»Ich bewerbe mich dauernd um Aufträge«, fuhr er fort, »habe allerdings keine Ahnung, wann sich etwas ergeben wird.«

»Nun«, meinte sie und zwang sich zu einem aufmunternden Lächeln. »Hoffentlich geht Ihr Wunsch bald in Erfüllung.«

Nur zögernd verabschiedete Lincoln sich von Christmas. Er mochte sie und bewunderte Menschen, die so offen, großzügig und leidenschaftlich waren. Leidenschaft – das war etwas, das sie gemeinsam hatten. Man konnte sich so wunderbar mit ihr unterhalten, und er fühlte sich irgendwie wohl mit ihr. Er wäre viel lieber geblieben, um weiter mit ihr zu reden, als seinen Vater zu besuchen. Doch er konnte es nicht länger vor sich herschieben.

Mühsam hievte er seine langen Beine in den kleinen Honda, machte sich auf den Weg nach Oatlands und betrachtete die geschwungenen braunen Äcker, die an ihm vorbeiglitten. Ein himmelweiter Unterschied zum grünen Dschungel. Hin und wieder schaukelte der Kleinwagen, wenn eine heftige Windböe ihn traf. So anders als die reglose, schwüle Luft in Napo.

Seit seiner Ankunft vor gut zwei Wochen hatte er sich jede Menge Ausreden einfallen lassen, um seinem Vater aus dem Weg zu gehen. Jen machte ihm deswegen die Hölle heiß und sagte, es bringe sie um den Verstand, nicht zu wissen, was mit ihrem Vater los sei. Lincoln wohne nur eine kurze Autofahrt entfernt, während sie einen Flieger hätte nehmen müssen. Er habe keinen behinderten Sohn, und immer bliebe alles an ihr hängen. Das ärgerte ihn. Er fragte sich, warum er sich überhaupt die Mühe machte, Tom zu sehen. Schließlich würde es nichts an seinem miesen Verhalten gegenüber Nan ändern. Genauso wenig, wie sich nichts an seiner Meinung über Lincoln ändern würde. Oder besser gesagt an seiner Geringschätzung.

Lincoln liebte Bäume. Toms längstes Arbeitsverhältnis war bei Tasmaniens größtem Holzkonzern gewesen. Das fasste ihr Verhältnis mehr oder weniger zusammen.

Sein Vater lebte in einem Fertighäuschen. Früher einmal hatte es zu einer geschäftigen Gemeinde gehört, die von Schafzucht und Weizenanbau lebte. Inzwischen war die Ortschaft heruntergekommen und mehr oder weniger entvölkert. Die Häuser waren vernachlässigt; eingesackte Maschendrahtzäune und verrostete Briefkästen bestimmten das Bild. Die Bewohner der Straße, in der Tom van Luc wohnte, hatten vermutlich schon seit Jahren keinen Vertreter mehr gesehen.

Lincoln bog in die ungeteerte Auffahrt ein und ließ den Blick über die offene Fliegengittertür auf der Veranda, den im Wind schwankenden und quietschenden Wetterhahn und die dunkelgrauen Wolken schweifen, die sich darüber zusammenballten. Man konnte nicht behaupten, dass sein Vater je eine Frohnatur gewesen wäre. Er war eher eigenbrötlerisch, schweigsam und ein wenig geizig. Allerdings hatte er sich im Laufe der Jahre drastisch in einen übellaunigen, ungepflegten Einsiedler verwandelt, der kleinen Kindern Angst einjagte. Im Dorf war er zu einer Art Legende geworden, zu einem Kauz, der Jugendliche auf der Suche nach einem Kick dazu brachte, einander aufzustacheln, sich auf seine Veranda zu schleichen, an die Tür zu klopfen, und dann, angetrieben von Angstlust, die Flucht zu ergreifen.

Vorsichtig ging Lincoln die eingesackten Stufen hinauf und klopfte einmal an die Tür. Der abblätternde senffarbene Lack löste sich unter seinen Fingerknöcheln.

Tom kam in einer fadenscheinigen Hose und einem dünnen, löchrigen Pulli an die Tür und sah seinen Besucher argwöhnisch an.

»Wo sind die Hausschuhe, die ich dir geschickt habe?«, fragte Lincoln sofort ärgerlich und wies auf das abgetragene Paar an den Füßen seines Vaters.

»Die warten darauf, dass die hier den Geist aufgeben.« Tom schlug die Hand vor den Mund, als ein Husten aus den Tiefen seines Brustraums seinen Körper erschütterte.

Lincoln folgte ihm in die Küche, fegte einen Stapel alter Zeitungen von dem Hocker neben dem Herd und setzte sich wortlos, während Tom ein Streichholz anriss, um das Gas anzuzünden. Zumindest hatte er, wie Lincoln bemerkte, den zerbeulten Teekessel aus Aluminium durch einen aus Edelstahl ersetzt.

Am liebsten wäre er sofort zur Sache gekommen und hätte Tom gefragt, was um alles in der Welt Tom mit Nan am Laufen hatte, doch er zwang sich zur Geduld. Sein Vater ließ sich nicht gerne drängen. Schon als kleiner Junge hatte Lincoln gelernt, ihn nicht unter Druck zu setzen, um keinen Tobsuchtsanfall zu riskieren, der ihn bis ins Mark kränkte und dazu führte, dass er sich in Nans Apfelbaum flüchtete, bis der Schmerz nachließ. Sie ließ ihn dort oben sitzen und befahl ihm nie runterzukommen. Ab und zu stellte sie einen Picknicktisch unter dem Baum auf und wartete, bis ihn der Duft von selbst gebackenem Kuchen von seinem Ast lockte. Sie wusste, dass sie ihn auch nicht drängen durfte – Lincoln war genauso gut im Schmollen wie Tom im Toben.

Tom nahm zwei schmuddelige Tassen aus dem Schrank über der Spüle, stellte sie auf die Arbeitsfläche und goss kochendes Wasser über zwei Teebeutel.

Lincoln holte Luft. »Also, was tut sich so?«

»Nichts.«

Lincoln spielte auf Zeit. Er betrachtete die Haufen von Kleidern, Geschirr und Zeitungen, die sich im Raum türmten, bis sein Blick auf die Angelrute seines Vaters in der Ecke hinter dem Fernseher fiel. »In letzter Zeit was gefangen?«

»Im See gibt es zurzeit wieder viele Fische. Hauptsächlich Bachforellen. Nach der großen Trockenheit mussten sie neue einsetzen. Letzte Woche habe ich eine dicke erwischt und sie zum Abendessen und am nächsten Tag mittags gegessen.«

Lincoln fragte sich, ob es ein Frevel an der Natur oder ökologisch verantwortlich war, den See künstlich mit neuen Fischen zu bestücken. Er stellte sich eine Gruppe von Männern vor, die dafür bezahlt wurden, dicke Fische von einem Zuchtbetrieb zu einem See zu schaffen, damit die Touristen ihren Spaß beim Angeln hatten. Unwillkürlich dachte er an die Ecuadorianer: Sie schwammen mit Gummistiefeln und absurd riesigen Taucherbrillen im Napo und versuchten, die unter Baumstämmen und Felsen versteckten Fische mit Pfeilen mit der giftigen Barbasco-Wurzel aufzuspießen. Selbst ein Fisch, der nicht größer als eine Hand war, rief Begeisterung hervor; er wurde ins Boot geworfen und später über dem offenen Feuer gebraten.

»Ich habe seit Jahren nicht mehr geangelt«, sagte Lincoln. »Das muss mit dir draußen auf dem See vor der Trockenheit gewesen sein. Also schon eine Weile her.«

»1995«, erwiderte Tom. »Am Vatertag. Du und Jenny, ihr wart beide dabei.«

»Stimmt.« Lincoln schmunzelte, als es ihm wieder einfiel. »Und Jen war damals in ihrer vegetarischen Phase, schlug ständig gegen den Rumpf des Bootes und rief: ›Schwimmt weg, Fischlein, schwimmt schnell weg!‹«

Tom schüttelte in gespieltem Ärger den Kopf. »Wirklich nervig. Ich habe überhaupt nichts gefangen. Danach habe ich ihr verboten, mit aufs Boot zu kommen. Ich habe ihr gesagt, sie darf nie wieder mit raus.«

»Daran erinnere ich mich noch. Eigentlich war sie erleichtert. Sie fand, Boote sollte man nur schaukeln, wenn es brenzlig wurde.«

Tom grunzte, was man auch als leises Kichern auslegen konnte. Jen war ein unverfängliches Gesprächsthema. Lincoln wünschte, sie wäre jetzt hier. Sie war stets die Vermittlerin in der Familie gewesen und hatte die Beklommenheit mit hochgeistigen philosophischen Vorträgen überbrückt, bei denen ihnen der Mund offen stehen blieb. Oder mit Klatschgeschichten aus den Skandalblättern, die es ihnen erlaubten, schweigend dazusitzen, während sie weiterplauderte. Rückblickend betrachtet war es vermutlich ihr Auszug gewesen, der zur Scheidung ihrer Eltern geführt hatte. Nach Lincolns und Jens Ansicht zehn Jahre zu spät.

»Hast du sie in letzter Zeit gesehen?«, erkundigte sich Lincoln.

»Schon eine Weile nicht mehr.« Gedankenverloren hatte sein Vater den Blick auf die rückwärtige Wand der Küche gerichtet.

»Sie hat mir eine Mail geschickt, als ich in Ecuador war«, sagte Lincoln. Er umkreiste das Thema auf der Suche nach einem sicheren Landeplatz, damit sein Vater nicht in die Luft gehen würde. »Mit Nathan läuft es gut.«

Tom griff nach der Fernsehzeitschrift und blätterte sie durch. Lincoln knirschte mit den Zähnen. Nachdem Jens Lebensgefährte sie verlassen hatte, weil er ein mehrfach behindertes Kind nicht ertrug, hatte Tom nach zu vielen Gläsern Rum einmal in Hörweite von Jen bemerkt, dass man ein Kind wie Nathan mit Infantiler Zerebralparese gleich nach der Geburt hätte totschlagen sollen, was eine Gnade für alle Beteiligten gewesen wäre. Offenbar hatte Jen ihm das verziehen oder sich zumindest damit abgefunden, obwohl Lincoln das nicht verstand und um ihretwillen weiter einen Groll hegte. Er holte tief Luft und kam auf den Grund seines Besuches zu sprechen.

»Sie hat mir eine Mail vom Altenheim weitergeleitet.«

Tom blickte ruckartig von der Fernsehzeitschrift auf. *Ertappt.*

»Sie war von einer der Schwestern«, fuhr Lincoln fort, »die uns mitgeteilt hat, du hättest Nan seit vielen Wochen nicht besucht.«

»Na und?«

Lincoln versuchte, die in ihm aufsteigende Wut zu unterdrücken. »Sie deutete an, Nan sei einsam und sie mache sich Sorgen, sie könne depressiv werden.«

»War das etwa diese Sarah, die neugierige blöde Kuh?«

»Dad, dir ist schon klar, dass du das einzige Mitglied dieser Familie bist, das die Möglichkeit hat, Nan regelmäßig zu besuchen, oder?«

»Du bist hier.«

»Ja, aber ich musste meine Dienstreise verkürzen, nur um nach Hause zu kommen und zu schauen, ob es ihr gut geht.«

»Natürlich geht es ihr gut.«

»Sie braucht mehr, als dreimal täglich gefüttert zu werden und Hilfe beim Duschen. Sie braucht Gesellschaft. Liebe.«

Tom schnaubte höhnisch. »Liebe? Sie weiß ja nicht einmal, was dieses Wort bedeutet.«

Lincoln stand auf und ging im Zimmer hin und her. »Wie kannst du das behaupten? Das ist doch überhaupt nicht wahr!« Elsa hatte Lincoln geduldig beigebracht, wie man Bohnen pflückte und enthülste, sie einsalzte und sie anschließend kochte. Sie hatte ihn die Hühnereier einsammeln lassen und nie geschimpft, wenn er versehentlich eines fallen ließ und es zerbrach. Sie hatte ihm von Ausstellungen und Märkten Bücher mitgebracht, und dann hatten sie zusammen auf dem muffigen Sofa gelegen und stundenlang gelesen. Sie erlaubte ihm, zu kommen und zu gehen, wann er wollte, gab ihm Raum, Umarmungen oder Apfelkuchen. Nie hatte er etwas anderes als Liebe von ihr erfahren, sich nie kritisiert oder abgeurteilt gefühlt.

Unvermittelt hielt er inne und sah seinen Vater an. Noch etwas hatte in Sarahs Mail gestanden. *Ich mache mir Sorgen, Tom könnte, wie soll ich das ausdrücken, Druck auf Elsa ausüben.*

»Du willst etwas von ihr«, stellte Lincoln fest. Und dann, mit einem Blick auf die löchrigen Hausschuhe seines Vaters, fügte er gnadenlos hinzu: »Geld, richtig?«

Tom explodierte und knallte die Fernsehzeitschrift auf den Tisch. »Du kreuzt hier auf, um mich zu kritisieren? Du hast ja keine Ahnung. Sie ist eine alte Frau, die nie mehr aus diesem Heim rauskommen wird. Sie braucht das ganze Geld nicht, das in dem Haus steckt.«

Lincoln zuckte zusammen. »Du hast von ihr verlangt, das Haus zu verkaufen?«

»Warum sollte sie es behalten? Sie braucht es nicht. Und du bist alt genug, um dich um dich selbst zu kümmern. Du bist kein Teenager mehr, der bei seiner Großmutter unterkriecht, wenn er zu Hause nicht mehr klarkommt!«

Lincoln wusste nicht, wie er mit diesem Angriff umgehen sollte. Vierzig Jahre, in denen er nie genügt hatte, standen nun im Raum und scharten sich hinter seinem Rücken wie eine angriffsbereite Armee.

In diesem Moment hörte er ein Winseln und Kratzen an der Hintertür.

»Caesar! Maul halten!«, brüllte Tom mit vor Zorn blitzenden Augen.

»Wer ist Caesar?«, fragte Lincoln verärgert, dass sein Vater sich ausgerechnet jetzt unterbrechen ließ.

»Ein gottverdammter Hund.«

»Darauf wäre ich nie gekommen.« Als Lincoln die Tür öffnete, stand ein magerer alter Golden Retriever vor ihm, der ihn aus wässrigen braunen Augen ängstlich musterte. Er kauerte sich hin. »Ganz ruhig«, sagte er, streckte die Hand aus und versuchte, seine lodernde Wut zu besänftigen, um den Hund nicht zu erschrecken.

Caesar zögerte einen Moment. Offenbar spürte er die aufgeladene Stimmung im Raum. Dann jedoch begann er, wie wild mit dem Schwanz zu wedeln und Lincoln abzulecken. Er warf ihn um und kuschelte sich auf seinen Schoß.

»Raus«, schimpfte Tom. »Hau ab!« Er holte mit der zusammengerollten Fernsehzeitschrift aus, doch Lincoln warf ihm einen so drohenden Blick zu, dass sein Vater tatsächlich die Hand zurückzog. Caesar ließ den Kopf sinken und schmiegte sich an Lincolns Brust.

»Was ist los? Wem gehört der Hund?«

»Dem dämlichen Mitchell, zwei Türen weiter. Hatte mich gebeten, den Hund für ein paar Tage zu füttern, während er in Hobart war. Wie sich herausstellte, hatte er nicht die Absicht zurückzukommen.«

Lincoln kraulte Caesar die Ohren. »Also gehört er jetzt dir?«

Tom schnaubte verächtlich.

»Fütterst du ihn? Seine Rippen stehen hervor!«

»Er streunt.«

Lincoln streichelte Caesars ergrauende Schnauze. »Kein Zuhause, was?« Es krampfte ihm die Brust zusammen. Ein alter Hund wie er würde schwerlich ein neues Heim finden. Als er an Elsa dachte, die auf die Besuche ihres Sohnes wartete, wurde er wieder wütend. »Warum kümmerst du dich nicht um ihn?«, fragte er, noch immer auf dem Boden sitzend mit dem hechelnden, abgemagerten Caesar in den Armen. »Schau ihn dir doch nur an.«

»Das geht mich nichts an.«

»Wer soll sich denn sonst um ihn kümmern? Das ist ein alter Hund, Dad. Wir haben bald Winter, und da draußen ist es eiskalt. Nicht mehr lange, und dann schneit es. Wie kannst du einfach dasitzen und zuschauen, wie er leidet?« Er wusste, dass er nicht nur den Hund meinte, sondern auch Elsa, Toms eigene Mutter, die nur sechs Kilometer von hier in einem Altenheim saß. Und anstatt sie zu besuchen und ihr Zuneigung entgegenzubringen, setzte er sie unter Druck und wollte Geld.

»Das geht mich nichts an«, wiederholte Tom laut und knallte seine Teetasse auf den Tisch. »Ich bin nicht der gottverdammte Tierschutzverein.«

»Aber du bist ein Sohn.«

Tom hob den Kopf und musterte Lincoln. »Deshalb bist du also hier. Nicht weil du mich als *mein* Sohn besuchen wolltest.« Er wies mit dem Zeigefinger auf seine eigene Brust. »Sondern um mir etwas wegen deiner Großmutter vorzujammern.« Er schüttelte den Kopf. »Du bist mir vielleicht ein Früchtchen.«

Sanft befreite Lincoln sich von dem Hund und rappelte sich auf. »Wenn das stimmt, Dad, fällt der Apfel nicht weit vom Stamm.« Er marschierte zur Tür. Die Hand am Türknauf drehte er sich um und rief: »Komm, Caesar, wir gehen nach Hause.«

Kurz hielt der Hund inne und sah Tom ängstlich an.

»Hau bloß ab, du!«, drohte Tom und trat nach ihm. So schnell er konnte, rannte der Hund aus dem Haus und sprang in den Honda. Lincoln legte den Gang ein und brauste so schnell aus der Auffahrt, dass der Kies hochspritzte.

Er stöhnte entnervt auf. Ausgerechnet in diesem Moment zwängte sich Caesar durch die Lücke zwischen den Vordersitzen. Dann ließ er sich auf Lincolns Schoß nieder und presste die Schnauze ans Fenster auf der Fahrerseite. Lincoln wand sich und musste den Kopf über Caesars Schulter recken. Der Gestank des ungepflegten Hundes stieg ihm in die Nase, und lose Hundehaare wirbelten durch die Luft. Der Hund musste dringend gebadet und gründlich gebürstet werden. Ganz gleich, wie oft er auch versuchte, Caesar auf den Beifahrersitz zu schubsen, der Hund kroch immer wieder zurück.

»Ich will mir keinen Strafzettel einhandeln«, sagte Lincoln zu Caesar, zügelte seinen Zorn und ging vom Gas.

Als er durch Oatlands fuhr, spielte er kurz mit dem Gedanken, Elsa den Hund zu zeigen, kam aber rasch zu dem Schluss, dass die Schwestern von einem verwahrlosten Hund mit einer solchen Duftnote nicht begeistert sein würden. Außerdem würde er momentan sowieso nicht mit ihr reden können, ohne wieder einen Wutanfall zu bekommen.

Schließlich ließ sich Caesar auf Lincolns Oberschenkeln nieder. Sein Kopf ruhte auf den Pfoten, sein Hinterteil auf dem Beifahrersitz. Sein schweres, rhythmisches Atmen wies darauf hin, dass er das bequemste Bett seit Jahren entdeckt hatte. Und kurz darauf stellte Lincoln fest, dass seine rechte Hand die schmutzigen Ohren des Hundes streichelten. Sein eigener Atem wurde langsamer und passte sich dem seines neuen Freundes an. Auf einmal empfand er tiefes Mitgefühl und ertappte sich dabei, dass er ganz langsam um die Kurven fuhr, um den Hund nicht zu wecken.

Etwa zwanzig Minuten nach Western Junction, in Campbell Town, sickerte warmer Sabber durch Lincolns Jeans, der Hund schlief tief und fest. Und Lincoln musste lächeln.

9

Der Tag ging auf die Nachmittagsstunde zu, in der Rentner vor dem Abendessen ein Nickerchen einlegten. In der *Schokoladenapotheke* wurde es ruhig. Christmas arrangierte ihre neuesten Schokoladenkreationen auf einem polierten Silbertablett in der Glasvitrine und griff dann zum Telefon, um Val anzurufen. Der Neid, den sie verspürt hatte, als sie von der Hochzeit erfuhr, war längst verflogen. Sie freute sich für Val und Archie und auch schon auf die Hochzeitsfeier.

»Ahoi.«

»Hallo, Archie, hier ist Christmas. Wie geht es dir?«

»Tja, mein Rücken macht Probleme, und die Stadtverwaltung will, dass ich mindestens zwei der Autos im Vorgarten entferne, aber ich kämpfe für meine Rechte. Ist der Vorgarten eines Mannes nicht sein Königreich?«

»Ja, ganz richtig. Ich wünsche dir viel Glück damit. Halt mich auf dem Laufenden, ja? Ist Val zufällig da?«

»Val!«, brüllte Archie, nur wenige Zentimeter vom Hörer entfernt. »Christmas ist am Telefon!«

Darauf folgte das typische Geschrei und Gepolter im Hintergrund. Von drei nicht mehr ganz so kleinen Jungen an einem Samstagnachmittag, untermalt von Vals lautstarken Befehlen: »Lass deinen Bruder in Ruhe! Und jetzt entschuldigst du dich sofort!«

»Hallo, Massy«, meldete sich Val schließlich. Ihre ruhige Stimme passte so gar nicht zu dem Gebrüll vorher.

»Hallo. Wie läuft es bei dir? Wie kommst du mit den Hochzeitsplänen voran?«

»Ausgezeichnet. Die Leaning Church ist für die Trauung reserviert, und Archies Mum beendet diese Woche ihren Backkurs. Sie bringt uns ein paar Fotos, damit wir eine Torte zum Probebacken aussuchen können. Glaubst du, Cheyenne könnte mir die Blumen besorgen?«

»Sie wird sicher begeistert sein. Überlass das Organisieren mir. Ich erkundige mich, was um diese Jahreszeit zu haben ist.« Christmas machte sich eine Notiz und steckte das Buch wieder in die Schürzentasche. »Und, nur damit du es weißt, ich mache zurzeit einige supertolle Hochzeitspralinen. Ich würde dir gern Pralinenschachteln für jeden Hochzeitsgast schenken.«

»Oh, Massy, das wäre spitze. Danke!«

»Und darf ich dir die Blumen bitte auch schenken? Ich denke mir zusammen mit Cheyenne etwas aus, nachdem du entschieden hast, was dir gefällt.«

»Nein, das kann ich nicht annehmen.«

»Sei nicht albern. Meine kleine Schwester heiratet nur einmal.«

»Hoffentlich.«

»Hör auf damit«, protestierte Christmas, obwohl sie wusste, dass Val nur einen Witz gemacht hatte. Ihre Schwester war eine geborene Frohnatur und hatte Josephs seelische Robustheit geerbt. Und die brauchte sie auch bei drei Söhnen.

»Dad hat vor Kurzem von dir gesprochen«, meinte Val. »Er hat gesagt, wie stolz er sei, dass du etwas aus deinem Leben gemacht hast. Außerdem hat er erzählt, er erinnere sich noch, dass du mit sieben für Mum, als sie einen schlechten Tag hatte, Tee gekocht hast. Und du hast Zuckerstreusel hineingetan und ihr gesagt, es sei heilender Zauberstaub.«

Christmas war überrascht. »Das hatte ich ganz vergessen.«

»Ihm ging es genauso. Doch als er im Flieger den Artikel in dem Bordmagazin gelesen hat, ist es ihm wieder eingefallen. Und da ist ihm klar geworden, dass du schon als Kind genau wusstest, was du wolltest.«

Christmas hatte einen Kloß im Hals und musste die Tränen wegblinzeln, weil ihr alles vor den Augen verschwamm. Mit sieben. In dem Jahr, als Val geboren wurde. Dem Jahr, als ihre Mutter die schlimmste Phase ihres Lebens hatte, an die Christmas sich erinnern konnte. Das Jahr, in dem Darla nur stumpf in die Augen ihrer Tochter gestarrt hatte, als Christmas von ihrem Tag in der Schule berichten wollte. Das Jahr, in dem Christmas gelernt hatte, ihrer Mutter jeden Morgen die Kleider herauszulegen, anstatt umgekehrt.

»Was hat er denn in einem Flugzeug gemacht?«, fragte sie, weil sie unbedingt das Thema wechseln musste, bevor ihre Gefühle die Oberhand gewannen. »Darf man Bordzeitschriften eigentlich behalten? Ich bin da nie ganz sicher.«

»Ich auch nicht. Er musste wegen irgendeiner Rektorenkonferenz nach Melbourne. Übers Wochenende. So viel könntest du mir gar nicht bezahlen, dass ich Lehrerin werden würde.«

»Nein, meins wäre es auch nicht. Aber so ist Joseph eben, immer gewissenhaft, immer bemüht, alles richtig zu machen. Du bist ein richtiger Glückspilz«, flüsterte Christmas leise, doch Val hatte es dennoch gehört.

»Entschuldige, Massy. Ich wollte dir nicht wehtun.«

»Sei nicht albern. Ich habe meinen Frieden damit gemacht. Ich freue mich für dich. Und hat Mum endlich auf die Einladung reagiert?«

»Noch nicht«, erwiderte Val. »Wahrscheinlich kreuzt sie einfach auf, und zwar in einem absolut unpassenden Outfit.«

»Vermutlich Tierhäute, wenn man von ihrem momentanen Beruf ausgeht.«

»Wage es nicht, darüber zu scherzen.«

Die Ladenglocke über der Tür läutete und kündigte Kundschaft an. Christmas winkte lächelnd. Es war Cynthia Heather, die Lederbraut, mit ihren beiden Söhnen und ihrer Tochter, die sich ihre wöchentliche heiße Schokolade gönnen wollten – Christmas' eigenes Rezept aus geschmolzener belgischer Schokolade und Sahne. Sie war so dickflüssig, dass man sie essen musste, und wurde in kleinen bemalten türkischen Teegläsern mit Holzlöffeln serviert.

»Val, ich muss Schluss machen. Umarm die Jungs von mir. Ich hab dich lieb.«

»Ich dich auch.«

Als Lincoln in Western Junction eintraf und in Elsas Auffahrt einbog, wurde ihm klar, dass er für Caesar eine starke Zuneigung empfand und sich für ihn verantwortlich fühlte. Der Hund war einfach vor die Tür gejagt und sich selbst überlassen worden. Die Menschen, die ihm das angetan hatten, einschließlich Tom, hatten sich nicht für seine missliche Lage interessiert und befunden, dass er weder Schutz, Liebe noch Anteilnahme verdient hatte. Nun, damit war jetzt Schluss.

»Komm, alter Junge«, sagte Lincoln und zog mit Mühe die Handbremse an, da Caesar mit seinem langem Körper darauf lag. »Aufwachen, mein Kleiner. Zeit zum Aufstehen.«

Als Caesar den Kopf hob, sackten seine Tränensäcke ab, wodurch er verkatert aussah. Er schaute durch die von toten Insekten bedeckte Windschutzscheibe und winselte leise, so als würde er zum ersten Mal begreifen, dass er sein altes Zuhause für immer verlassen hatte.

»Alles wird gut, Kumpel«, meinte Lincoln und versuchte,

ihn durch weiteres Ohrenkraulen aufzuheitern. »Warte nur, bis du siehst, wie groß das Gästezimmer ist. Da steht ein Doppelbett, das wie für dich geschaffen ist.«

Bei diesen Worten merkte Caesar auf und erhob sich freiwillig von Lincolns Schoß. Er rutschte zur Beifahrerseite hinüber und wartete darauf, dass sein Chauffeur ihm die Tür öffnete.

Drinnen im Haus trottete der Hund den Flur entlang, steckte den Kopf in jedes Zimmer, kehrte dann ins Wohnzimmer zurück und legte sich mit einem tiefen Seufzer vor den Kamin.

»Okay, wir zünden ein Feuer an. Aber zuerst musst du gebadet werden«, sagte Lincoln und streichelte mit dem Fuß Caesars Bauch. »Und womit baden wir dich jetzt? Da ich keinen Hund hatte, seit ich ein Kind war, musst du mir verzeihen, dass ich mir erst etwas überlegen muss. Aber ich weiß, dass ich keine normalen Seifen oder Shampoos bei dir benutzen darf.« Er sah auf die Uhr. Es war zwar schon spät, doch die Zeit reichte noch, um rasch zum Laden an der Ecke zu gehen und Tiershampoo zu kaufen, bevor er zumachte. Oh, und er brauchte auch noch Hundefutter. Und ein Halsband. Und vermutlich auch eine Leine.

»Hast du Lust auf einen Spaziergang?«, fragte er Caesar.

Caesar blieb liegen.

»Hmm. Okay. Ruh dich aus, alter Junge, ich bin sofort zurück.«

Im Laden stand er in der Haustierabteilung und fühlte sich angesichts der unüberschaubaren Menge an Zubehör ein wenig überfordert: Fress- und Wassernäpfe, Halsbänder, Leinen, Shampoos, Fellpflegemittel, Geruchsbekämpfer, Entwurmungstabletten, Anti-Floh-Mittel, Krallenknipser, quietschende Spielzeuge, Leckerli auf Leberbasis, Bürsten,

Kämme, Bandwurmtabletten. Um auf Nummer sicher zu gehen, kaufte er alles.

Wieder zu Hause, stürmte er, beladen mit Plastiktüten, zur Tür hinein. Caesar, offenbar erfrischt von seinem Nickerchen, sprang auf und rannte auf ihn zu, um ihn zu begrüßen. Seine Schnauze bohrte sich in die Einkaufstüten, noch ehe Lincoln die Tür schließen konnte. Er schnappte sich, die Augen vor Aufregung geweitet, einen Kauknochen, kreiste einige Male um die eigene Achse und suchte sich ein Plätzchen, um sich hinzulegen und sich darüber herzumachen.

Lincoln stellte die Tüten auf die Ablage in der Küche. Er holte die erste Shampooflasche heraus (er hatte zwei Sorten gekauft, nur für den Fall, dass Caesar geruchsempfindlich war) und überlegte, was er jetzt tun sollte. Den Foxterrier, den er als Kind gehabt hatte, hatte man zum Baden in die Wäschewanne stellen können. Mit Caesar würde das nicht klappen.

Also ging er hinaus und machte sich auf die Suche nach dem Gartenschlauch. Doch nach einer knappen Minute im stürmischen Wind wurde ihm klar, dass er das dem alten Hund unmöglich antun konnte; er war nur Haut und Knochen, und das Wasser war sicherlich eiskalt.

Deshalb gab es nur eine Lösung: Er musste in die Badewanne.

Er lockte Caesar mit dem Kauknochen den Flur entlang ins Bad. Doch sobald Caesar die Badewanne sah, blieb er abrupt stehen und wirbelte auf seinen viel zu langen Krallen herum.

»Nein, nichts da«, sagte Lincoln und schlang dem Hund die Arme um den Hals. Obwohl er ohne Halsband schwer festzuhalten war, gelang es Lincoln irgendwie, ihn zurück ins Bad zu schleppen und die Tür zu schließen.

Caesar kauerte in einer Ecke, während Lincoln die Wanne mit warmem Wasser füllte und reichlich Shampoo hinzugab, bis sich Schaum bildete. Es stieg der dezente Duft von Teebaumöl auf. Lincoln öffnete den Wäscheschrank neben dem Frisiertisch und holte alle alten ausgefransten Handtücher heraus. Pfeifend breitete er sie auf dem Boden aus und redete dabei fröhlich und aufmunternd auf den bedrückt dreinblickenden Hund ein.

Als ausreichend Wasser in der Wanne war, stellte Lincoln die Hähne ab. »Okay, Kumpel. Bringen wir es hinter uns.«

Er versuchte, Caesar in Bewegung zu setzen, indem er seine Pfoten aufstellte, in der Hoffnung, dass der Rest von ihm folgen würde. Doch stattdessen wurde Caesar schlaff wie eine Lumpenpuppe und ließ sich auf die braunen Fliesen fallen.

»Caesar, komm, aufstehen, Kumpel.« Aber Caesar blieb einfach reglos liegen.

Lincoln bemühte sich, ihn von hinten über die Fliesen zu schieben. Aber je stärker er sich anstrengte, desto mehr rollte der Hund sich herum und schien sich auf dem Boden auszustrecken. Immer wenn Lincoln ein Körperteil festhielt, rutschte ein anderes in die entgegengesetzte Richtung weg.

»Ha! Passiver Widerstand. Eine bemerkenswert wirksame Taktik. Gut gemacht«, meinte Lincoln schmunzelnd. »Vielleicht sollte ich dich in Gandhi umbenennen.«

Keuchend vor Anstrengung gab er es schließlich auf, schleppte den Hund zur Wanne und legte ihn vorsichtig ins Wasser.

»Schau«, sagte er beruhigend und verteilte mit einem Schwamm Wasser auf Caesars Rücken und Beinen. Er schüttete Shampoo auf seinen Rücken und seine Rute und rieb und rieb, während das Wasser sich rasch braun verfärbte. Grashalme, tote Insekten und Laub trieben an der Oberfläche.

Dann gab Lincoln Shampoo auf Caesars Beine, seine Brust und seinen Kopf. Bald war der Hund mit weißem Schaum bedeckt.

Als Lincoln den Stöpsel zog, damit das schmutzige Wasser abfließen und er von vorne anfangen konnte, nutzte Caesar seine Chance und sprang rasch aus der Wanne.

»Stopp!«, rief Lincoln, als der Hund sich heftig schüttelte, sodass alles, auch Lincoln, mit Schaum bespritzt wurde.

Trotz Caesars heftiger Bemühungen klebte noch immer weißer Schaum an ihm wie Schnee, und Seifenblasen glänzten auf seinem Fell. Das mit der Badewanne klappte eindeutig nicht. Lincoln brauchte einen Schlauch, der sich an den Wasserhahn anschließen ließ. Er kramte im Badezimmerschrank nach einem passenden Gegenstand, während Caesar im Kreis herumlief, mit seinem langen Schwanz wedelte und weitere schmutzige Schaumflocken durch das Badezimmer schleuderte. Eine besonders große traf Lincoln im Nacken.

Er wischte sich die Stirn ab. Inzwischen war es ziemlich warm im Bad. Kondenswasser bildete sich an den Wänden und dem Spiegel, und außerdem brachte ihn die Anstrengung, Caesar zu bändigen, ins Schwitzen. Er betrachtete die leere, verdreckte Badewanne, die schlammigen Pfotenabdrücke auf dem Boden und die Dusche, wo Caesar nun stand und sich von Kopf bis Fuß schüttelte.

»Probieren wir es noch einmal«, sagte Lincoln. Er zog Stiefel und Socken aus, schlüpfte aus Jeans und Unterhose und stand nun nackt vor seinem Schützling. »Du kannst nicht gewinnen, Caesar.«

Der Hund blickte ihn demütig an.

Lincoln stellte die Dusche an, vergewisserte sich, dass das Wasser warm genug war, packte Caesar noch einmal und stellte ihn in die verglaste Kabine. Er ließ das Wasser auf sie beide herabplätschern, während der magere Hund die Nase gegen die Glasscheibe presste und den Kauknochen an der Tür fixierte. Lincoln sang vor sich hin, und der Anblick des Wassers, das den Abfluss hinunterströmte, erfüllte ihn mit einem unerwarteten und erfrischenden Triumphgefühl.

Erst danach, als Caesar nass und zitternd dasaß und seine Rippen deutlich hervortraten, wurde Lincoln klar, dass er Hilfe brauchte. In diesem Zustand würde Caesar sich den Tod holen. Ein Föhn musste her, doch er besaß keinen. Wen konnte er anrufen?

Er schaute auf die Uhr. Sechs Uhr an einem Samstagabend. Würde sie zu Hause sein?

Christmas war tatsächlich zu Hause und hatte gerade eine Hühnersuppe verspeist, eines ihrer Grundnahrungsmittel, die sie in großen Mengen vorkochte und einfror, falls sie am Ende eines Arbeitstages müde war. Dann musste sie nur das Gas anzünden, den Topf Suppe aufsetzen und ein Stück knuspriges Brot dick mit Butter bestreichen.

Nach zwei Schalen Suppe fühlte sie sich gestärkt genug, um sich an den Schreibtisch zu setzen und die Mails ihrer Patenschützlinge zu lesen. Mary Hauser schrieb, Christmas brauche nichts mehr zu unternehmen, da sie Veronika mit nur einem Anruf eine Waschmaschine beschafft habe. Christmas' Ruf als gute Fee spreche sich herum. Sie sitze gerade an dem Zeitungsartikel. Christmas lächelte. Wenn man solch ein Geschenk wie dieses bekam, war es, als sei alles Leid dieser Welt in einem Sekundenbruchteil geheilt.

Allerdings war sie mit ihren anderen Patinnenprojekten ins Hintertreffen geraten und hatte zu ihrem Bedauern entschieden, vorübergehend keine weiteren Anfragen mehr anzunehmen. Vermutlich war es besser, ein paar Fälle zu bearbeiten und sie vor ihrer Abreise nach Frankreich abzuschließen, anstatt zu viele nur oberflächlich abzuhaken.

Gerade hatte sie Dennis Chamberlain geantwortet, um ihn bei der Auswahl eines Verlobungsrings zu beraten (er hatte ihr Fotos von zwölf Alternativen gemailt, um ihre Meinung zu hören), als ihr Mobiltelefon läutete. Sie schaute aufs Display.

»Lincoln van Luc«, murmelte sie. Der attraktive Mann. Sie war in zwei Tagen mit ihm verabredet. Was mochte er bloß wollen?

»Einen Föhn«, sagte er. »Haben Sie einen?«

»Ja.«

»Darf ich mir den ausleihen?«

»Ausleihen?«

»Ja, im Moment habe ich nämlich einen … Könnten Sie ihn mir vielleicht vorbeibringen?«

»Jetzt?«

»Ich fürchte, ich habe einen Föhn-Notfall«, erwiderte er, ein Lächeln in der Stimme.

Ein Föhn-Notfall. Das erheiterte Christmas und machte sie gleichzeitig neugierig. Und sie konnte der Versuchung nicht widerstehen. »Ich bin gleich da.« Sie notierte sich die Wegbeschreibung.

Nach einer Autofahrt von fünf Minuten empfing Lincoln sie sichtlich erleichtert an der Tür. »Vielen Dank, dass Sie gekommen sind«, sagte er und zog sie ins Haus, weil es so stark windete.

»Was ist los?«, fragte sie und blickte sich um.

»Er ist dort drin«, erwiderte Lincoln und führte sie durchs Haus.

Er?

Das Haus von Lincolns Großmutter war ein bescheidener Backsteinbau mit einem ganz normalen (gut, ein wenig ungepflegten) Garten und einer schlichten, aber praktisch ausgestatteten Küche. Ein typisches Haus, wie es betagte Eigentümer hinterlassen, dachte Christmas – solide gebaut, doch seit zwanzig Jahren nicht mehr auf Vordermann gebracht. Überall mit Blümchenmuster bezogene Möbel, ein abgewetzter grüner Teppichboden und jahrzehntealte gerahmte verblichene Fotos von Familienmitgliedern: Koteletten und Schlaghosen.

Und dann standen sie in einem Zimmer mit einem Bettüberwurf aus pastellgrünem Synthetikstoff über einem Doppelbett. Auf dem Teppich lag ein triefnasser, magerer, alter Golden Retriever.

»Meine Güte, fehlt ihm etwas?«, sagte Christmas und bückte sich, um seinen Kopf zu streicheln. Der Hund sah sie traurig an. Seine Unterlider hingen herab, sodass man das rosige Innere der Augen sah. »Was ist passiert?«

»Das ist Caesar. Wir haben uns heute erst kennengelernt. Ich habe ihn bei meinem Vater gefunden. Offenbar ist er ausgesetzt worden.«

Christmas schnappte nach Luft. »Wie entsetzlich!«

»Richtig.« Lincoln fuhr sich mit der Hand durch das frisch geschnittene dichte Haar. »Ich konnte ihn nicht einfach da draußen in der Kälte verhungern lassen. Also habe ich ihn mit nach Hause genommen.«

Der Hund wedelte nur einmal schlapp mit dem Schwanz, als Christmas seine Flanken kraulte. »Ist er krank?«

»Ich glaube, es geht ihm gut. Er ist nur niedergeschlagen.«

»Weil er ausgesetzt wurde?«

»Nein, weil ich ihn gebadet habe. Das hat ihm überhaupt nicht gefallen. Wahrscheinlich mag er Teebaumgeruch nicht.

Vermutlich zieht er seine originale Duftnote *eau de bouse de vache* vor.«

Christmas, die noch immer neben Caesar kniete, blickte auf. »Was ist das?«

»Kuhfladen.«

»Oh.« Sie lachte. »Sprechen Sie Französisch?«

Mit einem verlegenen Grinsen setzte er sich auf die Bettkante und kratzte sich am Ohr. »Nein. Aber es ist mir heute Nachmittag eingefallen, und ich musste nur in einem Online-Übersetzungsprogramm nachschauen, wie man das auf Französisch sagt.« Er zuckte die Achseln. »Offenbar bin ich doch ein Spinner.«

Ein absolut hinreißender Spinner.

»Ich muss ihn trocken kriegen«, fuhr er fort. »Sonst holt er sich noch eine Lungenentzündung oder so. Deshalb der Föhn-Notfall.«

»Ich verstehe. Dann trocknen wir dich mal, Caesar, vielleicht muntert dich das ein bisschen auf.«

Sie stöpselte den Föhn in die nächste Steckdose ein, stellte die Temperatur auf lauwarm und wuschelte mit den Fingern durch Caesars Fell, während sie ihn ringsum föhnte. Anfangs zuckte er noch unbehaglich, doch als er bemerkte, wie angenehm warm es war, beruhigte er sich allmählich. Wegen seines dichten Fells dauerte es eine Weile. Bald setzte sich Lincoln auch auf den Boden, und sie reichten den Föhn hin und her, um den Hund von beiden Seiten zu trocknen. Es war so schön zu sehen, wie Caesar sich räkelte und sich schließlich auf den Rücken drehte, damit sie auch seinen Bauch föhnen konnten.

Endlich wedelte er wieder mit dem Schwanz, sein Maul verzog sich zu einem albernen Grinsen, und seine hängenden Augenlider hoben sich plötzlich wie auf wundersame Weise.

Er richtete sich ein Stück auf und warf sich auf Christmas' Schoß, sodass sie rückwärts auf dem Boden landete. Sie kreischte, als er ihre Ohren und ihren Hals abschnüffelte und sie mit seiner heißen Zunge ableckte. Als sie ihn wegzuschieben versuchte, merkte sie, dass das abgemagerte Tier erstaunlich schwer war.

»Sie könnten mir mal helfen«, keuchte sie mit einem Blick auf Lincoln, der sich ans Fußende des Bettes lehnte und sie auslachte.

»Keine Chance. Sie sind jetzt ganz auf sich allein gestellt. Er scheint Sie sehr zu mögen. Wahrscheinlich war er schon seit Jahren nicht mehr so glücklich.«

Schließlich gelang es Christmas, sich so zurechtzusetzen, dass nur noch Caesars Schultern und Kopf auf ihrem Schoß ruhten. Er hechelte zufrieden. Wegen des aufgebauschten Fells sah er mindestens doppelt so groß aus. »Uff«, sagte sie. »Das war ein schönes Stück Arbeit.«

»Sie sollten erst mal das Bad sehen.« In gespieltem Entsetzen zog Lincoln die Augenbrauen hoch und kraulte Caesar die Ohren.

»Was machen Sie jetzt mit ihm?«, fragte sie.

»Keine Ahnung. Ich kann ihn nicht behalten.«

»Warum nicht?«

»Ich bin beruflich ständig unterwegs. Ich kann eine solche Verantwortung nicht übernehmen. Das wäre ihm gegenüber nicht fair.«

Oder gegenüber mir, hielt sie sich vor Augen, um sich nicht von ihm als edlen Ritter beeindrucken zu lassen.

Er sah sie an. »Was ist mit Ihnen? Könnten Sie ihn nicht behalten?«

»Ich?« Sie überlegte einen Moment, während Caesar mit seiner niedlichen grauen Schnauze auf der Suche nach

Leckerlis an ihrer Jeans schnupperte. »Leider darf ich im Schokoladenladen keinen Hund haben. Das verstößt gegen die Hygienevorschriften.« Mit schlechtem Gewissen dachte sie an Mary Hauser und ihren Schnauzer und all die anderen Kunden, die sie mit ihren Hunden in den Laden ließ und ihnen Hundeschokolade fütterte. Auch wenn sie nicht lange bleiben durften, sie hatte ihren Spaß. Außerdem war diese Vorschrift ohnehin ein Witz. Unmengen von Ländern gestatteten Hunde in Cafés. Sie waren sicher nicht schmutziger als die Kinder mancher Leute.

Aber ihr Herz floss über vor Mitleid mit Caesar. »Wer nimmt ihn dann auf?«

Lincoln zuckte die Achseln. »Irgendwas ergibt sich schon. Wie immer. So ist das Leben nun mal.«

»Hmm.« Christmas biss sich auf die Lippe. Sie vertraute nicht darauf, dass sich das Leben um alle Einzelheiten kümmerte. Regel Nummer acht: *Dein Schicksal ist nicht vorbestimmt, es liegt in deiner Hand.*

Sie ging Caesars Zukunftsaussichten in Gedanken durch: Tierheim, Einschläfern, eine Tierschutzorganisation, eine Freundin, eine Familie … vielleicht konnte sie ja als gute Fee ein Zuhause für ihn finden. Plötzlich stellte sie fest, dass Lincoln sie beobachtete. Sie blickte auf und sah ihm einen Moment in die Augen, bevor sie sich abwandte.

»Nun, offenbar ist Caesar jetzt in Ordnung. Ich gehe wohl besser.«

Lincoln räusperte sich. »Ja. Vielen Dank, dass Sie den Föhn vorbeigebracht haben. Bestimmt schläft Caesar jetzt wie ein Stein.«

Christmas erhob sich und verstaute den Föhn in ihrer Tasche. »Also, dann sehen wir uns am Montag zu unserer ersten Arbeitssitzung.« Sie gab sich bewusst lässig und professionell.

»Ich freue mich schon darauf«, erwiderte er und begleitete sie zur Tür. Caesar trottete zufrieden hinter ihnen her.

»Gute Nacht«, sagte sie, tätschelte Caesar und vermied es absichtlich, zu lange auf Lincolns Türschwelle zu verharren. Rasch richtete sie sich auf. »Dann bis Montag.«

»Bis dann.« Als er lächelte, zitterten ihr die Beine.

10

Am Montag setzten Christmas und Lincoln sich gemeinsam an den langen Holztisch mitten im Laden. Es duftete berauschend nach bräutlich weißen Duftglöckchen, der *Camellia lutchuensis*, die Cheyenne auf ihrem Grundstück züchtete und mit Schleifen zusammengebunden hatte, um sie zu verkaufen. Die Blumen standen in Metalleimern auf hölzernen Tischen und wiegten sich sanft im Luftzug der Klimaanlage. Obwohl am Freitag gepflückt, weil sie laut Cheyenne keinen Tag länger warten konnte, hatten sie sich, versorgt mit gefiltertem Wasser und dank der konstanten Temperatur im Laden, gut gehalten.

Nachdem Christmas online ihren Flug nach Frankreich gebucht hatte, begriff sie plötzlich, dass sie wirklich fahren würde. Sie verspürte einen Adrenalinstoß und wurde aufgeregt und nervös. Genau in diesem Augenblick klopfte Lincoln, die Morgensonne auf den Schultern, leise an die Tür.

»Wie geht es Caesar heute?«, fragte sie ihn und ließ ihn herein.

»Super. Wir sind zusammen Gassi gegangen. Er hat absolut keine Manieren und springt jeden an, um ihn zu begrüßen. Außerdem hat er drei Menschen im Schritt und einen anderen Hund am Hintern beschnüffelt und einen Gartenzwerg aus einem Garten geklaut und ihn zerbissen, bevor ich ihn daran hindern konnte.«

»Haben Sie sich bei dem Besitzer gemeldet?«

»Nein. Das klingt vielleicht gemein, aber ich finde, die Welt wäre ohne Gartenzwerge viel schöner. Ich finde sie gruselig.«

Nachdem sie Lincoln eine Tasse frisch gekochten Kaffee eingeschenkt hatte, setzte sich Christmas neben ihn und legte die Hände um ihre Tasse Horoskoptee für das Sternzeichen Fische: Rosenblätter, Orangenschale, Lavendel und einen Hauch von Ingwer. Diese Mischung war abgestimmt auf die speziellen Eigenschaften dieses Sternzeichens, nämlich leidenschaftliche Weiblichkeit, kombiniert mit einer Neigung, sich leicht provozieren zu lassen. So hieß es zumindest auf der wasserblauen Schachtel. Der Beschreibung zufolge hätte Christmas ein sehr romantischer, ausgesprochen intuitiver und emotionaler Typ sein müssen, der sich jedoch hinter einem Panzer aus Argwohn und Unabhängigkeitsstreben verschanzte, um sich vor Verletzungen zu schützen. Sie musste zugeben, dass diese Beschreibung gar nicht so danebenlag. Außerdem war der Tee wirklich lecker.

Während sie daran nippte, wanderten ihre Gedanken natürlich zu den Rezepten, bei denen sie die in diesem Tee enthaltenen Kräuter verwenden konnte. Heilkräuter, kombiniert mit wohltuender Schokolade.

Sie warf dem Botaniker einen verstohlenen Blick zu. Es war so offensichtlich, dass sie es fast übersehen hätte. Lincoln war genau der Richtige, mit dem sie über ihre Hoffnungen, eine heilsame Schokolade zu entwickeln, sprechen konnte.

Er reichte ihr einen Stapel Papier. »Das ist ein Probekapitel, das mein Lektor – entschuldigen Sie, *unser* Lektor – bereits gelesen hat und ein wenig trocken findet. Könnten Sie es sich anschauen und mir sagen, was Sie davon halten?«

Christmas stellte ihre Teetasse auf die dazu passende Untertasse und las das Kapitel, während Lincoln aufstand und im Laden umherschlenderte. Mit seinen langen Gliedmaßen bewegte er sich so lässig, dass sie sich kaum konzentrieren konnte. Er wirkte wie ein Mensch, der nicht die Spur von Anspannung im Körper hatte. Er blieb stehen und nahm ein Bündel antiker französischer Liebesbriefe aus einer Vitrine. Verfasst gegen Ende des neunzehnten Jahrhunderts, das Papier vergilbt, die Tinte verblasst, aber noch lesbar (wenn man Französisch konnte). Sie wurden von einer festen Sisalschnur zusammengehalten. Unter dem Knoten steckte eine gepresste Blume.

»Woher haben Sie die?«, fragte er.

»Ich habe sie in einem Antiquitätenladen entdeckt und fand sie so wunderschön. So intim. Das Leben zweier Menschen, für immer auf Papier gebannt. Ich kann sie zwar nicht lesen, glaube aber, dass man die Leidenschaft auf den Seiten spürt.«

»Unfassbar«, sagte Lincoln und hielt die Briefe vorsichtig in seiner großen Hand. »Irgendwann werden wir so etwas nicht mehr haben. Inzwischen simsen und mailen die Leute nur noch, und dann werden die Nachrichten im Handumdrehen wieder gelöscht.«

Sie schnaubte spöttisch. »Im Handumdrehen?«

Er zuckte grinsend die Achseln.

Sie wandte sich wieder dem Manuskript zu. Als sie zu Ende gelesen hatte, setzte er sich wieder zu ihr an den Tisch und schwang die Beine über die Bank. Er hielt eine Tafel importierte dunkle Rococo-Earl-Grey-Schokolade hoch. »Ist da wirklich Tee drin?«

»Ja. Die Teeblätter werden zu einem feinen Pulver gemahlen und mit Bergamotteöl verfeinert. Ich würde gern mehr solcher Schokoladen anbieten – Sorten, die ungewöhnliche Zutaten wie Kräuter enthalten. Das ist zwar nur ein kleiner

Teil meines Schokoladensortiments, doch der, den ich am liebsten mag.«

»Man sollte stets das tun, was man liebt.« Er wies auf das Manuskript. »Und, was halten Sie davon?«

»Tja«, sagte sie und schob das Manuskript beiseite. »Meiner Ansicht nach ist die Grundregel beim Schreiben, seine Botschaft kurz und direkt rüberzubringen und aus dem Herzen zu sprechen. Es liegt eine Menge Leidenschaft darin. Aber es ist ein bisschen, ich weiß nicht, verstaubt.«

»Verstaubt?«

»Ja. Wie eine Vorlesung an der Uni.«

»Das klingt ja gar nicht gut. Glauben Sie, es gibt Hoffnung?« Nervös fingerte er an seinem Stift herum.

»Aber klar! Erzählen Sie mir doch gleich jetzt in Ihren eigenen Worten ein paar von den Dingen, die Sie vermitteln möchten! Und dann schaue ich, wie ich helfen kann.«

Lincoln öffnete die Rococo-Tafel und bemerkte, dass sie ihn beobachtete. »Keine Angst. Ich werde sie kaufen.« Er lächelte.

»Oh, nein, das ist überhaupt kein Problem.« In Wirklichkeit fand sie es ziemlich verführerisch, ihm dabei zuzuschauen, wie er eine Schokoladentafel aufmachte, und sie wurde von Kopf bis Fuß von einer Hitzewelle durchströmt. Um sich abzulenken, sprang sie auf und ging zum iPod-Spieler, der auf dem Apothekerschränkchen stand. Während Lincoln weitersprach, suchte sie einen Titel aus.

Er biss in die Schokolade. »In erster Linie«, sagte er mit vollem Mund, »dreht sich alles um Nachhaltigkeit. Oh, mein Gott, schmeckt das gut!« Er leckte sich die Finger ab. »Normalerweise mag ich keine aromatisierte Schokolade. Da bin ich ein wenig puritanisch. Meiner Ansicht nach sollte man einfach die Verschiedenartigkeit der Schokolade selbst schätzen und den urtümlichen Geschmack der Kakaobohne genießen, aus welchem Land, welcher Region, welchem Anbaugebiet und von welchem Baum auch immer sie stammt. Ich bin kein Anhänger einheitlicher Massenprodukte, die den wahren Geschmack mit Zucker, Milch und Vanille ersticken. Aber das hier!« Er steckte sich noch ein Stück Schokolade in den Mund. »Haben Sie die schon probiert?«

Christmas lachte. »Natürlich. Rococo ist einer meiner Lieblingslieferanten. Sie inspirieren mich.« Sie entschied sich für *The Best of Edith Piaf*, worauf die einschmeichelnden Töne von *La Vie en Rose* durch die *Schokoladenapotheke* wehten.

»Was Sie soeben gesagt haben«, begann sie, setzte sich wieder und konzentrierte sich, »ist wunderbar und bedeutet mir viel.«

»Wirklich?« Er ließ den Blick durch den Laden und über die vielen Marshmallows und Geleebohnen schweifen.

»Süßigkeiten verkaufen sich. Doch am meisten liegen mir meine Konsultationen am Herzen. Denn ich glaube, dass Schokolade tatsächlich ein Heilmittel sein kann. Und ich möchte herausfinden, wie weit ich damit gehen kann. Wie Sie ja wissen, ist der Regenwald für seine medizinischen Heilkräuter bekannt. Und bestimmt ist es kein Zufall, dass Kakao im Regenwald wächst. Und was Sie hier schreiben«, sie deutete auf das Manuskript, »ist der Kern der Wahrheit. Wir müssen es nur attraktiver aufziehen.«

Er hob eine Augenbraue. »Attraktiver?«

Christmas spürte, dass sie rote Ohren bekam, sprach aber dennoch weiter. »Erzählen Sie mir mehr über Nachhaltigkeit.«

»Nachhaltigkeit in der Kakaoproduktion ist der Schlüssel zu langfristigem wirtschaftlichem Erfolg. Allerdings besteht da immer ein Konflikt mit den kurzfristigen Profitinteressen der Konzerne. Meiner Beobachtung nach geht es bei der Nachhaltigkeitsfrage in Sachen Kakao eigentlich um soziale Themen. Eine typische Kakaoplantage ist nur einige Hektar groß und wird von der Familie betrieben, der sie gehört. Für eine Handvoll Dollar am Tag schuften sie sich krumm. Alles ist Handarbeit, jeder einzelne Schritt. Anders als bei anderen Feldfrüchten ist noch niemandem eine effektive Methode eingefallen, den Anbau zu mechanisieren. Und so hängt die gesamte Branche davon ab, Löhne an die Arbeiter zu zahlen. Kakao in einem Industrieland anzubauen, und zwar mit einer angemessenen Entlohnung, würde einfach zu viel kosten, selbst bei geeignetem Klima.«

Sein gedankenverlorener Blick wanderte in eine Ecke des Raums. »In Ghana sitzen die Arbeiter im Kreis und singen, um einander anzufeuern, härter zu arbeiten, während sie die Schoten mit Macheten aufschlagen, die Bohnen herausholen, sie zu Haufen aufschichten und sie mit Bananenblättern abdecken, damit sie etwa fünf Tage lang fermentieren.«

Er sah sie wieder an und gestikulierte begeistert. »Kakao wird nur aus Geldgründen angebaut, was heißt, dass die Leute trotz schwerer Arbeit nicht mehr zu essen haben. Der Handelspreis für Kakao wird auf internationalen Finanzplätzen Tausende von Kilometern entfernt festgesetzt. Und weil die Farmer für ihre Mühen lächerlich bezahlt werden und der Anbau von Kakao sehr arbeitsintensiv ist, macht sich die junge Generation aus dem Staub und verlässt die Farmen. Was nur verständlich ist. Doch damit werden die Farmer immer älter, und die Kakaobäume ebenfalls.«

Christmas verzog das Gesicht. »Klingt schrecklich. Könnte es wirklich sein, dass wir irgendwann einmal in einer Welt ohne Schokolade leben?«

»Das halte ich für unwahrscheinlich. Allerdings wird es

wohl einige große Veränderungen geben. Man hat versucht, schneller wachsende Kakaobäume zu züchten. Doch das einzige Ergebnis war, dass sie dem Boden zu viele Nährstoffe entziehen und zu viel Wasser brauchen, sodass es für die nächste Ernte nicht reicht. Außerdem sind die neuen, schneller wachsenden Bäume nicht so langlebig wie die alten. Und wenn ein Farmer mit diesen neuen Züchtungen mehr Kakao produzieren kann, fällt der Weltmarktpreis. Und so beißt sich die Katze in den Schwanz.«

Christmas holte tief Luft. »Das klingt bedenklich.«

»Ja, das ist es. Kann ich noch einen Kaffee haben?«

»Klar.« Sie begleitete ihn zur Kaffeemaschine und schaltete sie ein, um das Wasser zu erhitzen. Für alle, die mehr als den kostenlosen Filterkaffee wollten, bot sie ausgefallene Kaffeesorten an. Mit dem Rücken ans Apothekerschränkchen gelehnt betrachteten sie die schimmernden Pralinen, die vor ihnen in der Vitrine aufgereiht waren.

»Wissen Sie, dass viele der Farmer, die Kakao anbauen, um den gigantischen Schokoladenhandel zu bedienen, noch nie ein Stück Schokolade gegessen haben?«, fragte Lincoln.

»Sie machen wohl Witze! Das ist ja ein Skandal. Am liebsten würde ich ihnen sofort eine Schachtel schicken!«

»Viele sagen, sie bauten die Bohnen nur für den Händler an und hätten keine Ahnung, was die Weißen danach damit anstellen«, erklärte er. »Schokolade gehört zu den wenigen Luxuslebensmitteln, deren Inhaltsstoff Tausende von Kilometern entfernt von den Ländern angebaut wird, wo man sie verarbeitet und konsumiert.«

Christmas überlegte, wie viel sie selbst zu dem weiten Weg beitrug, den die Schokolade zurücklegte. Ihre Kakaobohnen hatten sicher schon einige Bonusmeilen auf dem Buckel, und dabei gehörte sie zu den Kleinabnehmern auf dieser Welt.

Zumindest exportierte sie, anders als viele große Schokoladenproduzenten, ihre Schokolade nicht.

Sie versuchte, wieder so zu denken wie damals als PR-Managerin und zermarterte sich das Hirn, wie man diese Information für die Leserschaft leicht verdaulich aufbereiten konnte. »Jetzt hab ich's«, verkündete sie und schnippte mit den Fingern.

»Was?«

»Eine Möglichkeit, all die schwierigen, politischen, aber dennoch wichtigen Fakten in Sachen Kakaoproduktion mit wundervollen Bildern und Geschichten über Schokolade zu kombinieren.«

»Erzählen Sie weiter.«

»Wir könnten den Weg einer einzigen Bohne, von ihrem Leben in der Schote am Baum auf der Farm, in der Region, dem Land und so weiter bis zum Markt, dem Händler, dem Schiff oder Flugzeug oder wie sie auch immer transportiert wird, den Verarbeitungsprozess bis hin zum Verzehr beschreiben.«

Lincoln kratzte sich nachdenklich den Bart. »Ich glaube, das könnte funktionieren.«

»Wir könnten ein Reisetagebuch und Postkarten entwerfen.« Sie lächelte. »Stempel in Pässen. Und an Messen und Schokoladenverkostungswettbewerbe schicken.«

»Damit könnten wir auf die Vorurteile innerhalb der Bohnenbranche der verschiedenen Herkunftsländer und Sorten aufmerksam machen«, erwiderte Lincoln, während er den Vorschlag auf sich wirken ließ.

»Und einen Einblick in die Herkunftsgeschichte gewähren«, ergänzte sie.

»Man könnte einen Stammbaum erstellen, um die Gene der Bohnenfamilien zurückzuverfolgen. In den letzten fünf

Jahren hat es erstaunliche Forschungsergebnisse gegeben. Man hat das Erbgut diverser Bohnen und sogar drei völlig neue Kakaosorten im Amazonasgebiet entdeckt. Es ist ein faszinierendes Gebiet.«

»Existieren da vielleicht Sorten, von denen wir noch gar nichts wissen?«, erkundigte sich Christmas interessiert.

»Klar. Alles ist möglich.«

»Und vielleicht haben diese Sorten eine unterschiedliche chemische Zusammensetzung?«

»Natürlich.« Er neigte den Kopf zur Seite. »Warum?«

»Ich warte noch immer auf die Entdeckung einer Superbohne, die eine konkurrenzlos heilende Wirkung hat.«

»Schokolade als Heilmittel«, sagte er.

»Genau.«

»Das gefällt mir.«

Sie grinste Lincoln an. Wenn er sich für etwas begeisterte, strahlten seine blauen Augen. Sie ertappte sich bei der Frage, was er wohl in der Vergangenheit erlebt hatte und warum ein so netter, intelligenter und gut aussehender Mann wie er noch Single war.

Sie wandte sich ab und beschäftigte sich mit dem Kaffee. Sie hatten noch viel Arbeit vor sich und mussten rasch anfangen, wenn das Manuskript vor ihrer Abreise nach Frankreich in den Grundzügen fertig sein sollte.

Also teilten sie das Manuskript in botanische Abschnitte für Lincoln auf und dachten sich neue Kapitel aus, in denen Christmas ihr Handwerk darlegen sollte – zum Beispiel, wie sie die Herkunft unbehandelter Kakaobohnen bestimmte, sie röstete und mahlte, eine naturbelassene Schokolade aus einigen schlichten Zutaten kreierte oder Schokolade temperierte. Dazu noch eine Auswahl ihrer eigenen Rezepte. Sie würden die jeweiligen Kapitel austauschen und gegenlesen, wobei Lincoln sich auf den Inhalt konzentrieren würde und Christmas darauf, seinen Stil zu glätten und leserfreundlicher zu machen. Vor ihrer Abreise nach Frankreich wollten sie den Großteil des Buchmanuskripts fertig haben. So blieben ihnen nach ihrer Rückkehr etwa sechs Wochen, um vor dem Abgabetermin im September alles noch einmal zu überarbeiten.

Uff!

Beim bloßen Gedanken an all die zusätzliche Arbeit wurde Christmas ganz schwindelig. Doch vielleicht brauchte sie im Moment gerade das, um sich nicht ablenken zu lassen, denn in ihrem Leben gab es, wie sie sich streng vor Augen hielt, keinen Platz für romantische Träume.

Regel Nummer zehn.

11

Als Christmas herausfand, dass sie schwanger war, war sie fünfunddreißig und lebte in Sydney. Sie war leitende Pressesprecherin von Simon Barton, einem aufstrebenden australischen Tennisspieler, dem der Ruf eines verzogenen Schnösels vorauseilte. Er war um einiges jünger als sie und hatte lange Haare, die er sich hochsteckte, was eigentlich weiblich hätte wirken müssen, ihn aber eher aufreizend aussehen ließ. Insbesondere mit nacktem Oberkörper. Der Typ war hinreißend. Eigentlich hätte er die Sponsorengelder nur so scheffeln sollen. Doch dass er als arroganter Spieler und schlechter Verlierer galt, der einige Male mit Alkohol am Steuer erwischt worden war und sich außerdem durch die Gegend vögelte, vergraulte sowohl die Fans als auch die Geldgeber.

Es war Christmas' Aufgabe, hier eine Kehrtwende einzuleiten.

»Ich glaube, wir müssen Sie für wohltätige Zwecke einspannen«, hatte sie am Tag ihrer ersten Begegnung zu ihm gesagt. Er saß ihr am Schreibtisch gegenüber, den einen Fuß aufs Knie des anderen Beines gelegt, sodass seine anthrazitfarbene Anzughose hochrutschte und zeigte, dass er seine Lederschuhe ohne Socken trug. Er war unterwegs zu einem Fotoshooting für einen Artikel in der Beilage einer Zeitung, den an Land zu ziehen sie sich mächtig ins Zeug gelegt hatte. Als er durch die Glastüren ihres Büros spazierte, musste sie sich beherrschen, um ihm nur in die Augen zu schauen.

Wenn sie ihn zu sehr anstarrte, konnte sie sich nicht mehr konzentrieren.

Kelly, die Aushilfe am Empfang, errötete sichtlich, huschte aufgeregt herum und bot ihm Tee oder Kaffee und eine Zeitschrift an. Christmas hatte ihn über den Rand ihres Laptopbildschirms gemustert und ihn absichtlich warten lassen. Sie wusste, dass er nicht hatte kommen wollen. Doch sein Manager hatte ihm gedroht, den Vertrag mit ihm zu kündigen, wenn er nicht erschien. Die Vorstellung, den Menschen zu verlieren, der sich um seine Finanzen kümmerte, hatte Simon dazu bewogen, dem Termin zuzustimmen.

»Wohltätige Zwecke?«, fragte er nun argwöhnisch.

Christmas klopfte mit ihrem Stift auf den Ledereinband ihres Terminkalenders. »Etwas mit Kindern kommt immer gut an. Vor allem mit kranken Kindern.«

Er zog die Nase hoch und reckte das Kinn, und sie sah, wie die Muskeln an seinem Hals zuckten. Außerdem konnte sie die sanfte Wölbung seiner Brustmuskeln unter dem gestärkten weißen Hemd ausmachen, das er, wie zufällig, nicht ganz zugeknöpft hatte, um genau diese Wirkung zu erzielen. Verdammt, der Mann hatte ein Händchen für Mode.

»Es beweist soziales Engagement, sorgt dafür, dass die Menschen sich besser fühlen, und verbreitet Glück und Freude«, fügte sie hinzu, da sie seine ablehnende Haltung spürte.

Geistesabwesend strich er über seinen Zweitagebart.

Christmas lehnte sich zurück und schlug die schlanken Beine übereinander, worauf sein Blick sich auf ihre Knie richtete. »Hören Sie«, meinte sie lächelnd, »in der Öffentlichkeit hält man Sie für herzlos, und potenzielle Sponsoren schätzen Sie als unzuverlässig ein. Kinder im Krankenhaus zu besuchen, ein Wochenend-Tennistrainingslager für Jugendliche aus armen Familien zu veranstalten, Hamburger bei einem

Wohltätigkeitsgrillfest im Park zu braten würden Ihnen helfen, sich ein Image als selbstloser und sozial eingestellter Mensch aufzubauen.«

Mit der Andeutung eines spöttischen Grinsens musterte er sie.

»Trevor wäre bestimmt einverstanden«, fügte sie hinzu. Als der Name seines Managers fiel, gab Simon sich offenbar geschlagen.

»Gut. Organisieren Sie etwas, und ich werde da sein. Aber nur unter einer Bedingung.«

»Und die wäre?«

»Gehen Sie heute Abend mit mir essen.«

»Klar. Warum nicht?« Ein Abendessen mit einem Klienten war nichts Ungewöhnliches.

Eine errötende Kelly erschien an der Bürotür. »Das Taxi ist da«, meldete sie und schmachtete Simon dabei an.

Christmas klappte den Laptop zu, stand auf und griff nach ihrer Handtasche. »Und jetzt auf zum Fototermin, nicht dass wir noch zu spät kommen.«

Simon lebte in einer teuren, hypermodernen Dreizimmerwohnung direkt am Bondi Beach. Die vom Boden bis zur Decke reichende Glasfront bot einen weiten Blick über den Ozean. Der Fußboden bestand aus breiten, hellen Eichendielen. Badezimmer und Küche waren mit Kalksteinfliesen ausgestattet. Arbeitsflächen aus Stein, Waschbecken und Badewannen quadratisch, viele Spiegel, minimalistische Möblierung mit geraden Linien und nicht sonderlich gemütlich. Ein wunderschönes, durchstrukturiertes architektonisches Meisterwerk, allerdings ohne Wärme. Etwa so wie Simon selbst.

Sie trafen kurz vor Sonnenuntergang ein, gerade rechtzeitig, um auf dem Balkon etwas zu trinken, während der Himmel um sie herum die Farbe wechselte.

»Sie haben sich heute wacker geschlagen«, meinte Christmas und stieß mit ihm an. Sie trank Wein, er einen Highball mit Scotch. »Sie haben die Fragen aufrichtig und bescheiden beantwortet, und die Fotos werden eine Sensation. Ich denke, der Artikel wird eine Wucht.«

Sie war tatsächlich stolz auf ihn. Auf der Hinfahrt im Taxi hatte sie ihm ein paar Tipps gegeben, allerdings nicht wirklich geglaubt, dass er sich daran halten würde. Doch als der Journalist ihn auf seinen Tobsuchtsanfall angesprochen hatte, bei dem er auf dem Tennisplatz mit Schlägern um sich geworfen hatte, war er nicht patzig geworden, sondern hatte den Blick gesenkt und erwidert, er schäme sich deshalb und wolle sich Hilfe suchen, um seine Gefühle besser in den Griff zu bekommen. Die Menschen müssten verstehen, dass er noch sehr jung sei und sich manchmal im Ton vergreife. Doch ein Mann zu sein bedeute, seine eigenen Fehler zu erkennen und etwas dagegen zu unternehmen. Christmas war überrascht und beeindruckt gewesen.

Simon betrachtete die Wellen. »Das hat alles gestimmt. Ich muss wirklich erwachsen werden.«

In diesem Moment kam eine kleine rote Katze mit einem klimpernden Glöckchen am Halsband auf den Balkon gerannt und schmiegte sich an Simons Beine.

»Rosa! Du darfst doch nicht hier raus.« Er bückte sich und hob sie auf, worauf sie sich in seinen Armen auf den Rücken drehte und ihr weißes Bäuchlein präsentierte. Genüsslich schloss sie die Augen, als er sie streichelte, und schnurrte wie eine Kreissäge.

»Ich wusste gar nicht, dass Sie eine Katze haben«, sagte Christmas.

Er lächelte, als Rosa ihn mit der Pfote ins Gesicht stupste. »Ich habe sie aus dem Tierheim.« Er begleitete Christmas wieder nach drinnen und schloss die Fliegengittertür hinter ihnen, damit Rosa nicht ausbüxen konnte.

»Was haben Sie denn im Tierheim gemacht?« Christmas setzte sich auf sein weißes Ledersofa, das, wie sie nun bemerkte, Kratzspuren aufwies.

»Ich habe in einem Werbespot für Hundefutter mitgespielt, und zum Dank haben sie mir das Zeug dosenweise geschickt. Weil ich keinen Hund habe, wollte ich die Dosen dem Tierheim spenden. Dort gibt es eine Reihe von Käfigen mit Katzen und Hunden darin. Die Todeszellen.« Er kraulte Rosa den Rücken, als sie sich auf seinem Schoß niederließ. »Die hatten alle so einen Blick. Sie wissen schon.« Er sah Christmas verständnisheischend an und richtete seine durchdringend grünen Augen auf sie. »Sie schienen zu wissen, dass Schluss für sie war. Ende der Fahnenstange. Einige sind auf und ab gelaufen. Andere saßen nur da und haben das Maul ans Gitter gepresst. Ein paar haben jämmerlich gewinselt.« Als er kurz innehielt, war seine Traurigkeit förmlich zu spüren.

»Jedenfalls«, er richtete sich wieder auf, »saß Rosa in einem dieser Käfige. Aber sie war ganz ruhig. So, als würde sie einfach hinnehmen, was passieren würde.«

»Vielleicht wusste sie es ja nicht.«

»Doch.« Simon schüttelte den Kopf. »Sie war tapfer. Wirklich tapfer. Ich habe nicht lange nachgedacht, sondern nur gesagt: ›Die will ich.‹ Und sie haben sie mir gegeben.«

Rosa rollte sich auf seinem Schoß herum und knabberte liebevoll am Ärmel seines weißen Hemdes.

»Und warum heißt sie Rosa?«

»Nach Rosa Parks, der schwarzen Amerikanerin, die sich

geweigert hat, ihren Sitzplatz im Bus für einen Weißen frei zu machen. Haben Sie von ihr gehört?«

Christmas nickte verdattert. Offenbar hatte Simon Barton mehr auf Lager, als sie und andere vermutet hatten.

»Ich weiß noch, wie ich in der Schule über sie gelesen und mir gedacht habe, wie unglaublich mutig sie war. Manchmal denke ich auf dem Platz an sie.«

»Simon, das ist eine wundervolle Geschichte. Warum erfährt sonst niemand davon? Das könnte uns bei unserer PR-Kampagne nutzen.« Christmas beugte sich vor. Ihr Herz raste vor Aufregung, während Ideen in ihrem Kopf Gestalt annahmen.

»Die Leute müssen nicht alles wissen«, erwiderte er. Sanft setzte er Rosa neben sich aufs Sofa und stand auf. »Ich bin am Verhungern. Lassen Sie uns was essen.« Er schenkte Christmas ein Tausend-Kilowatt-Lächeln und streckte die Hand aus, um ihr aufzuhelfen. »Was halten Sie von Italienisch?«

Es war wirklich kein Wunder, dass so viele Frauen mit Simon im Bett landeten. Er sah nicht nur traumhaft gut aus, sondern konnte auch sehr charmant und unterhaltsam sein, wenn er sich nicht wie ein verzogener Fratz aufführte. Auch Christmas war ihm bald verfallen. Sie begannen eine leidenschaftliche Beziehung, die sich innerhalb weniger Tage von null auf hundert steigerte. Im Büro wurde er ihr wichtigstes Projekt, und weil sie all seine wundervollen Seiten kannte, fiel es ihr dank ihrer Begeisterung leicht, auch andere von seinem guten Charakter zu überzeugen.

Es dauerte nicht lang, bis sie zusammen am Strand beim Joggen fotografiert wurden; er joggte jeden Morgen, und sie hatte sich ihm angeschlossen. Nicht dass sie eine Chance gehabt hätte, mit ihm mitzuhalten. Allerdings war es nicht schwierig, sich in seiner Wohnung bei Morgengrauen aus dem Bett zu wälzen, wenn die Sonne über dem Wasser aufging und sie lockte, erst zu laufen und anschließend in einem Strandcafé Bagel zu essen. Die Fotos erschienen in Frauenzeitschriften, begleitet von den verschiedensten reißerischen Schlagzeilen auf den Titelseiten: *Lässt sich Simon von seiner älteren Freundin zähmen? Hat Simon endlich die Richtige gefunden? Barton siegt in der Liebe.*

Die Berichte wirkten auch Wunder, was ihre PR-Agentur betraf. Kristy, ihre Vorgesetzte, zwinkerte ihr über jede Schlagzeile hinweg zu und summte ein kleines Liedchen, wenn wieder einmal ein neuer Klient per Mail oder am Telefon sein Interesse bekundete. Außerdem wirkte ihre Romanze auch Wunder bei Simon. Wer war denn nicht vergnügt und freundlich, wenn er verliebt war? Sein öffentliches Image besserte sich zusehends.

Einige Monate nach dem Beginn ihrer wunderbaren Liebesbeziehung wurde Christmas schwanger. Das Baby war das Ergebnis einer ausufernden Champagnerorgie bei einem Mittagessen nach einem Rennen; danach hatte sie ihren riesigen Federhut anbehalten und Simon seine Krawatte, und so hatten sie gemeinsam etwas Kleines gezeugt.

»Was soll ich dazu sagen?«, fragte Simon, wobei er wieder seine frühere mürrische Art an den Tag legte. »Ein Baby passt momentan nicht unbedingt in meine Pläne«, sagte er am Telefon. Er war in einem Trainingscamp auf den Bahamas, nachdem er wegen einer geringfügigen Schulterverletzung eine kleine Pause hatte einlegen müssen. Dort bereitete er sich auf die Saison vor und beabsichtigte, als neuer und besserer Spieler mit einem neuen und besseren Image auf den Platz zu stürmen. Sein Trainer und die Sponsoren waren sicher, dass er die Konkurrenz im nächsten Jahr in die Tasche stecken würde.

»Nun, ich hatte es auch nicht unbedingt geplant«, schluchzte Christmas. Sie war sicherlich in einem Alter, in dem man sich über ein Baby Gedanken machte. Vielleicht war sie sogar schon ein wenig spät dran. Doch sie hatte es nie als sonderlich wichtig erachtet.

»Wahrscheinlich können wir jetzt nichts mehr dagegen tun.«

Christmas schniefte. »Wirklich? Willst du nicht, dass ich …« Aber sie konnte das Wort nicht aussprechen. Sie würde die Schwangerschaft nicht abbrechen, ganz gleich, wie ungelegen sie auch kam. Ihr standen eine Beförderung und eine riesige Gehaltserhöhung bevor, was sich ändern würde, sobald sie ihre Schwangerschaft bekannt gab. Und dann die Sache mit Simon? Nun, wer wusste, wie das alles enden würde. Sie hatten eine tolle Zeit zusammen gehabt, und sie konnte sich ehrlich eingestehen, dass sie sich verliebt hatte. Allerdings bedeutete das nicht, dass ihre Beziehung für die Ewigkeit bestimmt war.

Auch die körperlichen Auswirkungen der Schwangerschaft waren ziemlich erschreckend. Ihr übliches hektisches Arbeitstempo stoppte schlagartig, und statt produktiver nachmittäglicher Meetings saß sie am Schreibtisch, hielt sich ein Glas Eiswasser abwechselnd an Hals und Stirn und trank hin und wieder einen Schluck, um den Brechreiz zu unterdrücken. Jeden Nachmittag um zwei musste sie die Jalousien in ihrem Büro herunterlassen, sich aufs Sofa legen und schlafen.

Obwohl der Kleine nicht geplant war, hatten Simon und Christmas einige Wochen, nachdem sie es wussten, beschlossen, dass es ein Junge werden würde. Sie sprachen über ihn am Telefon, und manchmal klang Simon sogar ein wenig begeistert.

»Ich überlege, wann ich ihm den ersten Tennisschläger kaufen soll«, meinte er und lächelte ins Telefon.

»Mich wundert, dass du noch keinen für ihn hast.«

Christmas hatte entschieden, dass sich der Kleine mit vier gut mit dem Hund angefreundet haben würde. Denn bis dahin hätten sie auch einen Hund. Einen Beagle namens Snoopy, der sich nachts mit Rosa das Bettchen teilte.

Und mit sieben, beharrte Simon, würde der Kleine auf dem Weg zum Tennisstar sein.

Ein Baby. Ein Wunder. Unerwartet zwar, aber dennoch ein Wunder.

Doch dann beschloss der Kleine, nicht zu bleiben. Er ging ohne Vorwarnung. Heute war er noch da, am nächsten Tag war er fort. Seine kleine Seele kehrte dahin zurück, wo sie hergekommen war, und Christmas fühlte sich, als sei sie mit feuchtem Sägemehl ausgestopft. Sie verspürte eine nie zuvor gekannte Leere. Ihr Körper hatte keine Kraft mehr, und sie konnte sich kaum noch auf den Beinen halten.

»Solche Sachen passieren eben«, meinte Simon. Es war seine Interviewstimme.

Sie hasste ihn dafür.

Er wusste nicht, was er am Telefon als Antwort auf ihre Tränen oder ihr Schweigen sagen sollte. Sie war erschöpft. Hatte keine Geduld mehr, ihm zuzuhören. Er schickte Blumen. Doch sie redeten immer seltener miteinander. Einen Monat später sah sie in einer Zeitschrift ein Foto von ihm mit einem jungen platinblonden Fotomodell.

Sie ging nicht mehr zur Arbeit. Denn sie hatte kein Interesse daran, das Leben anderer Leute positiv darzustellen, während ihr eigenes zerbrach. Warum konnte keine gute Fee in ihr Leben treten und alles in Ordnung bringen? Den Schmerz wegzaubern?

Tagelang lag sie bei geschlossenen Vorhängen im Bett. Sie machte sich Vorwürfe, weil sie so leichtsinnig gewesen war, sich in Simon und den Kleinen zu verlieben. Der grausame Verlust zerriss sie. Verschlimmert wurde die Sache dadurch, dass sie niemandem von dem Baby erzählt hatte. Ihr kleines Wunder, ihr kleiner Schatz, existierte ausschließlich in ihrem Herzen. Und nun konnte sie mit niemandem darüber reden. Diese gewaltige Überraschung, die sie nur wenige Wochen hatte behalten dürfen, konnte sie nun mit keinem Menschen mehr teilen. Man konnte nichts ankündigen, was niemals stattfinden würde. *Oh, ach übrigens, mein Baby ist gestorben. Reichst du mir mal den Kuchen?*

Eigentlich war es kein Baby – bloß ein Fötus. Dieses Wort hatte der Arzt benutzt. Als ob es das Baby nie gegeben hätte.

Aber er war echt. Sie hatte ihn gesehen. Seinen Herzschlag und die geballten Fäustchen. Und einen Schwanz. Eine kleine Kaulquappe.

Sie kündigte ihren Job.

Val stand auf der Matte. Sie öffnete die Vorhänge, zog ihrer Schwester den müffelnden Pyjama aus, bugsierte sie unter die Dusche und wusch ihr die Haare.

»Komm schon, Massy«, übertönte sie Christmas' Proteste. »Du kennst das doch. Es ist ja nicht so, als ob wir das bei Mum nicht oft genug erlebt hätten.« Schwach schlug Christmas nach Vals Hand, während diese ihr das Shampoo aus den Haaren spülte. »Du weißt, dass nach vorne zu schauen der einzige Ausweg ist. Ja, es ist schwierig. Ja, es ist zum Kotzen. Aber du musst da durch.«

Val blieb eine Woche lang. Fuhr sie zum Arzt. Fuhr sie zur Therapeutin. Fuhr sie ins Büro, damit sie ihre Sachen abholen konnte. Wusch ihre Wäsche. Ging einkaufen. Bezahlte ihre Rechnungen.

Dann musste Val wieder weg, in einen Flieger nach Launceston zu ihrer Familie. Und Christmas wusste, dass es für sie ebenfalls Zeit war zu gehen. Sydney war nicht länger ihr Zuhause. Sie musste sich neu erfinden. Und deshalb buchte sie auch einen Flug nach Launceston.

Da bei Val kein Platz war, hing sie wie ein Trauerkloß einen Monat lang bei Emily herum. Emily schien das nicht zu stören; sie freute sich sehr, dass Christmas wieder auf der Insel war, und ihre Freude war groß genug für sie beide, wie sie sagte. Christmas suchte weiterhin eine Therapeutin namens Samantha auf, eine zierliche Frau, deren blondes Haar sie wie ein Heiligenschein umgab. Nach jeder Sitzung schickte sie Christmas mit derselben Hausaufgabe nach Hause – sie sollte ihre fünf Sinne pflegen, Tag für Tag.

»Wir werden durch unsere Sinne traumatisiert«, sagte Samantha und reichte Christmas eine Schachtel Papiertaschentücher und eine Tasse Pfefferminztee. »Was wir sehen, was wir fühlen, was wir hören, schmecken und riechen. Der einzige Weg, dieses Trauma zu heilen, ist, diese Sinne zu heilen, indem man sich verwöhnt. Das ist kein Luxus, sondern eine Notwendigkeit.«

Christmas erklärte sich einverstanden, diesen Anweisungen zu folgen. In ihrem Job als Rechercheurin fürs Fernsehen war Emily flexibel und arbeitete oft von zu Hause aus. Gemeinsam pflückten sie und Christmas alle paar Tage Blumen in ihrem nicht sehr gepflegten, aber fruchtbaren Garten. Sie unternahmen einen Ausflug nach Hobart und übernachteten in einem Hotel, damit sie früh am nächsten Morgen die Märkte von Salamanca durchstöbern und Emilys Auto mit Schätzen beladen konnten. Sie kauften Kerzen mit Passionsfruchtduft und Olivenölseifen, die nach schwarzen Himbeeren und Vanille rochen. Sie aßen heiße deutsche Würstchen und lauschten dabei peruanischen Straßenmusikern. Christmas lag in einem Zelt auf einem Massagetisch und ließ sich eine Fußreflexzonenmassage verabreichen. Emily half ihr, neue weiche, bestickte Bettwäsche auszusuchen und außerdem eine riesige, dicke Bettdecke mit passendem Überwurf. Sie kauften Pralinen, biodynamische Kosmetikprodukte, Seidenschals und neue Handtaschen und kehrten frohen Herzens und aufgedreht in Emilys Haus in Launceston zurück.

Sie setzten diese Unternehmungen fort, machten Ausflüge ins Tamar Valley, wanderten durch die Himbeer- und Lavendelplantagen und die Weinberge, wo sie die üblichen Pinots und Chardonnays, aber auch den seltenen Gewürztraminer probierten. Sie kamen durch Apfelhaine und Erdbeerplantagen, genossen die Wintersonne und ließen am Kamin in einem Restaurant oder einem Pub die Seele baumeln.

Mit der Zeit fiel Christmas das Lächeln leichter. Sie lachte und alberte herum. Und sie begann, sich allein umzuschauen, besuchte eine Woche lang einen Töpferkurs, in der nächsten einen Tanzkurs und in der darauf folgenden Woche ein eintägiges Seminar zum Thema Schokoladenherstellung. Sofort verliebte sie sich in den Duft und die Sinnlichkeit von Schokolade. Sie hatte die Kraft der Selbstheilung und sich selbst Gutes zu tun aus erster Hand erfahren und wollte diese Erfahrung nun anderen weitergeben. Sie hatte keine Lust mehr, als PR-Managerin Leuten dazu zu verhelfen, gut auszusehen. Sie sollten sich auch gut *fühlen*. Eines Tages griff sie zu einer Ausgabe der Zeitschrift *O* und entdeckte ihr Idol: Oprah. Diese Frau hatte Leid und Tragödien überstanden und weitergemacht, um nicht nur ihr eigenes Leben, sondern auch das anderer Leute zu verbessern. Sie hatte Oprah schon immer verehrt, und nun wollte sie so sein wie sie.

Christmas setzte einen Tag der Entscheidung fest. Beflügelt von dem Artikel über Menschen, die ihr Leben verändert hatten, beschloss sie, das Gleiche zu tun. Sie durchkämmte die Immobilienportale nach einer neuen Wohnung, rief verschiedene Makler an und vereinbarte Besichtigungstermine. Sie wollte sich ein neues Leben aufbauen, und zwar eines, das dem Ziel gewidmet war, sich selbst und anderen Gutes zu tun mit der Aussicht auf Heilung. Dann stellte sie eine Liste von Lebensregeln auf.

An diesem Abend überreichte sie Emily ein Glas Pinot und einen Teller mit Himbeeren im Schokomantel. »Meine geliebte Freundin«, verkündete sie und hob ihr Glas. »Ich ziehe aus.«

12

Ein Dienstagmorgen eignete sich vermutlich so gut wie jeder andere Tag, um die Sache in Angriff zu nehmen. Und so traf sich Elsa mit Rita Blumberg in deren Zimmer am Ende des Flurs im Hauptgebäude des Altenheims Green Hills. Sie parkte ihren Rollstuhl neben dem von Rita an dem kleinen Tisch in der Ecke. Die chinesische Drachenlaterne an der Decke – ein Geschenk von Ritas Kindern zum Muttertag –, tauchte die eisernen Gitter des schmalen Bettes in einen roten Schein. Sie war eines der wenigen aufheiternden Dinge im Raum, und wieder einmal war Elsa dankbar dafür, dass sie, anders als Rita, nicht hundertprozentig von staatlicher Unterstützung abhängig war. Die Verwaltungsbeamten in Canberra hatten eindeutig nichts für die schönen Dinge des Lebens übrig.

Die anderen Farbakzente in dem kargen Zimmer bildeten die violette wollene Überdecke, die auf der allgemein verteilten weißen ruhte, die Kinderzeichnungen von Menschen, Katzen und Raketen und das Gemälde eines jungen Mädchens in einem Sonnenblumenfeld von Rita. Der Rest von Ritas unverkauften Kunstwerken wurde, wie Elsa vermutete, wahrscheinlich von Verwandten zurückgehalten, sicher in der Hoffnung, dass ihr Wert nach ihrem Tod steigen würde – anstatt sie jetzt zu verkaufen, damit sie besser versorgt wurde. Allerdings konnte es auch sein, dass Elsa Ritas Verhältnisse wegen Tom durch ihre eigene getrübte Brille betrachtete.

Zumindest besuchte Ritas Familie sie regelmäßig, meistens am Freitagabend, wie es jüdische Sitte war.

»Also möchtest du *shadchan* spielen«, meinte Rita mit einem wissenden Lächeln. »Kupplerin.«

Plötzlich wurde Elsa verlegen und fing an, an dem gestrickten Schal herumzunesteln, der um ihre Schultern lag. »Nun, ich würde es gern versuchen. Ich will, dass mein Enkel glücklich wird, und er scheint einiges mit einem Mädchen hier am Ort gemeinsam zu haben – Christmas Livingstone.«

Rita nickte, so gut sie es trotz ihres Tremors konnte. »Was weißt du über sie?«

Obwohl das eine völlig berechtigte Frage war, verspürte Elsa Irritation. Eigentlich wusste sie gar nichts über Christmas Livingstone. Warum, um alles in der Welt, wollte sie sich unbedingt einmischen? Vielleicht baute sie ja geistig ab. »So peinlich es auch klingt, nicht sehr viel.«

Rita musterte Elsa. Ihre milchigen Augen blinzelten. »Das Geheimnis guter Kuppelei ist zu wissen, inwiefern sich Werte und Weltanschauung des P… P… Paares gleichen. Jeder Mensch leuchtet wie die Flamme einer Kerze.« Rita hielt beide Zeigefinger hoch, um zwei Menschen zu symbolisieren. »Bring sie zusammen« – sie bewegte die Fingerkuppen – »und sie ver… ver… vereinen sich zu einer noch größeren und helleren Flamme. Sie sollten das Zimmer erhellen.« Als sie die Hände sinken ließ, zitterten sie auf ihrem Schoß. »Ein Paar, das nicht zusammenpasst, erhellt auch das Zimmer nicht.«

Elsas Stimmung hob sich. »Christmas kommt uns besuchen und macht mit uns eine Schokoladenverkostung.«

»Darauf freuen wir uns schon alle.«

»Ich sorge dafür, dass Lincoln auch da ist. Das würde uns doch einige Hinweise liefern, oder?«

Rita nickte. »Ganz bestimmt.«

Ein Teewagen ratterte den Flur entlang. Ein pickliger Junge, der an seinem Polohemd einen Anstecker mit der Aufschrift *Hallo, ich heiße Kristof und bin Praktikant* trug, stürmte herein und bot Plastikbecher mit Sicherheitsdeckel an. »Guten Morgen, meine Damen«, verkündete er grinsend. »Was für ein wunderschöner Tag. Ich habe Ihnen Tee gebracht.«

Rita zog die blonden Augenbrauen bis über den Rand ihrer gewaltigen Brille hoch. Sie hatte noch kaum graue Haare, die Glückliche.

Der Tatendrang des Jungen vermittelte einem den Eindruck, als säße man zu dicht an einem Kaminfeuer. Elsa hatte das Bedürfnis, sich zurückzuziehen. »Herrje«, meinte sie zu ihm. »Sind Sie vielleicht mit Tigger verwandt?«

Kristof kicherte verlegen, bevor er ihnen einen schönen Tag wünschte und die Flucht ergriff.

»Aber, aber«, schalt Rita. »Der arme Junge versucht sein Bestes.«

»Ach, die Tatkraft der Jugend«, sagte Elsa. »Die haben keine Ahnung, wohin damit.«

»Was gäbe ich für eine richtige Teetasse«, murmelte Rita und klopfte mit dem Fingernagel gegen den Plastikbecher.

»Komm das nächste Mal in meinen Bungalow«, erwiderte Elsa. »Dann trinken wir richtig Tee, und ich lade meinen Enkel ein, damit du ihn endlich kennenlernst.«

Ritas Augen leuchteten auf. »Sag mir nur, wann, dann bringe ich den kleinen Kristof dazu, mich hinzuschieben.« Sie zwinkerte Elsa zu, und die beiden kicherten verschwörerisch.

Freude erfüllte Elsa, und sie war froh, dass sie sich die Mühe gemacht hatte, Rita zu besuchen. Mit der Altenpflege war es eine seltsame Sache, dachte sie oft. Die Leute im Heim waren oft einsam, wollten aber nicht unbedingt etwas mit ihren Schicksalsgenossen zu tun haben. Vielleicht lag es an dem gemeinsamen Wissen, dass ihre Zeit begrenzt war. Oder daran, dass sie in dieser schlafsaalartigen Atmosphäre alle um ihren privaten Raum kämpften. Wie auch immer – Elsa konnte sich nicht daran erinnern, wann sie zuletzt eine Freundschaft geschlossen hatte. Und sie hatte vergessen, wie gut sich das anfühlte.

Sie prostete Rita mit ihrem Plastikbecher voll lauwarmem Tee zu. »Auf neue Freundschaften!«

Lincoln hatte den Vormittag mit den Wundern der Technologie vergeudet. Nachdem er aufgewacht war und Caesar gefüttert hatte, hatte er sich hingesetzt, um seine Mails abzufragen und endlich seine Recherchen dem leitenden Wissenschaftler von Neptune zu schicken. Er hatte sich damit abgemüht, Hunderte von Fotos hochzuladen, vielen Dank auch an die neue Version von Windows, die sämtliche Funktionsweisen verändert hatte. Außerdem hatte er höflich nachgefragt, ob es in nächster Zeit ein passendes Projekt gebe, für das er sich bewerben könne. Ehe er sich versah, war es schon Mittag, und er würde zu spät zu seinem Treffen mit Rubble kommen.

Sein Freund hatte sie beide über das Wochenende in einem Haus in Swansea eingemietet, weil er glaubte, er brauche Abstand, um sich inspirieren zu lassen. Außerdem müsse Lincoln raus aus dem muffigen Haus seiner Großmutter, weg von seinem Laptop und ein wenig frische Meeresluft atmen.

»Du arbeitest zu viel«, hatte Rubble mit undeutlicher Stimme am Telefon gesagt, weil er gerade den Mund voll hatte. Offenbar schmollte Lydia noch.

»Meiner Ansicht nach arbeite ich genau so viel, wie ich

sollte, wenn man bedenkt, dass ich momentan arbeitslos bin«, entgegnete Lincoln. »Ich beende meine Recherchen in Sachen Ecuador und schreibe an einigen Kapiteln für das Schokoladenbuch.«

»Wie geht es damit voran?«

»Offen gestanden super. Wir arbeiten jetzt seit zehn Tagen zusammen, und es klappt besser als erwartet. Ich glaube, bei Christmas bin ich an genau die richtige Co-Autorin geraten. Sie ist wirklich klug.«

»Lincoln, du Mistkerl. Ich erkenne es an deiner Stimme. Du stehst auf sie.«

»Nein.«

»Doch.«

»Nein.«

»Doch.«

Lincoln gab es auf. Wenn Rubble in seiner Fressphase war, blies sich nicht nur sein Bauch auf, sondern auch sein Ego. Er wurde so unbeweglich und unflexibel und erinnerte an einen großen, schweren Felsenblock.

Lincoln brachte als letzte Ausflucht vor, dass er sich um Caesar kümmern musste.

»Kein Problem«, erwiderte Rubble. Er habe ein Haus gefunden, wo Haustiere zugelassen seien, also könne Caesar auch mitkommen. Es folgte eine kleine Diskussion, welches Auto sie nehmen sollten, den winzigen, aber zuverlässigen Honda von Lincolns Großmutter oder Rubbles mit Macken behafteten, jedoch größeren BMW. Der konnte zwar jeden Moment den Geist aufgeben, doch zumindest war hinten genug Platz, damit Caesar sich ausstrecken konnte. Lincoln hatte keine große Lust auf eine zweistündige Autofahrt mit Caesar auf dem Schoß.

Also stopfte er einige Klamotten in seinen Rucksack, schaltete den Laptop aus, überlegte, ob er ihn mitnehmen sollte, entschied sich dagegen und packte noch eine Tüte Leckerlis für Caesar ein. Als Rubble draußen hupte, machte Lincoln die Lichter aus und bugsierte den alten Knaben in den BMW.

In Swansea unternahm Lincoln mit Caesar einen Strandspaziergang, damit sie sich die Beine vertreten konnten, während Rubble ihnen einen Tisch für zwei in einem Restaurant mit Meeresfrüchtebüfett reservierte. Dann trottete er mit seiner Kamera zum Strand, um alles zu fotografieren, was ihm vor die Linse kam. Immer in der Hoffnung, dass Lydia bald wieder mit ihm reden würde. Während Rubble zunehmend verzweifelt knipste, gönnte Lincoln sich ein Bubble O'Bill, das Lieblingseis seiner Kindheit, und ließ Caesar das Stäbchen ablecken.

Am Abend stopfte Rubble Hummer und Flusskrebse in sich hinein wie ein gerade von einem Schicksalsschlag getroffenes Meeresungeheuer.

»Meinst du also, die Küste wäre gut für dein nächstes Projekt?«, fragte Lincoln und knackte eine Hummerschere.

Rubble zuckte die Achseln. »Keine Ahnung.«

Lincoln betrachtete das traurige und aufgequollene Gesicht seines Freundes. »Solltest du nicht besser früher als später nach Übersee fliegen? Vielleicht nicht auf mich warten, bis ich einen neuen Job im Dschungel kriege? Ich finde, du musst jetzt aus diesem Trott raus. Möglicherweise hat Lydia sich inzwischen ja nach Ägypten, Afghanistan oder Kanada orientiert.«

Rubble leckte sich über die Lippen. »Möglicherweise.« Er hörte auf, sich vollzustopfen, und lehnte sich zurück.

Lincoln fühlte sich ermutigt. »Wann warst du das letzte Mal im Ausland?«

»Vor ein paar Jahren war ich wegen der Hochzeit meiner

Cousine kurz in Neuseeland. Aber ich habe seit fast sieben Jahren keine wirklich wichtigen Auslandsreisen mehr unternommen.« Rubble wischte sich den Mund mit seiner Serviette ab und ließ sie auf seinen Schoß fallen. Als er auf den Tisch klopfte, nahm sein Gesicht einen ernsten und drängenden Ausdruck an. »Du könntest recht haben. Als du den Dschungel erwähnt hast, habe ich kalte Füße bekommen und mir gedacht, ich habe nicht genug Geld, um es für so etwas auszugeben, solange ich nichts produziere und deshalb nichts verkaufe. Und je länger das so geht, desto kritischer wird es finanziell.«

»Doch du brauchst zuerst eine Inspiration. Das ist eine Zwickmühle.«

»Ja.«

»Du musst ja nicht unbedingt eine Riesenexpedition nach Südamerika oder nach Europa veranstalten. Eine Woche auf Samoa, Tonga, in Thailand oder Bali würde vollauf genügen. Sogar das Outback würde vielleicht für eine Veränderung ausreichen, um den Funken der Leidenschaft zu entfachen. Glaubst du nicht?«

Rubble richtete sich auf. Seine Augen strahlten. »Das Outback! Das große rote Land, das Rucksacktouristen und Abenteurer spurlos verschlingt.« Sofort förderte er sein Telefon zutage und begann, darauf herumzutippen. Vermutlich googelte er, wie man in die australische Wildnis gelangte.

Ein Kellner in frisch gestärktem Hemd erschien und bot ihnen noch einen Brotkorb an. Rubble verscheuchte ihn mit einer Handbewegung.

Lincoln musste ein Grinsen unterdrücken.

Obwohl es erst der zweite Wintertag war, kündigte die Jahreszeit sich bereits mit sintflutartigem Regen und einstelligen

Temperaturen an. An solchen Tagen sehnte sich Christmas so sehr danach, in ihrem georgianischen Haus ein Kaminfeuer anzuzünden. Das Haus war für ein solches Wetter gebaut. Sicher plagte sich Lien heute auch, weil die Kälte ihr auf die Gelenke ging. Christmas nahm sich vor, ein Paar der gerade im Laden eingetroffenen Bettsocken in eine Tüte zu packen und sie ihr zu bringen, wenn sie sie nächste Woche besuchte.

Um Kundschaft anzulocken, pries Christmas in der kalten Jahreszeit dampfend heißen Kaffee, heiße Schokolade, Apfelkuchen und Pudding an. Auch im Winter kamen Touristen in die Stadt; sie musste nur ihre Werbemaßnahmen noch etwas ausbauen. Manchmal war schlechtes Wetter sogar von Nutzen, weil die Leute froh waren, dem Regen zu entrinnen und sich drinnen an Köstlichkeiten zu laben, während sie zuschauten, wie die Tropfen auf den Gehweg prasselten.

Doch jetzt war in der *Schokoladenapotheke* nicht viel los – so wie auf der ganzen Straße. Die einzige Aktivität, die sie wahrnahm, war ein gelegentlicher einsamer Kunde, der die Bäckerei gegenüber betrat, zweifellos auf der Suche nach einem Platz am Kaminfeuer und einer herzhaften Mahlzeit. Am liebsten hätte sie sich dazugesellt. Heute hatte sie viel an den Kleinen gedacht. An manchen Tagen war es eben so. Sein Geist erschien aus dem Nichts, und sie fragte sich, wie ihr Leben wohl aussehen würde, wenn er geblieben wäre und sie jetzt einen dreijährigen Sohn hätte. Obwohl sie ihn vermisste, wusste sie, dass sie keine Kinder haben wollte. Und trotzdem, ab und zu lockte sie der Weg noch, den sie nicht eingeschlagen hatte. Es war in Ordnung, sich so zu fühlen, sagte sie sich. Es bedeutete nicht, dass sich etwas verändern musste. Sie musste nichts weiter tun, als sich damit abzufinden und achtsam mit sich umzugehen.

Sie war allein im Laden. Abigail war nicht gekommen; die Massagetermine wurden in den kalten Monaten weniger, und an einem Tag wie heute sagten garantiert viele ab. Bei diesem Wetter wollte sich niemand ausziehen, obwohl die Räume beheizt waren, dass Abigail ins Schwitzen geriet. Die Klienten wagten sich einfach nicht in Wind und Kälte hinaus, um sich auf den Weg zu dem warmen Massageraum zu machen. Da der Laden leer war, nutzte Christmas die Gelegenheit, hastete nach oben und holte ihre neuen Wollsocken, weil sie selbst in ihren Stiefeln ein wenig kalte Füße hatte. Saubere, neue Socken ohne Knötchen und fadenscheinige Stellen waren etwas Wunderbares. Sie waren einfach nur flauschig und warteten regelrecht darauf, dass sie ihre Zehen hineinschmiegte.

Während sie oben war, hörte sie die Ladenglocke. Erfreut über ihre neuen Socken eilte sie die Innentreppe hinunter. Cheyenne stand, den Arm voller Rosen, an der Theke. Die Floristin trug eine dicke schwarze Windjacke mit einem Kunstpelzkragen über einem langen weißen Kleid und kniehohen Stiefeln. Wie immer war sie nicht geschminkt, aber ihre vollen Lippen schimmerten auch ohne Lipgloss strahlend pink. Es fiel Christmas auf, wie nordisch sie mit ihrem zur Seite gekämmten orangeroten Haar wirkte.

»Hallo!«, sagte Cheyenne, und ein Lächeln breitete sich auf ihrem Gesicht aus.

»Hallo«, erwiderte Christmas. »Du freust dich ja wie eine Schneekönigin.«

»Meine Versicherung hat mir gerade einen Scheck geschickt!«, verkündete Cheyenne strahlend. »Offenbar haben die zu viel abkassiert und mir deshalb die Differenz von fast zwei Jahren zurückerstattet. Die Mädels und ich gönnen uns zur Feier des Tages etwas vom Imbiss.«

»Eine unverlangte Rückzahlung! So etwas hört man nicht alle Tage. Offenbar hast du gerade eine Glückssträhne.«

Das Zischen von Hydraulikbremsen und das Wummern eines Dieselmotors kündigten an, dass gerade ein Reisebus in die Hauptstraße eingebogen war.

»Und schau«, fuhr Christmas fort und rieb sich die Hände. »Anscheinend färbt deine Glückssträhne auf mich ab. Kannst du kurz bleiben und mir helfen?«

»Kein Problem«, erwiderte Cheyenne und griff nach einer Schürze, auf die eine schwarze Katze mit einer weißen Fliege aufgedruckt war.

Um diese Jahreszeit kamen häufig Reisebusse mit Leuten über fünfzig, die genug Geld und Zeit hatten. Christmas setzte rasch mehr Kaffee auf und legte eine CD von Michael Bublé ein. Cheyennes fröhliche Gesellschaft und eine Busladung Touristen waren genau das, was sie brauchte, um die Trauer zu vertreiben.

Dennoch hatte sich die schleichende Trauer bis zum Abend in einen bohrenden Schmerz verwandelt. Viele in der Vergangenheit eingeschlagene Wege mochten nun verschlossen sein, doch es standen noch viele weitere offen.

Sie hob den Volant und spähte in die Dunkelheit unter dem Bett, wo sie ihre hölzerne Schatztruhe aus kostbarer Tasmanienzypresse aufbewahrte. Ihr Name und ihr Geburtsdatum waren darin eingeschnitzt. Ein Geschenk von Joseph zum einundzwanzigsten Geburtstag.

Nach seiner Scheidung von Darla hatte Joseph wieder geheiratet und mit seiner neuen Frau Gloria eine weitere Tochter und einen Sohn bekommen. Christmas hatte sich stets ein wenig betrogen gefühlt, denn Paula und Sacha sollten doch eigentlich auch ihre Geschwister sein. Sie war Vals Schwester, und die beiden waren Vals Geschwister. Sollten sie dann nicht alle eine Familie sein? Nach einer Weile hatten sich Joseph und Gloria scheiden lassen, und nun war Gloria Vals Exstiefmutter. Allerdings stand es mit dem Verhältnis zwischen den beiden nicht zum Besten, was die Sache ziemlich verkomplizierte. Doch trotz all dieser Veränderungen in seinem Leben hatten Joseph und Christmas ihre seltsame, aber wichtige Beziehung aufrechterhalten, was Christmas sehr viel bedeutete. Es gab keine Regeln für so ein Verhältnis, aber sie fand, dass sie sich wacker geschlagen hatten. Oprah wäre stolz auf sie gewesen.

Nun setzte sie sich auf den Boden, während die Heizung gegen die Abendkälte ankämpfte, und öffnete die Truhe. Im Laufe der Jahre hatte sie sentimentale Erinnerungsstücke hineingelegt. Geburtstagskarten. Konzertkarten. Bei Sportwettbewerben in ihrer Jugend gewonnene Bänder. Notizen. Fotos. Geschenke, die ihr nicht wirklich gefielen, die sie jedoch behalten hatte, weil sie mit Liebe gemacht worden waren.

Die Ultraschallaufnahme von dem Tag, als sie erfahren hatte, dass das Herz ihres Babys nicht schlug. Ein Beweis. Ein kleiner Klumpen in ihr. Vorhanden, aber nicht lebendig. Da und dennoch nicht da.

Als sie das Bild nun berührte, umwehte sie die Trauer wie ein Luftzug an den Füßen. Ihre Hand hatte die Ultraschallaufnahme unter einem Stapel Geburtstagskarten vergraben, bevor sie sich überhaupt dessen bewusst gewesen war.

Doch sie suchte nach etwas anderem. Sie kramte in der Kiste, holte Erinnerungsstücke heraus und hielt dann und wann mit einem Lächeln oder einem Anflug von Bedauern inne. Sie wühlte weiter, bis sie es gefunden hatte. Einen Brief. Von Miriam Deschamps, ihrer Brieffreundin zu Schulzeiten.

Sie öffnete den Umschlag, zog die seidenpapierdünnen Bögen heraus und entfaltete sie vorsichtig.

Bingo. Die letzte bekannte Adresse von Mim von vor über zwanzig Jahren. Aber mehr hatte sie im Moment nicht.

Sie würde nicht versuchen, Gregoire zu finden. Doch sicher wäre es nett, nach all den Jahren wieder Kontakt mit Mim aufzunehmen. Außerdem würde das der Reise nach Frankreich ein Gefühl von Selbständigkeit verleihen. Sie würde nicht die passive Empfängerin eines von Emily netterweise organisierten Geschenks sein. Sie wollte ihr Schicksal selbst in die Hand nehmen, anstatt sich dorthin treiben zu lassen, wo der Wind sie hinwehte.

Sie überflog den Brief, in dem Mim ihre Unterrichtsfächer schilderte, den Jungen, auf den sie stand, ihren kleinen Hund und die derzeit angesagten Musikstücke. Christmas lächelte. Damals schien alles so viel einfacher gewesen zu sein. Sie wünschte, sie hätte Kopien ihrer Briefe an Mim gehabt. Wie gerne hätte sie gewusst, was mit vierzehn ihr größtes Problem gewesen war.

Ihre Socken rutschten auf dem Boden, als sie sich, den Brief noch in der Hand, aufrappelte und die Kiste zurück unters Bett schob. In der obersten Schreibtischschublade entdeckte sie einige Karten mit Motiven aus der Provence, fand es jedoch peinlich, Bilder aus der Provence an jemanden zu schicken, der wirklich in Frankreich lebte, und entschied sich für eine Karte mit dem Cradle Mountain darauf.

Liebe Mim,

ich weiß nicht, ob du dich noch an mich erinnerst, aber wir waren als Teenager Brieffreundinnen. Ich komme nächsten Monat nach Frankreich und wollte dich fragen, ob du Lust hättest, mich zu treffen.

Keine Ahnung, ob du diese Karte überhaupt erhältst. Wahrscheinlich bist du inzwischen umgezogen. Aber ich hoffe, dass jemand, der jetzt dort wohnt, dich noch kennt und dir die Karte weiterleitet. Unten steht meine E-Mail-Adresse, falls du mir schreiben möchtest.

Christmas Livingstone

Sie überlegte, ob sie »Ganz liebe Grüße« hinzufügen sollte, aber da ihr das seltsam erschien, entschied sie sich für einen Smiley. Morgen würde sie die Karte zur Post bringen und dann abwarten.

13

»Hilf mir mit der Schokolade.« Christmas reichte Lincoln eine einfache weiße Schürze.

»Ich habe gedacht, wir wollten arbeiten.« Er ließ einen Stapel Bücher und Unterlagen auf den Tisch in der Mitte des Ladens fallen und folgte ihr in die Küche.

»Das tun wir auch. Aber wir arbeiten jetzt schon seit fast vier Wochen zusammen, also bin ich der Ansicht, dass ich dir auch im Umgang mit Schokolade vertrauen kann«, erwiderte sie lächelnd.

»Endlich! Jedes Mal, wenn du mir ein weiteres Rezept schickst, läuft mir unkontrollierbar das Wasser im Mund zusammen.« Er band sich die Schürze um.

»Ich finde, du hast dir deine Sporen schon verdient.«

Sie hatten sich jeden Montag im Laden getroffen und gemeinsam an dem Manuskript gearbeitet. Lincoln hatte die Cartoon-Figur einer Kakaobohne gefunden und ihr mithilfe von Photoshop einen Hut und Hände und Füße verpasst. Außerdem hatte er Karten von der ganzen Welt und von Kakao produzierenden Ländern ausgedruckt. Es hatte ihnen großen Spaß gemacht, sich eine Reiseroute für die Kakaobohne auszudenken und sich Notizen über ihre Abenteuer zu machen. Christmas gefiel es, über die kreativen Aspekte von Schokolade zu schreiben und Lincoln bei seinen Textstellen zu helfen. Bei ihren Treffen lachten sie viel, und beide konnten mit gegenseitiger Kritik umgehen und fanden die Vorschläge des anderen gut. Meistens waren sie am Ende noch begeisterter von dem Buch als zu Beginn der Sitzung.

Für Christmas spielte es eine bedeutende Rolle, dass sie sich bereit erklärte, zusammen mit Lincoln Schokolade zuzubereiten. Damit überschritten sie eine imaginäre Linie und waren nicht mehr nur Kollegen, sondern wahre Freunde. Die Welt der Schokolade war ihr privater Zufluchtsort, und nur einige wenige, ganz besondere Menschen durften ihn betreten.

»Du musst das aufsetzen.« Sie reichte ihm eine Kopfbedeckung.

Er zog das Ding auseinander, das aussah wie eine aus einem Geschirrtuch genähte Duschkappe, und grinste. »Sexy.«

Christmas lächelte und dachte bei sich, dass er auch in einem Sack gut aussehen würde. Sie setzte ihre Haube ebenfalls auf. »Eigentlich müsstest du auch deinen Bart mit einem Netz bedecken, aber ich habe keines. Normalerweise halten sich keine Männer hier auf, und ich bin glücklicherweise noch nicht so alt, dass mir bereits ein Altweiberbart wächst. Nun muss es eben ohne Netz gehen, aber achte bitte auf deine Barthaare.«

»Ich verspreche, dass ich mein Gesicht nicht in die Schokolade tauchen werde – außer es kommt zu einer Art Schokoladenkrise, wie zum Beispiel einer Apokalypse oder etwas Ähnlichem. Es wäre eine Schande, sie verkommen zu lassen, nur weil die Welt untergeht.«

Sie wünschte, er wäre nicht so verdammt charmant.

»Wir sollten uns ein paar Folgen von Jamie Olivers Kochsendungen anschauen«, meinte Christmas, während sie die Gussformen auf die Arbeitsfläche stellte und ihm zeigte, wie man sie putzte.

»Mein Typ ist er nicht.« Lincoln nahm ihr die Watte aus den Händen, und als sich ihre Finger berührten, hatte sie das

Gefühl, als würde ein Stromschlag durch ihren Arm schießen.

»Ha, ha. Er hat eine fantastische Art, den Leuten etwas beizubringen und gleichzeitig Essen zu zelebrieren. Einige seiner Dokumentationen sind großartig. Und er ist unglaublich beliebt. Ich will, dass unser Buch ein ebenso großer Erfolg wird.«

Lincoln hielt inne und sah sie mit einem merkwürdigen Ausdruck in den Augen an.

»Was ist?« Verlegen berührte sie die Lippen. Sie hatte kurz vor seiner Ankunft zum Frühstück Pfannkuchen mit Sirup gegessen. »Habe ich etwas im Gesicht?«

»Nein, du siehst toll aus. Aber als du soeben von ›unserem Buch‹ gesprochen hast, habe ich erst richtig begriffen, dass es es tatsächlich gibt. Ich habe zwar schon ein Buch veröffentlicht, aber für einen ganz anderen Markt. Es war nicht für die breite Öffentlichkeit gedacht. Aber so wie du von dem Buch sprichst, welche Vorstellung du davon hast … Manchmal sehe ich uns bereits in einer Fernsehsendung darüber sprechen. Albern, oder?«

»Ganz und gar nicht.« *Es ist hinreißend.*

»Ich verbringe sehr viel Zeit allein«, fuhr er fort. »Im Wald, im Labor und am Computer. Kein besonders geselliges Dasein. Diese Zusammenarbeit macht mir großen Spaß.« Seine Augen leuchteten auf, und sie war fasziniert von seinen unglaublich langen Wimpern. Jede Frau würde alles für solche Wimpern geben.

»Geht mir auch so.« Sie reichte ihm einen Löffel, bedeutete ihm, die Brandy-Ganache umzurühren, und beobachtete geduldig die Bewegungen seiner Hand.

»Und wie genau hilft uns das nun bei unserem Buch?«, fragte er und leckte sich die Finger ab.

»Ich bin der Meinung, du solltest ein wenig Praxiserfahrung sammeln«, erwiderte sie. »Und im Gegenzug verhilfst du mir zu mehr Glaubwürdigkeit im wissenschaftlichen Bereich.«

»In Bezug auf deine Schokolade als Heilmittel?«

»Sollte ich in Frankreich die Gelegenheit bekommen, mit Maître Le Coutre darüber zu sprechen, möchte ich den Anschein erwecken, zumindest ein bisschen etwas von dem zu verstehen, worüber ich rede. Ich weiß, das hört sich nach einem Hirngespinst an.«

»Nein, ich halte es durchaus für möglich.«

»Wirklich?«

»Aber ja.«

»Ich habe dir doch schon von Lien Pham erzählt, richtig?«, fragte sie, während sie einen Spritzbeutel mit Ganache füllte.

»Juvenile Arthritis?«

»Ja. Sie muss all diese schrecklichen Medikamente mit den enormen Nebenwirkungen nehmen. Es wäre großartig, wenn man einen Naturstoff finden würde, mit dem sich die Schmerzen und die Entzündung lindern ließen. Und stell dir vor, dieser Stoff wäre Schokolade!«

»Kalium«, sagte er und starrte nachdenklich an die Decke. »Kakao enthält viel Kalium, und bei unserem heutigen Lebensstil mit vielen industriell verarbeiteten Lebensmitteln leiden die meisten von uns an Kaliummangel.«

»Was genau bewirkt Kalium?«

»Es reguliert die neuromuskuläre Aktivität«, erwiderte er. »Kaliummangel kann zu Muskelschwäche und Erschöpfung führen.«

»Was noch?«, fragte sie aufgeregt.

»Es enthält auch viel Magnesium«, erklärte er.

»Und Magnesium ist gut gegen Muskelkrämpfe, richtig?« Sie begann, auf und ab zu laufen. »Bin ich jetzt verrückt? Liege ich völlig daneben?«

»Nein, ich halte das für sehr plausibel. Es ist nicht so weit hergeholt, wie du denkst. Wie du schon gesagt hast, stammen viele Heilmittel aus dem Regenwald. Warum sollte Kakao nicht dazugehören? Und vielleicht ist Maître Le Coutre derselben Meinung. Vielleicht ist das genau der Grund, warum du für diesen Kurs ausgewählt worden bist. Denk mal darüber nach. Es gibt Tausende Möchtegern-Konditoren auf dieser Welt. Aber dort sucht man jemanden mit Biss, der etwas anderes zu bieten hat. Etwas Einzigartiges. Fertigkeiten kann man jemandem beibringen, geniale Ideen nicht.«

Christmas erstarrte. »Du hältst meine Ideen für genial?« Die Worte sprudelten aus ihrem Mund, bevor sie darüber nachdenken konnte.

»Gestützt auf meine professionelle, wissenschaftlich durchdachte Analyse? Ja, allerdings.«

Die Luft zwischen ihnen war plötzlich von Verlangen erfüllt, aber sie konnte nicht beurteilen, ob es von ihr oder von ihm ausging. Lincoln sah sie unverwandt an, und ihr Herz hämmerte wie verrückt. Er streckte den Arm aus, als wolle er sie an sich ziehen.

Aber in diesem Augenblick schaltete sich das Thermostat mit einem lauten Klicken ab, und die Spannung war verflogen.

Sie zwang sich, den Blick von ihm abzuwenden, und klopfte sich einen nicht vorhandenen Fussel vom Arm.

»Dein Aufenthalt in Frankreich wird dir gefallen«, sagte er rasch, um den peinlichen Moment zu überspielen. »Wer weiß, wohin das führen wird. Alles ist möglich.«

Mitte der Woche lud Val Christmas zu einem Abendessen mit ihr und ihrer Familie im Clarendon Arms ein. Christmas sagte begeistert zu und kündigte an, Emily mitzubringen. Sie dachte, der Abend könnte ihnen dabei helfen, das noch immer zwischen ihnen herrschende Unbehagen zu vertreiben und ihre Beziehung wieder zu normalisieren.

Während Christmas vor dem Essen an der Bar eine weitere Runde Drinks bestellte, beugte sich Val zu Emily hinüber und sprach leise mit ihr, damit Archie und die Jungs sie nicht verstehen konnten – was ohnehin unwahrscheinlich war, bei dem Lärm, den sie machten. Sie hatten alle Heißhunger und konnten es kaum erwarten, etwas anderes als Spaghetti aus der Dose auf Toast zum Abendessen zu bekommen.

»Hast du Christmas erzählt, dass wir uns unterhalten haben?«, flüsterte Val.

»Nein. Und du?«

»Nein.« Val hielt kurz inne. »Sie könnte den Eindruck bekommen, als würden wir uns gegen sie verschwören, richtig?«

»Hm. Tun wir das denn?« Emily schielte besorgt zu Christmas hinüber.

»Ich weiß es nicht.«

Nachdenklich nippte Val an ihrem Weißwein, während Emily sich mit Nate einen Daumenkrieg lieferte. Willis und Archie jubelten begeistert, als sie sahen, dass Archie beim Keno richtig getippt hatte, und Braxton spielte ein Computerspiel auf seinem Smartphone.

Ihre Söhne liebten ihren Dad, und ein Leben ohne Archie war für Val undenkbar. Und ihre Beziehung zu Joseph war so eng, dass sie sich nicht vorstellen konnte, ohne einen Vater aufgewachsen zu sein – geschweige denn, ihn jetzt nicht mehr an ihrer Seite zu haben. Sie wollte nur das Beste für Christmas, und wenn das bedeutete, dass sie Druck auf sie ausüben musste, damit sie sich auf die Suche nach Gregoire machte, nahm sie das in Kauf. Eine kleine Chance war doch immerhin besser als eine Garantie auf nichts, oder?

Sie beschloss, es um Christmas' willen weiter zu versuchen.

Dennis Chamberlain hatte es abgelehnt, sich mit Christmas vor dem Abend seines Heiratsantrags zu treffen, weil er zu beschäftigt sei, wie er sagte. Er habe als Buchhalter im Augenblick mehr Arbeit, als er bewältigen könne, und er habe sie nur um ihre Hilfe gebeten, weil er es zeitlich einfach nicht schaffe, den Antrag richtig vorzubereiten. Und außerdem sei er in solchen Liebesdingen nicht sehr gut. Sie hatte einmal mit ihm telefoniert, und er hatte sich genau so angehört, wie sie ihn sich nach seinen etwas unbeholfenen E-Mails vorgestellt hatte.

»Haben Sie schon ein bestimmtes Datum für Ihren Antrag ins Auge gefasst?«, hatte sie gefragt.

»Sonntagabend.«

»Und wo?«

»In ihrem Haus. Es würde ihr nicht gefallen, wenn eine Menge Fremde dabei wären.«

Christmas erinnerte sich: Er hatte ihr geschrieben, dass sie Menschenansammlungen verabscheute. Aber Juliette liebte Jazz, scharf gewürztes Essen, ausländische Filme, gute Schokolade und Katzen. Das hörte sich für Christmas sehr sympathisch an. Offensichtlich war sie ein Mensch, der sinnliche Erlebnisse zu schätzen wusste. Und sie schien ganz anders zu sein als Dennis, der anscheinend keinen Sinn für Freude und Spontaneität hatte oder Luxus genießen konnte.

Sie konnte sich Dennis sehr gut vorstellen, wie er in seinem Büro aus Chrom und Glas saß, mit einer Krawatte aus Kunststoff und einem Zehn-Dollar-Hemd, das er wahrscheinlich nach ein paar Wochen wegwarf, anstatt sich die Zeit zu nehmen, ein teureres Stück zu kaufen, das länger hielt. Sicher hatte er Geheimratsecken, über die er, um sie zu verstecken, den Rest seines welligen Haars kämmte, und einen teigigen blassen Teint. Im Gegensatz dazu standen die Fotos, die er ihr von Juliette geschickt hatte. Sie zeigten eine hübsche, gepflegte Frau mit einfacher, aber modischer Kleidung, nur wenig Schmuck und Make-up und glattem, glänzendem Haar.

Allmählich fühlte Christmas sich beim Gedanken an diese Beziehung und ihre Rolle ein wenig unbehaglich. Wäre Dennis kein zahlender Kunde, hätte sie die Sache abgeblasen. Aber er hatte die Gebühr bereits überwiesen, und sie hatte damit ihre Reiseversicherung bezahlt.

»Wird bei Ihrem Heiratsantrag noch jemand dabei sein?«

»Nur ihre Mutter.«

Ihre Mutter?

»Sie stehen sich sehr nahe, und ich möchte, wenn ich Juliette einen Heiratsantrag mache, Virginia fragen, ob sie nach unserer Hochzeit bei uns wohnen möchte.«

Christmas wusste nicht, ob sie das süß, nett oder schräg finden sollte.

Doch dann stellte sich heraus, dass sie mit ihrer Vorstellung von Dennis Chamberlain gründlich danebenlag. Dennis traf sich mit ihr am Ende einer grünen Straße, in der Juliette wohnte, um sie mit einem gemeinsamen Besuch zu überraschen. Zuvor hatte Christmas ihn ausgefragt, weil sie Ideen für einen gelungenen Heiratsantrag brauchte. Schließlich hatten sie sich auf einen Plan geeinigt, den Dennis für »gut« befand. Sie hoffte, dass er damit eigentlich »fantastisch« oder »perfekt« meinte, aber »gut« reichte ihr schon, also traf sie ihre Vorbereitungen. Es war ein Glück, dass Juliette gern

Schokolade aß. Da befand Christmas sich auf vertrautem Terrain.

Nervös hatte sie auf ihn gewartet, und als er dann aus dem Auto stieg, starrte sie ihn ungläubig an. Dieser Mann musste Model sein. Oder Fitnesstrainer. Oder vielleicht ein gesundheitsbewusster Koch.

Er war groß und breitschultrig. Ein sehr attraktiver Mann. Seine Kleidung war makellos. Tatsächlich sah er aus wie ein Motivationstrainer. Dazu passten auch sein direkter Blick und sein gewinnendes Lächeln. Und er hatte Haare auf dem Kopf. Sogar sehr viele. Dunkel und gut frisiert. Sein fester Händedruck ließ auf Selbstbewusstsein schließen. Seine Hand war warm und trocken. Wie konnte ein so freundlicher, charismatischer Mann behaupten, »nicht gut in Liebesdingen« zu sein? Wo war der verdrossene Klient geblieben?

»Juliettes Haus liegt dort.« Er machte eine Kopfbewegung. »Gehen wir?«

Zu beiden Seiten der Eingangstür standen Töpfe mit frischen orangefarbenen Blumen. Dennis klopfte einmal, rief dann Juliettes Namen und öffnete die Tür, ohne auf ihre Antwort zu warten.

Juliette saß an der Küchentheke, vor sich einige Schachteln mit Essen von einem Lieferservice. »Hi«, sagte sie, ohne aufzuschauen. »Vietnamesisch oder lieber indisch?«

»Keins von beiden.«

Sie hob den Kopf, und ihr Blick fiel auf Christmas. »Oh, hi.« Als Dennis sich vorbeugte und ihr einen leichten Kuss auf die Lippen gab, sah sie ihn fragend an.

»Das ist Christmas Livingstone«, erklärte er. »Ihr gehört die *Schokoladenapotheke.*«

Juliettes Augen weiteten sich. »Oh, ich liebe Ihre Schokolade.«

»Das freut mich.« Christmas lächelte. Auf einmal war sie sehr aufgeregt. Diese beiden netten Menschen schienen sehr gut zueinander zu passen.

Juliette stand auf und deutete auf den minzgrünen Koffer, den Christmas in der Hand hatte. »Was haben Sie mir denn da mitgebracht?«

»Ich wollte dich überraschen«, sagte Dennis. »Ich dachte, wir sollten heute Abend mal was ganz anderes machen und uns zeigen lassen, wie man Schokolade zubereitet.«

»Wirklich?« Juliette führte einen kleinen Freudentanz auf und brachte Christmas damit zum Lachen.

»Und ich habe deine Mum dazu eingeladen«, fuhr er fort. »Ich weiß, dass sie sich in letzter Zeit ein wenig einsam fühlt, und das wird ihr sicher gefallen. Aber sie kommt erst später, denn ich wollte zuerst eine Weile mit dir allein sein.«

Juliette küsste ihn.

Wieder staunte Christmas, was für ein perfektes Paar die beiden abgaben. Wenn sie einander anschauten, schien das Zimmer plötzlich heller zu werden. Bei manchen Leuten erlebte man wirklich eine Überraschung.

Beim Auspacken ihres Koffers lächelte sie unwillkürlich. Sie hatte vor, alles vorzubereiten, was die beiden brauchten, ihnen ein paar grundlegende Anweisungen zu geben und sie dann allein zu lassen. In einer kleinen weißen Schachtel, verziert mit pinkfarbenen und roten Schleifen, befand sich eine zweischichtige »Hochzeitstorte« aus Schokolade mit aufgesetzten Rosenblüten. Der Verlobungsring steckte in einem Tropfen Zuckerguss, sodass er nicht herunterfallen konnte. Dennis würde die Schachtel am Ende des Abends Juliette überreichen.

Heimlich stellte Christmas eine Flasche Champagner in den Kühlschrank und reihte dann ihre Zutaten auf der

Arbeitsfläche auf. Eine braune Papiertüte mit in Stücke geschnittener weißer Kakaobutter, eine Dose mit feinem Kakaopulver, eine Flasche Agavensirup, eine kleine Flasche mit ihrer handgemachten Vanilleessenz (mit ganzen Vanilleschoten darin) und einem winzigen Behälter mit Meeressalz. Daneben legte sie drei Gussformen in der Form von halben Eiern, Herzen und Vögeln. Und ein paar weitere Zutaten wie geröstete Haselnüsse, getrocknete Cranberrys und Rosinen.

Juliette hob die braune Tüte mit der Kakaobutter hoch und schnupperte daran. »Riecht wie Schokolade«, stellte sie fest. »Nur ein wenig … schwächer.«

»Riechen Sie an dem Kakao«, forderte Christmas sie auf. Sie öffnete die Dose und hielt sie Juliette unter die Nase.

Juliette atmete tief durch die Nase ein und wirkte verblüfft. Sie schnupperte noch einmal daran. »Das riecht nicht sehr stark.«

»Ich weiß. Merkwürdig, oder? Kakao ist der Hauptbestandteil von Schokolade, also glaubt man, er sei auch die Quelle für diesen herrlichen Schokoladenduft. Tatsächlich ist es aber die Butter, und deshalb riecht auch weiße Schokolade so, obwohl sie keinen Kakao enthält.«

»Das ist doch pures Fett!«

»Ja, leider.« Christmas bemerkte, dass Juliette bereits jetzt fasziniert war. Sie öffnete die Flasche mit dem Agavensirup und wies auf den Geruch nach Melasse und die Konsistenz hin, die flüssiger als bei Honig war.

Dennis rollte die Ärmel seines blauen Hemds auf und holte einen Stieltopf zum Wassererhitzen und eine Stahlschüssel zum Schmelzen der Zutaten aus dem Schrank. Als Geschenk überreichte Christmas Juliette eine brandneue, mit Abbildungen von Lavendel und Rosmarin gesäumte Leinenschürze und Dennis eine Schürze in Marineblau.

Nun musste sie nur noch wie geplant die Schachtel mit dem Verlobungsring in die Vorratskammer stellen und ihnen einige Anweisungen geben, damit sie anfangen konnten.

»Ihr schmelzt die Kakaobutter, gebt den Agavensirup hinzu und rührt den Kakao unter, nachdem ihr ihn gesiebt habt. Dann nur noch eine Prise Salz und Vanille und das war's.«

Dennis legte seinen Arm um Juliettes Taille, und sie schmiegte sich an ihn.

Christmas genoss einen Moment lang das Gefühl, dass sie ihre Aufgabe als gute Fee erfüllt hatte. Dann ließ sie die beiden allein, damit sie Schokolade zubereiten, sich lieben und ein gemeinsames Leben beginnen konnten.

Der nächste Tag war ein Montag, an dem sie eigentlich mit Lincoln an ihrem Buch arbeitete. Aber heute fand auch die Schokoladenverkostung in dem Altenheim Green Hills in Oatlands statt. Christmas hatte mit Lincoln vereinbart, dass sie sich am späten Nachmittag treffen, sich unterwegs etwas zum Essen mitnehmen und dann bis zum Abend arbeiten würden. Doch am frühen Morgen schickte er ihr eine SMS und fragte sie, ob sie gemeinsam zum Green Hills fahren wollten. Seine Großmutter habe ihn gebeten zu kommen, und er halte das für eine gute Idee. Schließlich könne er da gleich wieder etwas von Christmas über Schokolade lernen.

Christmas' Herz hüpfte wie ein Kind, das über Pfützen springt. Rasch ermahnte sie sich, nicht so töricht zu sein. Offensichtlich hatte sie sich von der Liebesgeschichte zwischen Dennis und Juliette am Abend zuvor und dem Triumphgefühl mitreißen lassen, das sie bei Dennis' anschließender SMS empfunden hatte. Er hatte ihr mitgeteilt, dass »alles im grünen Bereich« sei, sich bedankt und sogar einen Smiley dahintergesetzt. Da lag tatsächlich Liebe in der Luft.

Aber sie befahl sich streng, keine weiteren Fantasien über Lincoln zu spinnen. Sie beantwortete seine SMS und teilte ihm mit, dass sie mit dem eigenen Auto kommen müsse, da sie auf dem Weg einige Besorgungen zu machen habe und Platz für die großen Kisten brauche. Einer spontanen Eingebung folgend schrieb sie anschließend eine Nachricht an Emily und lud sie ein mitzukommen. Sie hoffte, sich selbst damit ein wenig Wind aus den Segeln zu nehmen. Wie sie entsetzt feststellte, ließ es sich nicht länger verleugnen: Zwischen ihr und Lincoln war eine gewisse Anziehung spürbar. Zumindest flirteten sie miteinander. Und wenn Emily mitkam, war sie wenigstens mit Lincoln nicht allein.

Aber sobald sie Emily abgeholt hatte, bedauerte sie beinahe ihren Entschluss.

»Hast du noch einmal darüber nachgedacht, deinen Vater zu suchen?«, fragte Emily sofort, nachdem sie sich auf dem Beifahrersitz angeschnallt hatte.

»Oh, nicht schon wieder, Em. Ich habe dir doch gesagt, dass ich daran nicht interessiert bin.«

»Solltest du wirklich etwas in Erfahrung bringen, heißt das ja noch lange nicht, dass du dann tatsächlich etwas unternehmen musst. Es geht doch nur darum, sich alle Möglichkeiten offenzulassen.«

»Vielleicht will ich nicht in ein Wespennest stechen. Und außerdem habe ich ohnehin schon genug mit den Reisevorbereitungen zu tun. Ich werde etliche Stunden im Internet surfen, um herauszufinden, was ich in Paris unbedingt unternehmen muss und wo ich die Woche nach dem Kurs verbringen werde. Zudem muss ich mich um Kreditkarten, Euros und den ganzen Kram kümmern und nebenher noch ein halbes Buch schreiben. Ich habe keine Zeit dafür, nach einem Mann zu suchen, den es vielleicht gar nicht gibt.«

»Du findest sicher jemanden, der dir dabei helfen kann«, erwiderte Emily beharrlich. »Familienforscher und soziale Einrichtungen oder so.«

»Auch das kostet Zeit, die ich nicht habe.« Christmas biss die Zähne zusammen.

»Aber wenn du …«

»Bitte! Können wir das Thema jetzt fallenlassen? Ich muss mich auf die Schokoladenverkostung konzentrieren.«

»Na gut«, sagte Emily beleidigt. »Ich habe nur versucht, dir zu helfen.«

Christmas bemühte sich, Geduld zu bewahren. Sie suchte im Autoradio einen Sender, der langsame Jazzmusik spielte, und hoffte, damit die Stimmung ein wenig aufzulockern. Es war ihr ein Rätsel, warum Emily so hartnäckig auf diesem Thema herumritt, und es ging ihr schrecklich auf die Nerven. Aber Em hatte Christmas in den vergangenen Jahren sehr oft geholfen, und dafür war sie ihr dankbar. Ihre Freundschaft schien in ein unruhiges Fahrwasser geraten zu sein, aber das würde vorübergehen. Und bis dahin durften sie nicht aus den Augen verlieren, was wirklich zählte.

Elsa umklammerte die Gummireifen ihres Rollstuhls. Es lief nicht so, wie sie sich das vorgestellt hatte. Letzte Woche, als sie über *Chocolat* gesprochen hatten, sah alles noch sehr vielversprechend aus. Das Buch hatte allen gefallen, sogar Lulu, und der Film ebenso. Die Geschichte war bezaubernd und machte so richtig Lust auf Schokolade. Alle waren sich einig, dass die Schokoladenverkostung ein durchschlagender Erfolg werden würde. Und eigentlich war es das auch.

Auf den ersten Blick schien alles wunderbar zu laufen. Der Gemeinschaftsraum in Green Hills war erfüllt von Stimmengewirr und Gelächter. Lincoln saß neben ihr und machte sich begeistert Notizen. Die Schokoladenverkostung hatte unter den Heimbewohnern, den Angehörigen und dem Personal für große Aufregung gesorgt. Die Bewohner saßen an in U-Form aufgestellten Tischen, sodass sie den Erklärungen des Ehrengasts gut folgen konnten. Ihre Töchter, Söhne und Enkel plauderten mit ihnen, probierten und lachten.

Robert Grahams Frau wirkte entspannt, ihr langes Haar fiel ihr offen über die Schultern. Lächelnd führte sie die Hand ihres Mannes zu jedem Schokoladenstück und notierte seine Kommentare auf einem Klemmbrett. Yvonne Murphy hatte keinen Besuch, daher half ihr die entzückende Sarah, die sich vor Kurzem ihr Haar kirschrot gefärbt hatte. Sie unterstützte Yvonne beim Umgang mit den Aromarädern, die Christmas Livingstone für alle mitgebracht hatte. Mit ihrer Hilfe sollten sie Geschmacksrichtungen wie buttrig, blumig oder würzig oder, noch spezifischer, Ei, Rose oder Zimt bestimmen.

Auch Doris Laherty war gekommen. Sie unterbrach hin und wieder ihr Schnarchen, wenn ihr vierjähriger Urenkel auf ihrem Schoß ihr mit seinen Patschehändchen ein Stück Schokolade in den Mund steckte. Ihre älteste Tochter Mavis massierte ihr sanft die Schultern und unterhielt sich dabei mit dem Praktikanten Kristof, der mittlerweile während seiner Ausbildung als freiwilliger Helfer hier arbeitete. Energiegeladen wie eh und je sprang er durch das Zimmer, um überall zu helfen, wo er gebraucht wurde.

Selbst Lulu Divine nörgelte ausnahmsweise nicht an allem herum, sondern stürzte sich begeistert auf die Herausforderung, den Quiz-Preis, einen großen Korb mit Süßigkeiten aus der *Schokoladenapotheke*, zu gewinnen. Elsa würde den Preis auch gern gewinnen. Schon als Christmas ihn zu Beginn der Veranstaltung aus ihrem Koffer geholt hatte, war ihr das Wasser im Mund zusammengelaufen.

Der Gesang von Edith Piaf erfüllte den Raum, als Christmas ihr iPhone anschaltete. Heutzutage waren diese technischen Geräte ganz klein, und man konnte sie überall mit hinnehmen. Elsa dachte für einen Moment an einen Abend auf der Farm, als Ebe nach Hause gekommen war und ein holländisches Lied gesungen hatte. Er hatte sich über den Verkauf eines Bullen gefreut, ihr einen Bündel Pfundscheine in die Hand gedrückt und sie durch die Küche gewirbelt.

»Ebe!« Sie hatte ihn lachend von sich geschoben. »Das Wasser im Kessel kocht, und ich muss die Wäsche fertig haben, bevor das Unwetter kommt. Es wird ohnehin Tage dauern, bis sie trocknet.«

Er hatte sie losgelassen und eine Schallplatte auf den Plattenteller gelegt. Und die Nadel mit diesem unvergleichlichen Plumps- und Kratzgeräusch, das man heutzutage leider nicht mehr hörte, auf die Platte gesetzt. Was für ein Verlust.

Trotzdem war es nett, dass Edith jetzt sang.

Für alle anderen war diese Veranstaltung ein Erfolg. Aber sie wusste, dass zumindest Rita Blumberg, die rechts neben ihr saß, sie genau verstand. Rita hatte sofort eine Augenbraue hochgezogen und Elsa einen mitfühlenden Blick zugeworfen, als Christmas mit dieser anderen Frau im Schlepptau hereingekommen war.

Lincoln, der ein paar Minuten vorher eingetroffen war, hatte Christmas Elsa als seine Co-Autorin für sein derzeitiges Buch vorgestellt. Dabei hatte er seine Hand auf ihre Schulter gelegt, worüber sich Elsa riesig gefreut hatte. Christmas schüttelte Elsa freundlich die Hand und sagte ihr, wie schön sie es finde, sie kennenzulernen, und dass sie ihr sehr dankbar für die Organisation dieser Veranstaltung sei. Sie lachte Lincoln an und berührte dabei ihr Haar. Alles ein gutes Zeichen.

Und diese Christmas war hübsch. Nicht allzu groß und nicht zu dünn. Eine wohlgeformte Figur und kurzes blondes Haar. Elsa bevorzugte lange Haare bei einer Frau und trug ihres schon ihr ganzes Leben lang. Aber an Christmas sah der Kurzhaarschnitt nicht schlecht aus. Sie hatte große, mandelförmige Augen. Auf ihren rosigen Lippen lag ein Hauch Lipgloss.

Die andere Frau hatte Christmas als ihre Freundin Emily Bathurst vorgestellt. Anscheinend arbeitete sie zu Hause, konnte sich deshalb ihre Zeit frei einteilen und solche Veranstaltungen wie diese besuchen. Und das war das Problem. Diese Emily hatte ein nettes Gesicht und offene, freundliche Augen. Sie schenkte Lincoln ein warmes Lächeln und hielt bei der Begrüßung seine Hand ein bisschen zu lange in ihrer. Zumindest sah Elsa das so.

Nein, das war nicht gut. Elsa hatte ihr Herz bereits an Christmas gehängt, und Emilys Gegenwart stiftete nur Verwirrung.

»Es freut mich, Sie endlich kennenzulernen«, sagte Emily zu Lincoln. »Ich habe schon so viel über Ihre Arbeit mit Christmas gehört. Hier …«

Sie kramte eine leicht zerknitterte Visitenkarte aus ihrer Handtasche. »Ich arbeite fürs Fernsehen und recherchiere für eine Lifestyle-Sendung. Wir bringen regelmäßig Beiträge über Essen, und mein Job ist es, neue Ideen dafür zu entwickeln. Falls Sie daran interessiert sind, uns etwas über die Herkunft von Schokolade zu erzählen, rufen Sie mich einfach an.«

»Danke.« Lincoln warf einen Blick auf ihre Karte, bevor er sie in die Tasche steckte.

Elsa knirschte mit ihrem Gebiss. »Lincoln«, sagte sie rasch. »Könntest du mir bitte aus meinem Bungalow eine Decke für die Beine bringen? Die Klimaanlage ist heute sehr hoch eingestellt.«

»Selbstverständlich.« Lincoln ging sofort zum Seitenausgang.

»Runde zwei«, verkündete Christmas und zog ihre Quizkarten hervor. »Bereit. Okay. Richtig oder falsch: Die Firma Cadbury wurde von zwei Brüdern gegründet, die Quäker waren.«

»Richtig!«, meldete Elsa sich als Erste zu Wort. Sie hatte keine Ahnung, aber immerhin bestand eine Chance von fünfzig zu fünfzig, dass sie richtig lag. Lulu verzog den Mund.

»Korrekt.« Christmas nickte Emily zu, die auf ihrem Klemmbrett alles notierte. »Nächste Frage: Schokolade enthält chemische Stoffe aus der Gruppe der Alkaloide. Nennen Sie ein Medikament, das zu dieser Gruppe gehört.«

Schweigen. Verlegenes Scharren mit den Füßen.

Lincoln hob die Hand. »Ich weiß es, ich weiß es.« Aber er durfte keine Fragen beantworten.

Robert Grahams Stimme ertönte: »Morphium?«

»Richtig, gut gemacht, Robert. Das war eine knifflige Frage. Koffein, Nikotin, Kokain und Chinin sind ebenfalls Alkaloide.« Christmas klatschte Beifall, und einige aus der Gruppe murmelten beeindruckt etwas vor sich hin.

»Von welchem Teil des Kakaobaums stammen die Kakaobohnen?«

»Aus den Schoten!« Lulu wäre aus ihrem Rollstuhl gesprungen, wenn sie gekonnt hätte.

»Richtig. Die Schoten sind eigentlich Früchte, und die Bohnen sind die Samen der Frucht«, erwiderte Christmas. »In welchem Klima wachsen Kakaobäume?«

»Im Regenwald«, stieß Rita gleichzeitig mit Lulu hervor. »Warm und feucht.«

»Sie haben beide recht. Es geht um einen schmalen Streifen zu beiden Seiten des Äquators, und die Bäume gedeihen bei einer gleichmäßigen warmen Temperatur und viel Regen.« Christmas deutete auf Lincoln. »Unser hier heimischer Botaniker Lincoln, Elsas Enkel, kann uns darüber eine Menge erzählen.«

Lincoln wurde rot. Elsa war sich ganz sicher, obwohl sein Bart das gut verbarg. Erröten war ein gutes Zeichen. Sie schöpfte wieder Hoffnung für ihren Plan, die beiden zusammenzubringen. Das Licht, von dem Rita gesprochen hatte, war allerdings noch nicht zu sehen.

Emily notierte jeweils einen Punkt für Lulu und Rita.

»Letzte Frage für diese Runde. Richtig oder falsch: Schokolade enthält den gleichen chemischen Stoff, der in unserem Gehirn produziert wird, wenn wir verliebt sind.«

»Richtig!«, ertönte es von allen Seiten, und mehrere Hände schossen in die Luft. Lulu schlug sogar bekräftigend auf den Tisch.

»Ja«, sagte Christmas. »Das stimmt tatsächlich.« Ihr Blick glitt zu Lincoln hinüber, und Elsa grinste Rita an.

Sie probierten noch mehr Schokolade und neutralisierten zwischendurch immer wieder den Gaumen mit warmem grünem Tee. Christmas erklärte ihnen, dass die im Tee enthaltenen Tannine das Fett der Schokolade aus dem Mund entferne. »Am besten lässt sich der Gaumen allerdings mit Polentasuppe neutralisieren«, fügte sie hinzu. »Aber grüner Tee schmeckt besser und tut ebenfalls seine Wirkung. Wir müssen nur danach einen Schluck zimmerwarmes Wasser trinken, um den Teegeschmack wegzuspülen.«

Elsa gelang es sogar, das Problem mit dieser Emily für eine Weile zu vergessen. Es machte ihr großen Spaß, ihre Geschmacksempfindungen mit denen von Lincoln zu vergleichen und gemeinsam mit ihm das Aromarad zu studieren. Einmal konnten sie sich nicht einig werden, ob es eher nach Minze oder nach frisch gemähtem Gras schmeckte.

»Woher willst du wissen, wie frisch gemähtes Gras schmeckt?«, fragte Lincoln belustigt.

»Der Geschmackssinn ist eng mit dem Geruchssinn verbunden«, erwiderte Elsa. »Ich habe fast mein ganzes Leben auf einer Milchfarm gearbeitet. Wenn ich noch eine Weile darüber nachdenke, kann ich dir wahrscheinlich sogar sagen, um welche Grassorte es sich handelt.«

»Das ist beeindruckend, Nan.«

Es war erstaunlich, was einige beim Probieren herausschmeckten. Manche konnten lediglich bestimmen, ob ein Stück Schokolade zitrusartig, blumig oder holzig schmeckte. Doris' Urenkel unterschied nur nach »lecker« und »igitt«. Aber einige entdeckten einen Hauch von Ananas, Sauerkraut, Staub, Plastik, Sherry oder Anis.

Am Ende der Veranstaltung verriet Christmas die Herkunft jeder Schokoladensorte. Bei manchen handelte es sich um übliche Marken aus dem Supermarkt, während die exotischeren aus Trinidad, von der Elfenbeinküste, aus Ghana oder Indonesien stammten. Robert Graham hatte den Quizpreis gewonnen, und Christmas reichte ihm den Korb unter dem großen Applaus der gesamten Gruppe. Auch Lulu klatschte, doch dann hatte sie es auf dem Weg nach draußen so eilig, dass sie Roberts Frau mit ihrem Rollstuhl über die Zehen fuhr.

Die Heimbewohner zogen sich langsam in ihre Zimmer zurück, und Kristof ließ seine Muskeln spielen und schob die Tische an ihren Platz zurück. Elsa und Rita blieben noch eine Weile und sahen zu, wie Lincoln den jungen Frauen dabei half, die Aromaräder einzusammeln, die Behälter mit den

Schokoladenstücken wieder zu verschließen und die Notizen über die Verkostung zu ordnen.

Und dann, direkt vor ihren Augen, griffen Lincoln und Emily nach demselben Aromarad. Ihre Hände berührten sich, und plötzlich wurde es im Zimmer heller – genau dort, wo die beiden standen.

Rita legte ihre Hand auf Elsas mit Altersflecken übersäten Arm. »Tut mir leid, meine Liebe.«

Auf dem Weg zu dem Altenheim war es bei ihrer Unterhaltung hauptsächlich um Christmas' Vater gegangen, und nun, auf der Rückfahrt, war Lincoln das Hauptthema.

»Du bist verrückt!«, ereiferte sich Emily. »Lincoln ist ein richtig guter Fang. Wie oft kommt es vor, dass so tolle Männer in Evandale auftauchen?«

»Ich bestreite ja nicht, dass er ein toller Mann ist – ganz im Gegenteil«, entgegnete Christmas.

Emily warf ihr entnervt einen Blick zu. »Nun, wenn ich du wäre, würde ich die Gelegenheit so schnell wie möglich beim Schopf packen, denn ein so großartiger Typ wird nicht lange allein bleiben.«

14

Emily spielte Quartett mit ihren Nichten. Sie trug einen Wikingerhelm aus Plastik, an dem lange gelbe Zöpfe hingen; Imogen hatte sich für eine Haube mit einer riesigen pinkfarbenen Schleife unter dem Kinn entschieden, und Rosa hatte sich eine Tiara aufgesetzt.

»Emily, hast du eine Sechs?«, fragte Imogen und starrte sie aus zusammengekniffenen Augen an. Seit sie zehn war, hatte sie beschlossen, nicht mehr »Tante«, sondern nur noch »Emily« zu sagen. Und das möglichst mit der Stimme einer Erwachsenen.

»Hab ich tatsächlich.« Emily reichte ihr die Karte. Rose stöhnte und zog einen Schmollmund. Offensichtlich war auch sie hinter dieser Karte her gewesen.

Imogen strahlte über das ganze Gesicht und schob sich erleichtert den zerzausten Pony aus der Stirn, so als habe sie eine schwere Entscheidung treffen müssen und sei nun froh, alles richtig gemacht zu haben. Sie nahm die Karte und legte sie auf einen ordentlichen Stapel neben all die anderen ordentlichen Stapel, die sie bereits angelegt hatte.

»Mädels!«, rief Tony aus der Küche. »Das Abendessen ist gleich fertig. Helft eurer Tante Emily vom Teppich hoch und wascht euch die Hände.«

»Ich bin noch keine Großmutter«, protestierte Emily, legte ihre Karten auf den Stapel und streckte die Arme aus, damit ihre Nichten sie hochzogen.

»Aber ein frischer Hüpfer bist du auch nicht mehr.«

»Du meinst junger Hüpfer. Und warum bist du so gemein zu mir?« Sie drehte sich zu den Mädchen um und verzog das Gesicht. »Euer Daddy ist ein richtiger Fiesling.«

Sie sprangen quietschend auf und ab und freuten sich auf die bevorstehende Kabbelei zwischen ihrem Vater und ihrer Tante. Imogen schlug Tony auf den Hintern, als er eine Schüssel Salat an den Tisch brachte. »Böser Daddy!«

»Fiesling, Fiesling«, sangen die beiden im Chor.

»Und nun geht in eure Zimmer und denkt darüber nach, was ihr angestellt habt!« Rose stemmte die Hände in die Hüften und setzte eine so strenge Miene auf, dass Emily unwillkürlich laut lachen musste.

»Na toll, Em«, brummte Tony. »Sieh nur, was du angerichtet hast. Es ist schon schwer genug, der einzige Mann im Haus zu sein.«

Emily schob die Mädchen im Flur in Richtung Badezimmer und half Tony dann, die Lasagne aufzutragen. Sie war aus dem Supermarkt und hatte nun eine Ewigkeit im Backofen geschmort. Der Duft nach schmelzendem Käse und blubbernder Tomatensoße brachte ihren Magen zum Knurren.

»Soll ich etwas für Britney zur Seite stellen?«, fragte sie.

Emily hatte sich nie so recht an den Namen ihrer Schwägerin gewöhnen können. Britney klang nach Britney Spears. Nach Kaugummi, Peroxid und Flirts in Bars. »Wenn sie ihren Abschluss geschafft hat, wird sie ihren Namen ändern müssen«, hatte Emily einmal zu Tony gesagt. »Mit diesem Namen wird sie niemand als Anwältin ernst nehmen.«

Tony holte das Knoblauchbrot aus dem Backofen. »Ja, bitte. Ihre letzte Vorlesung geht bis neun Uhr. Danach durchstöbert sie immer den Kühlschrank wie ein gereizter Bär auf der

Suche nach Honig nach einem langen Winter. Wenn Britneys Zuckerspiegel zu niedrig ist, sollte man ihr besser nicht in die Quere kommen.«

Diese kleine glückliche Familienidylle rief eine Sehnsucht in Emily wach. Im Gegensatz zu Christmas wünschte sie sich einen Partner und eine Familie. Manchmal hatte sie das eindeutige Gefühl, dass sie seit ihrem fünfunddreißigsten Geburtstag stillschweigend als alte Jungfer abgestempelt worden war. Niemand fragte sie mehr nach ihrem Liebesleben, wahrscheinlich, um sie nicht zu verletzen. Oder vielleicht weil alle glaubten, sie hätte sich freiwillig dafür entschieden. Aber das war nicht so; es hatte sich einfach so ergeben. Manchmal vergaß sie neuerdings sogar, dass sie sich diese Dinge einmal gewünscht hatte. Und es hatte sie schockiert, als Lincoln sofort ihr Interesse geweckt hatte.

Aber Lincoln war tabu, denn Christmas war offensichtlich in ihn verliebt, auch wenn sie sich störrisch weigerte, auf ihn zuzugehen. Emily wusste natürlich, dass Christmas ihre eigenen Regeln hatte, die ihr verboten, solches Terrain zu betreten, Regeln, die sie ebenso stur befolgte, wie sie jede Diskussion über ihren Vater ablehnte.

Aber für Emily gab es solche Regeln nicht. Ganz im Gegenteil.

»Ich habe jemanden kennengelernt«, erwähnte sie beiläufig, während sie die Platzdeckchen auf den Tisch legten.

»Was? Einen Mann?«

»Ja. Und du brauchst gar nicht so erstaunt zu tun. Er ist Botaniker und kommt von hier.«

»Ein Wissenschaftler.« Tony klapperte mit dem Besteck. »Wie alt?«

»Vierundvierzig, laut Christmas. Sie schreiben gemeinsam ein Buch über Schokolade. Ich habe ihn am Montag bei einer

Verkostung getroffen, die Christmas in dem Altenheim in Oatlands veranstaltet hat.«

»Geschieden?«

»Ich glaube nicht.«

»Kinder?«

»Nein.«

»Schwul?«

»Scheint nicht so.«

»Alkoholiker? Spieler? Krimineller?«

»Nicht dass ich wüsste.«

»Was stimmt dann nicht mit ihm?« Tony stapelte ein paar Teller in den Geschirrspüler und rief den Mädchen zu, sie sollten sich beeilen. »Wenn sie plötzlich so still sind, werde ich immer misstrauisch«, murmelte er.

»Warum glaubst du, dass irgendetwas nicht mit ihm stimmt?«, fragte Emily und bemühte sich, nicht so zu klingen, als ob sie sich angegriffen fühlte. Schließlich hatte sie Christmas die gleiche Frage gestellt. Ob dieser Zynismus, den sie offenbar beide in sich trugen, wohl vererblich war?

Tom zuckte mit den Schultern. »Kam mir nur komisch vor, mehr nicht.«

Sie war plötzlich wütend. »Ich bin auch nicht verheiratet. Und fast vierzig. Stimmt mit mir auch etwas nicht?«

»Natürlich nicht. Du hast eben einfach noch nicht den richtigen Partner gefunden.«

»Und wo liegt der Unterschied?« Ihre Stimme klang ungewollt ziemlich schrill.

Tony, der in seinem Leben bereits viel Erfahrung mit wütenden Frauen gesammelt hatte, atmete tief durch, hielt kurz inne und dachte nach, bevor er sagte: »Du hast natürlich recht.«

Emily lachte. »Du bist gut erzogen, wie ich sehe.«

Er grinste. »Vielleicht. Aber jetzt, wo ich darüber nachdenke, muss ich feststellen, dass niemand jemals fragt: ›Was stimmt nicht mit ihr?‹, wenn sich das Gespräch um eine alleinstehende Frau handelt. Alle jammern darüber, dass es nicht genügend gute Männer gibt, aber wenn wir von einem Mann hören, der, sagen wir mal, über dreißig und noch Single ist, dann vermuten wir automatisch, dass etwas mit ihm nicht in Ordnung ist. Ziemlich sexistisch, oder?« Er zwinkerte ihr zu. »Ich weiß nicht, wie du mit dieser Doppelmoral zurechtkommst. Da glaubt man, wir hätten uns gewaltig weiterentwickelt, und dann reißt ein Neandertaler wie ich seine Klappe auf, und schon wird klar, dass wir in den Fünfzigern stecken geblieben sind.«

Emily schlug mit einem Geschirrtuch nach ihm.

Im Flur waren Getrampel und unverständliches Gekreische zu hören, und kurz darauf stürmten die beiden kleinen Mädchen ins Esszimmer.

»Was habt ihr zwei angestellt?«, fragte Tony misstrauisch. Sein Blick fiel auf Rose. »Was um alles in der Welt ist mit deinem Gesicht passiert?«

Imogen kicherte. »Sie wollte sich zum Abendessen schick machen.«

Rose klimperte mit den Wimpern und schob ihr mit Haarspray zu einer Rockstar-Frisur fixiertes Haar nach oben. Offensichtlich hatten die beiden Mädchen viel Spaß mit dem Schminktäschchen ihrer Mutter gehabt; blauer Lidschatten, roter Lippenstift und orangefarbenes Rouge waren willkürlich über das Gesicht verteilt.

»Sieht sie nicht wunderschön aus?« In Imogens Stimme lag so viel Wärme und Zuneigung, dass Emily ergriffen war. Und Tony ging es, seinem verklärten Gesichtsausdruck nach zu urteilen, ebenso.

»Ja, du hast recht«, sagte er ernst. »Rose, du siehst aus wie deine Mutter.«

Sie setzten sich an den Tisch, und Tony schenkte den Erwachsenen Wein und den Kindern Johannisbeersaft ein. Er hob sein Glas. »Auf die guten Männer und die großartigen Frauen.«

»Darauf trinke ich«, erwiderte Emily.

»Schnapp dir den Botaniker, Em. Was hast du zu verlieren?«

Hm, vielleicht meine beste Freundin.

Lincoln konnte sich beim Schreiben schlecht konzentrieren, weil Caesar unruhig war und er immer wieder an Christmas denken musste. Sie wartete auf das nächste Kapitel, um den Text zu bearbeiten, eventuell umzuschreiben und ihn *zum Blühen zu bringen*; diesen Ausdruck hatte sie für ihre Aufgabe erfunden. Das Wort brachte ihn zum Lachen, aber es gefiel ihm. Irgendwie klang es schwungvoll.

Ihre Arbeit hatte mittlerweile eine neue Routine angenommen. Ihre Ideen fügten sich gut zusammen, die anfänglichen Bedenken waren verflogen, und ihre Worte und Gedanken verschmolzen miteinander und flossen ganz natürlich. Wie bei den Trommlern und Tänzern in Ghana, die er vor einigen Jahren in einer Forschungsstation gesehen hatte. Für sie gab es nur ein Wort für »trommeln« und »tanzen«, denn in ihren Augen bezeichnete beides die gleiche Handlung. Daran musste er in seiner Mittagspause denken. Er hatte sich ein Schinkensandwich und ein Bier mit in den Garten genommen und beobachtete gemeinsam mit Caesar den Nachbarn, der Holzbretter abmaß, zersägte und abschliff.

Aber er spürte, dass Christmas ihm auswich. Nach dem intimen Moment in der Küche war sie plötzlich kühler geworden und lehnte seine Angebote ab, gemeinsam einen Kaffee zu trinken. Stattdessen schlug sie vor, dass sie jeder für sich arbeiten und sich die jeweiligen Kapitel per E-Mail zukommen lassen sollten, weil sie angeblich mit den Vorbereitungen für ihre Frankreichreise zu beschäftigt war. Sie müsse die Lieferungen für den Laden organisieren und den Dienstplan erstellen, hatte sie erklärt. Und vor ihrer Abreise noch Rechnungen bezahlen, sich um ihre Aufgaben als gute Fee und noch hundert andere Kleinigkeiten kümmern. Kopien ihres Reisepasses, Schlösser für die Koffer, Reisekissen und Schlafmasken, Kreditkarten, neue Schuhe und eine kleine Reiseapotheke besorgen. Und sich eine Grippeschutzimpfung geben lassen. Andere Impfungen würde sie wohl nicht brauchen, oder? Nein, Frankreich war ja ein Land der Ersten Welt. Aber vielleicht sollte sie doch lieber Rücksprache mit ihrem Arzt halten?

Das war alles nur ein Vorwand, das war ihm klar. Eine höfliche Art, ihn auf Distanz zu halten. Zwar stand sie weiter in Kontakt mit ihm, und sie führten ihre Gespräche, aber sie vermied erfolgreich Nähe oder peinliche Situationen. Sie wollte das Buch nicht gefährden. Das war alles. Sie brauchte ihn, aber nur wegen seiner Kenntnisse.

Caesar winselte schon wieder an der Hintertür.

»Du bist doch gerade erst hereingekommen. Ich versichere dir, dass in den letzten fünf Minuten dort draußen nichts Aufregendes geschehen ist.« Schließlich stand Lincoln trotzdem auf, um den alten Knaben hinauszulassen. Caesar war versessen darauf, den Seekapitän bei seiner Arbeit zu beobachten. Es schien beinahe so, als würde er ihm nicht trauen. Und wer würde das schon – seine letzte Nachricht auf der Tafel auf dem Gehsteig lautete: *Bleiben Sie ruhig und bewaffnen Sie sich.*

Jedes Mal, wenn Lincoln den Hund hinausließ, trottete Caesar am Zaun zum Nachbargrundstück entlang, und nachdem er festgestellt hatte, dass alles in Ordnung war, kehrte er zur Tür zurück und winselte, um wieder ins Haus gelassen zu werden. Wenn der Kapitän wenige Minuten später eine Holzplanke fallen ließ oder nach einem Hammer griff, sprang Caesar wieder auf und wollte hinaus.

Dieses Mal wartete Lincoln an der Hintertür, bis der Hund seine Inspektionsrunde gedreht hatte. Er ließ den Blick über den Garten schweifen und bemerkte, dass es einiges zu tun gab. Ein überhängender Ast musste zurückgeschnitten werden, zwischen den Pflastersteinen, die zu der drehbaren Wäschespinne führten, wucherte Unkraut, und an dem Geräteschuppen blätterte die Farbe. Die Arbeit, die er damit hatte, machte ihm nichts aus; er war dankbar, dass er mietfrei im Haus seiner Großmutter wohnen durfte. Aber dieses Leben war ihm zu häuslich, und er spürte den Druck ungewollter Verpflichtungen.

Als er die Hände in die Hosentaschen schob, stießen seine Finger auf eine Karte, und er holte sie hervor: Emily Bathursts Telefonnummer. »Rufen Sie mich an«, hatte sie gesagt, und ein geschäftliches Treffen vorgeschlagen, aber er hatte das Gefühl gehabt, dass es ihr um mehr als das ging.

Aber Emily war Christmas' beste Freundin. Falls er auch nur eine winzige Chance bei Christmas hatte, würde er sie mit einem Schlag vernichten, wenn er Emily anrief. Er zerknüllte die Karte in seiner Hand.

Caesar ließ sich von vorbeifliegendem Laub von dem Nachbarn ablenken. Er sprang hinter den Blättern her und schnappte mit knackendem Kiefer danach. Allerdings legte er dabei keine große Energie an den Tag; es schien vielmehr ein vorprogrammierter Ablauf zu sein – Blätter, zuschnappen,

Blätter, zuschnappen. Lincoln lächelte. Der Hund war ihm bereits ans Herz gewachsen. Jeden Tag begrüßte er ihn mit neuer Begeisterung. Schade, dass er ihn nicht behalten konnte.

Aber so stellte Lincoln sich sein Leben nicht vor. Er war nicht der Typ, der mit einer Frau, zwei Kindern und einem Hund im Garten in einer Vorstadtsiedlung wohnen wollte. Er war Botaniker, der um die Welt reiste und von unregelmäßigen Forschungszuschüssen lebte. Das war genau, was er wollte. Es gefiel ihm, von einer Minute auf die andere seinen Rucksack zu packen und aufzubrechen. Auf dieser Welt gab es so viele fantastische Dinge und Orte zu entdecken, und er hatte nur ein Leben. Er wollte jede Gelegenheit ergreifen, die er bekam. Ohne etwas zu bereuen.

Er strich Emilys Karte wieder glatt. In diesem Moment hielt er eine Gelegenheit in der Hand.

Aber das Problem war, dass er sich bereits in Christmas verliebt hatte.

An: Christmas Livingstone
Von: Miriam Deschamps
Betreff: Bonjour, mon amie!

Liebe Christmas,
ich kann es kaum fassen! Ich habe mich riesig über deine Karte gefreut. Meine Eltern sind aus unserem Haus ausgezogen, aber mein Bruder hat es als Vermögensanlage gekauft und es einige Jahre vermietet. Doch seit er eine Familie gegründet hat, wohnt er wieder hier. Er hat mir deine Nachricht geschickt.
Wie geht es dir? Was machst du jetzt? Bist du verheiratet? Hast du Kinder?
Ich kann dir gar nicht sagen, wie sehr ich mich freue, dass du nach Paris kommst!!! Wann? Und wie lange bleibst du? Du musst

mir unbedingt alle Einzelheiten schreiben. Und falls du noch kein Hotelzimmer gebucht hast, kannst du gern bei uns wohnen.
Ich bin mit Hank Banks verheiratet. Also ehrlich, kannst du verstehen, warum ihm seine Eltern diesen Vornamen gegeben haben??? Was haben sie sich nur dabei gedacht? Er ist natürlich Amerikaner, wer sonst würde auch Hank heißen? Wir haben eine Tochter. Margot ist fünfzehn und ein wenig furchteinflößend, aber ich werde dich, so gut es geht, vor ihr beschützen.
Sie kam in Amerika zur Welt, und daran muss es wohl liegen.
Ich habe ein paar Jahre in den Vereinigten Staaten gearbeitet, zuletzt als Hanks Sprechstundenhilfe. Er ist Zahnarzt, und ich bin jetzt hier in Neuilly-sur-Seine seine Praxismanagerin. Die Praxis befindet sich ganz in der Nähe unseres Hauses. Einmal im Jahr besuchen wir Hanks Familie, in diesem Jahr im Juli. Das passt perfekt, denn dann kann ich dich sehen, bevor wir abreisen.
Ich kann es kaum erwarten, alle Neuigkeiten von dir zu hören!!!

Gros bisous!

Mim

»Ich komme einfach nicht zur Ruhe!«

Die arme Rosemary McCaw war aufgeregter als ein Diabetesberater an einem All-you-can-eat-Schokoladenbüfett.

»Ach je!« Christmas führte sie zu einem Hocker an der Theke und nahm ihr die sperrige Handtasche ab, aus der der Hals einer Piccoloflasche und der Rand eines Strohhuts ragten. Rosemary sah tatsächlich ein bisschen angeschlagen aus. Eine ihrer nachgezogenen Augenbrauen saß ein wenig schief, und der Verschluss ihrer Brosche war offen. Christmas schloss ihn behutsam.

»Oh, vielen Dank, meine Liebe.«

»Möchten Sie eine Tasse Kaffee?«, fragte Christmas und ging zur Espressomaschine hinüber.

»Sehr gern.«

Als Christmas mit dem Kaffee zurückkam, hatte sich Rosemary von der Theke ein Kokosnusseis mit Rosenwasser geholt. Sie musste wirklich großen Kummer haben, wenn es sie danach verlangte.

»Was ist passiert?« Christmas stellte die Kaffeetasse vor ihr ab. Sie setzte sich gegenüber auf ihren Beratungsplatz, schlug ihr Notizbuch auf und kramte einen Stift aus der Tasche ihrer mit Kirschen verzierten Schürze.

»Es ist so schrecklich, dass ich es nicht erzählen kann.«

»Geht es um Ihre Familie? Sind alle wohlauf?«

»Es geht um mich.«

»Haben Sie schlechte Nachrichten erhalten?«, fragte Christmas vorsichtig.

Zu ihrem Entsetzen schossen Rosemary Tränen in die Augen. Doch sie hielt sie zurück, hob das Kinn und biss die Zähne zusammen. »Man hat mich auf unvorstellbare Weise beleidigt.«

»Beleidigt? Wer?«

»Ein Kunstbanause aus Melbourne.«

Christmas schüttelte verständnislos den Kopf.

»Es ist beinahe zu schrecklich, um es laut auszusprechen.«

»Rosemary, bitte erzählen Sie mir, was geschehen ist, bevor ich vor Spannung platze.« Christmas gelang es nicht, sich Rosemarys theatralischem Gehabe zu entziehen.

Rosemarys Augen verdunkelten sich. »Er hat mich abgelehnt. Es war eine dumme, törichte Idee, das ist mir jetzt klar. Ich weiß nicht, warum ich mich so habe erniedrigen lassen.«

»Sie haben sich in ihn verliebt?«

»Du lieber Himmel, nein! Ich habe im Laientheater der Gemeinde für eine Rolle in *Die Katze auf dem heißen Blechdach* vorgesprochen. Dieser Kerl steckte noch in den Windeln – er sah kaum älter aus als zwölf –, jedenfalls dankte er mir und erklärte, dass er sich für die Rolle eine nicht ganz so reife Person vorgestellt habe.«

»Oh, Rosemary.«

»*Alt.* Das hat er damit gemeint. Alt und verhärmt. Für eine alte Schachtel wie mich ist dort kein Platz.«

»Was haben Sie getan?«

»Ich bin geflohen. Ich hätte ihm sagen sollen, dass er ein bemitleidenswerter, pickeliger Idiot ist, der mit seinen überzogenen Ansprüchen als einsame Jungfrau sterben wird. Und dann mit hocherhobenem Haupt lächelnd hinausmarschieren, erleichtert darüber, dass ich diesem grauenhaften Desaster entkommen bin, das dieses verkorkste Theaterstück nach sich ziehen wird.« Sie schnitt eine Grimasse. »Aber stattdessen bin ich davongehuscht wie eine furchtsame Maus.«

Christmas goss ein wenig dicke, mit Vanille angereicherte Sahne in Rosemarys Kaffeebecher. Sie fühlte mit ihr und fand es empörend, dass eine solch erfahrene, großherzige Schauspielerin von ihrem Format so kaltschnäuzig abgewiesen worden war. Der Regisseur hatte keine Ahnung, was er sich hatte entgehen lassen und wie sehr er Rosemarys Gefühle verletzt hatte.

»Die Jugend ist an die jungen Leute verschwendet«, meinte Christmas.

Rosemary lachte herzhaft. »Ach, meine Liebe, Sie haben Ihre besten Jahre noch lange nicht hinter sich.«

Christmas zog eine Augenbraue hoch. »Ich bin fast vierzig.«

»Unsinn, das ist noch gar nichts. Sie stehen in der Blüte Ihres Lebens.«

Sie nippte an dem Kaffee mit Sahne und gab einen anerkennenden Laut von sich. Ihre Schultern und ihre Gesichtszüge entspannten sich. »Als ich vierzig war, habe ich angefangen, Hip-Hop zu tanzen.«

Christmas lachte. »Vielleicht könnten Sie mir das beibringen.«

»Wann fliegen Sie nach Frankreich?«

Christmas' Puls beschleunigte sich, und sie nahm sich rasch eine Portion von dem Kokosnusseis mit Rosenwasser. »Am Dienstag.«

»Und alles ist vorbereitet?«

»Fast. Abigail hat keine Vorlesungen an der Uni und wird sich während meiner Abwesenheit um den Laden kümmern. Da es in dieser Zeit keine handgefertigten Pralinen geben wird, muss ich mich vorher noch um alle Bestellungen und Lieferungen kümmern, damit sie damit keine Arbeit hat und sich nur auf die Betreuung der Kunden konzentrieren kann. Ich möchte, dass sie es so leicht wie möglich hat. Drei Wochen sind eine lange Zeit.«

»Allerdings. Sind Sie sicher, dass Abigail dafür die Richtige ist?«, fragte Rosemary zweifelnd. »Sie ist … na ja, sagen wir mal, sie sprüht nicht gerade vor Begeisterung.«

»Ich habe nicht viele Alternativen. Cheyenne hat einen anderen Job und muss sich um ihre zwei Kinder kümmern. Ich könnte den Laden natürlich während meiner Abwesenheit schließen, aber in einer kleinen Stadt wie dieser ist es wichtig, durchgehend geöffnet zu haben, sonst riskiert man, dass die Leute nachher nicht mehr kommen. Und die Ladenbesitzer in der Stadt verlassen sich darauf, dass alle gemeinsam für geschäftiges Treiben sorgen. Ich bin sicher, dass Abigail ihre Aufgabe gut meistern wird.« *Auch wenn sie dabei keine allzu große Begeisterung an den Tag legt.* »Wir verkürzen die Öffnungszeiten, damit sie nicht überfordert ist. Und Cheyenne wird natürlich aushelfen, wenn nötig. Ich muss noch die Türschilder und die Website ändern, eine E-Mail-Abwesenheitsnotiz schreiben und eine Nachricht auf den Anrufbeantworter sprechen.«

»Kann ich Ihnen irgendwie behilflich sein?«, fragte Rosemary, in der Hoffnung, gebraucht zu werden und sich nützlich machen zu können.

»Ich würde mich freuen, wenn Sie mir hin und wieder eine E-Mail schreiben und mir mitteilen würden, wie der Laden läuft.«

Rosemarys Augen leuchteten begeistert auf. »Soll ich Abigail heimlich beobachten?«

»Nein! So habe ich das nicht gemeint. Aber Sie sind eine gute Freundin und kennen den Laden sehr gut. Sie würden es sofort bemerken, falls etwas nicht richtig läuft. Ich würde mich einfach besser fühlen, wenn jemand wie Sie Augen und Ohren offenhält.«

»Es wäre mir eine Ehre.« Rosemary trank einen Schluck von ihrem Kaffee. »Wie läuft es mit dem netten Botaniker?«

Christmas zuckte zusammen. Sie hatte nicht vermutet, dass Rosemary überhaupt wusste, wer Lincoln war. War ihre Zuneigung für ihn so offensichtlich, dass bereits die ganze Stadt darüber sprach?

»Kein Grund, rot zu werden«, sagte Rosemary. »Das ist doch sonnenklar.«

»Tatsächlich?«

»Oh, ja. Ihre Augen leuchten auf, wenn er den Raum betritt, und Sie gehen viel beschwingter als sonst.«

»Meine Güte.« Christmas atmete tief durch. »Na ja, das ist nicht so einfach.«

Rosemary sah sich rasch im Laden um. Bert und Ernie waren im Augenblick die einzigen Kunden. Sie saßen am anderen Ende des langen Holztisches und lösten gemeinsam ein Kreuzworträtsel. »Lassen Sie sich Zeit.«

Plötzlich erschien ihr Rosemary genau diejenige zu sein, der sie sich anvertrauen konnte. Christmas machte es sich bequem und erzählte von ihren Regeln, davon, dass sie beinahe schon in Erwägung gezogen hatte, ihr Herz zu öffnen, und von den verwirrenden Gefühlen, die sie in Lincolns Gegenwart empfand – Gefühle, bei denen sie in Versuchung geriet, alle Vorsichtsmaßnahmen über Bord zu werfen und ihrem Verlangen nachzugeben.

Als sie endete, hatten sie beide zwei Tassen Kaffee getrunken und so viel Kokosnusseis gegessen, dass ihnen von all dem Zucker beinahe übel war. Bert und Ernie hatten ihr Kreuzworträtsel in der Zwischenzeit gelöst und winkten ihnen zum Abschied zu. Abigail kam, um ihren ersten Massagekunden in Empfang zu nehmen, und Cynthia Heather schneite kurz herein, weil sie Makronen als Geburtstagsgeschenk für eine Lehrerin ihrer Kinder kaufen wollte.

»Darf ich Ihnen, als *alte* Frau, einen Rat geben?«, sagte Rosemary schließlich.

»Hören Sie auf damit. Sie sind nicht alt.«

»Sie haben keine Kontrolle darüber, in wen Sie sich verlieben – sei es ein Mann, ein italienischer Käse oder ein Welpe. Ihre einzige Aufgabe ist es, jede Gelegenheit zu ergreifen. Küssen Sie diesen Lincoln van Luc.«

Christmas wich zurück. »Nein, nein …«

Rosemary hob die Hand. »Doch, küssen Sie ihn. Das ist meine Empfehlung für Sie. Dann werden Sie wissen, ob es mehr ist als nur eine flüchtige Anziehung. Falls dem so ist, können Sie sich fröhlich auf Ihre Reise nach Frankreich begeben, ohne noch einen weiteren Gedanken an ihn zu verschwenden. Und Ihr Kopf wird wieder frei sein.«

Christmas beugte sich über den Tisch. »Und wenn da doch etwas ist?«, fragte sie leise.

»Damit befassen wir uns, wenn es so weit ist.«

»*Wir?*«

»Ja. Vielleicht brauchen Sie selbst hin und wieder eine gute Fee.«

»Da mögen Sie recht haben«, gab Christmas zu. »Aber ich werde ihn auf keinen Fall küssen.«

15

Es war Sonntag, und in zwei Tagen fuhr sie nach Paris. Deshalb verabredete sich Christmas mit Val und ihrer Familie zum Abendessen. Sie ließ ihren halb gepackten Koffer und die Körbe mit der Schmutzwäsche in ihrer Küche stehen und fuhr mit diversen Zutaten für das Essen zum Haus der Kennedy-Bowens. Alle waren begeistert, denn die Mahlzeiten in diesem Haus gaben Anlass zum Verdruss. Val war eine grauenhafte Köchin und brachte lediglich Spaghetti Bolognese mit einer Soße aus der Dose auf den Tisch. Archie war auch nicht viel besser und schob meistens tiefgefrorene Fischstäbchen, Pizza und Kartoffelkroketten in den Ofen.

Der arme Nate hatte tatsächlich Interesse am Kochen und wollte sich unbedingt für die Kochsendung *Junior MasterChef* bewerben. Aber mit diesen Eltern würde das, wie Christmas befürchtete, sehr schwierig werden. Während sie die Zutaten einpackte, dachte sie schuldbewusst, dass sie ihn schon längst unter ihre Fittiche hätte nehmen sollen. Als gute Fee verbrachte sie viel Zeit, um Kindern und Erwachsenen ihre Wünsche zu erfüllen, und hier ging es um ein sensibles Kind mit Ambitionen – und dieses Kind war ihr Neffe. Gleich nach ihrer Rückkehr aus Frankreich würde sie sich um ihn kümmern, ihm eine Schürze und eine Kochmütze besorgen und ihn als Lehrling zu sich nehmen.

Nate jubelte, als sie ihren Korb auspackte, aber nicht nur, weil er sich freute, ihr beim Kochen helfen zu dürfen. Und es lag auch nicht nur daran, dass sie Sandwiches mit Schinkenspeck, Blattsalat und Tomaten machen wollte, die bei allen drei Jungs und Archie hoch im Kurs standen. (Val war begeistert, dass die Jungs dank ihrer Schwester wenigstens etwas Kopfsalat und Tomaten zu sich nahmen, und Christmas flüsterte ihr zu, dass sie auch noch ein paar Scheiben Avocado hineinmogeln würde.) Und die Jubelschreie galten auch nicht nur ihrem Besuch, obwohl alle drei Jungen sie umarmten und sich einen Kuss auf die schmutzigen Wangen geben ließen. Nein, sie waren so begeistert, weil sie eine Literflasche mit Schokoladen-Balsamico-Sauce mitgebracht hatte, die sie auf die Sandwiches geben würde. Christmas versicherte Val, dass man die Sauce für alle Gemüsearten verwenden könne und man sie damit ihren Kindern schmackhaft mache. Val sorgte sich nämlich, dass ihre Jungs an Skorbut erkranken könnten.

»Ich gebe ihnen jeden Morgen Orangensaft zu trinken und klammere mich an die Hoffnung, eine gute Mutter zu sein«, gestand Val. Christmas versuchte, sie zu beruhigen, und sagte, dass die Schokoladensauce nur aus dunkler Schokolade zubereitet und daher halbwegs gesund war.

Die Sandwiches waren ein großer Erfolg, und Christmas und ihr Helfer Nate bereiteten weitere getoastete Brotscheiben mit verschiedenen gebratenen Zutaten zu. Anschließend wurden die Teller sogar sauber geleckt. Val gönnte sich, da sie nicht am Herd stehen musste, ein weiteres Glas Wein. Archie sprach von einem Triumph der modernen Küche. Willis, der mit seinen neun Jahren auf verblüffende Weise seinem Vater glich und sogar die gleiche dunkelblaue Hose und die gleichen Stiefel mit Stahlkappen trug, verkündete, dass es für ihn auf der ganzen Welt nichts Besseres als Schinkenspeck gebe. Und der sechsjährige Braxton bat um eine

Extraportion, um seine Spielzeug-Dinosaurier damit füttern zu können.

Bei Braxtons Bitte verdrehte Willis die Augen und lehnte sich mit hinter dem Kopf verschränkten Händen in seinem Stuhl zurück, genau wie Archie. Und der entzückende Nate, der mit seinen acht Jahren der kluge Mann im Haus war, erklärte sich sofort bereit, ein Sandwich für die Dinosaurier zu machen, rannte in den Garten und pflückte Gras, damit auch die Pflanzenfresser unter ihnen mitessen konnten.

Zur Nachspeise hatte Christmas mit Erdbeermousse gefüllte Schokoladenrollen mitgebracht. Nachdem sie sie verspeist hatten, klopften sich die Erwachsenen stöhnend auf den Bauch, während die Jungen energiegeladen von ihren Stühlen aufsprangen.

»Ich kümmere mich um sie.« Archie hievte sich aus seinem Sessel und scheuchte die Jungen zu einem Spiel Softball ins Wohnzimmer.

Christmas und Val blieben am Tisch sitzen, umgeben von den Resten des Festmahls, und nippten an ihren Weingläsern. »Räum bloß nicht auf«, befahl Val. »Schlimm genug, dass du dein eigenes Abschiedsessen kochen musstest.«

»Ach was! Ich habe keine Familie, um die ich mich kümmern muss.«

Es sollte nur eine unbeschwerte Bemerkung sein, aber sie hielten beide inne und sahen sich in die Augen.

»Bist du sicher, dass du das nicht möchtest?«, fragte Val. »Es ist noch nicht zu spät.«

»Ich glaube, für mich schon.«

»Nein, nein, viele Frauen bekommen heutzutage erst mit über vierzig Kinder.«

Christmas zuckte die Schultern. »Das ist wohl nicht das Thema. Bevor ich schwanger wurde, hatte ich keinen Kinderwunsch. Ja, das Kind hätte ich natürlich gern behalten, und mein Leben wäre dann heute ganz anders. Aber ich bin nicht unglücklich.«

»Du arbeitest sehr hart daran, es nicht zu sein.«

»Was soll das heißen?«

»Ach, nichts«, erwiderte Val ausweichend und legte die Hand auf ihre Brust. »Ich mache mir einfach nur Sorgen um dich. Das ist mein gutes Recht als deine Schwester.«

Sie blieben eine Weile schweigend sitzen und lauschten dem Siegesgebrüll von nebenan, das immer erklang, wenn ein Tor geschossen wurde.

Christmas verschränkte die Beine und wippte mit dem oberen Bein auf und ab. »Habe ich dir erzählt, dass ich eine Nachricht von Miriam Deschamps bekommen habe? Meiner Brieffreundin aus der Highschool-Zeit?«

Val riss die Augen auf. »Tatsächlich? Wie das?«

Christmas erzählte ihr die Vorgeschichte.

»Wirst du sie besuchen?«, wollte Val wissen.

»Natürlich. Ich werde nach meiner Ankunft in Paris bei ihr, ihrem Mann und ihrer fünfzehnjährigen Tochter eine Woche lang wohnen, obwohl Miriam mich gewarnt hat, dass sie alle wahnsinnig viel zu tun haben und ich sie kaum zu Gesicht bekommen werde.«

»Glaubst du, sie könnte dir helfen, Gregoire zu finden?«

»Oh Gott, jetzt fängst du auch noch damit an!« Christmas legte frustriert den Kopf in den Nacken. »Emily nervt mich seit Ostern damit. Ich glaube, ich habe klargestellt, dass ich nicht daran interessiert bin.«

»Aber …«

»Vielleicht war ich das früher einmal. Aber jetzt nicht mehr.«

Val schürzte die Lippen.

»Also gut«, stöhnte Christmas. »Sprich weiter.«

»Schau, ich bin keine Psychologin oder so«, fuhr Val fort. »Aber könnte es sein, dass du die Augen vor der Realität verschließt?«

»Vor welcher Realität?«

»Dass es eine wichtige Sache ist und du einfach zu viel Angst davor hast.«

Christmas stand auf, holte eine weitere Flasche Rotwein aus dem Regal auf der Kommode und hielt sie fragend hoch. Val nickte zustimmend und trank rasch ihr Glas aus. Christmas dachte über ihre Frage nach, während sie die Flasche öffnete. Das ploppende Geräusch, wenn der Korken sich löste, war großartig, viel schöner, als wenn man eine Weinflasche aufschraubte. Das klang genauso, als würde man eine Limonadenflasche aufmachen. Überhaupt nicht feierlich. Als sie den Korken herauszog, atmete sie einen Moment lang die Aromen des Weins ein. Dann goss sie ihn mit einem gluckernden Geräusch in die Gläser.

»Wie kommst du auf den Gedanken, dass ich Angst habe?«, fragte sie Val.

Ihre Schwester hob die Hand. »Ich wollte dir nichts vorwerfen. Ich habe einfach nur darüber nachgedacht.« Val hatte den praktischen Verstand ihres Vaters, des Schuldirektors, geerbt, war ebenso geduldig und diplomatisch und ließ sich nicht ködern. Sie versuchte es noch einmal auf einem anderen Weg. »Wie stehst du zu Frankreich? Im Allgemeinen? Denn, ob es dir gefällt oder nicht, Frankreich ist die Heimat deines Vaters.« Sie zuckte die Schultern. »Manche Leute würden das für wichtig halten.«

Val nippte an ihrem Wein, drehte sich in Richtung Wohnzimmer und rief: »Willis, ich kann dich hören. Hör auf, alle herumzukommandieren. Daddy legt die Regeln fest, nicht du. Gib den anderen eine Chance mitzumachen!« Als sie sich wieder Christmas zuwandte, entspannten sich ihre Gesichtszüge.

Der Alkohol tat seine Wirkung, und in Christmas breitete sich eine angenehme Schwere aus. »Ich behaupte ja nicht, dass Frankreich keine Gefühle in mir auslöst. Natürlich tut es das. Aber ich kann es mir einfach nicht leisten, mich von den Gedanken an meinen Vater beherrschen zu lassen. Mir ist klar, dass Frankreich das Land ist, aus dem Gregoire stammt. Das ist alles. Ich freue mich darauf, einiges von dem Land sehen zu können, aber das heißt nicht, dass ich noch einen Schritt weitergehen muss.«

»Aber nehmen wir einmal an, es gäbe eine Möglichkeit, ihn ausfindig zu machen, würdest du das wollen?«

»Ehrlich gesagt weiß ich das nicht. Ich meine, ja, es wäre schön, wenn die Geschichte gut ausgehen würde. Aber es könnte so viel schieflaufen, denkst du nicht? Er könnte ein schrecklicher Mensch sein. Ein Axtmörder. Oder abgerissen und dreckig. Im Knast sitzen, ein Penner sein, oder einfach nur böse und gemein.«

»Er könnte aber auch der Präsident von Frankreich sein.«

»Oder Louis Vuitton.«

»Dann wärst du für den Rest deines Lebens mit Markenklamotten versorgt!«

»Stimmt. Aber genau darum geht es doch, oder? Ich habe keine Ahnung, was auf mich zukommen würde. Das Risiko ist hoch, und ich könnte etwas Furchtbares erleben, von dem ich mich nie wieder erhole. Dann läge ich wieder in der Embryonalstellung in meinem Bett, und du müsstest mich aus dieser Krise befreien.«

»Hey, gegen eine Reise nach Frankreich hätte ich nichts einzuwenden. Sobald ich dich aus deinem Schlafanzug geschält hätte, würden wir zu den Champs-Élysées fahren und uns ein paar Handtaschen kaufen.«

»Die Sache ist vergleichbar mit der Frage, ob man Kinder haben möchte oder nicht«, meinte Christmas. »Es ist ein riesiges Geschenk, aber die Risiken sind sehr hoch. Ich könnte noch einmal das Baby während der Schwangerschaft verlieren. Es könnte bei der Geburt sterben. Es könnte eine ernsthafte Krankheit oder eine schwere Behinderung haben. Ich könnte es nach nur fünf Jahren verlieren. Und ich weiß, dass ich mich davon nie erholen würde.«

»Oh, Massy.«

Christmas fuhr sich mit der Hand über die Augen. »Manchmal ist es mutiger, seine Grenzen zu kennen und zu akzeptieren. Mir geht es jetzt sehr gut. Warum sollte ich das aufs Spiel setzen?«

Plötzlich hörten sie aus dem Wohnzimmer einen gewaltigen Bums, gefolgt von einem Aufschrei und tränenreichem Gebrüll. Val umklammerte die Tischkante und atmete zittrig ein. »Alles in Ordnung?«, rief sie.

»Alles okay«, erwiderte Archie. »Ich habe alles unter Kontrolle.«

Val schauderte.

»Große Risiken.« Christmas deutete in Richtung Wohnzimmer.

»Ja«, gab Val ihr recht. »Und ein fantastisches Geschenk, wenn alles klappt.«

»Das Problem liegt in der Ungewissheit«, seufzte Christmas. »Wahrsager müsste man sein.«

»Dafür haben wir ja Jaelle«, sagte Val.

»Ich kann kaum glauben, dass ich tatsächlich zu ihr gegangen bin.« Christmas schlug sich die Hand vor die Stirn, als sie sich daran erinnerte, wie sie die Zigeunerin Jaelle in ihrem hölzernen Wohnwagen auf einem Feld aufgesucht hatte.

»Sie schien dir damals recht gut geholfen zu haben. Immerhin hat sie dir gesagt, dass du ein Talent dafür hast, anderen Menschen zu helfen, und das hat sich bestätigt.«

»Ich habe mich nach meiner Rückkehr aus Sydney sehr verloren gefühlt. Wahrscheinlich hätte mir zu diesem Zeitpunkt jeder helfen können. Ich hätte nicht von hier weggehen sollen. Damit habe ich Regel Nummer acht gebrochen: *Dein Schicksal ist nicht vorbestimmt, es liegt in deiner Hand.*«

»Brichst du denn niemals deine Regeln?«

»Anscheinend nur, wenn mein Leben ein Trümmerhaufen ist und ich Rat bei Zigeunerinnen suche, die auf mysteriöse Weise über Nacht erscheinen, im Schein von Öllampen aus Teesatz lesen und Kaninchen über dem offenen Feuer braten.«

»Na dann«, sagte Val. »Auf drei wundervolle Wochen in Frankreich.«

»Morgen ist es also so weit«, stellte Lincoln am Montag fest. »Hast du alles vorbereitet?«

Christmas biss sich auf die Unterlippe. »Ich glaube schon. Ich muss noch den Kühlschrank oben ausräumen, den Müll rausbringen und alle Geräte abschalten. Und Abigail einen Zweitschlüssel geben und das Taxi zum Flughafen bestellen. Ich habe eine Liste, aber sie scheint immer länger zu werden.«

In Christmas' Magen hatte sich ein nervöses Kribbeln ausgebreitet, während sie versuchte, alles zu regeln. Wie albern. Sie würde in drei Wochen wieder hier sein und ihr Leben weiterleben wie bisher.

Während sie über das Buch, ihre Pläne und den Zeitplan für die Fertigstellung sprachen, konnte sie ihre Hände nicht ruhig halten. Sie konnte nicht einfach still dasitzen, in Lincolns Augen schauen und den verführerischen Duft seines neuen Rasierwassers einatmen. Es roch nach Zitronen und Salz. So, als würde man in der warmen Sonne am Meer sitzen und Zitrone auf Fisch und Pommes Frites träufeln. Sie dirigierte ihn rasch in die Küche, wo der Geruch von beruhigendem Kakao-Aroma überdeckt wurde.

Sie machten Schokoladenzigarren. Die Trüffelcreme wurde mit Lapsang-Souchong-Teeblättern verfeinert, anschließend wurden die Zigarren in feinem Kakaopulver gerollt. Gemeinsam wickelten sie dünne Seidenpapierstreifen um die Enden und tauchten die Spitzen in eine Mischung aus zermahlenen Cornflakes und Tee, um den Anschein zu vermitteln, sie seien bereits angezündet worden. Danach wurden die Schokoladenzigarren in nachgemachte Zigarrenkisten geschichtet. Dafür brauchte man Fingerspitzengefühl und Konzentration, und das war Christmas gerade recht.

Mit einem Messer schnitt sie sorgfältig einige Kerben in die Zigarren, damit sie echter aussahen. Die ganze Zeit über nahm sie Lincolns Körperwärme wahr. Er schien ihre Stimmung zu spüren, und nachdem sie alles Nötige über das Buch besprochen hatten, schwiegen sie einvernehmlich.

Lincoln hatte viel Arbeit vor sich und würde ihr bei ihrer Rückkehr seine Unterlagen geben, damit sie den Text dann *zum Blühen bringen* konnte. Christmas würde eine Woche in Paris mit Mim, eine Woche in Aix-en-Provence beim Schokoladenkurs und die letzte Woche in der Provence verbringen, wo sie in einem Schloss wohnte. Dort konnte er sie kontaktieren, falls es irgendwelche Probleme geben sollte. Natürlich würde er das nicht tun, aber das war einer der Punkte auf ihrer Checkliste, die sie alle abhaken musste, um mit einem reinen Gewissen losfahren zu können.

Sie hatte auch ihre Mutter angerufen, um sich zu verabschieden, und weil Emily und Val sie so bedrängt hatten, hatte sie Darla noch einmal nach Gregoire gefragt. Wenn auch nur, um den beiden zu beweisen, dass es keinen Sinn hatte.

»Warum kramst du das noch einmal hervor?«, fauchte Darla, und im Hintergrund hörte sie den Ruf einer Eule. Sie campte irgendwo in Victoria in einem ausgetrockneten Flussbett.

»Nun, eigentlich wollte ich gar nicht …«

»Das gehört der Vergangenheit an und hat nichts mit deinem heutigen Leben zu tun. Selbst wenn ich dir helfen wollte, könnte ich es nicht. Wir sind nicht in Kontakt geblieben. Ich habe keine Ahnung, wo er wohnt. Und du bist nur daran interessiert, weil es um Frankreich geht. Käme er aus einem Kriegsgebiet oder einem bettelarmen, schmutzigen und von Krankheiten heimgesuchten Land, wärst du nicht so scharf darauf, ihn kennenzulernen.«

Obwohl sie den Wortschwall ihrer Mutter über sich ergehen lassen musste, war Christmas froh, dass sie noch einmal gefragt hatte, nur um ganz sicherzugehen. Sie hatte Darla versprochen, sich per E-Mail aus Frankreich zu melden, bevor sie das Gespräch beendet hatte.

Das war erledigt.

Rosemarys Rat, was Lincoln betraf, stand auf einem ganz anderen Blatt. Seit die ältere Dame ihr empfohlen hatte, ihn zu küssen, konnte sie an nichts anderes mehr denken. Sie hatte schon seit langer Zeit keinen Mann mehr geküsst – nach Simon hatte sie keine Beziehung mehr gehabt. Sie war sich nicht einmal sicher, ob sie noch wusste, wie das ging. Außerdem war Lincoln für sie tabu. Und das machte ihn noch anziehender. Sie biss die Zähne zusammen. Nur gut, dass sie morgen abreiste. Sonst könnte sie womöglich die Tränen nicht zurückhalten.

»Woran denkst du?«, wollte Lincoln wissen.

»Hm?«

»Gerade eben. Du bist rot im Gesicht und wirkst missmutig.«

»Tatsächlich?«

»Ja.«

»Oh.« Sie zwang sich, die Stirn zu glätten, wo sich bestimmt eine Falte zwischen den Augenbrauen gebildet hatte. »Es tut mir leid, ich bin heute nicht sehr gesprächig. Mir geht so viel durch den Kopf.«

»Frankreich?« Er reichte ihr die Schere und ein Stück Bast.

»Ja.« Sie lachte gezwungen. »Wahrscheinlich bist du erleichtert, dass du dir nicht mehr mein Geplapper anhören musst.«

Lincoln streckte die Hand nach der Schere aus, als sie sie ihm zurückgeben wollte. Aber dann legte er seine große warme Hand um ihre und hielt sie fest. Er sah ihr in die Augen, und die Muskeln an seinem Hals zuckten, als habe er Mühe, sich zu beherrschen. »Ich unterhalte mich gern mit dir«, sagte er. »Du machst süchtig. Wie Schokolade.«

Sie bewegte sich nicht und wandte den Blick nicht von ihm ab. Ihr Atem stockte.

Ihr Kopf wird wieder frei sein, hatte Rosemary gesagt.

Einen freien Kopf zu haben war gerade jetzt sehr wichtig für sie.

War da etwas zwischen ihnen? Sie musste es wissen. Um ihres eigenen Seelenfriedens willen. Um den Kopf freizubekommen. Um ihren Weg zu gehen, ohne weiter an ihn denken zu müssen.

Sie warf einen Blick auf seine Hand, die auf ihrer lag. Das Kakaopulver auf ihrer und seiner Haut bildete eine feine Schicht, die sie an seidene Bettlaken erinnerte, zwischen die sie am liebsten schlüpfen würde. Alles um sie herum kam zum Stillstand, nur ihr Herz hämmerte wie verrückt. Verschiedene Aromen stiegen ihr in die Nase – Lincolns Rasierwasser, diese verführerische Kombination aus Zitrone und Salz, das Kakaopulver, die Schokolade im Topf, der Duft der Lapsang-Souchong-Teeblätter, die zuckersüßen Cornflakes, die Wäschestärke ihrer Schürze mit dem Pudelmuster. Sie hörte das Ticken des Thermostats und sah, wie sich Lincolns feuchte Lippen öffneten. Ihre Pupillen waren starr auf seinen Mund gerichtet.

Er verstärkte den Druck seiner Hand und zog sie langsam, aber unaufhaltsam an sich.

Sie ließ es zu.

Sie wollte ihn.

Sie schloss die Augen, sperrte die Welt aus und ließ sich fallen.

Bevor ihre Lippen sich trafen, fuhr ihr ein letzter Gedanke durch den Kopf: Dieser Kuss würde ihnen beiden helfen. Mit nur einem Kuss konnte sie beweisen, dass nichts zwischen ihnen war, und sie damit beide befreien, damit sie ihrer Wege gehen konnten.

Zum ersten Mal seit vier Jahren berührten ihre Lippen die eines Mannes, und es war, als würde sie sich an einem warmen Tag auf eine Wiese mit weichem Gras fallen lassen. Und Rosemary hatte recht. Christmas wusste sofort, dass sie niemals mit Lincoln van Luc zusammen sein konnte. Alles, was sich so wundervoll anfühlte, ihr so viel Freude bereitete, konnte sie auch in tiefste Verzweiflung stürzen.

Sie wich von ihm zurück und presste die Hand auf den Mund. Die Betroffenheit und die Verwirrung in seinen Augen machten sie traurig, aber sie war fest entschlossen, sich selbst zu schützen, und schob ihn hastig zur Tür hinaus.

16

»Wo bist du?«, fragte Emily.

»Auf dem Weg zum Flughafen.« Christmas hob die Stimme, weil das Taxifunkgerät so laut gestellt war.

»Alles in Ordnung?«

»Ich wollte dich nur noch einmal schnell anrufen, bevor ich abfliege. Und dich wissen lassen, dass ich nicht an Lincoln interessiert bin.«

»Was meinst du damit?«

»Ich bin nicht interessiert an ihm. In keinster Weise. Aber vielleicht bist du es ja. Du hast ihm bei der Schokoladenverkostung deine Karte gegeben.«

»Das war rein geschäftlich.«

» … und du hast ihm auf dem Heimweg im Auto einiges erzählt … Ich wollte dich nur wissen lassen, dass es für mich in Ordnung ist, falls du dich mit ihm treffen möchtest. Du weißt schon, ein Date.«

Emily war verdutzt. »Warum sagst du mir das?«

Christmas seufzte. »Ich halte Lincoln für einen tollen Mann. Und du hast recht – es wäre eine Verschwendung, sich einen solchen Mann in Tasmanien entgehen zu lassen. Also, falls er dir gefällt, dann zögere nicht. Nicht wegen mir. Das ist alles.«

»Ich weiß nicht, was ich dazu sagen soll. Du klingst aufgebracht.«

»Nein, nein, nein. Das ist nur der Reisestress. Und das ist

schon alles, was ich sagen wollte«, wiederholte Christmas. Sie klang aufgewühlt. »Wir sehen uns dann in drei Wochen, okay?«

»Okay. Pass gut auf dich auf. Viel Spaß!« Verblüfft legte Emily auf.

Caesar stürmte durch die Vordertür von Elsas Bungalow und begrüßte sie. Mit seiner sabbernden Schnauze stieß er an Elsas Knie und hinterließ Flecken auf ihrer violetten Trainingshose. Er wedelte so begeistert mit dem Schwanz, dass er die Fotos, die Fernbedienung des Fernsehers und Elsas Mobiltelefon vom Beistelltisch fegte.

»Caesar!«, rief Lincoln und ergriff den Hund am Halsband, der mit seinem wilden Wedeln nun auch noch einen dreibeinigen Hocker umgeworfen hatte.

Elsa lachte. »Ach, lass ihn doch.« An diesem Ort begegnete man nicht oft einem Lebewesen mit so viel Energie. Lincoln ließ Caesar los und stellte den Hocker wieder auf.

»Warum habe ich dieses Ding überhaupt noch?«, sagte sie. »Ich kann ohnehin nicht mehr darauf sitzen, ich würde sofort damit umfallen. Seit einiger Zeit schaffe ich es kaum noch, mich in und dann wieder aus dem Sessel zu hieven.« Sie starrte auf die blaue Plüschcouch vor dem Fernseher. Caesar folgte ihrem Blick, und offensichtlich gefiel ihm, was er sah. Er trottete hinüber und sprang auf das Sofa, wobei er, wie sie mitfühlend bemerkte, seine steifen Hinterbeine nachzog. Dann legte er seinen großen Kopf auf ein Kissen, seufzte tief und wedelte ein paar Mal mit dem Schwanz, um zu zeigen, dass für ihn die Welt in Ordnung war.

»Er sieht viel besser aus«, stellte Elsa fest und bewunderte sein glänzendes Fell und seine jetzt viel rundlichere Gestalt. »Anscheinend fütterst du ihn gut.«

»Glaubst du, dass es zu spät ist, um ihm Manieren beizubringen?«

»Ich mag ihn so, wie er ist. Er ist ehrlich und direkt. Eine Eigenschaft, die nur wenige Menschen in ihrem ganzen Leben entwickeln.« Sie biss ihre künstlichen Zähne zusammen. »Nimm den Hocker mit. Ich brauche ihn nicht mehr. Dein Vater war der Einzige, der sich darauf gesetzt hat.« Ihr war plötzlich kalt, und sie griff nach der Mohairdecke, die neben ihrem Rollstuhl auf dem Boden lag. Lincoln hob sie rasch auf und wollte sie ihr über die Knie legen, aber sie schlug seine Hand weg. »Das kann ich selbst.«

Abwehrend hob Lincoln die Hände, so wie er es als Junge getan hatte, wenn sie bei einer seltenen Gelegenheit mit ihm schimpfte. Er hatte nie protestiert, sondern sich immer zurückgezogen. Jetzt ärgerte sie sich darüber.

Er beobachtete sie, und eine Weile sahen sie sich schweigend in die Augen.

»Wir müssen über Dad reden«, sagte er schließlich. »Seit meiner Rückkehr haben wir das Thema vermieden und so getan, als sei alles in Ordnung. Aber wir müssen eine Lösung finden.«

Sie verstand, dass das nicht auf Lincolns Mist gewachsen war. Das war nicht seine Art. »Du hast mit Jenny darüber gesprochen?«, mutmaßte sie.

Lincoln setzte sich, verschränkte die Arme hinter dem Kopf und seufzte. Sie fragte sich, ob er Yoga machte. Alle berühmten Persönlichkeiten machten heutzutage Yoga. Selbst die Männer. Sie brach beinahe in Gelächter aus, als sie sich Ebe in den Vierzigern draußen auf der Weide beim Yoga vorstellte.

»Ja«, gab er zu. »Warum lachst du?«

»Oh, habe ich gelacht? Ach, nur so. Ich habe gerade an etwas gedacht.«

»Sag mir, ob ich das richtig verstanden habe: Dad will, dass du dein Haus verkaufst und ihm seinen Erbanteil jetzt auszahlst.«

»Richtig.«

»Und weil du dich geweigert hast, besucht er dich nicht mehr.«

»Stimmt.«

»Er erpresst dich also damit. Emotional.«

Sie rückte auf ihrem Stuhl hin und her, um ihre rechte Hüfte zu entlasten. Sie schmerzte diese Woche stärker als sonst. Eigentlich sollte sie das dem Physio-Terroristen sagen, aber das hätte noch mehr Gezerre und Geschiebe zur Folge. In dieser Phase ihres Lebens sollte sie vielleicht einfach mehr Medikamente nehmen. Sicher würde man sie ihr nicht verweigern. Schließlich gaben sie auch den Krebspatienten und anderen Kranken Tabletten. Mehr und mehr Morphium, bis sie schließlich starben.

Dieser Gedanke erschreckte sie. Sie wollte nicht sterben. Noch nicht. Noch hatte sie mit ihrem Leben nicht abgeschlossen. Obwohl sie an manchen Tagen nicht wusste, warum eigentlich nicht. Aber sie hatte das bestimmte Gefühl, dass es für sie hier noch etwas zu tun gab.

»Nan?«

»Erpressung.« Sie dachte kurz darüber nach. »Ja, das ist es wohl.«

Lincoln nickte. »Das habe ich ihm vorgeworfen.«

»Tatsächlich?« Sie war sehr überrascht und gerührt. »Und was hat er gesagt?« Sie fühlte sich ein wenig benommen.

Er schien nach der richtigen Antwort zu suchen.

»Raus damit. Ich bin zu alt, um mir anzuhören, wie du um den heißen Brei herumredest.«

»Er sagte, dass du das Haus nicht mehr bräuchtest, er aber

schon, also sei es eine Verschwendung, es leer stehen zu lassen, nur weil ich dort hin und wieder wohne. Schließlich sei ich alt genug, um mich um mich selbst zu kümmern, und nicht mehr auf den Schutz meiner Großmutter angewiesen.«

»Das war gemein und ungerecht.«

»Ja.«

»Dein Vater ist ein fieser Kerl.«

»Stimmt.«

»Es tut mir leid. Ich weiß nicht, was ich verkehrt gemacht habe.« Sie dachte an ihren Erstgeborenen Matthew – mutig, witzig, ein Musikliebhaber, der in Vietnam in Stücke gerissen worden war. Und an Jake, der zwar mit Viehzucht nichts anfangen konnte, aber endlose Geduld für langweilige Details und Zahlen entwickelte. Er lebte jetzt am anderen Ende der Welt, in England, hatte drei erwachsene Kinder und ließ sich jeden Sonntag den Braten bei seiner Schwiegermutter schmecken. Und dann war da noch Tom, der Letztgeborene, der immer nörgelte, sich immer vor seinen Pflichten drückte, aber stets eine Sonderbehandlung haben wollte. Als kleiner Junge hatte er den Hunden das Fressen aus ihren Schüsseln gestohlen, nicht weil er es gewollt oder gebraucht hätte, sondern nur um zu zeigen, dass er ein Recht darauf hatte.

Das musste zumindest zu einem gewissen Teil ihre Schuld sein. Das Dritte-Kind-Syndrom. Sie hatte ihn zu oft sich selbst überlassen, weil sie zu müde und zu abgelenkt gewesen war, um ihm ihre Aufmerksamkeit zu schenken. Wahrscheinlich war es Karma, dass nur er ihr geblieben war – was sie nicht gesät hatte, konnte sie auch nicht ernten.

Wie hatten sich nur Toms zwei wunderbare Kinder, Lincoln und Jenny, so gut entwickeln können? Ohne Zweifel lag das an ihrer Mutter. Die süße junge Katherine hatte nicht gewusst, worauf sie sich einließ, als sie Toms Heiratsantrag angenommen hatte. Aber zumindest hatte sie es begriffen, bevor sie ihre Lebensfreude und ihre sanfte Art eingebüßt hatte. Nach der Scheidung war sie nach Nord-Queensland gezogen, ans andere Ende des Landes, hatte dort einen Zuckerrohrfarmer geheiratet und spielte nun glücklich und zufrieden jeden Montagabend Bingo.

»Du weißt, dass du das Haus nicht wegen mir behalten musst, oder?«, sagte Lincoln. »Ich bin tatsächlich alt genug, um mich um mich selbst zu kümmern, und wenn du das Geld brauchst oder haben möchtest, dann …«

»Ich brauche das Geld nicht. Jetzt nicht. Aber genau darum geht es. Dein Großvater und ich haben unser ganzes Leben lang hart gearbeitet, und wir – eigentlich ich – haben uns dieses Geld mühsam erspart.« Sie hatte das Geld zusammengehalten. Ebe war in dieser Hinsicht, vornehm ausgedrückt, ziemlich naiv und offen gesagt sehr unzuverlässig gewesen. Aber ihr war es irgendwie gelungen, das Schiff durch die raue See in den sicheren Hafen zu steuern. Sie hatte Sparbüchsen im Hühnerstall und Pfundnoten in Büchern versteckt, die er sowieso nie lesen würde. »Ich komme gut zurecht. Vielleicht besucht dein Vater mich nicht mehr, aber im Leben läuft nun mal nicht alles glatt. Ehrlich gesagt war ich auf seine Gesellschaft sowieso nie erpicht.«

Lincoln schnaubte.

»Ich brauche diesen Miesepeter nicht«, fügte sie hinzu.

»Aber dir ist klar … ich meine, du weißt, dass ich nicht immer hier sein kann«, sagte er vorsichtig.

Genau – deshalb hatte sie auch den Versuch gestartet, ihn zu verkuppeln. Aber sie nickte nur als Antwort. Ihre Hoffnung, dass er bald sein unstetes Leben aufgeben würde, behielt sie für sich.

»Hier gibt es keine Möglichkeiten für mich«, erklärte er.

»Tasmanien ist eine Insel. Ich muss dorthin gehen, wo es Chancen für mich gibt. Das ist eben so.«

Ein großer weißer Lieferwagen rumpelte draußen über den Kies und parkte hinter dem Hauptgebäude. Der Fahrer stieß die Tür auf, stieg aus und grüßte freundlich eine vorübergehende Krankenschwester. Die seitliche Schiebetür des Wagens fiel mit einem metallischen Klicken ins Schloss.

»Ich mache mir Sorgen um dich«, sagte Lincoln. »Ich habe Angst, dass du dich einsam und deprimiert fühlst.«

Sie schnaubte spöttisch. »Ich bin aus hartem Holz geschnitzt.«

Er schenkte ihr ein verhaltenes Lächeln, und sie wusste, dass er an ihre nur noch geringe Lebenserwartung dachte.

»Ich wünsche mir, dass dir dein Leben Freude bereitet – das wäre das schönste Geschenk für mich. Dann bin auch ich glücklich.«

Lincoln lächelte erleichtert.

»Aber es wäre wundervoll, wenn du heiraten und mir einen ganzen Stamm properer Urenkel schenken würdest.«

»Tut mir leid, aber im Augenblick sieht es nicht danach aus.«

»Was ist mit Christmas Livingstone?«

»Nichts.« Er wirkte traurig.

Elsas Herz schlug schneller. Ah! Die Sache war also noch nicht vom Tisch. Das war gut. »Ich hatte den Eindruck, als würde zwischen euch beiden etwas laufen«, hakte sie nach. »Da ihr zusammen an diesem Buch arbeitet, habt ihr doch sicher gemeinsame Interessen und Ziele und so weiter.«

»Das dachte ich eine Zeit lang auch.«

Interessant. »Und hast du ihr deine Gefühle gezeigt?«

»Eigentlich schon.« Er zog eine Schulter hoch, als ob sie einen wunden Punkt getroffen hätte und er in seinem männlichen Stolz verletzt worden wäre. »Sie hat mich abgewiesen.« Er ging zum Sofa hinüber, schob Caesar ein Stück zur Seite und setzte sich neben ihn. Caesar schnüffelte und schob seinen Kopf nah an Lincoln heran, der ihn hinter den Ohren kraulte.

»Was ist passiert?« Sie versuchte, sich nicht anmerken zu lassen, wie neugierig sie war.

Er starrte nachdenklich auf den Teppich. Offensichtlich fehlten ihm die richtigen Worte. Heute würde sie nicht mehr viel aus ihm herausbekommen. Aber vorläufig reichte ihr das schon. In der Wand hatte sich ein kleiner Spalt aufgetan, und durch ihn fiel Licht. Es gab noch Hoffnung. Sie konnte es kaum erwarten, Rita davon zu erzählen!

Doch dann kam ihr ein Gedanke. Sie tippte mit den Fingernägeln auf den Gummireifen ihres Rollstuhls. Vielleicht brauchte sie noch weitere Unterstützung. Es war eine Mission, bei der Strategie, Entschlossenheit und ein unbändiger Wille zu gewinnen erforderlich waren.

Und es gab nur eine Person, auf die diese Beschreibung zutraf.

Miriam Deschamps trank ihren Kaffee aus. Es war der vierte, seit sie Christmas am Flughafen Charles de Gaulle abgeholt hatte. Mim hatte immer wieder *un café* für sich und *un café au lait* für ihre tasmanische Brieffreundin bestellt, und Christmas war sich sicher, dass sie hier in Paris keinen Mangel an Koffein würde erleiden müssen. Als sie nun durch die Lobby eines eleganten Mietshauses gingen, schien Mim sich bereits nach dem fünften Kaffee zu sehnen. In den wenigen Stunden, die sie miteinander verbracht hatten, war Christmas aufgefallen, dass Mims Nase und ihr linkes Auge zu zucken begannen, wenn ihr Koffeinlevel abfiel.

»Wir sind gleich da.« Sie lächelte und zeigte dabei eine Reihe perfekter weißer Zähne, viel schöner, als sie auf ihren Teenager-Fotos ausgesehen hatten. Das war wohl der Vorteil, wenn man mit einem Zahnarzt verheiratet war.

Im Aufzug gab Mim den Sicherheitscode ein und drückte den Knopf für die vierte Etage. Sie schwebten lautlos nach oben und kamen sanft zum Stehen.

Die Türen führten direkt in das Apartment, und Christmas hätte vor Erleichterung beinahe geweint. Nach unzähligen Stunden in der Luft, zusammengekrümmt auf einem schmalen Sitzplatz, hatte sie Schmerzen in den Beinen, im Nacken und im Rücken. Sie war dehydriert, hatte Angst vor dem, was sie in den kommenden Wochen erwarten würde, und war immer wieder in Gedanken durchgegangen, auf welche schreckliche, miese Weise sie sich von Lincoln van Luc verabschiedet hatte. Und nun betrat sie eine ruhige, geschmackvoll eingerichtete und ordentlich aufgeräumte Wohnung.

Mim ging voraus in das offene Wohn-Esszimmer, und ihre hohen Absätze klapperten auf dem glänzenden Parkett. Durch die großen Fenster fielen Sonnenstrahlen, wurden von den weiß getäfelten Wänden reflektiert und ließen Mims glänzenden schwarzen Pferdeschwanz und ihr glitzerndes Make-up aufleuchten. Sie schlang den Riemen ihrer Handtasche über die Rückenlehne eines Stuhls und breitete die Arme aus. »*Bienvenue à la maison!* Fühl dich hier in den nächsten Wochen wie zu Hause.«

»Eure Wohnung ist wunderschön. Vielen Dank für deine Einladung. *Merci!*«

»Ist mir ein Vergnügen. Und Hank freut sich natürlich auch über deinen Besuch. Nur Margot denkt wahrscheinlich anders darüber.« Mim verschränkte ihre dünnen Arme vor der Brust. Sie trug eine enge, bis oben zugeknöpfte Bluse.

Zwischen ihren perfekt gezupften Augenbrauen bildete sich eine Falte, und sie klopfte mit dem Fuß auf den Boden, eine Geste, die, wie Christmas vermutete, die besagte Margot öfter zu sehen bekam.

Doch dann schüttelte Mim ihren Ärger ab und klatschte in die Hände. »Wir haben noch ein paar Stunden Zeit, bevor die anderen nach Hause kommen. Möchtest du dich ein wenig ausruhen? Soll ich dir zur Entspannung einen Kräutertee machen? Einen Verbenentee?«

»Ja, gern. Wenn ich noch einen Kaffee trinke, bekomme ich womöglich einen Herzinfarkt.«

Mim schnaubte. »Mir macht das nichts. Ich kann zwölf Tassen Kaffee am Tag trinken und trotzdem nachts wunderbar schlafen.«

Christmas ging zum Fenster hinüber und ließ die Aussicht auf sich wirken. In Neuilly-sur-Seine reihten sich Häuserblocks im klassischen Haussmann-Stil aneinander. Auch Mims Haus war in diesem Stil erbaut. Es war erstaunlich, dass etwas so Ordentliches, Akkurates und sich immer Wiederholendes so schön sein konnte. Am Fuß der sechsstöckigen Gebäude lagen große, breite Boulevards im Sonnenlicht, gesäumt von Cafés und dicht belaubten Bäumen. Die prächtigen, herrschaftlichen Gebäude glichen sich aufs Haar. Alle waren mit den gleichen hohen, schmalen Fenstern und den kleinen schmiedeeisernen Balkonen ausgestattet, in hellen Pastellfarben gestrichen und erinnerten sie an ihre Hochzeitstorten. Oder an Miniaturschlösser.

»Wie alt sind die Gebäude?«, fragte sie Mim.

»Alle aus der Mitte des achtzehnten Jahrhunderts«, rief Mim aus der Küche und klapperte mit den Tassen auf der steinernen Arbeitsplatte.

In Australien – geschweige denn in Tasmanien – gab es

solche Gebäude nicht. Christmas liebte die Geschichte Australiens, ihre wunderschöne georgianische Apotheke und die herrlichen Häuser aus der frühen Kolonialzeit. Aber Paris hatte sich ganz neu entwickelt und sich zu einer großartigen Stadt gewandelt. Und das in einer Zeit, in der Sträflinge unter grauenhaften Bedingungen auf Schiffen nach Tasmanien gebracht wurden; sie hatten gefroren, waren in Ketten gelegt und mit der Neunschwänzigen Katze bis aufs Blut ausgepeitscht worden, hatten gehungert und in Zellen so klein wie Särge verharren müssen. Das war kaum zu begreifen.

Die Woche in Paris würde viel zu schnell vergehen. Sie würde nicht einmal Zeit genug finden, um sich mit den Grundzügen der Stadtgeschichte vertraut zu machen. Sie atmete tief durch, vergaß für einen Moment den Rest der Welt und genoss einfach nur das Gefühl, hier zu sein. Emily hatte recht gehabt – das musste sie ihr lassen. Christmas war tatsächlich schon immer ganz versessen auf Frankreich gewesen, aber bisher hatte sie nicht geahnt, wie sehr sie sich nach diesem Land gesehnt hatte. Sie kramte ihr Telefon aus der Tasche, machte ein Bild von der Aussicht, schickte es an Emily und dankte ihr von Herzen dafür, dass sie ihr diese Reise ermöglicht hatte.

Aus der kleinen Küche drangen das Surren der Espressomaschine und Mims Gemurmel, was sie davon abhielt, über ernsthaftere Dinge nachzudenken. Dazu hatte sie in den kommenden Wochen noch genügend Zeit. Jetzt im Moment wollte sie einfach alles in sich aufnehmen.

Plötzlich merkte sie, wie lange sie schon lächelte, weil ihre Wangen schmerzten.

Das Gästezimmer war ebenso perfekt gestylt wie der Rest des Apartments in Neuilly – minimalistisch, modern, in gedämpften Farbtönen. Die Waschbecken im angrenzenden Badezimmer waren aus Glas, und in dem warmen Licht sah ihr Gesicht viel besser aus, als sie sich fühlte, obwohl sie letzte Nacht gut geschlafen hatte.

Am Abend zuvor hatte sie den stämmigen, überschwänglichen Hank kennengelernt. Er hatte einen Notfall behandeln und einen Zahn ziehen müssen und nach Chemikalien gerochen. In einer Mischung aus Französisch und Englisch mit einem deutlichen amerikanischen Akzent hatte er sie begrüßt, dann seine Frau geküsst und ihren Nacken auf eine so intime Art liebkost, dass Christmas peinlich berührt den Blick abgewandt hatte.

Auch die furchteinflößende Margot war zum Abendessen nach Hause gekommen. Sie sah ganz anders aus, als Christmas sie sich vorgestellt hatte. Sie hatte ein Mädchen erwartet, das vollkommen in Schwarz gekleidet war, eine Menge Piercings hatte, grässlich gefärbtes Haar, einen mürrischen Blick und eine verdrießliche Miene. Stattdessen stand ein umwerfend hübsches Mädchen vor ihr, das aussah wie eine kalifornische Strandschönheit. Französischer Chic, beneidenswerte weiche Locken, blaue Augen, schlanke Figur. Sie trug ein Kleid und eine Strickjacke in Pastellrosa und pinkfarbenen Lipgloss. Sie war über alle Maßen freundlich und zeigte sich sehr interessiert an Christmas. Erst nach einigen Stunden, als sie gehört hatte, wie Margot mit Mim und ihren Freundinnen am Telefon – das sie pausenlos an ihr Ohr gedrückt hielt – sprach, wurde Christmas klar, wie Margot tickte.

Margot Banks war eine Zuckerspinne. Sie spann zuckrig süße Netze aus Charme und List, wickelte ihre Beute in ein klebriges Gefängnis und hielt sie in einer Ecke am Leben, bis sie genug davon hatte und ihre Kieferklauen hineinschlug. Sie war die Art von Mädchen, das eines Tages nach Hause kam und verkündete, es habe sich mit einem Fünfzigjährigen verlobt. Ein Mädchen, das behauptete, es werde fleißig studieren, während es im Hinterzimmer eines Clubs kokste. Ein Mädchen, das sich vor Fotografen auszog und ihnen versicherte, es sei bereits achtzehn. Ein Mädchen, dem eine Lüge so leichtfiel wie ein Lächeln. Und das dabei noch gute Noten hatte und regelmäßig zur Beichte ging. Christmas musste Mim recht geben – sie war tatsächlich furchterregend.

Sie kramte in ihrem Toilettenbeutel nach einem glättenden Gel, um ihr Haar zu bändigen; sie fühlte sich ein wenig schuldig, weil sie verschlafen hatte.

Im Apartment war es still, alle waren bereits aus dem Haus.

Am Abend zuvor hatte Mim ihr geholfen, einen Plan für ihren ersten Tag zu entwerfen. »Ich habe schon alles vorbereitet«, hatte sie erklärt und Christmas eine elegante schwarze Ledermappe gereicht. Sie schlug die Mappe auf und zeigte ihr die farblich markierten Informationsblätter, darunter ein Plan der Métro, wie man sich eine Fahrkarte kaufte und die richtigen Haltestellen fand, ein Stadtplan mit Markierungen, eine Liste mit Telefonnummern, falls sie sich verlaufen sollte oder anderweitig Hilfe brauchte, die Adresse des Apartments und eine Wegbeschreibung, die sie notfalls einem Taxifahrer geben konnte, die gleichen Angaben für die Zahnarztpraxis, und ein paar Hinweise zum Trinkgeld in Frankreich. Dafür war Christmas ihr besonders dankbar. Außerdem hatte Mim ihr die Schlüssel für das Haus gegeben und ihr einige nützliche Sätze auf Karten geschrieben.

Christmas fühlte sich gut gerüstet und legte sich zuversichtlich einen Seidenschal um den Hals. Sie verknotete ihn stilvoll über ihrer Brust zu einem Knoten, der andeuten sollte, dass sie darin geübt war. Das stimmte zwar nicht, aber der Schal passte perfekt zu ihrer neuen dunkelblauen Jeans.

Sie fühlte sich anders. Wie eine Pariserin. Und bereit für ein Abenteuer.

Mim hatte sie ermutigt, den ersten Tag ruhig angehen zu lassen. »Du kannst dir leider in einer Woche nicht ganz Paris anschauen«, hatte sie bedauernd gesagt. »Aber das macht nichts. Du kommst doch wieder, *oui*?«

»Was heißt *unbedingt* auf Französisch?«, hatte Christmas gefragt. Ihr Koffeinlevel war immer noch so hoch, dass davon ein toter Elefant wieder zum Leben erweckt worden wäre, und die magischen Lichter, die Paris nach Sonnenuntergang wie eine perfekt inszenierte Symphonie erhellten, begeisterten sie. Im Augenblick hätte sie sich dazu überreden lassen, nie mehr nach Hause zurückzukehren.

»*Absolument!*«

»*Absolument*«, hatte Christmas wiederholt und versucht, das Wort richtig auszusprechen.

»Dann nimm dir nicht zu viel auf einmal vor. *Elle est belle* – diese Stadt ist wunderschön. Sie verdient ungeteilte Aufmerksamkeit. Lass dir Zeit für sie. Iss und trink in Ruhe etwas.«

»Das ist ganz sicher ein sehr guter Rat.« Christmas hatte an ihrem ersten Glas französischen Wein auf französischem Boden genippt.

Und heute befolgte sie Mims Rat und fing den Tag ganz gemütlich an. Um halb zehn ging sie bei strahlend blauem Himmel zur U-Bahn-Station Les Sablons, stieg in den silberglänzenden Zug, in dem es stark nach Gummi roch, und fuhr durch die dunklen Tunnel zur Station Charles de Gaulle-Étoile. Dort bahnte sie sich einen Weg durch ein wirres Durcheinander von Bahnsteigen, Rolltreppen und schlecht beleuchteten Gängen und stieg in die Métro, die sie zur Station Louvre-Rivoli brachte.

Oben angelangt stand sie in einer breiten Straße, die ebenfalls von Gebäuden im Haussmann-Stil flankiert war. Sie ging Richtung Seine, zusammen mit einer Horde von Touristen mit Kameras, Rucksäcken und Stadtplänen, die sich ebenso wie sie den beeindruckenden Louvre anschauen wollten. Allerdings beschloss sie, ihn auf dieser Reise nicht von innen zu erkunden.

»Der Louvre ist gigantisch«, hatte Mim gesagt und beide Arme ausgestreckt, als wolle sie die Größe eines riesigen Fisches andeuten. »Du wirst recht schnell erschöpft sein. Deine armen Füße werden schon schmerzen, noch bevor du richtig losgelegt hast. Und die Mona Lisa? Pah! Das Bild ist winzig! Und ständig von einer Menschenmenge belagert, sodass du es kaum zu Gesicht bekommen wirst.«

Christmas hatte sich leicht überzeugen lassen. Sie war ohnehin keine begeisterte Museumsbesucherin. Viel lieber blieb sie an der frischen Luft und beobachtete das Treiben ringsumher.

Also ging sie bewusst langsamer als die anderen Touristen, die begierig auf den Louvre zustrebten. Sie nutzte die Gelegenheit und ließ sich im Cafe Le Fumoir unter der orangefarbenen, unter den steinernen Torbögen gespannten Markise einen *café au lait* schmecken. Und dazu gönnte sie sich ein Croissant, gemäß der Regel Nummer zwei: *Lass dich niemals von Hunger quälen.* Unter den Tischen saßen einige Hunde, die die Schnauze auf die Füße ihrer Besitzer gelegt hatten, und ein weißhaariger Mann las die *Le Monde*, während seine junge Begleiterin die Gläser ihrer Sonnenbrille polierte. Ein Taxifahrer hupte einen Fußgänger an, der sich in die Mitte der Straße gewagt hatte. Zigarettenrauch wehte durch die Luft. Auf den Steinplatten klapperten hohe Absätze.

Leute zu beobachten war für Christmas ein Genuss, bei dem sie sich erstaunlich gut entspannen konnte. Plötzlich waren ihr die Gedanken an Lincoln willkommen, und sie musste sie nicht mehr verdrängen. Sie ließ die Erinnerung an ihre letzte Begegnung in der *Schokoladenapotheke* noch einmal Revue passieren wie einen schönen Traum, wobei sie ausklammerte, wie sie sich ihm gegenüber nach dem Kuss verhalten hatte. Sie dachte nur daran, wie sich seine Haut angefühlt und wie intensiv er ihr in die Augen geblickt hatte.

Schließlich machte sie sich wieder auf den Weg. Gemächlich schlenderte sie die Straße zum La Cour Carrée, dem Innenhof des Louvre, entlang. Der offene, quadratische Platz, umgeben von dreistöckigen Gebäuden im Stil der Renaissance, vermittelte eher das Gefühl, vor einem Schloss zu stehen. Sie ging an dem Springbrunnen und der modernen Glaspyramide am Eingang vorbei zu dem ehemaligen Palast und war froh, dass sie ihre bequemen Stiefel angezogen hatte.

Auf der anderen Seite des Museumsgeländes gelangte sie in die Tuilerien, die riesigen königlichen Gärten: weite smaragdgrüne Rasenflächen, die man nicht betreten durfte, dazwischen Beete mit violetten und pinkfarbenen Blumen. Dahinter ragte das Riesenrad auf, mit dem Touristen einen Blick von oben auf die Stadt werfen konnten. Hochgewachsene Bäume breiteten schützend ihre Äste über kleine Tische und Stühle, und die scheinbar endlosen Reihen von Marmorstatuen in der Sonne vermittelten den Anschein, als sei es vollkommen normal, dass ein öffentlicher Park mit echten historischen Kunstwerken bestückt war. *Hey, das ist Paris, bei uns liegen Tausende solcher Dinge hinten im Kleiderschrank herum.*

Christmas war froh, dass sie nicht in den Louvre gegangen war. Allein die Besichtigung der Außenanlagen war schon ein echtes Unterfangen. Sie hatte keine Ahnung, wie groß das Gebiet war, aber es war beträchtlich. Beinahe so ausgedehnt wie eine große Farm.

Alles hier schien riesig zu sein. Dagegen kam sie sich sehr klein vor. Und provinziell. Natürlich hatte sie in Sydney gelebt, aber seit Jahren hatte sie die kleine Insel Tasmanien nicht mehr verlassen. Nur zu Peters Beerdigung. Ihre Welt war auf das kleine Dörfchen Evandale und ihren Schokoladenladen zusammengeschrumpft. Und außer bei Besuchen in Launceston und Hobart sah sie kaum jemals ein Haus mit mehr als zwei Stockwerken. Paris war monumental. Wurden heutzutage überhaupt noch solche Gebäude gebaut? Es war großartig. Opulent. Dekadent auf eine sehr beeindruckende Art.

Es war kaum zu fassen, dass jemand so große Gebäude gebaut hatte, die viele hundert Jahren überstanden. Sie bezweifelte, dass die Wolkenkratzer in Sydney in fünf oder mehr Jahrhunderten noch existieren würden. Alles auf der Welt wurde immer kleiner. Die größten Arten starben aus – Elefanten, Tiger, Eisbären, Wale. Technische Geräte wurden immer kleiner. Telefone, Computer und Musikgeräte waren mittlerweile nur noch handtellergroß. Kriegswaffen bestanden oft nur noch aus einem kleinen Knopf, einem Virus oder einer Veränderung der DNA.

In Paris war alles anders. Diese Stadt war voll von Giganten.

Und dann dieser Fluss. Das grüngraue Wasser der gewaltigen Seine bahnte sich unaufhörlich und mit unaufhaltsamer Kraft seinen Weg. Offene Touristenboote wirbelten Wellen auf. Die Paddel der hölzernen Ruderboote hoben und senkten sich wie die Flügel eines großen Vogels. Schiffe tuckerten unter den gewölbten Steinbrücken hindurch. Und auf dem

Ufer gegenüber erhob sich das majestätische Musée d'Orsay. Die ganze Stadt schien aus Stein und Marmor zu bestehen und auf königlichen Besuch zu warten.

Mim hatte Paris richtig beschrieben: *Elle est belle*.

17

Als der Anruf kam, befand sich Emily in einem Team-Meeting im Fernsehsender. Sie war gelangweilt. Die meisten Programmpunkte an diesem Vormittag betrafen sie nicht. Es ging um Autorennen, Triathlon und ähnliche belanglose Themen, die Männer ereiferten sich lautstark und beschrieben eifrig die Weißwandtafel. Sie kritzelte gerade ein Bild von einem Cupcake auf ihren Notizblock, als sie an ihrem Bein die Vibration ihres Telefons in der Handtasche spürte.

Sie warf einen verstohlenen Blick zu Rod und Eddie hinüber, die die drei Frauen am Tisch praktisch ignorierten, und zu Alice und Rupna, die ebenso gelangweilt wirkten wie Emily. Alice betrachtete ihre abgeblätterten Nägel. Rupna starrte auf ihren Laptop, und nach den Bewegungen ihrer Augen zu urteilen, las sie wahrscheinlich irgendeinen Blog.

Niemand schenkte ihr Aufmerksamkeit. Rasch fuhr sie mit der Hand in das vordere Fach ihrer Handtasche und holte ihr Telefon heraus. Die Nummer war ihr nicht bekannt. Und eine fremde Nummer war viel interessanter als alles, was in diesem Zimmer vor sich ging.

Sie stand auf, machte eine entschuldigende Handbewegung, formte mit den Lippen die Worte: »Bin gleich zurück«, und trat hinaus in den muffig riechenden Gang.

»Hallo?«

»Emily?« Die Stimme des Mannes klang irgendwie vertraut, ein wenig unsicher, aber sehr freundlich.

»Ja«, erwiderte sie fröhlich. »Mit wem spreche ich?«

»Hi, hier ist Lincoln. Lincoln van Luc. Wir haben uns vor ein paar Wochen bei der Schokoladenverkostung im Altenheim Green Hills kennengelernt.«

Sofort hörte Emily auf, an der abblätternden Wandfarbe zu kratzen. »Oh, hi.« Sie versuchte, ihrer Stimme einen lässigen, sicheren Klang zu geben, so als würde sie gerade einen entspannten Spaziergang machen.

»Wie geht es Ihnen?«, fragte er.

»Großartig! Und Ihnen?«

»Gut.«

Sie hätte nicht »großartig« sagen sollen. Niemand sagte »großartig« als Antwort auf eine obligatorische Floskel. Sie hörte sich an, als sei sie hyperaktiv, überdreht, übereifrig. Oder verzweifelt.

Oder hochnäsig – so, als sei sie ihm weit überlegen. *Ha, schau mich an: Mein Leben ist großartig! Und wie steht's bei dir, du Einfaltspinsel? Dein Leben ist nur gut? Du solltest es mal mit meinem Leben versuchen. Es ist einfach GROSSARTIG!*

Oder sie kam rüber wie einer dieser grässlich positiven Menschen, die in jeder Tragödie einen Segen sahen, überaus dankbar für die lehrreiche Erfahrung waren, wenn sie von ihrem Ehepartner verlassen wurden, sich den Arm brachen, ihr Kind sich mit Tollwut ansteckte und ihr Haus abbrannte, während sie beim Einkaufen waren. Das machte alles nichts, denn es war eine *großartige Lebenserfahrung*, und sie waren so *dankbar* dafür! Es war GROSSARTIG!

Oh, Mist, er redete immer noch …

»… und deshalb habe ich mich gefragt, ob wir uns auf einen Kaffee treffen könnten?«

Auf einen Kaffee treffen? Ein Date? Aber was war mit Christmas? Christmas hatte ihr eine wunderbare SMS geschickt, in der sie ihr sagte, wie glücklich sie sei, Emily zur Freundin zu haben.

Aber sie hatte auch ausdrücklich betont, dass sie nicht an Lincoln interessiert sei und man sich in Tasmanien keinen guten Mann entgehen lassen solle. Und während ihre beste Freundin möglicherweise ihr Glück darin fand, ein für alle Mal einen Schlussstrich unter alte Geschichten in ihrem Leben zu setzen, war Emily nur allzu bereit, sich auf neue Dinge in ihrem Leben einzulassen. Warum sollte sie also nicht mit ihm ausgehen?

»Ja«, sagte sie und bemühte sich wieder um einen leichten Tonfall. »Das klingt gut.« Doch dann war sie plötzlich vor Aufregung ganz aus dem Häuschen und fügte unwillkürlich hinzu: »*Sehr* gut sogar.«

Lincoln konnte sich nicht mehr daran erinnern, wann er in Australien zum letzten Mal ein Date gehabt hatte. In Übersee mit Kollegen und anderen Reisenden war alles anders. Es gab weniger Regeln. Man hatte weniger Erwartungen an eine gemeinsame Zukunft. Es gab weniger Leute, denen man Rechenschaft schuldig war – wie zum Beispiel sich einmischenden Müttern, neugierigen Nachbarn oder Expartnern –, und weniger gesellschaftliche Verpflichtungen. Allen war die Unbeständigkeit und die Vergänglichkeit ihrer Situation bewusst, die ihren Entscheidungen zugrunde lagen.

Daher hatte er nicht damit gerechnet, dass an diesem kalten Tag plötzlich seine Haut zu prickeln begann und ihm unter seinem Jackett heiß wurde, als er Emily vor Rosevears Tavern am Rand der Mangroven auf sich zukommen sah. Doch genau das geschah. Sie trug enge Jeans und eine Art Strickumhang, und plötzlich stand sie vor ihm.

Sie streckte die Arme zu einer Umarmung aus, während

er sie auf die Wange küssen wollte und stattdessen mit seinen Lippen ihren Arm traf. Beide waren peinlich berührt und entschuldigten sich. Ihre Wangen röteten sich, und Emily lachte prustend (wer konnte einem solchen Mädchen schon widerstehen?). Und dann trat sie ihm versehentlich auf den Fuß, knickte um und verlor das Gleichgewicht. Mit schmerzverzerrtem Gesicht landete sie auf dem Boden, stöhnte auf und ließ ihre Handtasche fallen, worauf der Inhalt sich über den Gehsteig ergoss. Fluchend versuchte Lincoln, nach ihrem Lippenstift zu greifen, bevor er in den Rinnstein rollte. Er tätschelte Emily die Schulter, während sie sich krümmte, sich an die Wade fasste und ihren Fuß in die Luft streckte. Rasch suchte er nach seinem Telefon, das jedoch unauffindbar war. Er hätte ohnehin nicht gewusst, wen er hätte anrufen sollen. Schließlich kam ein Mann aus dem gegenüberliegenden Biergarten auf sie zu und sagte: »Kann ich Ihnen helfen? Ich bin Arzt.«

Emily verlagerte ihr Gewicht auf dem quietschenden, mit einer Plastikfolie bedeckten Bett in dem Hinterzimmer der Arztpraxis und zog scharf die Luft durch die Zähne ein, als Lincoln ihr eine frische Packung Eis auf den Knöchel legte. Wortlos griff er nach einem weiteren Kissen, hob ihr Bein sanft an und legte es darunter. Dann reichte er ihr einen Plastikbecher mit Wasser aus dem Spender im Wartezimmer.

»Danke.« Sie nippte vorsichtig daran. Es war zu kalt. Die Klimaanlage war viel zu hoch eingestellt. Sie fröstelte.

»Nebenan liegen ein paar Decken.« Lincoln stand auf und verschwand um die Ecke. Emily starrte auf die Größentabelle an der Wand und die altmodische Waage in der Ecke mit diesen Dingern, die sich nach beiden Seiten schieben ließen.

Er kam mit einer hellblauen Baumwolldecke zurück und

legte sie ihr über die Schultern, bevor er sich wieder auf den Stuhl neben dem Bett setzte.

»Du musst nicht hier warten«, sagte sie zum hundertsten Mal. »Das ist schon in Ordnung. Ich rufe mir ein Taxi für die Heimfahrt. Ich habe mir nur den Knöchel verstaucht.«

»Ich habe dir schon gesagt, dass ich dich auf keinen Fall allein lasse«, entgegnete er. »Es tut mir so leid. Ich fühle mich schrecklich.«

Seit einer Stunde wiederholte sich dieses Gespräch: Er entschuldigte sich und gab sich die Schuld, und sie wiegelte ab und schickte ihn nach Hause, obwohl sie natürlich nicht wollte, dass er ging. Aber sie wollte auch nicht hilfsbedürftig erscheinen.

»Themawechsel«, schlug sie vor und schob ihren rechten Arm unter den Berg Kissen hinter ihrem Kopf. Sie blickte in seine wunderschönen Augen, in denen ein besorgter Ausdruck lag. »Warum bist du nicht verheiratet?« Sie grinste ihn frech an. »Mein Bruder argwöhnt, du könntest ein Krimineller sein. Oder verrückt. Oder geschieden.«

»Das gefällt mir. Ich würde deinen Bruder gern kennenlernen.«

»Also, was soll ich ihm sagen?«

»Sag ihm, er ist ein sehr guter Bruder. Älter als du? Natürlich. Und du kannst ihn beruhigen: Das meiste trifft nicht auf mich zu.«

»Das meiste?«

»Warte mal«, sagte er. »Du bist auch nicht verheiratet. Bist du eine Kriminelle? Sitze ich hier neben einer Flüchtigen?« Er warf einen Blick über die Schulter.

»Touché! Also gut, reden wir darüber. Du fängst an.«

»Ich war schon einmal verheiratet.«

»Wann?«

»Ich war zweiundzwanzig. Es war unüberlegt und dauerte nur acht Monate. Ihr Name war – ist immer noch – Benita. Wir haben uns an der Uni kennengelernt. Es stellte sich schon bald heraus, dass ihr ihr fußballbegeisterter Freund Giuseppe besser gefiel als ich.«

»Das tut mir leid.«

»Schon gut. Und jetzt bist du dran.«

»Na ja, es ist dir sicher schon aufgefallen, dass in Tasmanien Männermangel herrscht.«

»Ach, ja? Dr. Birtle scheint mir eine gute Partie zu sein.«

Emily kicherte leise und bedeutete ihm, still zu sein. Dr. Birtle hatte schon eine Menge Cola mit Rum intus gehabt, als er aus dem Pub gegenüber gelaufen und ihr zur Hilfe gekommen war. Er hatte langes, fettiges Haar, trug Sandalen und stank nach Zigarettenrauch.

»Ich finde übrigens immer noch, du solltest dir eine zweite Meinung einholen.« Lincoln deutete auf ihren Knöchel.

»Ich bin mir nicht sicher, ob man sich auf das Urteil eines Arztes verlassen sollte, der mit einem Flachmann in der Tasche herumläuft.«

»Das ist schon okay. Er hat den Knöchel anscheinend gut bandagiert, und er hat mir ein Schmerzmittel gegeben.«

»Also, was noch, außer dem Männermangel?«

»Nun, lass mich überlegen.« Sie dachte zurück an ihre gescheiterten Beziehungen. Ein Arbeitssüchtiger, ein arbeitsloser Faulenzer, einer, der im Internet besser zurechtkam als in der wirklichen Welt, einer, der sie als Trostpflaster für seine letzte in die Brüche gegangene Beziehung benutzt hatte, einer, der nur auf einen One-Night-Stand aus gewesen war, obwohl er ihr den Eindruck vermittelt hatte, etwas Langfristiges zu suchen. Und die fünfjährige Beziehung mit einem Mann, der plötzlich festgestellt hatte, dass er doch nicht auf sie stand – und ihr damit das Herz gebrochen hatte. »Meine Güte, das ist ziemlich deprimierend.«

»Kurz zusammengefasst?«

»Ich habe einfach Mr Right noch nicht gefunden.«

»Hm.«

»Was?«

»Das klingt einleuchtend«, sagte er. »Du bist attraktiv. Hast einen Job. Nur einen Kopf, soviel ich sehe. Du scheinst also ein netter, normaler Mensch zu sein – wenn wir einmal von Ungeschicklichkeit und unheilvollen ersten Dates absehen.«

»Ja, das stimmt wohl.« Er flirtete mit ihr! Obwohl sie mit einer Bandage am Fuß in einer Arztpraxis auf dem Bett lag. Das war beinahe wie in der TV-Serie *General Hospital.*

»Es gibt also keinen Grund, warum wir dieses Treffen nicht wiederholen sollten«, erklärte er bestimmt.

Sie strahlte übers ganze Gesicht.

»Aber vielleicht sollten wir uns beim nächsten Mal treffen, wenn wir beide sitzen«, fügte er hinzu.

»Oder zu Pferde.« Sie klatschte melodramatisch in die Hände.

Lincoln kniff die Augen zusammen. »Pferde. Natürlich. Sie sind wohl eher ausgeglichene, verständige Tiere, bei denen man sich sicher fühlen kann. Es scheint vernünftig und statistisch gesehen ziemlich ungefährlich, sich auf den Rücken eines Tiers zu setzen, das eine halbe Tonne wiegt und mit einer Geschwindigkeit von etwa hundert Stundenkilometern galoppieren kann.«

»Ja, so kann man es sehen.«

»Dann sollten wir das tun.«

»Okay.

»Abgemacht.«

Lulu Divine trug einen Poncho aus roter und schwarzer Wolle und eine dazu passende Strickmütze. Sie saß an dem kleinen Tisch in Elsas Bungalow und sah aus wie ein gefährliches Tier. Vielleicht wie eine schwarze Schlange mit rotem Bauch. Nein, das war zu gemein. Eher wie eine Wespe. Genau. Wie eine Wespe, die soeben ihren Stachel ausfuhr.

»Was springt dabei für mich heraus?«, fragte sie.

Rita keuchte unter der Sauerstoffmaske auf ihrem Gesicht; neben ihr stand ein kleiner fahrbarer Tisch. Die Maske wirkte verstörend. Rita hatte seit einer Weile Husten, und es war kalt geworden. Seit zwei Tagen bedeckte eine dicke Schneedecke den größten Teil von Tasmanien, und die Krankenschwestern hatten beschlossen, dass ihre Lunge ein wenig Unterstützung brauchte. Aber der Anblick verursachte Elsa Unbehagen. Die Maske sah aus wie die Hand des Todes, die sich über Ritas Nase und Mund gelegt hatte, um ihr Leben auszulöschen. Sie schauderte. Das war verrückt. Woher kamen nur diese morbiden Gedanken? Das passte gar nicht zu ihr.

»Hast du denn k… kein Herz?« Rita zuckte und keuchte, und ihre Hand verkrampfte sich und zitterte, wahrscheinlich wegen Parkinson, aber es sah ein bisschen so aus, als würde sie Lulu mit der Faust drohen.

»Auf mein Herz höre ich schon lange nicht mehr«, erwiderte Lulu leise. »Es hat sich nie als verlässlich erwiesen.«

»Das muss ein einsames Leben sein«, meinte Elsa.

»Ich komm schon klar.«

»Liebe ist das schönste Ge… Geschenk, das man einem Menschen machen kann«, sagte Rita. »Es ist eine Ehre und ein Privileg, ein Paar zusammenzubringen und zu be… beobachten, wie sie gemeinsam durchs Leben gehen. Ich kann auf vier erfolgreich verkuppelte Paare zurückschauen. Vier Hochzeiten. Dreizehn Kinder.« In ihrer Stimme lag Stolz.

»Wofür braucht ihr dann mich?«, wollte Lulu wissen.

Elsa streckte ihr steifes Knie. »Wir sind an ein Hindernis gestoßen. Christmas hat Lincoln abgewiesen.«

»Und?«

»Ich habe an deinen großen Erfolg bei Wettbewerben gedacht. Vielleicht kannst du uns einen Rat geben.«

»Elsa«, warf Rita ein. »Bist du sicher, dass Lincoln und Christmas zusammengehören? Wir haben kein Licht gesehen.«

»Ich weiß«, erwiderte Elsa. »Aber irgendetwas stimmte da nicht. Ich glaube, es lag an Christmas.«

»Welches Licht?« Lulu kniff die Augen zusammen und verschränkte die Hände auf dem Schoß.

Elsa forderte Rita mit einer Handbewegung auf, Lulu die Theorie zu erklären, und Rita gehorchte keuchend. »Leider war kein Licht zwischen Lin... Lincoln und Christmas zu sehen«, schloss sie. »Sondern zwischen ihm und Emily.«

Lulu dachte einen Augenblick nach. »Das heißt noch gar nichts«, erklärte sie schließlich.

Elsa konnte es kaum erwarten, eine Meinung zu hören, die mit ihrer übereinstimmte. »Sprich weiter.«

»Das bedeutet lediglich, dass Emily die Showkönigin ist, die das Licht anknipsen kann, wann immer sie es braucht. Sie ist jemand, die ihren Charme einsetzt, um die Kampfrichter zu beeinflussen.«

»Das klingt, als hättest du das auch so gemacht«, sagte Elsa.

»Ich stand lange im Rampenlicht. Aber nicht jeder kann dieses strahlende Licht ertragen. Ich konnte es. Und ich genoss es. Beim Konkurrenzkampf lief ich zu meiner Bestform auf. Aber nicht jeder ist so wie ich.«

»Allerdings«, stimmte Elsa ihr zu.

»Die meisten Menschen sind wie Sternschnuppen. Sie flammen auf und erlöschen wieder. Wie diese Stars aus den Doku-Soaps. Am Anfang geben sie sich stark, zuversichtlich, manchmal sogar arrogant. Sie ziehen eine gute Show ab. Doch dann bekommen sie weiche Knie. Das ist nur eine Frage der Zeit. Wahre Champions sind rar gesät.«

Elsa verspürte plötzlich eine Art Zuneigung für Lulu. Sie griff nach der Teekanne, schob den Kannenwärmer zur Seite und schenkte ihr nach.

»Meiner Erfahrung nach kann man es sehen«, erklärte Rita so energisch, wie es die Sauerstoffmaske zuließ. »Du begibst dich auf gefährliches Gebiet, wenn du glaubst, das Licht ignorieren zu können.«

»Also, was sollen wir jetzt tun?«, fragte Elsa, ohne auf Ritas Bemerkung einzugehen.

Lulu lachte höhnisch auf, und Elsa wich erstaunt zurück.

»Es geht doch gar nicht um sie. Um ein Rodeo zu gewinnen, braucht man ein Pferd und einen Reiter. Zuerst einmal musst du herausfinden, ob dein Enkel eine Sternschnuppe oder ein wahrer Champion ist.«

Rita sagte nichts dazu, aber Elsa glaubte Schadenfreude zu spüren – Vergeltung dafür, dass sie ignoriert und die jüngere Mitstreiterin vom Bungalow nebenan zu ihrer Nachfolgerin wurde.

»Wie meinst du das? Lincoln ist ein wunderbarer Mann.«

»Und warum hat er sich dann noch nicht häuslich niedergelassen?« Ein süffisantes Grinsen spielte um Lulus sonnenverbrannte Lippen. »Warum reist er immer noch nach Lust und Laune in der Weltgeschichte umher?«

Elsa nahm wahr, wie sich unter ihrer Rheumawäsche die Härchen auf ihrer Haut aufstellten. »Hast du das nicht auch gemacht?«, entgegnete sie aufgebracht.

»Das stimmt.« Lulu lächelte schmallippig, und Elsa fragte sich, ob sie damit ein gewisses Bedauern ausdrücken wollte. »Ich wollte mich nie zähmen lassen. Vielleicht geht es Lincoln ebenso. Ich habe den Eindruck, dass er gar keine Absicht hat, einen Hausstand zu gründen. Du solltest dich damit abfinden, dass du nur deine Zeit verschwendest.«

An: Lincoln van Luc
Von: Barney Jones
Betreff: Setz deinen Hintern in Bewegung und komm her!
Du musst unbedingt hierherkommen, mein Freund! Das Outback wird dich umhauen!
Das musst du dir anschauen. Ich kann es kaum fassen, dass wir in diesem Land leben und kaum etwas darüber wissen. Man glaubt, es sei riesig und leer, aber es strotzt vor überwältigenden Sehenswürdigkeiten. Erst gestern bin ich auf eine Ausgrabungsstätte gestoßen, wo viele Dinosaurierknochen gefunden wurden. Sie sind so riesig, dass man sie nicht abtransportieren kann. Und sie sind 98 MILLIONEN Jahre alt!! Einige Rippenknochen sind ZWEI METER lang!! Die Beinknochen sind so gewaltig, dass sie nicht auf die Ladefläche eines Lieferwagens passen! Sie sind so groß, dass ich mich wie auf einem Bett darauf ausstrecken könnte. Und die Männer hier, echte Kerle aus dem Outback, stehen nur rum und verscheuchen die Fliegen, als wäre es ein ganz normaler Tag in der Wüste. Scheiße, denke ich, sollte man dieses Zeug nicht von Sicherheitsleuten bewachen lassen? Die Jungs hier haben sich über meinen Vorschlag halb kaputtgelacht. Wer soll denn damit etwas anfangen können?, habe ich zu hören bekommen. Glaubst du etwa, jemand will diese Knochen an seinen Hund verfüttern?
Ich habe mehr Ideen für Skulpturen im Kopf, als ich verwirklichen kann – Möbel im Design von Dinosaurierknochen! Mein

Skizzenblock ist schon voll, und ich zeichne auf Baumrinden weiter.

Hey, und hier gibt es auch einen Job, der für dich geeignet wäre. Irgendwelche Recherchen über fossile Farne und fossiles Plankton aus irgendeinem Binnenmeer.

Komm schnell her, Kumpel.

Rubble

Am Tag nach ihrem ersten Ausflug allein war Christmas dankbar dafür, dass Mim sie an der Hand nahm, mit ihr durch die Straßen zu einem Taxistand lief und zum Samstagsbrunch in ein Restaurant fuhr. Eigentlich war es eher ein Mittagessen, denn das Lokal öffnete erst um die Mittagszeit, aber Christmas hatte Mims Rat befolgt und den ganzen Vormittag nichts gegessen. In den Parkbuchten vor dem Eingang standen etliche Fahr- und Motorräder, und an der dunkelgrauen Hausmauer war eine große Tafel mit dem Essensangebot angebracht. Sie waren nur zu zweit. Mim hatte Hank und Margot losgeschickt, um einige Besorgungen für ihre bevorstehende Amerikareise zu machen, und Christmas freute sich darüber. Sie war sehr dankbar, dass sie bei Mim und ihrer Familie wohnen konnte, aber sie sehnte sich auch danach, ein wenig Zeit allein mit ihrer alten Freundin zu verbringen.

Mim führte sie durch den düsteren Vorraum des Restaurants in den hell erleuchteten hinteren Bereich. An einem Tisch für zwei Personen nahm Mim auf einem Stuhl Platz, und Christmas setzte sich ihr gegenüber auf die lange Bank mit großen weißen Kissen, die an der Wand stand. Links und rechts neben ihr saßen weitere Gäste, und Christmas lächelte die Frau neben ihr freundlich an, als sie beide ihre Handtaschen in den schmalen Spalt zwischen sich quetschten.

»Hier muss man immer im Voraus buchen«, erklärte Mim und winkte den Kellner heran. Er kam sofort an den Tisch und sprach lebhaft auf Mim ein. Sie nickte und wandte sich an Christmas. »Du suchst dir ein Getränk aus – Kaffee, Tee, Saft –, und dann bringt er uns verschiedene Platten mit diversen Gerichten. Darunter ist sicher etwas, was du magst.«

»Ich nehme einen Orangensaft.«

Mim bestellte Kaffee und Saft für sich, und der Kellner verschwand. Nur wenige Sekunden später brachte er ihnen einen großen weißen Servierteller mit Kuchen, Lachs, Gurken, Eiern und Salat. Christmas begann mit dem Lachs, dazu Salat, und Mim ließ sich die Gurken mit einer weißen Käsesauce schmecken.

»Ich kann es immer noch nicht glauben, dass ich tatsächlich hier bin«, sagte Christmas. »Bei dir. Nach all der Zeit, in der wir uns Briefe geschrieben haben und du so etwas wie eine Fantasiefreundin für mich warst. Und jetzt sitzen wir uns hier in natura gegenüber. Es ist beinahe so, als würde ich mit einer Figur aus einem Roman zu Mittag essen.«

»Du bist genau so, wie ich es mir vorgestellt habe.« Mim wartete, bis der Kellner den Kaffee auf den Tisch gestellt hatte, und schob den Saft zu Christmas hinüber.

»Tatsächlich? Wie meinst du das?«, fragte Christmas erstaunt. In ihren Augen war Mim zwar so ähnlich wie in ihrer Vorstellung, aber sie schien nicht mehr so sanft zu sein wie in ihrer Mädchenzeit, und die romantischen Züge, die Christmas an ihren Briefen so gemocht hatte, waren verschwunden. Jetzt wirkte sie sehr praktisch veranlagt, geschäftsmäßig und tüchtig.

Mim schob sich ein Stück Kuchen in den Mund und kaute genüsslich mit geschlossenen Augen. »Du bist authentisch«, sagte sie dann.

»Authentisch?«

»Nicht unecht. Nicht … hm, mir fällt das richtige Wort dafür nicht ein. Nicht künstlich.«

»Nicht künstlich?«

Ihre Freundin kicherte, und plötzlich sah Christmas wieder den Teenager vor sich, den sie von den alten Fotos kannte. »Du hast ein gutes Herz«, fügte Mim liebevoll hinzu.

»Danke. Wie nett von dir, das zu sagen.«

»Und ich bin eine gestresste Mutter mit einer anstrengenden Tochter und habe keine Ahnung, wie ich damit umgehen soll. Irgendetwas ist los mit ihr, aber sie will sich mir nicht anvertrauen.« Mim verzog traurig das Gesicht, und Christmas verspürte einen Stich im Herzen.

Der Kellner räumte die erste Platte ab und stellte die zweite auf den Tisch. Offensichtlich waren die Plätze hier heiß begehrt, aber Christmas ließ sich nicht einschüchtern. Sie hatte ihr halbes Leben lang auf dieses Essen mit Mim gewartet.

»Ich weiß leider nicht, wie man sich als Mutter fühlt, aber meine Schwester hat drei Söhne und macht sich ständig Sorgen, dass sie nicht genug für sie tut. Ich glaube, alle Mütter machen sich Vorwürfe, selbst wenn sie ihre Aufgabe wunderbar erfüllen.«

»Glaubst du wirklich?«

»Allerdings. Und, hey, du kannst kochen! Meine Schwester öffnet nur hin und wieder eine Dose und schaufelt den Inhalt auf eine Scheibe Toast«, sagte sie fröhlich. Es war nur ein Spaß – na ja, so gut wie –, aber sie freute sich, dass Mims Gesichtszüge sich entspannten. »Margot wird das schon schaffen. Die Teenagerzeit ist nicht leicht, weißt du noch?«

Mim nickte nachdenklich.

»Aber wir haben sie gut hinter uns gebracht«, fuhr Christmas fort. »Das wird bei Margot nicht anders sein. Und du solltest dich nicht unterbewerten. Du hast einen guten Beruf und eine wunderbare Beziehung. Ich bin sicher, dass du ein viel einflussreicheres Vorbild bist, als du glaubst.« Sie hoffte, Mim mit diesen Worten zumindest ein wenig beruhigen zu können und ihr etwas von der Liebenswürdigkeit zurückzugeben, die sie Christmas bisher entgegengebracht hatte.

»Okay.« Mim fuhr sich mit dem Handrücken über die Augenbrauen. »Genug von mir. Erzähl mir alles über dein Leben, alles, was du in den letzten zwanzig Jahren gemacht hast.«

Sie blieben so lange in dem Restaurant, wie die eifrigen Kellner es zuließen. Mittlerweile war die dritte Platte gebracht worden, und Christmas hatte bereits nach der zweiten den obersten Knopf ihrer Hose öffnen müssen. Schließlich schwankten sie zur Tür hinaus, hakten sich unter und bummelten, fröhlich ihre Handtaschen schwenkend, durch die benachbarten Geschäfte. Christmas hatte das Gefühl, in diese herrliche Stadt zu gehören, zumindest heute, an der Seite ihrer Freundin.

Zwei Tage später war Christmas wieder sich selbst überlassen und wollte noch einmal an den Fluss. Sie fuhr mit der Métro bis Pont Neuf und ging in der heißen Sommersonne nach Westen zu den sieben Bögen der Pont des Arts. Auf dem Weg schlenderte sie an den *bouquinistes*, den Buchhändlern, vorbei, die in ihren nummerierten, offenen Verkaufsständen unter den grünen überhängenden Bäumen Secondhand-Bücher, Poster, Postkarten und Magazine verkauften.

»*Bonjour, Madame*«, riefen die Händler ihr zu und priesen ihre Waren an: Bücher mit vergilbten Seiten, verblasster Schrift und abgestoßenen Ecken, zum Schutz in Plastikhüllen verpackt; in Leder gebundene Ausgaben, Taschenbücher; Exemplare der französischen *Vogue.* Und Postkarten im Zehnerpack mit Bildern von Straßencafés, denen sie nicht widerstehen konnte. Sie reichte einem Händler ein paar Scheine und steckte die Karten in ihre Umhängetasche. Außerdem kaufte sie sich noch einen Roman in französischer Sprache. Sie würde ihn zwar nicht lesen können, aber der Einband mit einem Bild von sonnenbeschienenen Weizenfeldern faszinierte sie. Einige Händler versuchten lautstark, ihre Aufmerksamkeit auf die Drucke vom Bild der Mona Lisa und vom Eiffelturm zu ziehen, weil sie glaubten, ein leichtes Opfer vor sich zu haben.

»*Non, merci*«, sagte sie immer wieder, lächelte und wehrte sie freundlich mit einer Handbewegung ab, bis die Händler sich mit ihren Geldgürteln auf die nächste Touristengruppe stürzten.

Sie betrat die Fußgängerbrücke mit den breiten Holzplanken und atmete tief durch. In der Ferne ragte vor der Skyline der Eiffelturm auf.

Die Brücke war gut besucht, und ihre Schritte wurden übertönt von dem unaufhörlichen Verkehr auf der Straße gegenüber und dem strömenden Fluss, der unter ihr gegen die Brückenpfeiler schlug. Ein Straßenmusiker spielte eine schwermütige Melodie auf seinem Saxophon, vor sich seinen geöffneten Instrumentenkoffer. Eine Menschenmenge hatte sich um ihn versammelt, und einige setzten sich auf die Brücke. Auch Christmas blieb stehen und lauschte, während sie die Umgebung betrachtete.

Viele Pärchen, Arm in Arm, berührten mit strahlenden Gesichtern die unzähligen Liebesschlösser, die am Brückengeländer als Zeichen ewiger Liebe angebracht worden waren. Einige schossen Fotos, während sie selbst ein Schloss an das

Metallgitter hängten. Andere hatten mitten auf der Brücke eine Decke ausgebreitet und machten im milden Sonnenschein ein Picknick; ein Glas Wein in der Hand schoben sie sich gegenseitig knuspriges, mit Olivenöl beträufeltes Brot in den Mund. Ein Mann mit einem Schal um den Hals saß im Schneidersitz an das Brückengeländer gelehnt, in der einen Hand hielt er ein Notizbuch mit einem Stift, in der anderen eine Zigarette. Ein Stück weiter spielte ein zweiter Straßenmusiker Akkordeon. Jemand schälte eine Orange, und der scharfe Zitrusgeruch drang ihr in die Nase und erinnerte sie an den Moment, als sie mit Lincoln in der *Schokoladenapotheke* gestanden und sein Rasierwasser wahrgenommen hatte. Und plötzlich zitterte sie, wie von einer unsichtbaren Kraft ergriffen, am ganzen Körper.

Es fiel ihr schwer zu atmen. Sie konnte nur noch an Lincoln und den Kuss denken – es war ein perfekter, aufrichtiger Kuss gewesen, der ihr deutlich gemacht hatte, dass sie die Sache beenden musste.

Aber warum eigentlich? Nur weil eine ihrer Regeln das besagte?

Die Schönheit von Paris überflutete alle ihre Sinne, und ihr wurde schwindlig bei dem Gedanken daran, welche Möglichkeiten sie hätte.

Sie war dumm gewesen. Sehr dumm. Lincoln war ein wunderbarer Mensch. Witzig. Warmherzig. Attraktiv. Sie verstanden sich gut. Sie ergänzten sich bei ihrer Arbeit. Sie liebten beide Schokolade. Sie schrieben gemeinsam ein Buch. Er war Single. Sie war Single. Und er mochte sie. Er hatte sie geküsst.

Und sie hatte ihn gekränkt.

Warum hatte sie ihn weggestoßen? Warum?

Der Saxophonist hörte auf zu spielen, und die Menge

applaudierte, prostete ihm zu und warf Geld in seinen Koffer, während er sich verbeugte.

Christmas beschleunigte ihre Schritte und überquerte die Brücke, die Leidenschaft und Erotik verströmte und sie aufzurütteln und anzutreiben schien. Die Geschichten, die sich hinter all den Liebesschlössern verbargen, riefen ihr zu: *Such die Liebe, Christmas.*

Sie musste ein Café mit WLAN finden, um Lincoln eine Nachricht zu schicken. Sofort. Bevor es zu spät war.

Lincoln war dabei, seine Arbeit für den heutigen Tag zu beenden. Er hatte an dem Buch geschrieben und sich in der letzten halben Stunde mit Alkaloiden befasst. Theobromin war das Alkaloid, das im *Theobroma cacao*, dem Kakaobaum, zu finden war; es gehörte bei den chemischen Verbindungen zur Methylxantin-Gruppe. Er versuchte zu erläutern, dass bestimmte Arzneimittel wie Analgetika und Anästhetika und Drogen wie Kokain von Alkaloiden abstammten und warum dunkle Schokolade ein Wohlgefühl erzeugte. Aber sein Text war zu wissenschaftlich. Er musste viel mehr interessante Informationen mit einfließen lassen. Zum Beispiel, wie Pflanzen Alkaloide benutzten, um Insekten zu töten oder abzuschrecken.

Aber die meisten Leute hielten das wahrscheinlich auch für langweilig. Er legte den Finger auf die Backspace-Taste und hielt sie gedrückt.

Doch dann stellte er das Gelöschte wieder her. Vielleicht würden es doch nicht alle langweilig finden. Er dachte natürlich anders darüber, aber er war ja auch Botaniker. Er hatte keine Ahnung, was der Durchschnittsleser sich dabei denken würde. Aber war es nicht auch eines der Ziele dieses Buchs, neue Informationen zu vermitteln?

Er brauchte Christmas, und dieser Gedanke machte ihn sofort wütend. Er fühlte sich schuldig, weil er mit Emily ausgegangen war, und das war albern. Schließlich hatte Christmas ihm deutlich zu verstehen gegeben, dass sie den Kuss für einen Fehler hielt. Genau das waren ihre Worte gewesen, als sie ihn zur Tür hinausgeschoben hatte. Offen gestanden hatte er das als ziemlich demütigend empfunden. Und das machte ihn noch zorniger als die Tatsache, dass er immer noch in sie verliebt war. Und, noch schlimmer, er war gekränkt worden, und das konnte er, besonders sich selbst gegenüber, nur schwer zugeben.

Sie machte ihn verrückt.

Er rieb sich übers Kinn. Vielleicht lag es an seinem Bart. Zu viele Haare auf dem Kopf und im Gesicht, die seine Gedankengänge behinderten. So wie Baumwurzeln, die in Rohrleitungen hineinwuchsen und sie verstopften. Und es war Winter. Im Winter verlangsamte sich alles, wurde stillgelegt oder fror zu. Nur am Äquator nicht. Im Amazonasgebiet ging das Leben rund um die Uhr immer weiter. Der Dschungel schlief nie. Aber hier in Tasmanien hielt sein Gehirn vielleicht Winterschlaf.

Er warf einen Blick zu Caesar hinüber. Der Hund lag auf dem Rücken, die Beine in die Luft gestreckt, und bot ihm seinen mit langen Haaren bewachsenen Bauch zum Kraulen an. Lincoln dachte an seine Großmutter. Und plötzlich kam es ihm so vor, als würden die Wände ihn erdrücken. Ihn beschlich das unangenehme Gefühl, dass er nun auf Dauer für den Hund verantwortlich war. Als er sich nach einem weiteren Job im Ausland umgeschaut hatte, war ihm unwillkürlich der Gedanke durch den Kopf geschossen, was dann mit Caesar geschehen sollte. Und konnte er seine Nan allein lassen, die außer ihm niemand mehr besuchte?

Er stand auf und lief im Zimmer auf und ab.

Sein Telefon signalisierte ihm mit einem Piepsen, dass er eine SMS erhalten hatte. Sie kam von Christmas.

Hi. Ich wollte dir nur sagen, dass es mir leidtut, dass ich mich so von dir verabschiedet habe.

Lincoln las ihre Nachricht zwei Mal. Was sollte er darauf sagen? Dass es okay war? Nun, es war nicht okay. Dass er Verständnis dafür hatte? Nein, das hatte er nicht.

Trotzdem verrauchte sein Zorn ein wenig. Dass sie ihm eine SMS geschickt hatte, stimmte ihn milder. Aber die Nachricht warf auch brennende Fragen auf.

Schließlich tippte er:

Warum hast du mich zurückgewiesen?

Er musste lange auf ihre Antwort warten. Einige quälende Minuten lang dachte er sogar, sie würde ihm gar nicht antworten. Dann piepste sein Telefon.

Schwer zu erklären. Aber ich möchte dich nach meiner Rückkehr wiedersehen. Und nicht nur zusammen mit dir an dem Buch arbeiten. Ist das okay für dich? Ich möchte es gern wiedergutmachen.

Jetzt brauchte *er* Zeit, um eine Antwort zu formulieren. Einerseits wollte er ihr sagen, dass sie sich selbstverständlich wieder treffen könnten, dass er sich sehr darüber freuen würde. Aber andererseits dachte er, dass ihre Ablehnung vielleicht gut für ihn war, weil er sich schon viel zu sehr in die Sache hineingesteigert hatte. Und außerdem hatte er Emily um ein weiteres Date gebeten. Warum auch nicht? Sie war nett, witzig und ein bisschen ungeschickt. Bei ihr raste sein Herz nicht wie bei einem Rennpferd, und das bedeutete, dass er in ihrer Gegenwart nicht den Kopf verlor.

Aber er brachte es auch nicht über sich, Christmas' Bemühungen ganz abzublocken. Er war schließlich kein Vollidiot.

Er beschloss, sich kurz zu fassen.

Vielleicht.

Vielleicht?

Auf der anderen Seite der Welt sank Christmas' Herz, als sie die SMS las. Aber was hatte sie denn erwartet? Sie hatte ihm eine unmissverständliche Abfuhr erteilt; sie hatte es verdient, dass er sich jetzt reserviert verhielt. Und zumindest hatte er sie nicht ohne Umschweife abgewiesen. Es gab immer noch eine Chance. Sie hatte diese Situation verursacht, und sie wäre schon mit einer winzigen Geste des Entgegenkommens zufrieden gewesen. Aber sie wagte es nicht, noch einmal nachzufragen.

Es war wohl am besten, die Sache erst einmal auf sich beruhen zu lassen.

18

Bevor Christmas sich versah, war die Woche in Paris verflogen. Sie war viel unterwegs gewesen (das bewiesen die Blasen an ihren Fersen), hatte ausgiebig geschlemmt (die Gewichtszunahme hielt sich dank der vielen Bewegung in Grenzen), viele Fotos geschossen (es würde Tage dauern, um die Bilder hochzuladen), etliche Schaufensterbummel gemacht und Sehenswürdigkeiten besucht und viele schöne Stunden abseits der Touristenpfade in Mims Zuhause verbracht, wo man sie wie ein Familienmitglied aufgenommen hatte. Jeden Abend hatte sie bereitwillig gemeinsam mit Margot den Küchendienst übernommen und das Mädchen allmählich in ihr Herz geschlossen. Margot sprach ausgezeichnet Englisch und unterhielt Christmas mit Geschichten aus der Schule und über ihre Freunde, während sie die Spülmaschine einräumten und die Essensreste von den Tellern kratzten und in den Müllzerkleinerer beförderten. Christmas war überzeugt davon, dass es in Margots Leben einige Geheimnisse gab, die sie sorgfältig hütete, aber bei ihren abendlichen Gesprächen zeigte sie eine natürliche Liebenswürdigkeit und Wärme.

Während Margot in ihrem Zimmer Hausaufgaben machte und Hank mit seinem Laptop oder am Telefon noch einige Dinge vor ihrer Abreise nach Amerika regelte, saßen Christmas und Mim stundenlang auf dem Balkon, genossen in der Abendsonne den Ausblick, tranken Wein und redeten über Gott und die Welt.

Christmas hatte keine Museen oder Galerien besucht, aber eine herrliche Bootsfahrt auf der Seine gemacht und den Eiffelturm bestiegen. Die Masse der Touristen hatte ihr den Spaß daran ein wenig verdorben, aber sie hatte viele Stunden auf den umliegenden Grünflächen verbracht, ihr mitgebrachtes Essen verzehrt und die Atmosphäre und das wunderbare Wetter genossen. Und nun verbrachte sie ihren letzten Abend mit Mim, Hank und Margot; am folgenden Nachmittag ging ihr Flug nach Marseille.

Sie lehnte sich auf dem Ledersitz der glänzenden schwarzen Familienkutsche zurück, während sie zu ihrem Abschiedsessen durch die gelb erleuchteten Straßen von Paris zum linken Seine-Ufer fuhren. Aus Margots Kopfhörern dröhnten kratzige Töne; das Mädchen schaute aus dem Fenster, und ihr Gesicht wirkte müde.

Christmas empfand Mitgefühl. Die letzten Schuljahre in der Oberstufe waren schwierig. Der Gruppenzwang war enorm, und in Frankreich erwartete man viel von den jungen Leuten. Wie auch nicht? Man musste sich nur auf den Straßen umschauen. Diese herrliche Pracht, die von hoher handwerklicher Geschicklichkeit zeugte. Sicher hatte jeder Franzose eine Art molekulare Verbindung zu den Künstlern und Designern, die aus dieser Stadt die schönste der ganzen Welt gemacht hatten.

Plötzlich wurde ihr klar, dass auch sie Teil dieser Welt war. Die Hälfte ihrer Gene stammte von einem Mann, der in diesem Land atmete, Wasser trank, in der Sonne lag, das Essen und die außergewöhnliche Schönheit genoss. Und das alles steckte auch in ihr.

Spielte es eine Rolle, dass sie als junge Frau ihre Nachmittage nicht im Louvre verbracht hatte, sondern mit ihren Großeltern in einem Backsteinhaus in Hobart, am Strand

Fish und Chips gegessen und Brot an die Möwen verfüttert hatte? Sie war Französin. Wie hatte sie nur fast vierzig Jahre alt werden und das nicht glauben können? Oder, genauer gesagt, es nicht fühlen können?

Aber sie hatte es gespürt, als sie im Schloss Versailles durch die königlichen Gemächer spaziert war und sich die Menschen vorgestellt hatte, die früher einmal hier gelebt hatten. Sie hatte sich ausgemalt, wie es wäre, in einem Bett in einem Zimmer von der Größe eines Ballsaals aufzuwachen, und die Geschichte in sich aufgesogen, als wäre sie ein Teil von ihr. Und tatsächlich – die französische Geschichte war auch ihre Geschichte.

Auch im Quartier Latin hatte sie es gefühlt, als sie die alten Männer beobachtet hatte, die auf Holzkisten saßen, Schach spielten und Zigarren rauchten. Männer und Frauen in Geschäftskleidung bestellten sich in den Cafés Kaffee und eine Kleinigkeit zu essen und telefonierten dabei. Beinahe so wie die Leute am Hafen in Hobart. Ein paarmal verlief sie sich in den gewundenen Gassen, befand sich plötzlich ganz allein auf einer verlassenen Straße und fragte sich, wo all die Menschen geblieben waren. Doch dann, wenige Minuten später, tauchten sie wieder auf, strömten aus Bäckereien und Lebensmittelmärkten, offensichtlich erfreut über den Duft der Baguettes in den Papiertüten und die weichen Feigen, die auf Holzkarren auf der Straße verkauft wurden.

Das alles war ein Teil von ihr.

Und das vermittelte ihr das Gefühl, etwas Besonderes zu sein. Etwas schaffen zu können. Vielleicht begriff man erst, wer man wirklich war, wenn man sich mit anderen verglich. Es erinnerte an eine Schokoladenverkostung: Manchmal war es schwierig, bei einem Stück Schokolade verschiedene Geschmacksrichtungen herauszufinden, bis man es mit einem anderen Stück verglich. Erst dann konnte man seine Wahl treffen und die Einzigartigkeit würdigen.

Sie liebte die *Schokoladenapotheke* über alles. Aber jetzt fragte sie sich, was außerhalb der vier Wände ihres Ladens vielleicht noch auf sie wartete. Ihre zehn Regeln für ein glückliches Leben gaben ihr Sicherheit, Zufriedenheit und Beständigkeit, und das war ihr sehr wichtig. Doch diese Regeln schränkten sie auch ein. Möglicherweise hatte sie sich festgefahren, und ihr Leben befand sich im Leerlauf. Wenn sie ihre Regeln nun änderte? Was könnte sie dann anders machen?

»Das Lokal wird dir gefallen.« Mim drehte sich auf ihrem Sitz um und lächelte Christmas an, während Hank rückwärts einparkte. »Hast du schon einmal *l'andouillette* gegessen?«

»Nein, noch nicht.« Christmas öffnete ihren Gurt und warf einen Blick auf das schmale, zweistöckige Haus. Auf dem kleinen Julia-Balkon im ersten Stock saß ein Paar im Kerzenschein beim Abendessen, und an dem Eisengeländer rankten sich Weinreben nach oben.

»Es ist das beste in Paris«, verkündete Hank fröhlich. Sie konnte beinahe hören, wie ihm schon das Wasser im Mund zusammenlief. Sogar Margots Miene hellte sich auf; sie nahm ihre Kopfhörer ab und reckte den Hals, um die elegante Menge zu betrachten, die vor dem Eingang auf Einlass wartete. Die davor gespannten roten Seile und der Türsteher vermittelten den Eindruck eines exklusiven Klubs.

»Wir haben gleich einen Tisch reserviert, nachdem wir von deinem Besuch erfahren hatten.« Margot strahlte sie an.

»Danke, sehr nett von euch. Was genau ist *l'andouillette*?«, fragte Christmas.

Hank grinste, und Mim kicherte. »Eine warme Wurst aus Innereien«, erklärte Hank.

»Oh.«

»Bist du bereit, etwas Neues zu probieren?«

Christmas atmete tief die Pariser Luft ein. »Ich glaube schon. So schlimm wird's schon nicht werden.« Und als sie den hell erleuchteten Gehsteig betrat, beschloss sie, sich von ihren zehn Regeln für ein glückliches Leben zu verabschieden.

Darla Livingstone zog in ihrem Kombi den Schlafsack fester um sich. Es war eiskalt an diesem Abend. Der Himmel über dem Hartlaubwald bildete eine schwarzblaue Kuppel, an der unzählige Sterne glitzerten. Sie erinnerten sie an die Liebesperlen auf dem Kuchen, den sie Christmas früher sonntags zum Frühstück gebacken hatte.

Darla war wütend. Aber sie wusste nicht genau, warum, und das machte sie noch wütender. Es ärgerte sie, dass Christmas jetzt in Paris war. Die Fragen über Gregoire, die ihre Tochter ihr vor ihrer Abreise gestellt hatte, hatten sie verletzt. Die stillschweigende Andeutung, sie sei eine schlechte Mutter gewesen, hatte Spuren hinterlassen. Wie ein Koala, der auf einen Eukalyptusbaum klettert und seine Klauen in den Stamm schlägt.

In den Siebzigern waren unverheiratete Mütter in Australien meist gezwungen gewesen, ihre Kinder zur Adoption freizugeben. Christmas konnte von Glück sagen, dass sie wusste, wer ihre Mutter war.

Darla drehte sich auf die Seite und klopfte gerade ihr Kissen zurecht, als ihr Telefon neben der Taschenlampe aufleuchtete und summte. Zuerst zögerte sie, als sie den Namen auf dem Display las, doch dann nahm sie das Gespräch entgegen. »Joseph? Ich habe schon geschlafen.«

Es folgte eine kurze Pause. »Es ist erst sechs Uhr.«

»Und Winter. In dieser Jahreszeit geht man im Busch um

fünf ins Bett. Ich habe hier nicht die Möglichkeit, abends in ein Restaurant oder ein Kino zu gehen.«

»Hmm.«

»Was gibt's?«

Er sprach geduldig weiter. Seine ruhige, lehrerhafte Art hatte sie schon immer zur Weißglut getrieben. Egal, wie unverschämt sie wurde und wie sehr sie versuchte, ihn zu provozieren, er sah sie stets nur an, als sei sie Teil eines seiner sozialen Projekte.

»... also habe ich mir gedacht, wir sollten über die Hochzeit reden. Darüber, wie wir sie gemeinsam unterstützen können. Um Vals willen.«

Darla verdrehte im Dunkeln die Augen. »Nicht sie auch noch. Findet hier gerade eine Art Kampagne statt, um mich zur schlechtesten Mutter des Jahres zu ernennen, oder was?«

»Wie bitte?«

»Vergiss es«, murmelte sie. »Christmas hat mir nur schon wieder Fragen über ihren Vater gestellt. Hallo? Joseph, ich kann dich kaum verstehen. Die Verbindung hier draußen ist furchtbar. Hallo? Hörst du mich noch?«

»... ihr Vater ...«

»Ihr verdammter Vater! Das ist alles, was ich in letzter Zeit höre. Nie ruft mich jemand an und erkundigt sich nach meiner Arbeit, danach, wie viele Tiere ich gefunden habe, wie es mit den Forschungen läuft oder ob ich mich mit einem Viehtreiber eingelassen habe. Nein, es geht immer nur um Hochzeiten und um Gregoire Lachapelle, der Ziegenkäse gemacht hat. Niemand interessiert sich dafür, was ich mache ... hallo? Joseph?«

Sie legte auf, warf das Telefon auf ihre Wanderstiefel und zog sich erbost ihre Mütze ins Gesicht.

Geräuschvoll putzte Val sich die Nase und öffnete weit den Mund, um die Ohren freizubekommen. »Igitt, ich hasse dieses grüne Zeug«, sagte sie kläglich.

Joseph zuckte zusammen. Obwohl er seit Jahrzehnten Kinder unterrichtete, hatte er sich nie an Nasenschleim gewöhnen können. Einmal hatte er einem Jungen, der gestürzt war, über eine Stunde lang auf seinem Schoß eine klaffende Wunde zugedrückt. Einem anderen hatte er den Arm bandagiert, der an zwei Stellen gebrochen war. Und er hatte schon unzählige Male Erbrochenes aufgewischt. Aber Rotz? Er schauderte.

»Hier.« Er reichte ihr eine Tasse Tee und zog einen Stuhl an den Küchentisch heran.

»Danke.«

»Auf dem Weg hierher habe ich mit deiner Mutter telefoniert«, sagte er, während er Karotten und Sellerie für den gebratenen Reis kleinschnitt. Nate saß auf einem hohen Hocker neben ihm, seine Sammlung von Soßenflaschen vor sich aufgereiht, und wartete auf den richtigen Zeitpunkt, um das Gericht zu würzen.

Willis marschierte mit einem Schraubenschlüssel in der Hand vorbei und schlug ihn gegen seine Handfläche, während er aus dem Fenster starrte. Joseph beobachtete seinen ältesten Enkel. Wenn Willis einer seiner Schüler wäre, würde er einen speziellen Kurs für Jungen empfehlen. Ein Förderprogramm für Heranwachsende. Er war jetzt genau im richtigen Alter dafür und brauchte eine Beschäftigung, bei der er sich unter professioneller Anleitung austoben konnte. Eigentlich sollte er mit Val reden, aber es war nicht einfach, den richtigen Zeitpunkt zu finden. Eltern nahmen es oft übel, wenn sie den Eindruck bekamen, sie hätten etwas versäumt. Aber man brauchte tatsächlich ein ganzes Dorf, um ein Kind großzuziehen. Es war jedoch immer ein Balanceakt, sich einzumischen, denn Eltern glaubten immer, alles besser zu wissen – auch wenn sie sich da manchmal irrten.

»Ich wollte mit ihr über die Hochzeit reden«, fuhr er fort und ließ die Karotten und den Sellerie in die Pfanne mit dem heißen Öl gleiten. »Hier, mein Junge, rühr das um.« Er gab Nate einen Holzlöffel in die Hand.

»Wieso?« Val nippte an ihrem Tee.

»Ich habe gehofft, sie dazu bewegen zu können, dich ein bisschen mehr zu unterstützen.«

»Na ja, so ist Mum eben.«

»Ja, aber ich weiß, dass es dich verletzt, wenn sie sich so ablehnend verhält.«

Vals Augen wurden feucht, und sie senkte rasch den Blick. »Ein wenig schon.«

Joseph wartete. Mit einer Pause ermutigte man meist sein Gegenüber, sich zu öffnen.

»Natürlich sind Archie und ich schon seit ewigen Zeiten zusammen«, sagte Val dann auch, »aber es ist trotzdem …«

»Etwas Besonderes?«

»Genau.«

»Selbstverständlich ist es das.«

»Ich kann mich glücklich schätzen, so einen Dad zu haben.«

»Es war merkwürdig. Ich habe versucht, mit ihr über die Hochzeit zu reden, und wollte sie fragen, ob sie sich an den Vorbereitungen beteiligen möchte, sie ein bisschen aus der Reserve locken, als sie wie aus heiterem Himmel Christmas und Gregoire erwähnte.« Während er das erzählte, wünschte er sich wieder einmal, er hätte mehr für Christmas tun können, als sie noch klein war. Aber sie standen sich immer noch sehr nahe, und dafür war er dankbar. »Die Verbindung war schlecht, daher habe ich nicht alles verstanden, aber sie sagte, dass sich niemand für sie interessiere und dass alle immer nur etwas über den Mann wissen wollten, der Ziegenkrankheiten erforschte.«

Val richtete sich auf. »Tatsächlich? Das hat sie Christmas nie erzählt. Wie aufregend. Ein Wissenschaftler! Das birgt eine gewisse Ironie in sich, da sie jetzt mit dem Botaniker Lincoln zusammenarbeitet. Wenn man es genau bedenkt, ist Mum auch eine Art Wissenschaftlerin. Auf eine verrückte Weise – sie schlägt toten Tieren den Kopf ab.«

»Und ich unterrichte Wissenschaften. Allerdings köpfe ich niemanden.«

»Ja, stimmt! Warum hat das alles keinen Einfluss auf Christmas und mich gehabt?«

»Kochen ist auch eine Wissenschaft«, entgegnete Nate ernst und gab Austernsoße in die Pfanne.

Joseph tätschelte Nate den Nacken. »Das machst du sehr gut, mein Junge.« Er schaute sich um. »Wo ist Braxton?«

»In seinem Zimmer. Er hat ein Paket mit neuen Büchern über Dinosaurier bekommen, also werden wir ihn wohl eine Woche lang nicht zu Gesicht kriegen.«

»Ich werde ihn holen.«

»Oh, das ist großartig. Ich muss Christmas sofort die Neuigkeiten über Gregoire mitteilen.«

Die Kanne auf dem Tischchen in Emilys Wohnzimmer war bedeckt mit einem gestrickten Teekannenwärmer in Form einer hellroten Erdbeere; die grünen Blätter und der Stängel bildeten den Griff.

»Du hättest mir wirklich kein Essen bringen müssen.« Emily stellte ein Tablett mit Teetassen, einer Zuckerdose und einem Milchkännchen vor Val auf den Tisch. »Ich habe den

Eindruck, dass du eher selbst Unterstützung brauchst. Ehrlich gesagt siehst du schrecklich aus.« Sie humpelte zum Sofa zurück, setzte sich und legte ihren Fuß auf einen Schemel.

»Danke, das hört jede Frau gern.« Val putzte sich die Nase und griff nach der Teekanne. Vielleicht hätte sie sich das Haar noch waschen sollen, bevor sie herkam, überlegte sie. Emily sah immer noch gepflegt aus, obwohl sie seit Tagen kaum laufen konnte. Vielleicht wurde Val allmählich zu nachlässig und bequem, jetzt, wo sie so gut wie verheiratet war. »Hübscher Teekannenwärmer.«

»Den hat mir meine Kollegin Rupna geschenkt. Sie strickt unheimlich gern und muss nun einen Teil ihrer Arbeiten aus dem Haus schaffen, damit ihr Freund sie nicht verlässt. Offensichtlich bevorzugt er modernes Design und eine absolut staubfreie Wohnung.«

»Na, das klingt, als wären sie ein Traumpaar.« Val lachte. »Und mach dir keine Sorgen wegen des Essens. Dad war gestern Abend bei uns und hat einen Riesenberg gebratenen Reis gemacht, um mir zu helfen, weil ich mich nicht gut fühle. Ich habe schon die ganze Woche vor, dir etwas vorbeizubringen, aber dann hat mich die Grippe erwischt, und alles ging den Bach runter. Tut mir leid, dass ich erst jetzt komme. Eigentlich wollte ich dich vor drei Tagen schon besuchen.«

»Ich weiß das zu schätzen.«

»Warte mal. Warum trinkst du Tee? Bist du nicht eigentlich ganz verrückt nach Kaffee?«

Emily verzog den Mund. »Allerdings. Aber in letzter Zeit werden meine Migräneanfälle immer schlimmer. Sie kommen, wenn ich Kaffee trinke, aber auch, wenn ich darauf verzichte. Ich bin mir aber nicht sicher, wann sie schlimmer sind, also experimentiere ich noch.« Sie trank einen Schluck und rümpfte ihre sommersprossige Nase. »Trotz der vielen

Empfehlungen von Christmas habe ich jedoch immer noch keinen Tee gefunden, der mir wirklich schmeckt.«

»Oh, nein!« Val schlug sich mit der Hand vor die Stirn. »Ich wollte Christmas gestern Abend eine E-Mail schreiben und ihr etwas berichten. Dad hat von Darla erfahren, dass Christmas' Vater ein Wissenschaftler ist, der auf Farmen Ziegenkrankheiten erforscht.«

»Tatsächlich?«

»Ist das nicht unglaublich?«

»Ja, fantastisch! Das könnte sie davon überzeugen, vielleicht doch Kontakt zu Gregoire aufzunehmen! Aber du hast es ihr noch nicht geschrieben?«, fragte Emily.

»Nein, mein Kopf war so verschleimt, dass ich nicht richtig denken konnte. Und meine Stirnhöhlen tun so weh, dass ich im Augenblick nicht lange auf den Bildschirm schauen kann. Am liebsten würde ich mich mit einer Flasche Brandy ins Bett legen und erst wieder aufstehen, wenn diese grässliche Erkältung vorüber ist.«

»Ich kann ihr eine E-Mail schicken«, bot Emily an. »Morgen wartet ohnehin eine Menge Arbeit am Computer auf mich, da könnte ich das erledigen. Nimm es als kleines Dankeschön für das Essen. Ich bin schon auf dem Weg der Besserung, aber du siehst aus, als könntest du noch eine Woche Ruhe brauchen.«

»Da hast du wahrscheinlich recht. In unserem Haus schaut's schrecklich aus – Chaos in jedem Zimmer.«

»Also alles wie gehabt?« Emily lächelte.

»Ja, alles wie gehabt.«

Seit Val vor einer Stunde gegangen war, lag Emily mit einem Eisbeutel auf den Augen bei geschlossenen Jalousien und zugezogenen Vorhängen auf dem Sofa. Als das Telefon klingelte, fuhr sie mit einer Hand über den Teppichboden, um das schrille Geräusch so schnell wie möglich abzustellen. Sie versuchte, ihre Position dabei möglichst nicht zu verändern. Jede auch noch so kleine Bewegung löste einen pochenden Schmerz in ihrem Kopf aus. Sogar ihre Zähne schmerzten.

Endlich ertastete sie das kühle Metall. Sie legte sich das Telefon auf die Brust, hob mit einem Finger den Eisbeutel so weit an, dass sie den grünen Knopf sehen konnte, drückte darauf und ließ den Beutel sofort wieder sinken.

»Hallo«, flüsterte sie. Selbst der Klang ihrer eigenen Stimme war kaum zu ertragen.

»Hi. Ich habe deine SMS bekommen.« Lincolns Stimme klang besorgt.

»Es tut mir so leid«, sagte sie leise. »Was Verabredungen anbelangt, bin ich anscheinend eine richtige Versagerin.«

»Schon okay, das ist ja nicht deine Schuld. Ich wollte ohnehin keinen preisgekrönten Wein zu einem Vier-Gänge-Feinschmeckermenü genießen, nicht in angenehmer Gesellschaft an einem Kamin in einem Landhaus sitzen, mit Ausblick auf sanfte grüne Hügel und einen Teich mit Enten. Und auch keine netten, witzigen Anekdoten erzählen, die ich schon seit einer Woche vorbereite und mit denen es mir sicher gelungen wäre, das Herz eines hübschen Mädchens zu gewinnen. Ich meine, welcher Mensch, der bei Verstand ist, würde so etwas wollen?«

»Bring mich nicht zum Lachen, das tut weh.«

»Tut mir leid. Kann ich irgendetwas für dich tun?«

»Leider nein. Außer du kannst auf dem Schwarzmarkt ein Schmerzmittel besorgen, das gegen Migräne hilft.«

»In Ecuador wäre das vielleicht möglich. Aber hier? Wohl kaum. Sonst kann ich nichts tun?«

»Nein. Doch, warte. Ich sollte Christmas heute eine E-Mail

schreiben, um ihr Neuigkeiten über ihren Vater mitzuteilen. Anscheinend hat ihre Mutter erzählt, dass er eine Art Mikrobiologe sei, der auf Farmen forscht. Könntest du ihr das bitte sagen?«

»Ähm … wäre es nicht besser, du würdest das tun?«

Schweigen.

»Emily? Bist du noch dran?«

»Ja. Ich glaube, ich muss mich übergeben. Könntest du ihr bitte eine E-Mail schicken? Ich muss jetzt wirklich auflegen.«

19

Der erste Abend des Stipendiumkurses in der Provence verlief ganz anders, als Christmas sich ihn vorgestellt hatte. Im Augenblick saß sie vor Maître Le Coutre auf dem Boden. Er trug sehr hübsche Schuhe aus tannengrünem Leder mit ordentlichen Nähten. Sie sahen aus wie handgefertigt. Der Saum seiner dunklen Hose stieß gegen seine dünnen Wollsocken, während er vor der Gruppe mit sich selbst einen Walzer tanzte. Das silbergraue Haar, der graue Bartansatz und die ledrige, sonnenverbrannte Haut verrieten sein Alter. Seine Ohrenspitzen waren leicht nach außen gebogen, so als fehlte ihnen die Kraft. Aber in seinen funkelnden Augen lagen jugendliche Zuversicht und Lebensfreude. Wenn er sprach, riss er sie weit auf und zog die Augenbrauen nach oben, als warte er pausenlos auf Antworten auf Fragen, die er gar nicht gestellt hatte. Im Augenblick waren seine Augen jedoch geschlossen, während er den Donauwalzer summte.

Er hatte ihnen gesagt, dass sie auf diese Weise lernen würden, wie man Schokolade machte. Zuerst lernte man zu tanzen. Dann Liebe zu machen. Und dann Schokolade. »Zum Tanzen braucht man Gleichgewicht«, hatte er gesagt. »Und einen Partner. Ohne das klappt auch die Schokoladenverarbeitung nicht. Die Aromen sind Ihr Gleichgewicht, die Zutaten Ihr Partner. Sie müssen Respekt füreinander haben und sich gegenseitig helfen, um etwas Großartiges zu schaffen, etwas, was niemanden kaltlässt.« Er legte eine lange

Pause ein, und Christmas fragte sich, ob sie darauf antworten sollten. Allerdings schien niemand mutig genug zu sein, um etwas zu sagen oder eine Frage zu stellen.

»Wahrscheinlich glauben Sie, Sie wüssten bereits, wie man Liebe macht«, fuhr er schließlich fort. »Sie glauben, dass Sie das können, weil Sie alle Teile zusammenfügen und ein gewisses Vergnügen dabei empfinden. *Non!* Das ist Unfug! Was bedeutet Liebe machen?«

Christmas hoffte, dass das eine rhetorische Frage war, und seufzte erleichtert, als er weitersprach, ohne auf eine Antwort zu warten.

»Achten auf Details. Intime Kenntnisse. Erforschen und experimentieren. Sachtes, behutsames Vorgehen. Manchmal auch beherztes Zupacken. Alle Sinne einsetzen. Etwas kosten. Etwas in den Mund nehmen. Eins werden.«

Du liebe Güte. Christmas starrte auf den Boden.

»Liebe machen und Schokolade herstellen unterscheidet sich kaum voneinander, *non*?«

»Ja, genau!«, jubelte Philomena.

Seine Schuhsohlen quietschten leise auf den Steinfliesen des Nebenzimmers in dem Restaurant in Aix-en-Provence. Christmas verlagerte ihr Gewicht. Sie bekam auf dem harten Steinboden allmählich Rückenschmerzen. Nicht verwunderlich, da sie und die anderen vier Teilnehmer des Kurses seit einer gefühlten Ewigkeit hier saßen, während Maître Le Coutre seine unkonventionellen Weisheiten zum Besten gab.

Eigentlich war der erste Abend mit ihrem Lehrer dafür vorgesehen gewesen, sich bei einem Essen kennenzulernen, aber bisher hatte Christmas noch keine Gelegenheit gehabt, sich mit einem der anderen Teilnehmer ausführlicher zu unterhalten. Maître Le Coutre hatte den Raum betreten, als sie gerade das erste Glas Wein vor sich stehen hatten, und sie vom Tisch zu dem Platz vor dem kalten Kamin gescheucht. Dort hatte er sie willkommen geheißen, sie mit seinen tiefgrauen Augen eingehend gemustert und verkündet, dass er ihnen lieber demonstrieren werde, worin die Magie der Schokoladenherstellung liege, als lange darüber zu spekulieren.

Zu Christmas' Rechten saß Philomena Sarah (sie stammte aus »Denver, Colorado, U-S-AAAA!« und hatte eine verblüffende Ähnlichkeit mit Martha Stewart) und machte sich eifrig Notizen auf der letzten Seite in ihrem abgegriffenen, mit Fettflecken übersäten Rezeptbuch – Maître Le Coutres *The Art and Genius of Chocolate*, das sie mitgebracht hatte, um es sich von ihm signieren zu lassen.

Neben Philomena hatte Henry Jacobs Platz genommen, ein Gentleman aus Gloucester, Südengland, mit graumeliertem Haar. Er trug einen Tweedanzug, roch nach Zigarren, ging am Stock und hatte sich, im Gegensatz zu den anderen, auf einen Stuhl setzen dürfen.

Links von Christmas saß Tibbie Tottie Taylor aus Kalifornien, die aussah wie eine Cheerleaderin und Kaugummi kaute.

Und neben Tibbie Tottie saß Jackson Kent aus Johannesburg. Er hatte sich kurz als Polizeibeamter vorgestellt, der einen neuen Berufsweg einschlagen wollte. Verständlich. Christmas hatte sich überlegt, wie das Leben für einen Polizisten in Südafrika wohl aussah, und war schnell zu dem Schluss gekommen, dass eine Karriere im Schokoladengeschäft auf jeden Fall vielversprechender war.

Während Maître Le Coutre wieder tanzte, trat hinter ihm ein ungeduldiger Kellner von einem Fuß auf den anderen und drehte nervös eine Serviette in der Hand, weil er endlich das Abendessen servieren wollte. Das flackernde Kerzenlicht verlieh dem Mann mit dem schmalen Gesicht ein gespenstisches Aussehen.

Christmas' Magen knurrte. Sie hatte außer ein paar Brezeln aus der Minibar ihres Hotelzimmers noch nichts gegessen. Ihr Flug nach Marseille hatte Verspätung gehabt, und sie hatte gerade noch den Shuttlebus erreicht, der sie nach einer vierzigminütigen Fahrt an ihrem Hotel in Aix-en-Provence abgesetzt hatte. Dort hatte sie nur kurz Zeit gehabt, um sich in ihrem Hotelzimmer ein wenig auszuruhen. Sie hatte einen Blick auf die Karte für den Zimmerservice geworfen, aber da auf dem Begrüßungsschreiben für den ersten Kursabend ein herrliches Fünf-Gänge-Menü angekündigt worden war, hatte sie sich zurückgehalten. Im Moment sehnte sie sich nach der versprochenen Paprikasuppe mit Krabbenmayonnaise, Waldpilzen mit Sommertrüffelomelette und Lammkeule vom Spieß mit Kräutern der Provence. Sie würde sogar gebratene Täubchen essen. Aber wenn es nach Maître Le Coutre ging, würde sie wohl so schnell nichts zu essen bekommen.

Er ließ sich im Schneidersitz auf dem Boden nieder, nicht so geschmeidig wie ein junger Mensch, aber nichtsdestotrotz mit Anmut und Würde, fuhr mit der Hand über den Ärmel seines Strickpullovers, als streichle er das Haar einer Frau, und murmelte dabei leise Gedichte auf Französisch. Vielleicht waren es auch keine Gedichte. In ihren Ohren hörte sich fast alles auf Französisch an wie Poesie.

Aber, du lieber Himmel, wenn das die Tanzstunden waren, was würde dann erst bei den Lektionen über die Liebe auf sie zukommen?

Es überraschte Christmas nicht, dass sie plötzlich an Lincoln denken musste. Und an den Kuss.

Sie zitterte, und sie war sich nicht sicher, ob es an den Lektionen lag oder daran, dass sie Hunger hatte.

Es war an der Zeit, mit der Wahrheit herauszurücken.

Elsa hörte Lincolns Wagen die Auffahrt heraufkommen und straffte die Schultern. Sie musste ihn zum Handeln motivieren. Er hatte schon immer hin und wieder einen kleinen Schubs gebraucht. Lincoln war ein verträumtes, nachdenkliches Kind gewesen, das viel Zeit oben im Apfelbaum verbracht hatte. Er hatte ihr immer gern geholfen und sich gefreut, wenn er sich nützlich machen konnte. Aber er war leider auch schon immer sehr passiv gewesen. Er nahm das Leben, wie es kam, ohne irgendwelche Zukunftspläne zu schmieden. Ein Beispiel dafür war seine katastrophale Pseudo-Ehe mit Mitte zwanzig gewesen: Darüber hatte er mit Sicherheit nicht gründlich nachgedacht, sondern sich einfach einverstanden erklärt, als ihm dieses Mädchen den Vorschlag gemacht hatte. Wie hieß sie gleich noch? Elsa massierte sich die Schläfen.

Als Lincoln hereinkam, kam sie sofort zur Sache. »Lincoln, du bist ein wunderbarer, liebenswerter Mann. Und ich weiß, dass ich niemanden bevorzugen sollte, aber du bist mein Lieblingsenkelkind.«

Er trat von einem Fuß auf den anderen, verlegen wie ein Teenager, der mit einem solchen ungewollten Zuneigungsbeweis nichts anfangen konnte. Rasch kraulte er den Hund hinter den Ohren, um eine Beschäftigung für seine Hände zu haben.

»Aber du bist ein bisschen zu träge.«

»Was?« Er hob den Kopf und öffnete leicht den Mund.

»Du bist zweiundvierzig Jahre alt und lässt dich immer noch durchs Leben treiben. Hast du konkrete Pläne für das nächste Jahr?« Elsa zog die Augenbrauen hoch.

»Nein«, erwiderte er ein wenig unwillig.

»Weißt du schon, was du nächsten Monat tun wirst?«

»Nein.« Dieses Mal klang die Antwort bestimmt und herausfordernd.

»Und nächste Woche?«

»Nan, was soll das?« Er verschränkte die Arme vor der Brust.

»Ich möchte, dass du hierbleibst.« Endlich hatte sie es ausgesprochen. Diese Worte hatten ihr auf der Seele gebrannt, seit Lincoln aus Ecuador zurückgekommen war – bärtig, mit der Schokolade in der Hand und diesem entspannten Lächeln, das er immer nach einer Reise im Gesicht hatte.

Ihre Augen brannten. Sie hatte kein Recht, ihm das zu sagen. Aber ihr war gleichgültig, ob sich die Sache mit Tom noch einmal regeln lassen würde. Wenn sie es nüchtern betrachtete, wurde ihr klar, dass sie und ihr Sohn nicht viel gemeinsam hatten und bereits zu viel geschehen war, um ihre Beziehung zu kitten. Es ging ihr ausschließlich um Lincoln. Sie hatte bereits vor langer Zeit ihre Zuneigung zu ihrem Sohn auf ihren Enkel übertragen. Seit Lincoln zum ersten Mal in ihrem Arm gelegen hatte, war für Tom kein Platz mehr in ihrem Herzen gewesen.

War das so schlimm?

Ja, es war schlimm.

Aber konnte sie etwas dagegen tun?

Offensichtlich nicht.

Lincoln sah sie liebevoll an. Sie konnte seinen Blick nicht ertragen und wandte sich ab, während sie versuchte, ihren Herzschlag zu beruhigen.

»Und sonst?«, fragte er. »Was willst du sonst noch?«

»Wer A sagt, muss auch B sagen«, hatte Ebe immer gesagt.

»Also gut. Ich möchte, dass du heiratest. Eine Familie gründest. Hier in Tasmanien bleibst. Und dass mich deine Kinder nach der Schule besuchen.« Ihr wurde plötzlich bewusst, dass sie das Schulalter seiner Kinder wahrscheinlich nicht mehr erleben würde. Sie strich mit der Schuhspitze sanft über Caesars Brust. »Ich möchte sogar, dass mich der Hund weiterhin besucht.«

Lincoln atmete tief ein und stieß einen leisen Pfiff durch die Zähne aus. »Ein Geschenkkorb mit Schokolade reicht also nicht?«

»Na ja, gegen Nachschub aus Christmas Livingstones Laden hätte ich nichts einzuwenden.« Sie leckte sich genüsslich die Lippen. »Aber ich brauche mehr als das.«

Geistesabwesend kratzte er sich am Kopf, sodass sein Haar wie der Schopf eines Kakadus nach oben stand. Am liebsten hätte sie die Hand mit Spucke befeuchtet und sein Haar geglättet, so wie sie es getan hatte, als er ein kleiner Junge gewesen war und nach dem Aufstehen am Küchentisch gesessen und auf seine gekochten Eier mit Toast gewartet hatte.

Es kam ihr vor, als sei es erst gestern gewesen. Wo war nur die Zeit geblieben? Zeit verlief nicht linear, wie alle glaubten. Das war unmöglich. Sie wirbelte herum wie ein Tornado, und man saß im Inneren des Trichters. Hin und wieder wurde man von einer Böe mitgerissen, bevor man dann wieder in dem Trichter landete.

»Du hast meine Arbeit und meine Reisen immer befürwortet und unterstützt.« Lincoln klang ein wenig gekränkt. »Was hat sich daran geändert?«

»Ich bin jetzt alt.«

»Nein, bist du nicht«, erwiderte er reflexartig, aber sie sah die Furcht in seinen Augen. »Du hast noch viel Zeit.«

»Habe ich nicht. Und du auch nicht. Die Hälfte deines Lebens ist bereits vorbei, und du bist noch keinerlei Verpflichtungen eingegangen.«

Benita! So hieß seine Exfrau!

»Das ist nicht fair!«

»Vielleicht. Aber für Fairness bin ich schon zu alt. Es gab Zeiten in meinem Leben, in denen ich fair war, obwohl ich es nicht hätte sein sollen. Jetzt will ich unvernünftig und selbstsüchtig sein. Sollen doch die anderen fair sein. Es ist Zeit, dass du erwachsen wirst, Lincoln. So läuft es nun mal im Leben, und du bist unter den Milliarden Menschen auf dieser Welt keine Ausnahme.«

»Ich bin sehr engagiert in meinem Beruf.«

»Du unterschreibst nur befristete Verträge.«

»Und für eine Ehe und Kinder habe ich einfach noch nicht die richtige Frau getroffen. Möchtest du etwa, dass ich eine Ehe eingehe, nur um verheiratet zu sein?«

»Natürlich nicht, sei nicht albern. Aber ich glaube nicht, dass es für jeden von uns nur einen Menschen gibt, der der richtige ist. Es geht wohl eher um die eigene Einstellung dazu.«

Lincoln stand auf und ging im Zimmer umher. Schließlich blieb er am Fenster stehen und spähte durch die Jalousienschlitze auf die Auffahrt, wo Rita Blumbergs Tochter und ihre zwei Kinder aus dem Wagen stiegen und in das Hauptgebäude liefen. Offensichtlich konnten sie es kaum erwarten, ihre Großmutter zu besuchen.

Elsa war jetzt in Fahrt. »Und was ist mit Christmas Livingstone?«

Er schnaubte. »Ich habe dir doch schon gesagt, dass sie nicht interessiert ist.« Die Schärfe in seiner Stimme versetzte ihr einen Stich. Liebe war kompliziert und grausam. Vielleicht hatte Rita recht, und Christmas war doch nicht die Richtige für ihn. Aber Elsa war sich so sicher gewesen.

Sie seufzte resigniert. »Und was ist mit ihrer Freundin Emily?«

»Sie ist krank«, murmelte er mürrisch.

»Und?«

»Und was?«

»Hast du ihr eine Hühnersuppe vorbeigebracht?«

Er lachte und rieb sich frustriert die Augen. »Ich bin keine Hausfrau, die ihren Nachbarinnen Besuche abstattet.«

»Das klingt ziemlich engstirnig, Lincoln. Gehörst du nicht zu diesen modernen Yoga-Typen?«

»Was?«

»Ich wollte nur sagen, du solltest die Wirkung von Hühnersuppe nicht unterschätzen. Hat nicht jemand sogar ein Buch darüber geschrieben?«

»Du kannst manchmal sehr penetrant sein, Nan.«

»Gut.«

Sie starrten sich in die Augen, bis die Sirene eines Krankenwagens ihre Aufmerksamkeit erregte. Rasch warfen sie einen Blick aus dem Fenster. Elsa griff nach Lincolns Arm.

Ritas Familie war nicht so schnell ins Haus gelaufen, weil sie es kaum mehr erwarten konnten, sie zu sehen: Es ging um einen Notfall. Gerade wurde Elsas neue und hochgeschätzte Freundin vor ihren Augen in den Rettungswagen geschoben.

Es war noch früh am Morgen. Christmas saß in ihrem modernen, mit Luxusmöbeln ausgestatteten Hotelzimmer. Die beiden Balkone, die einen herrlichen Ausblick auf Aix boten, waren von der Morgensonne durchflutet. In der Ecke neben dem einen Balkon, auf dem sich hinter einem runden Kaffeetisch Weinreben an der Wand emporrankten, hatte sie kostenlosen WLAN-Empfang. Das Zimmer war wunderschön. Eines konnte man Maître Le Coutre sicher nicht vorwerfen – Geiz.

Ihr Magen knurrte schon wieder, und sie freute sich auf

ein ausgiebiges Frühstück mit Croissants und Fruchtjoghurt, aber vorher wollte sie noch versuchen, Val über Skype zu erreichen, um ihr von dem verrückten Maître und seinen Plänen für Unterrichtsstunden im Tanzen und Liebe machen zu erzählen. Vielleicht würde sie Val noch erreichen, bevor sie die Kinder von der Schule abholte.

Sie loggte sich ein, und Vals Foto erschien, versehen mit einem grünen Häkchen, das zeigte, dass sie online war. Gerade wollte sie ihr eine Nachricht schreiben, als sie sah, dass noch einer ihrer Kontaktpersonen online war: Lincoln.

Ihre Finger erstarrten über der Tastatur. Ihr Puls beschleunigte sich.

Nach Maître Le Coutres Tanz am vorherigen Abend und ihrer Erinnerung an den Kuss hatte sie lange nicht einschlafen können. In ihrer Fantasie hatte sie sich alles Mögliche ausgemalt. Und Lincoln hatte dabei eine große Rolle gespielt. Sie hatte versucht, diese Gedanken zu verscheuchen, aber sie hatten sich ihr immer wieder aufgedrängt. Sie hatte sich hin und her gewälzt, aber ihre Fantasie war stur gewesen wie ein Esel, und sie hatte immer wieder daran denken müssen, wie es wohl wäre, mit Lincoln zusammen zu sein.

Und nun hatte sie eine Chatnachricht erhalten.

Hi, bist du online?

War sie online? Nun ja, ihr Status bei Skype zeigte das ganz deutlich. Aber wollte sie für ihn online sein? Zögernd begann sie zu tippen. Sie fragte sich, wohin das führen würde, nachdem er ihr diese kryptische SMS geschickt hatte. *Vielleicht.* Aber sie wollte sich mit ihm unterhalten.

Ja. Hi. Was machst du gerade?

Caesar und ich trinken Tee und philosophieren.

Das klingt nett.

Ich hatte heute einen harten Tag.

Was war los?

Meine Nan und ich hatten eine »Unterhaltung«, und sie hat mir ordentlich den Kopf gewaschen.

Worum ging's denn?

Nicht so wichtig. Ich habe gesehen, dass du online bist, und wollte mich bei dir melden. Unsere letzten Gespräche waren ein bisschen chaotisch.

Das war meine Schuld.

Lass uns einfach wieder Freunde sein, okay?

Sehr gern. ☺

Schluss damit. Wie läuft's denn bei den Franzosen?

Paris war wunderschön. Einfach toll! Jetzt bin ich in der Provence und habe die anderen Teilnehmer des Stipendiumkurses und den berühmten Maître Le Coutre kennengelernt. Er ist, milde ausgedrückt, ein wenig exzentrisch!

Es folgte eine lange Pause.

Das klingt gut.

Und dann kam nichts mehr.

Natürlich konnte man im Cyberspace den Tonfall und die Gefühle nicht wahrnehmen, aber sie glaubte, eine gewisse Traurigkeit zu spüren. Rasch tippte sie weiter.

Alles in Ordnung? Du klingst ein wenig niedergeschlagen.

Wieder eine lange Pause.

Da könntest du recht haben.

Sie zögerte. Was konnte sie ihm in einem Chat sagen, das ihn vielleicht ein bisschen aufmuntern würde? Plötzlich wünschte sie sich, sie wäre bei ihm, könnte ihm den Arm tätscheln, ihm einen Kaffee kochen oder ihm eine Tasse Kakao mit Kahlúa servieren. Oder seine Hand halten und ihn küssen, bis er wieder lächelte.

Aber sie war auf der anderen Seite der Welt.

Möchtest du ein Spiel spielen?

Sie wartete noch einen Moment, bevor sie auf die Eingabetaste drückte und ihre Frage über den Äther schickte. Dann hielt sie einige quälende Sekunden lang den Atem an, bis er antwortete.

Okay.

Sie lächelte erleichtert.

Val, Emily und ich spielen das oft, wenn wir schon ein paar Drinks intus haben. Es heißt »Verdrehter Titel«. Du überlegst dir den Titel eines Films oder eines Buchs und änderst ihn so ab, dass das Original noch zu erkennen ist, aber eine neue Bedeutung erhält. Ich fange an. »Schindler's List« – »Schindler's Wrist«. Die Geschichte eines tüchtigen Physiotherapeuten, der seinen Patienten vor einem Karpaltunnelsyndrom bewahren konnte. Verstanden? Jetzt bist du dran.

In der langen Pause, die nun folgte, kicherte Christmas, gespannt darauf, was er sich einfallen lassen würde. Schließlich leuchtete das kleine Symbol eines Stifts auf und zeigte ihr, dass Lincoln am anderen Ende tippte. Durch die offene Balkontür wehte eine warme Sommerbrise herein.

»Legally Blond« – »Legally Frond«, ein glücklicher, aber nicht ganz so kluger Farn kämpft im Regenwald gegen Vorurteile an.

Christmas bog sich vor Lachen.

Hey, du bist ein Naturtalent. Und du bekommst einen Bonuspunkt, weil du die Botanik mit ins Spiel gebracht hast. Also gut, ich bin dran. Hmm … Ah ja! »Love Actually« – »Love Practically«, die berührende Geschichte von zehn Handwerkern, die an ihrem Arbeitsplatz die große Liebe finden.

Der war gut! Also weiter … »Mommy and Me« – »Gnarly and Me«, die Geschichte eines jungen Mannes und seines Surfboards.

»Madame Bovary« – »Madame Ovary«, die Memoiren einer alten Legehenne.

»Silence of the Lambs« – »Silence of the Clams«.

Häää?

Eine Unterwasseraufnahme von Muscheln, die einfach nichts tun. Der Film hat zwar an den Kassen nicht viel eingespielt, aber bei Leuten, die unter Schlaflosigkeit leiden, ist er Kult.

Christmas hatte so viel Spaß und lachte so laut, dass sie die Meldung von einer Nachricht ihrer Schwester ignorierte. Das Spiel war einfach zu schön, um es abzubrechen.

Wieder war sie an der Reihe.

»101 Dalmatians« – »101 Palpitations«, die Qualen und Freuden des Verliebtseins.

Bevor sie noch einmal darüber nachdenken konnte, hatte sie bereits auf die Sendetaste gedrückt.

Die Qualen und Freuden des Verliebtseins.

Lincoln lehnte sich auf seinem Stuhl zurück. Warum hatte sie das geschrieben? War das eine verschlüsselte Botschaft? Oder hatte sie einfach nur zu schnell getippt?

Er legte die Finger auf die Tastatur und dachte darüber nach, was er nun schreiben sollte. Er wollte sie nicht daran erinnern, dass sie es soeben erst wieder geschafft hatten, an die schöne Zeit von vor diesem Kuss anzuknüpfen. Aber wenn sie hiermit ihre wahren Gefühle für ihn ausdrücken wollte, war das sehr mutig von ihr, und er wollte ebenso mutig sein. Plötzlich kam ihm seine Annäherung an Emily sehr kindisch vor. Weil Christmas ihn verletzt hatte, hatte er sie auch verletzen wollen.

Aber jetzt wünschte er sich nichts mehr, als wieder mit ihr zusammen zu sein.

Das kann ich nicht toppen, schrieb er. *Aber ich weiß genau, was du meinst.*

20

Später am Vormittag tanzte Christmas mit Jackson Kent und ließ sich von seinen starken Armen führen. Der Polizist hielt sich offensichtlich gern genau an die Regeln und nahm diese Unterrichtsstunde sehr ernst. Philomena tanzte mit Henry, der seinen Stock beiseitegelegt hatte und ruhig und geschmeidig über die Tanzfläche glitt, als tue er seit Jahrzehnten nichts anderes. Tibbie Tottie ließ sich von Maître Le Coutre herumschwenken.

»Die Hand auf meine Schulter«, befahl Jackson und zuckte mit der Schulter, um anzudeuten, dass Christmas' Hand nach unten gerutscht war.

»Verzeihung. Hoppla!« Sie war ihm schon wieder auf den Fuß getreten. Nicht ganz im Takt bewegten sie sich zu Céline Dions *Only One Road.* Céline sang Französisch, aber Christmas kannte den Text sehr gut. »Anscheinend will mich ganz Frankreich mit Liebesliedern und Gedichten quälen«, sagte sie. Ihr Herzschlag beschleunigte sich, als sie an Lincolns letzte Bemerkung dachte.

»Wie meinst du das?« Jackson schwitzte leicht, als er sie ein weiteres Mal durch den Raum schob; sie befanden sich wieder in dem Hinterzimmer des Restaurants, in dem sie sich am Abend zuvor getroffen hatten.

»Ach, nicht weiter wichtig.« Sie lächelte strahlend, mittlerweile selbst ein wenig außer Puste geraten.

Maître Le Coutre warf einen Blick über Tibbie Totties

Schulter zu ihnen hinüber. »Denkt daran, warum ihr tanzt«, befahl er. »Es geht um Synchronizität. Körper und Geist sollen eins werden, sich wie eine Einheit bewegen, gemeinsam auf ein Ziel zusteuern. Mühelose Kommunikation. Spirituelle Vereinigung. Wonne und Lust.«

Christmas verdrehte die Augen, und sogar Jackson fiel ein wenig aus der Rolle.

»Hast du soeben gelacht?«, flüsterte sie ihm zu.

»Natürlich nicht«, erwiderte er, aber seine Augen funkelten vergnügt.

Sie sollte ihrem Tanzpartner direkt in die Augen schauen, aber bisher war sie zu befangen gewesen. Jetzt trafen sich ihre Blicke, und sie kicherte unwillkürlich und schien gar nicht mehr aufhören zu können, was sich rasch auf Jackson übertrug. Er stieß ein paar Laute durch die Nase aus, und um seine Augen bildeten sich Lachfältchen. Ein paar Minuten schwebten sie in perfekter Harmonie durch das Zimmer; die Unbeholfenheit und Anspannung war verflogen, und sie hatten für einen Moment die ideale Verbindung gefunden.

Durch die offenen Fensterläden wehte warme Luft herein. Christmas hörte das Klingeln einer Fahrradglocke und nahm den Duft von im Holzofen gebackenem Brot wahr. Sie gestand sich ein, dass es ein schönes Gefühl war, von den starken Armen eines attraktiven Mannes gehalten zu werden. Die Narbe auf seiner Nase verlieh ihm ein etwas geheimnisvolles Aussehen. Sein kräftiges Kinn erinnerte an einen Boxer und war eigentlich nicht nach ihrem Geschmack. Aber sie fühlte sich in seinen Armen wohl. Abgesehen von Lincolns Umarmung war sie schon lange keinem Mann mehr so nahe gewesen. Seit Simon, um genau zu sein. Und ihr schoss plötzlich durch den Kopf, dass Simon ein eher schwach ausgeprägtes Kinn besaß.

Bei dem Gedanken an ihn geriet sie aus dem Takt, stolperte und stieß an Jacksons Brust. Er fing sie mühelos auf. »Schon gut«, sagte er freundlich und half ihr, das Gleichgewicht wiederzufinden.

Sie strich den Saum ihres Rocks glatt und bemerkte, dass Jackson einen Moment lang den Blick darauf richtete, bevor er wieder seine undurchdringliche Miene aufsetzte.

»Danke. Tut mir leid.«

»Kein Problem.« Er griff wieder nach ihrer Hand.

Während sie weitertanzten, drang Céline Dions Stimme in ihre Gedanken und brachte sie dazu, seit langer Zeit wieder mehr Gefühle zuzulassen. Nach dem Verlust des Babys, der unerwartet tiefen Trauer und der chaotischen Zeit, in der sie sich von Simon getrennt und aus einer Beziehung gelöst hatte, die zwar nie ideal, aber trotzdem für sie sehr wichtig gewesen war, hatte sie ihr Herz sorgfältig in einen Plastikbeutel gepackt, diesen mit einer Schnur verknotet und zusätzlich mit einem Vorhängeschloss versehen.

Ihre Füße bewegten sich. *Eins, zwei, drei, eins, zwei, drei, eins, zwei, drei …* Sie versuchte, sich auf den Walzerschritt zu konzentrieren, aber Céline war unerbittlich. Liebe, gefunden und verloren. Wege, die man beschritten hatte. Leben, die miteinander verbunden waren. Leidenschaft, die einen wie ein Blitz traf. Eine sinnliche Affäre.

Aufhören!

Aber es war zu spät. Zwischen den Klängen der Musik und den Walzerschritten hörte Christmas, wie sich mit einem leisen Klicken ein Schloss in ihrer Brust öffnete.

Und die Vorstellung, dass Lincoln möglicherweise genauso empfand, war ebenso beängstigend wie aufregend.

An: Christmas Livingstone
Von: Abigail Hurst
Betreff: Lagebericht

Hi, Christmas. Ich hoffe, es geht dir gut und du verbringst eine wunderschöne Zeit in Paris. Ich wollte dir nur rasch einen Lagebericht über den Laden schicken. Eine Woche ist schon vorbei, zwei haben wir noch vor uns. So weit, so gut. Die Nachfrage nach Massagen ist zurückgegangen, aber das ist normal um diese Jahreszeit. Heiße Schokolade verkauft sich sehr gut. Die Kunden vermissen deine handgemachten Pralinen, aber einige haben sich mit importierten Schokoriegeln zufriedengegeben. Allerdings durften sie nicht zu exotisch sein. Es schneit hier, also ist der Bedarf an Wolldecken, gestrickten Socken und Schals gestiegen. Da Cheyenne diese Woche nicht gekommen ist, haben wir keine Blumen. Ich habe gestern versucht, sie anzurufen, sie aber nicht erreicht. Soll ich versuchen, anderweitig Blumen zu besorgen?

Abigail

An: Abigail
Von: Christmas Livingstone
Betreff: Re: Lagebericht.

Hi, Abigail. Danke für deinen Bericht. Ich bin jetzt in der Provence, und wir werden morgen ein paar Bauernhöfe besichtigen.

Es freut mich zu hören, dass so weit alles gut läuft, aber ich finde es merkwürdig, dass Cheyenne nicht aufgetaucht ist. Könntest du vielleicht mal bei ihr vorbeigehen und nachschauen, ob alles in Ordnung ist? Und bis dahin keine Blumen anderweitig besorgen. Fürs Erste sollte es genügen, getrockneten Lavendel in die silbernen Blumenkübel zu stellen, dazwischen vielleicht ein paar unserer herzförmigen Tafeln und Seifenpyramiden.

Vielen Dank, Christmas

P.S. Könntest du mir bitte Bescheid geben, sobald du etwas von Cheyenne erfährst? Ich mache mir ein wenig Sorgen.

An: Christmas Livingstone
Von: Rosemary McCaw
Betreff: Sie

Liebste Christmas, mein Engel,
ich hoffe, meine Nachricht erreicht Sie in bester Verfassung. Ich habe ein wachsames Auge auf die Schokoladenapotheke. Wir alle vermissen Ihre lebhafte Leuchtkraft. Ohne Sie ist dieser Ort leer und ohne Atmosphäre. Abigail tut ihr Bestes, aber sie besitzt keinen Charme und keine beneidenswerten Eigenschaften, soweit ich das beurteilen kann. Verstehen Sie mich bitte nicht falsch – alles läuft gut, und die Kunden scheinen zufrieden zu sein. Aber Ihre große zeitlose Weisheit und Ihre führende Hand – Ihr Geist, der diesen Ort beseelt – fehlen. Aber der Laden ist nicht in unmittelbarer Gefahr. Und Sie machen genau das, was Sie tun sollen.
Aber Sie haben mir noch nicht verraten, ob Sie ihn denn nun geküsst haben?

Ihre Vertraute
Rosemary

»Es gibt nur zwei Dinge im Leben, bei denen alle fünf Sinne beansprucht werden«, erklärte Maître Le Coutre. Sie saßen in einem Minibus. Zuerst sausten sie über flache Landstriche, bevor sie langsam über den Luberon tuckerten. Obwohl sie am ersten Abend informiert worden waren, dass sie den heutigen Tag in der Küche verbringen würden, hatte Maître Le Coutre seinen Plan plötzlich geändert. Schon wieder. Von Organisation, Reiseplänen oder dem tatsächlichen Herstellen von Schokolade schien er nicht viel zu halten. Christmas fragte sich, ob er nicht eine Art Zauberer von Oz war, der gar keine Schokolade machte, sondern sich in Pomp und Rauch hüllte. Eigentlich hätte sie sich darüber ärgern sollen, aber im Vorfeld waren keine Versprechungen über den Ablauf dieses Kurses in Frankreich gemacht worden, und sie hatte eine wunderschöne Zeit, die sie einfach genoss. Vielleicht lag ja doch Methode in dem verrückten Verhalten dieses Mannes.

»Bei der ersten Sache geht es ums Essen.« Er wölbte die Hand und tat so, als würde er essen. »Wie man so schön sagt, isst das Auge mit. Das Aussehen ist ebenso wichtig wie der Geschmack. Und natürlich das Aroma, der Duft nach säuerlichen Zitrusfrüchten oder süßem Karamell, scharfen Gewürzen oder warmen Kräutern. Wir hören, wie Lebensmittel brutzeln, knacken, aufplatzen. Und wir berühren sie – mit den Fingern zu essen ist sehr sinnlich. Warum essen Babys mit den Händen? Weil es ganz natürlich ist. Und Spaß macht. Es stimuliert und verbindet uns mit unserer Nahrung. Wir fühlen unser Essen mit den Lippen, der Zunge, wir schlucken es und spüren, wie es unsere Kehle hinab in den Magen gleitet. Anblick, Geruch, Geräusch, Geschmack und Berührung. Das gehört alles dazu.« Er hielt einen Moment lang inne. »*Oui?*«

»*Oui*«, erwiderte die Gruppe.

»Und was ist die andere Sache?« Er war aufgestanden und hielt sich an der Rücklehne eines Sitzes fest, als der Minibus um eine scharfe Kurve bog.

Christmas glaubte die Antwort zu wissen, aber sie wollte sie nicht laut aussprechen.

Tibbie Tottie hob die Hand und fuhr damit aufgeregt durch die Luft, sodass ihre silbernen Armreife klimperten. Maître Le Coutre zog eine Augenbraue hoch und nickte ihr zu.

»Ein paar Gläser Tequila in einer lauten Bar.«

Philomena grinste und tätschelte Tibbies sonnengebräuntes Knie. »Nein, Schätzchen. Er meint Sex.«

»Ah! Liebe machen!« Maître Le Coutre schloss die Augen und summte leise eine Melodie, als der Busfahrer auf einmal hart auf die Bremse trat und er unsanft gegen das Armaturenbrett geschleudert wurde. Vor ihnen überquerte eine Herde kleiner brauner und weißer Ziegen die Straße.

Jackson Kent sprang rasch auf, half dem Maître wieder auf die Beine und kehrte an seinen Platz zurück. Alle schossen durchs Fenster Fotos von den blökenden, mit dem Schwanz wedelnden Ziegen, während der Fahrer wild gestikulierte und den Hirten mit einem Wortschwall auf Französisch überschüttete.

Sie setzten ihre Fahrt fort. Maître Le Coutre stützte sich am Armaturenbrett ab und sprach weiter. »Die körperliche Liebe. Das Spüren eines anderen Körpers. Der Geruch eines anderen Menschen. Seine Stimme an Ihrem Ohr, das Gemurmel aus seinem Mund. Sein Blick im Kerzenlicht, während Sie sich langsam entkleiden. Der Geschmack seiner salzigen Haut. Gibt es noch etwas anderes als essen und Liebe machen, bei dem wir alle fünf Sinne gleichzeitig benutzen? *Non.*«

»Werden wir heute noch Schokolade zubereiten?«, fragte Henry Jacobs. Er hatte wegen der Hitze sein Tweedjackett abgelegt; darunter trug er ein kurzärmeliges Baumwollhemd.

Maître Le Coutre starrte ihn so lange an, dass Christmas

Mitleid bekam. Schließlich hatte Henry nur ausgesprochen, was sie alle dachten. Außer vielleicht Tibbie Tottie, die anscheinend viel lieber twitterte als kochte. Christmas fragte sich, warum ausgerechnet Tibbie Tottie einen Platz in diesem Kurs bekommen hatte.

Schließlich fuhr Maître Le Coutre fort, ignorierte Henry und wandte sich an die anderen. »Wir besuchen heute einen Ort, wo wir unsere Aromastoffe finden – unsere Partner beim Schokoladentanz. Für eine echte Partnerschaft, eine perfekte Verbindung müssen wir die Herkunft unseres Partners kennen. Seine Geschichte. Wo und wie er aufgewachsen ist. Das ist unsere heutige Aufgabe. Wir werden uns die Geburtsorte unserer wichtigsten Gefährten anschauen.«

Maître Le Coutre setzte sich, und die letzte halbe Stunde der Fahrt betrachtete Christmas voll Staunen die vorbeifliegende Landschaft. Blaugraue Gebirgszüge des Luberon hinter ockerfarbenen Weinfeldern mit schnurgeraden Reihen von Reben unter der gleißenden Sonne; ein Meer von violetten Lavendelblüten, das sich nach jeder zweiten Kurve vor ihnen ausbreitete; die Bienenkorbhütten aus Trockenmauerwerk mit den spitz zulaufenden Dächern, die früher Viehhirten und Wanderern als Schutzhütten gedient hatten; die grellgelben Sonnenblumen, die im Sommerwind nickten und alle Vorüberkommenden anlächelten. Sie fühlte sich wie in einer anderen Welt, hatte aber gleichzeitig das Gefühl, hier ihre Wurzeln zu haben.

Maître Le Coutres Worte hatten sie bewegt. *Für eine echte Partnerschaft, eine perfekte Verbindung müssen wir die Herkunft unseres Partners kennen.* Aber was, wenn sie über ihre eigene Abstammung nicht wirklich Bescheid wusste?

Seit ihrer Ankunft in Frankreich hatte sie sich einige Male dabei ertappt, wie sie Männer angestarrt hatte, die in etwa in Gregoire Lachapelles Alter waren, und sich gefragt, ob sie eine gewisse Ähnlichkeit mit ihr hatten oder sie irgendeine Verbindung zu ihnen spürte. Denn das würde sie doch sicher wahrnehmen, oder? Zur Provence fühlte sie sich ja auch hingezogen. Aber sie schob diese Gedanken rasch beiseite, denn für die Reise war das nicht wichtig.

Schließlich hielt der Minibus an, und die Gruppe stieg aus. Vor ihnen lagen malvenfarbene, sanft geschwungene Lavendelfelder, wohin man auch schaute. Daneben befand sich eine große Scheune, und ein Dutzend kleiner Holzkisten mit Bienenstöcken war über die Felder verteilt.

Es war bereits später Vormittag, und Christmas war sich nicht sicher, ob sie sich nur einbildete, dass ein violetter Schleier über den Feldern hing, beinahe so, als würde die intensive Farbe der Blüten in der Luft reflektiert.

Paul, der Besitzer der Lavendelfarm, küsste Maître Le Coutre zur Begrüßung auf beide Wangen. Er hieß alle willkommen auf seinen *champs de fleurs* und forderte sie auf, sich nach Herzenslust auf seinen Feldern umzuschauen. »Kommen Sie zurück, wenn ich den Motor meines Traktors anwerfe.« Mit einem roten Halstuch tupfte er sich die Stirn ab. »Dann werden wir arbeiten.« Grinsend scheuchte er sie davon.

Die fünf Kursteilnehmer machten sich mit ihren Mobiltelefonen und Kameras auf den Weg, um die Schönheit der Umgebung festzuhalten, und ließen Maître Le Coutre bei seinem Freund zurück. Schon bald verstummten ihre Gespräche, und sie begaben sich einzeln auf Erkundungstour. Nur Philomena und Henry zogen schweigend gemeinsam los.

Christmas watete in das Blumenmeer und ließ sich ganz davon verschlucken. Der Duft des Lavendels war überwältigend und das Summen der Bienen betörend. Die hohen

Stängel berührten ihre Beine und ihre Hüften, und sie zerrieb einige Blüten zwischen den Fingern. Wieder einmal war sie verblüfft, dass sie sich nicht ölig, sondern nur ein wenig klebrig anfühlten. Natürlich machte sie das nicht zum ersten Mal – Tasmanien war ebenfalls für seine Lavendelfelder berühmt. Aber hier war alles anders. Es war so, als würde man ein exotisches Tier zuerst in einem gut geführten Zoo und dann in freier Wildbahn in seiner Heimat sehen. Der Lavendel gehörte eindeutig *hierher*.

Sie ging weiter, immer tiefer hinein in das violette Meer unter dem weiten blauen Himmel. Eine Kirchenglocke in einem nahegelegenen Dorf läutete, und hoch über ihr kreiste ein Adler. Sie nahm bei jedem Schritt den Boden unter ihren Füßen wahr, strich mit den Handflächen über die wogenden Pflanzen und lauschte dem Summen der Bienen, die sich an dem Lavendelnektar berauschten.

Dann ließ Paul in der Ferne seinen Traktor an, und sie drehte sich um und kehrte ans Ufer zurück.

Sie hatte bereits gelesen, dass man einhundert Kilo Lavendel brauchte, um nur ungefähr zwei Liter des ätherischen Öls herzustellen, aber bevor Christmas es mit eigenen Augen sah, hatte sie sich das nicht vorstellen können. Paul ließ sie die geernteten Lavendelpflanzen vom Anhänger laden und auf den Baumwolltüchern auf dem Boden ausbreiten. Sie packten alle kräftig mit an, sogar Henry und erstaunlicherweise auch Tibbie Tottie. Möglicherweise war sie von dem Duft berauscht, denn sie lächelte pausenlos und verschickte keine einzige Twitter-Nachricht. Schon bald war die gesamte Ernte auf den Tüchern ausgebreitet. Die Reihen der farbenprächtigen, duftenden Pflanzenberge reichten ihnen bis über den Kopf. Maître Le Coutre hatte Lavendelblüten im Haar und an seinem Hemd. Immer wieder rieb er die Hände aneinander, legte sie an die Nase und atmete wie ein Süchtiger tief ein.

Paul brachte sie in die Scheune, wo sie den Lavendel in eine riesige Destille steckten, danach barfuß hineinkletterten und die Pflanzenteile stampften. Alle machten mit, sogar Jackson Kent, von dem Christmas geglaubt hatte, er sei viel zu verklemmt, um in der Öffentlichkeit seine Schuhe auszuziehen. Aber wahrscheinlich war auch er von dem Duft berauscht, denn er wirkte vollkommen entspannt und glücklich, während er vorsichtig den Lavendel nach unten trat.

Als die Destillieranlage voll war, wurde der gewaltige Deckel zugeklappt, und Paul lief eine Treppe nach unten, um das Gerät einzuschalten und die Wasserdampfdestillation in Gang zu setzen. Sie beobachteten fasziniert, wie der Dampf sich seinen Weg durch die Glasröhren aus dem Kessel bahnte, das schwerere Öl sich vom Wasser trennte und in einen Trichter tropfte. Das blassgelbe Öl wurde von einem Becher aufgefangen, und der Prozess lief so lange weiter, bis kein Tropfen mehr herauskam.

»Hier haben wir es!«, rief Paul und hielt den Becher ins Licht. Er schloss die Augen, sog den Duft ein, schwenkte den Inhalt und murmelte seufzend etwas vor sich hin wie ein passionierter Weinliebhaber. Dann ließ er das Öl durch einen Kaffeefilter laufen, um noch vorhandene Teilchen abzuseihen. Das Resultat war ein halber Liter Öl, gewonnen aus dem riesigen Berg Lavendel, den sie vom LKW entladen hatten.

»Unglaublich«, staunte Christmas. »Ich gebe hier und da, ohne weiter darüber nachzudenken, einen Tropfen Lavendelöl zu meiner Schokolade, und bisher war mir nicht bewusst, wie viele Pflanzen für ein einziges kleines Fläschchen benötigt werden.«

»Rosenöl ist noch schwerer zu gewinnen.« Paul verzog das Gesicht. »Dafür braucht man Tonnen von Blütenblättern. Tonnen!«

»Was geschieht mit dem Rest?« Jackson deutete auf die Destillieranlage.

»Ah!« Paul hob den Finger. »Schauen Sie.« Er öffnete den Deckel und zog den Inhalt mit einer Vorrichtung aus Ketten und einem Flaschenzug nach oben. Eine nasse, verfilzte Masse kam ans Tageslicht und sonderte heißen Dampf ab, der Christmas ins Gesicht stieg. »Wir verwenden ihn als Dünger für die Lavendelfelder. Was wir nicht verwenden können, wird verbrannt.«

Mit einer Pipette entnahm Paul etwas Öl aus dem Becher und tropfte jedem einen Tropfen auf die Fingerspitze. »Probieren Sie!«, forderte er sie auf.

Maître Le Coutre ließ sich nicht lange bitten, steckte den Finger in den Mund und leckte das Öl ab. »Bravo!«, rief er und spendete Paul Beifall. »Ein perfekter Tropfen.«

Christmas leckte ebenfalls den winzigen Tropfen von ihrer Fingerspitze und hatte augenblicklich das Gefühl, dass ihr gesamter Kopf, vom Kinn bis zu den Haarwurzeln, von Lavendel durchströmt wurde. Es war unglaublich, welche ungeheure Wirkung eine so kleine Menge haben konnte.

Wenn Paris ein Ort der riesigen, erhabenen Bauten und der Ideen, so gewaltig wie das Universum, darstellte, dann war die Provence das Land der einzelnen Sandkörner, so wie William Blake es vor Hunderten Jahren ausgedrückt hatte:

Die Welt sehn in einem Körnchen Sand, den Himmel in einem Blütenrund, die Unendlichkeit halten in der Hand, die Ewigkeit in einer Stund.

Ihr nächster Halt war ein Milchbetrieb, der sich auf die Herstellung von Ziegenkäse spezialisiert hatte. Nach einer Führung band der Bauer eine Ziege an, damit Maître Le Coutre sie melken konnte.

Der furchtlose Maître ließ sich auf einem Schemel nieder, krempelte die Ärmel auf und molk die braun-weiße Ziege mit den sanften braunen Augen. Die gelbliche cremige Milch spritzte geräuschvoll schäumend in den Metallkübel, während er der Ziege etwas vorsang. Ihr kleiner Schwanz wedelte hin und her, und die Glocke an ihrem Lederhalsband klingelte jedes Mal, wenn sie versuchte, die Fliegen zu verscheuchen. Als Maître Le Coutre fertig war, wischte er sich mit seinem bloßen, erstaunlich muskulösen Unterarm den Schweiß von der Stirn, tauchte eine Tasse in die Milch und trank einen Schluck.

»Ahh!« Er wischte sich die Lippen ab. »Probieren Sie!« Entsetzt lehnte Tibbie Tottie ab, als er ihr den Eimer und die Tasse entgegenstreckte. Philomena hingegen griff erfreut zu, erklärte, dass der Geschmack einzigartig sei, und machte sich Notizen in ihrem Buch. Jackson trank mit ausdrucksloser Miene von der Milch, als handle es sich um eine weitere Aufgabe, die er erledigen musste. Henrys Augen leuchteten auf, und er erzählte von seiner Kindheit in England, wo er immer Milch direkt von der Kuh getrunken hatte.

Christmas war die Letzte, und obwohl die anderen es bereits erwähnt hatten, erschrak sie, wie warm die Milch war. »Etwas ganz Besonderes.« Sie lächelte höflich und gab Maître Le Coutre die Tasse zurück. In Wahrheit fand sie es befremdlich, etwas zu trinken, das sich noch vor einer Minute in dem haarigen Euter einer Ziege befunden hatte. Es war ein wenig beunruhigend – so, als würde die Milch noch leben, genauso wie die Ziege. Normalerweise trank sie Milch aus der Tüte, steril und kalt, eine Mischung, die von vielen gesichtslosen Kühen stammte.

Jetzt hatte sie das Gefühl, ein Stück der Ziege verschlungen zu haben, während das Tier noch am Leben war und ihr dabei zusah. Sie unterdrückte den Impuls, sich bei der Ziege zu entschuldigen, bückte sich stattdessen, tätschelte ihr den Hals und kraulte sie hinter den Ohren. Die Ziege drehte den Kopf, schnüffelte und legte ihr flaumiges Maul in Christmas' ausgestreckte Hand. Der Ziegenhirte trat neben sie und lächelte sie und seine Ziege an.

»Sie ist wunderschön«, sagte Christmas, obwohl sie nicht wusste, ob er Englisch sprach. Er antwortete nicht, aber dass er stolz auf sein Tier und seine Arbeit war, war ihm anzusehen. Sie richtete sich wieder auf und streichelte die Ziege noch einmal.

In diesem Augenblick wurde ihr der große Unterschied zwischen der Herstellung eines Produkts und dessen Konsum bewusst. Plötzlich kam ihr der Gedanke, dass Maître Le Coutre vielleicht doch ein Genie war. Wie konnte man Schokolade – oder auch andere Dinge – herstellen, wenn man kein umfangreiches Wissen darüber besaß und nichts über den Ursprung wusste?

Die Ziege meckerte kläglich und zerrte an dem Strick. Sie wollte zurück zu ihrer Herde auf die grüne Wiese hinter dem mit Stroh bedeckten Hof. Der Bauer, dessen Gesicht von der Arbeit im Freien gebräunt war, band sie los und gab ihr einen leichten Klaps auf das Hinterteil.

Und hätte Christmas es zugelassen, hätte sie eine leise Stimme in ihrem Inneren vernommen, die sie fragte, ob sie wissen wolle, woher *sie* kam. Aber sie hörte nicht zu.

21

Lincoln warf einen Blick auf das Display seines Telefons.

»Na, wenn das nicht der Dinosaurier-Künstler auf Entdeckungstour ist. Wie geht's?«

»Wer sägt denn da im Hintergrund? Wo bist du?«

»Beim Metzger. Ich kaufe Knochen und Fleisch für Caesar.«

»Dann nimm noch zwei Rumpsteaks und die beste Flasche Rotwein mit, die du auftreiben kannst. Ich bin auf dem Heimweg, und es gibt etwas zu feiern.«

Lincoln deutete auf die Rumpsteaks in der Vitrine, hob zwei Finger hoch und nickte dem Metzger zu. »Was feiern wir denn?«

»Ich heirate bald.«

»Was? Wen? Du hast doch gar keine Freundin.«

»Ich erzähle dir alles morgen Abend. Ich bin jetzt in Sydney und steige gleich in den Flieger nach Hause.«

»Ich kann's kaum fassen. Das sind echt umwerfende Neuigkeiten.«

»Allerdings. Kauf lieber zwei Flaschen Rotwein. Und für den Hund auch ein Rumpsteak. Das geht auf mich.«

Es war früh am Morgen, und die Straßen in Aix waren noch leer. Christmas war aufgewacht, als es noch dunkel war; sie hatte gespürt, dass es bald dämmern würde. Das war nicht ungewöhnlich, denn sie war schon immer eine Frühaufsteherin gewesen. Nachdem sie vergeblich versucht hatte, noch einmal einzuschlafen, stand sie auf, band sich das Haar zu einem Pferdeschwanz zusammen, zog sich bequeme Kleidung und Sneakers an und ging nach draußen. Die langen Tage im Hochsommer auf der nördlichen Halbkugel waren zwar sehr angenehm, aber auch anstrengend. Und da sie nur für kurze Zeit hier war, wollte sie das Beste daraus machen.

Christmas bog in eine stille, kopfsteingepflasterte Gasse ein, gesäumt von hohen, verwitterten Steinbauten. Eine Katze streifte umher; ihr glattes schwarzes Fell stand in scharfem Kontrast zu dem Grau des Kopfsteinpflasters und der Mauern, der Torbögen und der Eisentore und dem hellen Grün und dem satten Rot des Blätterwerks, das sich an den Mauern, den Fenstervorsprüngen und Hausdächern emporrankte. Die Katze drehte ein Ohr in ihre Richtung, lief aber dann unbekümmert weiter. Die geschmeidigen Bewegungen zeigten, dass die Gasse ihr Revier war, und ihre weichen Pfoten folgten offensichtlich einem ausgetretenen Pfad. Der unfassbar schöne Anblick der Morgensonne, deren Strahlen zwischen den Giebeln der Häuser blitzten, ließen sie unberührt. Christmas sah vor ihrem geistigen Auge Karren mit farbenprächtigem Obst und Gemüse und Straßenmusiker, die in der Gasse sangen.

Plötzlich wandte sich die Katze nach rechts, sprang zwei Stufen hinauf und verschwand in einem Spalt zwischen zwei rustikalen Holztüren, so als wäre dieses Loch nur dafür da, dass sie kommen und gehen konnte, wann sie wollte. Einen Moment dachte Christmas über die Unabhängigkeit von Katzen nach, ihre Entschlossenheit, niemanden zu brauchen. Sie bestimmten ihr Leben am liebsten selbst und lebten es, so gut sie konnten. Auch sie hatte das so gehandhabt – seit ihrer Abreise aus Sydney, und auch schon vorher. Da ihre Mutter sich nicht um Dinge wie saubere Schuluniformen, Termine zu Sportveranstaltungen oder Preisverleihungen gekümmert hatte, war ihr nichts anderes übrig geblieben, als alles selbst in die Hand zu nehmen.

Aber jetzt drängte ihr sich plötzlich der Gedanke auf, dass es schön wäre, wenn sie jemand bei diesem Spaziergang begleiten würde.

Der Unterricht in der Schokoladenherstellung begann kurz vor der Mittagszeit und endete erst um Mitternacht. Die Kursteilnehmer befanden sich in einer kleinen Küche in einem Weingut mit Arbeitsflächen und Küchengeräten aus Edelstahl und orangefarbenen toskanischen Fliesen. Durch eine Reihe kleiner Fenster fiel Licht herein, und an der Decke hingen Glühbirnen, die in der Brise hin und her schwankten.

Maître Le Coutre hatte sich von einem Gedichte zitierenden, tanzenden Philosophen in einen auf und ab marschierenden, Befehle brüllenden Kommandanten verwandelt. Das war das Trainingslager. Es werde keine Pausen geben, teilte er ihnen mit und reichte ihnen blau-weiß gestreifte Schürzen. Auch keine Stühle, nur für Henry werde aufgrund seines Alters eine Ausnahme gemacht. In einer Ecke stand eine alte Espressomaschine aus Kupfer zu ihrer Verfügung. Sie sah aus wie ein Raketenschiff mit einer Kuppel, an der Hängewaagen, Druckmesser, Hebel und verzierte Hähne befestigt waren. Sie würden nichts zu essen brauchen, erklärte er ihnen, denn das Probieren ihrer Produkte sei ein wesentlicher Teil der Aufgabe, dadurch nähmen sie genügend Nährstoffe zu sich. Ob sie das alles verstanden hätten?

Alle nickten schockiert und schwiegen. Philomena steckte ihr Notizbuch in ihre Gesäßtasche und verschränkte die Hände. Tibbie Tottie mühte sich mit der Schleife an ihrer Schürze ab. Henry sah sich um, vermutlich auf der Suche nach seinem Stuhl, den er nicht entdecken konnte. Jackson Kent stand aufrecht neben Christmas, die Ruhe und Kraft, die er ausstrahlte, und seine breite Brust (seine beeindruckenden Muskeln an Bauch und Brust zeichneten sich deutlich unter seinem T-Shirt ab), nahmen Christmas ein wenig die Angst.

Maître Le Coutre bildete zwei Gruppen. Henry, Tibbie Tottie und Philomena bildeten die eine, Jackson und Christmas die andere Gruppe. Der Tag wurde in zwei Schichten zu je sechs Stunden aufgeteilt, wobei der Schwerpunkt in der einen Schicht auf pikanten Schokoladenkreationen und in der anderen auf Süßigkeiten lag. Die Gruppen sollten sich entsprechend abwechseln.

Christmas und Jackson begannen mit den herzhaften Varianten. Sie schmolzen zuerst dunkle Schokolade, um Schokoladensaucen herzustellen, dann bereiteten sie eine Schokoladen-Tapenade aus Oliven, Sardellen, Knoblauch, Chili und Rum zu. Jackson rümpfte seine vernarbte Nase, als er die öligen Sardellen in den Mixer gab.

»Diese kleinen Fische sind wohl nicht dein Geschmack?«, fragte Christmas.

»Sie riechen wie Katzenfutter.«

Sie probierten ihr Werk mit Selleriestangen und Kräcker. Es hatte eine gute Konsistenz, nicht zu fest und nicht zu weich. Aber Christmas musste zugeben, dass der Fischgeruch ein wenig abstoßend war.

Die Milchschokoladenglasur für gebratenen Kürbis schmeckte ihnen beiden.

»So etwas Ähnliches habe ich für meine Schwester, ihren Mann und ihre drei Jungen gemacht. Es eignet sich sehr gut für Kinder, die kein Gemüse essen wollen.« Christmas tunkte ihr letztes Stück Kürbis in die Sauce.

»Man kann es für fast alles verwenden. Vielleicht haben

wir gerade das Problem vieler Eltern gelöst, die an den Essgewohnheiten ihrer Kinder schier verzweifeln.«

Eine merkwürdige Unterhaltung, wenn man bedachte, dass sie beide keine Kinder hatte. Christmas lehnte sich gegen die Arbeitsfläche. Sie hatten erst drei Stunden der ersten Schicht hinter sich gebracht, aber ihr taten bereits die Füße weh. »Möchtest du irgendwann einmal Kinder haben?«

Jackson stellte seinen leeren Teller in den Geschirrspüler und streckte die Hand nach Christmas' Teller aus. Er schob die Klappe zu und sah sie an. »Johannesburg ist dafür nicht der geeignete Ort.«

»Ja, das kann ich mir vorstellen. Hast du eine Freundin?«

Er musterte sie eine Weile, und sie hatte das Gefühl, dass er die Fähigkeit besaß, anderen Menschen direkt ins Herz zu schauen. »Mein Job beansprucht mich sehr. Das ist einer der Gründe, warum ich einen neuen Beruf ergreifen möchte.«

»Das verstehe ich. Du willst glücklich und zufrieden sein.«

Er neigte den Kopf leicht zur Seite, sodass das Licht der Glühbirne über seinem Kopf auf sein kurz geschnittenes Haar fiel. »Ja.«

»Auch das kann ich gut verstehen.« Sie lächelte und legte die Hand an seinen Ellbogen. »Komm, wir holen uns einen Kaffee aus dieser alten Kiste dort drüben. Dann warten noch Austern, Kaninchen, Ziegenkäse und Fenchel zur Verarbeitung mit Schokolade auf uns.«

Glücklicherweise ging die Sonne in Frankreich im Sommer erst um zehn Uhr unter. Das Tageslicht half ihnen durchzuhalten, als sie müde wurden. Nur Jackson, der es gewohnt war, lange auf den Beinen zu sein, wirkte noch einigermaßen fit, als die Teams ihren Aufgabenbereich wechselten.

»Und los!«, brüllte Maître Le Coutre, als ginge es um einen

Sportwettbewerb. Beide Teams räumten ihre Arbeitsflächen auf, bevor sie ihn der anderen Gruppe überließen. Tibbie Tottie wirkte erschöpft; ihre Augen waren blutunterlaufen. Maître Le Coutre hatte sie angeschrien, weil sie zu langsam war, und in die Hände geklatscht, um sie anzutreiben. Und als sie einen Stapel mit Kakaobutter bestrichenem Papier hatte fallen lassen, hatte er wütend einen Wortschwall auf Französisch ausgestoßen und dabei so wild gestikuliert, dass der Inhalt für alle unmissverständlich gewesen war.

Auch Christmas und Jackson hatten die volle Wucht seines Zorns zu spüren bekommen, als ihnen weiße Schokolade anbrannte und sie einige Austern beim Lösen aus der Schale ruinierten.

»Was erwartet er eigentlich von uns? Wir sind doch keine Köche«, murrte Christmas leise.

»Er strebt eben nach Perfektion. Das ist nicht schlecht«, erwiderte Jackson.

»Wahrscheinlich hast du recht.«

Ihre Stimmung hob sich, als sie ihre zweite Schicht mit einem Rezept für Himbeer-Champagner-Trüffel begannen. Sie waren göttlich, anders konnte man sie nicht beschreiben. Zuerst machten sie eine Ganache mit Champagner und Wodka, wobei sie sich hin und wieder ein Schlückchen Champagner gönnten. Entsprechend beflügelt mischten sie getrocknete Himbeeren mit Puderzucker für die Glasur. Das Ergebnis war eine Offenbarung, und Christmas beschloss, dieses Produkt in ihr Sortiment aufzunehmen. Der Duft nach Himbeeren und Schokolade war auch ohne den Champagner bereits berauschend und das blasse Pink ein Augenschmaus. Die samtige, pudrige Glasur kitzelte die Zunge, bevor die seidenweiche Ganache sich im Mund verteilte und das kräftige Aroma in die Nase stieg.

»Wenn ich jetzt sterben müsste, würde ich glücklich sterben.« Christmas steckte sich noch ein Stück in den Mund und schloss genüsslich die Augen.

Sie backten einen Schokoladenkuchen, schnitten ihn in Scheiben und richteten sie an wie Clubsandwiches. Sie temperierten Schokolade und fertigten Dreiecke und Splitter an, etwas, was Christmas leichtfiel, weil sie darin Erfahrung hatte. Dann dekorierten sie Schokoladenkätzchen, indem sie weiße Schokolade mit einem Pinsel aufstrichen. Das gehörte nicht zu Christmas' Stärken, aber sie stellte erfreut fest, dass ihr Werk besser aussah als das der anderen. Sie füllten temperierte weiße Schokolade in winzige Spritzbeutel und stellten damit Schriftzüge her.

Formten Teddybären, die aufrecht stehen konnten, und besprühten sie mit geschmolzener Schokolade und Kakaobutter, um ihnen ein samtweiches Aussehen zu verleihen.

»Sie sehen viel zu niedlich aus, um sie zu essen«, bemerkte Jackson. Sein Gesichtsausdruck wurde beim Anblick der kleinen Bären sanfter, und Christmas bekam den Eindruck, dass er möglicherweise in seinem Inneren ebenso weich war wie die Schokoladenmousse, die sie gemacht hatten.

Als die Sonne schließlich am Horizont verschwand, hatten Christmas und Jackson Maître Le Coutres Aufgabenliste erfüllt und Schokolade geschlagen, gerührt, zerkrümelt, gekühlt, erhitzt, verstrichen, zersplittert, zerhackt, glasiert, gefüllt und dekoriert.

Christmas warf einen Blick auf ihre zitternden Hände – sie war müde und hatte nur Zucker, Alkohol und Koffein zu sich genommen. »Ich brauche jetzt etwas Richtiges zu essen«, verkündete sie, verblüfft, dass Jackson immer noch fleißig putzte. Sie verzichtete darauf, ihm ihre Hilfe anzubieten, und war dankbar, dass er alles wie ein Roboter erledigte.

Tibbie Tottie hatte sich in einer Ecke zusammengekauert und presste ihr Handy an die Brust. Mit vor Erschöpfung glasigen Augen sah sie zu, wie Philomena und Henry ihren Arbeitsplatz sauber machten.

Maître Le Coutre marschierte mit einem wilden Ausdruck in den Augen durch die Küche und begutachtete die Schätze, die auf der Arbeitsfläche in der Mitte ausgebreitet waren. Es sah aus wie eine beladene Festtafel in einem mittelalterlichen Schloss. »Ausgezeichnet, ausgezeichnet!«, rief er.

Christmas kramte ihr Telefon aus ihrer Handtasche, um ein paar Fotos zu schießen. Plötzlich verspürte sie einen neuen Energieschub, ähnlich, wie er sich ihrer Vorstellung nach am Ziel eines Marathons einstellte. Sie fühlte sich großartig.

Jackson lächelte sie an. »Du hast die Schmerzgrenze überschritten«, stellte er fest.

»Scheint so.«

Schließlich wurden sie von Maître Le Coutre entlassen. »Gehen Sie jetzt«, befahl er. »Essen Sie etwas. Ich werde all das gut aufbewahren, und morgen wird es im Weingut den Gästen serviert. Und andere Menschen werden diese wunderbaren Köstlichkeiten genießen und von Ihrer Liebe, Ihrem Tanz und Ihrer Kreativität profitieren.«

Selbst Tibbie Tottie rappelte sich wieder auf und freute sich an den Farben und Formen vor ihnen.

Am liebsten wäre Christmas noch länger geblieben, um ihr vollbrachtes Werk zu bewundern, aber ihr Magen knurrte laut, und sie wollte nicht riskieren, dass Maître Le Coutre plötzlich auf eine weitere verrückte Idee kam. Also verabschiedete sie sich mit einem Küsschen auf beide Wangen von ihm, bedankte sich für seinen Unterricht und verzieh ihm stillschweigend seine Zurechtweisungen und Wutausbrüche.

»Komm«, forderte Jackson sie auf. »Nicht weit von hier

ist ein Gartenlokal. Dort essen wir jetzt etwas. Ich bin am Verhungern.«

»In Tasmanien gibt es keine Restaurants, wo man so spät noch essen kann«, erklärte Christmas und ließ sich ihren Rindfleischeintopf schmecken. Das Gericht war eigentlich viel zu deftig für einen warmen Sommerabend, aber sie hatte einen Bärenhunger und brauchte jetzt mehr als ein paar grüne Salatblätter und Ziegenkäse. Das schwere, heiße Essen brachte sie zum Schwitzen, doch es schmeckte fantastisch, stärkte sie und lenkte sie von dem pochenden Schmerz in ihren Füßen ab.

»In Johannesburg war um diese Zeit oft schon Ausgangssperre«, sagte Jackson.

Christmas hielt kurz inne. »Jackson, du führst ein beängstigendes Leben.«

Er seufzte. »Vielleicht sollte ich nach Australien ziehen. Wie ich höre, ist es dort sehr ruhig.«

»In weiten Teilen schon. Viele Gebiete sind kaum bewohnt.«

»Das ist gut. Stille kann sehr schön sein.«

Christmas schenkte sich Wasser aus der Karaffe auf dem Tisch nach. Sie fragte sich, was Jackson schon alles erlebt hatte, aber sie wagte es nicht, ihn danach zu fragen. Er machte sich über sein *carpaccio de boeuf* her – eine große Platte mit hauchdünn geschnittenen, rohen Rindfleischscheiben, die fast wie Salami aussahen, garniert mit Spinatblättern, Kirschtomaten und viel frisch geriebenem Parmesan und beträufelt mit Olivenöl und Zitronensaft. In einer Schüssel daneben lagen Pommes Frites. Beide hatten Weißwein bestellt, der *bien frais* – gut gekühlt – serviert worden war; in den Gläsern spiegelten sich funkelnd die Lichter.

»Ich kann es kaum glauben, dass morgen schon unser letzter Kurstag ist«, sagte Christmas. »Allerdings bin ich mir nicht sicher, ob ich noch einen weiteren Tag wie den heute durchstehen würde. Zu Hause arbeite ich auch sehr hart, und ein Zwölfstundentag ist nichts Ungewöhnliches für mich, aber das war brutal. Was hältst du von diesem merkwürdigen Kurs?«

Jackson wischte sich den Mund mit seiner Serviette ab. »Mir ging es weniger um die technische Seite der Schokoladenverarbeitung, sondern eher darum, die Leidenschaft, von deren Existenz ich lange nichts geahnt habe, zu entdecken.«

»Dann bist du froh, dass du hergekommen bist?«

»Auf jeden Fall. Ich fühle mich jetzt viel lebendiger. Und ich sitze hier in Ruhe und Frieden unter dem Sternenhimmel, genieße ein herrliches Essen mit dir, und niemand braucht meine Hilfe. Einfach perfekt.«

»Das klingt wunderbar. Was hast du als Nächstes vor?«

»Ich bin in einem Sprachinstitut außerhalb von Sauveterre und mache dort einen Intensivkurs in Französisch.«

»Du setzt die Messlatte sehr hoch an!« Christmas lehnte sich auf ihrem Stuhl zurück und legte die Hände auf ihren vollen Bauch. »Ich fahre auch nach Sauveterre – wir könnten uns ein Taxi teilen.«

»Gute Idee, danke.«

»Ich habe beschlossen, eine Woche in einem Chateau zu verbringen und von dort aus die Provence zu erkunden. Und ich werde mich ausgiebig entspannen, ohne mein Gehirn mit französischen Vokabeln zu strapazieren. Das Konjugieren von Verben lerne ich ohnehin nie – ich weiß nicht einmal genau, was Konjugieren überhaupt ist.«

»Das ist ein Begriff aus der Grammatik, der die Bildung von Verbformen bezeichnet. Aber es bedeutet auch, sich paaren, sich verbinden.«

»Das klingt ja ähnlich wie Maître Le Coutres Vorträge über Liebe machen als Metapher für die Verarbeitung von Schokolade.«

»Die französische Sprache ist sehr sexy.« Jackson sah ihr unverwandt in die Augen.

»Es ist schon spät«, sagte sie leise. »Wir sollten ins Hotel zurückgehen. Es war ein sehr langer Tag.«

Der Mann, der die Auffahrt heraufkam und an Lincolns Tür klopfte, hatte ein Drittel seines Körperumfangs verloren.

Sofort stürzte Caesar sich begeistert auf ihn, drehte sich so, dass Rubble ihn am Rücken kraulen konnte, und stieß dabei wohlige Laute aus.

»Ihr beide solltet zusammenziehen«, meinte Lincoln und entkorkte mit einem sanften Plopp eine Flasche Rotwein.

»Ich bin mir nicht sicher, was Eleisha dazu sagen würde.« Rubble nahm ein bauchiges Weinglas entgegen.

Lincoln grinste. »Hübscher Name.«

Rubble lächelte strahlend, wobei sich einige Falten auf dem noch vor Kurzem rundlichen Gesicht zeigten. »Der hübscheste, den es gibt.«

»Du siehst übrigens großartig aus.« Lincoln führte Rubble in den Garten, und sie setzten sich auf die Gartenstühle aus rotem Plastik vor den noch immer nicht gemähten Rasen, während Caesar am Zaun auf und ab lief.

Sein Freund klopfte sich auf den viel kleiner gewordenen Bauch. »Lydia spricht pausenlos zu mir.«

»Was sagt Eleisha dazu, wenn du dich ständig in die Arbeit stürzt?«

»Sie kommt nicht zu kurz, glaub mir. Seit ich sie kenne, habe ich so viel Energie, dass der Tag doppelt so viele Stunden zu haben scheint.«

Ein paar Minuten nippten sie schweigend am Wein, während der Seekapitän nebenan in der Dämmerung zu hämmern und zu sägen begann. Caesar bellte ihn halbherzig an.

»Was macht er denn da?« Rubble stand auf und spähte über den hohen Holzzaun.

»Er baut schon seit einer Ewigkeit an irgendeinem großen Ding. Ich bin aber nicht sicher, was es werden soll.«

Rubble ging näher an den Zaun heran und starrte eine Weile ungeniert hinüber. Grinsend drehte er sich um. »Das ist ein Boot.«

»Tatsächlich?« Lincoln stand auf und warf ebenfalls einen Blick über den Zaun. »Du hast recht.« Jetzt erkannte er den Kiel, den Rumpf und die Streben. »Warum zum Teufel baut er ein Boot in seinem Garten?«

»Jeder Kapitän braucht ein eigenes Schiff.« Rubble legte seine große Hand auf Lincolns Schulter. »Eleisha und ich bauen uns auch eins, ebenso wie der Kapitän.« Er warf Lincoln einen bedeutungsvollen Blick zu.

»Und du bist der Meinung, das sollte ich auch tun?«

»Vielleicht ist es an der Zeit, einen neuen Kurs einzuschlagen.«

»Hat sich Christmas wegen der neuen Informationen über ihren Vater bei dir gemeldet?« Val klang so atemlos, als würde sie während des Telefonats durch das Haus laufen und Spielsachen und Kleider aufsammeln.

»Nein.« Emily schickte in ihrem Home-Office gerade eine Datei an den Drucker.

»Ignoriert sie uns einfach? Anscheinend ist sie tatsächlich nicht daran interessiert, Gregoire zu suchen.« Val hörte sich enttäuscht an.

»Ja, das ist wirklich schade. Aber ich glaube, ich sollte

mich da in Zukunft raushalten. Ich habe ihr klar und deutlich gesagt, wie ich darüber denke, und wenn ich sie weiter dränge, könnte das unsere Freundschaft zerstören. Falls sie irgendwann ihre Meinung ändern sollte und darüber reden möchte, bin ich jederzeit dazu bereit, und das weiß sie auch.«

»Du hast recht. Schließlich wollen wir nicht, dass sie den Kontakt zu uns abbricht. Sollen wir also die Sache auf sich beruhen lassen?«

»Das halte ich für das Beste.«

An: Christmas Livingstone

Von: Abigail Hurst

Betreff: Cheyenne

Hi,

Cheyenne geht es gut. Sie nimmt sich aus persönlichen Gründen ein paar Tage frei. Kein Grund zur Sorge. Sie wird dir nach deiner Rückkehr sicher alles genau erzählen.

Abigail

Das Abschiedstreffen der Kursteilnehmer fand am nächsten Morgen in einem Nebenzimmer ihres Hotels statt. Maître Le Coutre hatte nach einem Besuch eines Straßenmarkts im Morgengrauen einiges auf den Tisch gezaubert. Es gab *pains au chocolat* und Himbeermousse, frisches Brot und die letzten prallen Feigen der Saison, eingelegte Walnüsse, Kaninchensalat, gefüllte Artischocken, Kapern und eine geradezu sündhafte Auswahl an Pasteten. Anschließend umarmten sich alle und tauschten E-Mail-Adressen aus, obwohl Christmas wusste, dass sie mit keinem der Teilnehmer in Kontakt bleiben würde. Außer vielleicht mit Jackson.

Aber bevor sie das Hotel verließ, bat sie Maître Le Coutre

um ein Gespräch. Sie war so nervös, dass ihre Hände zitterten, als sie an dem Strauß Feldblumen auf dem Tisch herumzupfte. Er trug immer noch seine bis oben zugeknöpfte weiße Kochjacke und zog erwartungsvoll die buschigen Augenbrauen nach oben.

»Ich möchte Ihnen noch eine Frage über Schokolade stellen.« Ihre Stimme war so leise, dass er sich zu ihr vorbeugte, um sie über das Gelächter, das fröhliche Schulterklopfen und das Stühlerücken der anderen Kursteilnehmer hinweg verstehen zu können. Sie konnte kaum fassen, wie aufgeregt sie war. Schließlich hatte Maître Le Coutre die Bewerbung gelesen, die Emily in ihrem Namen abgeschickt hatte. Zu ihrer Enttäuschung hatte er kein Wort darüber verloren, und sie hatte das Thema auch nicht angesprochen. Aber sie konnte nicht wegfahren, ohne ihn danach zu fragen.

»Nun, ich möchte heilsame Schokolade herstellen – Schokolade, die sich positiv auf die Gesundheit auswirkt«, sagte sie schließlich und machte sich darauf gefasst, möglicherweise verspottet zu werden.

»*Oui.*«

»Äh, na ja, ich wollte Sie fragen, ob Sie vielleicht einen Rat oder ein paar Tipps für mich haben. Ist das nur ein Traum, oder halten Sie das für möglich?«

Er hob den Finger wie ein Hypnotiseur, senkte die Stimme und sprach langsam und ernst. »Es gibt eine Legende über einen Kakaobaum. Von den Menschen, die ihn pflegen, wird er verehrt, und für diejenigen, denen er ›gehört‹, ist er viel Geld wert. Daher kennen nur wenige den Ort, wo er steht. Er befindet sich irgendwo in Südamerika und wird schwer bewacht.«

Christmas nahm die Hintergrundgeräusche kaum mehr wahr und versuchte, sich ganz auf seine Worte zu konzentrieren.

»Dieser Baum ist sehr alt. Jedes Jahr zur gleichen Zeit, wenn er Früchte trägt, macht sich ein offiziell Beauftragter auf den Weg durch den Dschungel, um die Früchte zu zählen. Der Baum gilt als eine Art Kompass für jede Kakaoplantage, egal, wo sie liegt. Die größten Schokoladenhersteller der Welt richten ihre Prognosen für ihren Jahresgewinn nach der Ernte dieses Baums aus. Sämtliche Schokolade auf der Welt ist mit diesem Baum verbunden.« Er breitete die Arme aus und riss die Augen auf.

Dann beugte er sich noch weiter vor, und Christmas tat es ihm gleich, sodass sich ihre Wangen beinahe berührten. »Der Baum irrt sich nie«, zischte er und richtete sich wieder auf. »Aber es gibt auch Menschen, die ihn auf eine andere Weise verehren. Sie wissen, dass er besonders kraftvolle Kakaobohnen hervorbringt, weitaus bessere als die der anderen Bäume. Sie warten auf den Tag, an dem sein wahrer Wert anerkannt wird – als Lieferant lebensrettender Heilmittel. Sie nennen den Baum die ›Kakaokönigin‹ und glauben, dass er mit seiner milden Güte vielen Kranken helfen kann.«

Maître Le Coutre faltete die Hände hinter dem Rücken und nickte Christmas ernst zu. Sie bedankte sich mit einer ungeschickten Verbeugung. Er küsste sie auf beide Wangen und verschwand.

Was um alles in der Welt …?

Sie hatte keine Ahnung, was sie mit dieser Geschichte anfangen sollte. Aber es blieb ihr keine Zeit, darüber nachzudenken, denn das Taxi, das sie sich mit Jackson teilte, war soeben eingetroffen.

Christmas legte den Sicherheitsgurt an und war ein wenig besorgt, dass die Vertrautheit, die sich am Abend zuvor zwischen ihnen entwickelt hatte, bei Tageslicht verflogen sein könnte, und sie wieder so zögerlich und ein wenig unangenehm berührt miteinander umgehen würden wie bei ihrem ersten Tanz. Aber diese Sorgen waren unbegründet. Die Fahrt zum Château de Fagan in Sauveterre dauerte über eine Stunde, verflog aber angesichts der lockeren, netten Unterhaltung wie im Flug. Viel zu schnell musste sie von ihrem neuen Freund Abschied nehmen. Das Taxi hielt auf der breiten Auffahrt vor dem Schloss neben einem großen Springbrunnen, und der Fahrer holte ihr Gepäck aus dem Kofferraum.

»Leb wohl.« Sie schenkte Jackson ein Lächeln und öffnete die Tür. Neben ihr plätscherte das Brunnenwasser fröhlich in das Bassin. »Vielen Dank. Du warst ein großartiger Partner beim Tanzen und Schokoladenverarbeiten.«

»Du auch.« Seine Stimme klang so heiser, als hätte er am Abend zuvor eine Menge Whiskey getrunken, aber wahrscheinlich kam es nur von dem langen gestrigen Tag.

Sie wandte sich zum Aussteigen, aber er hielt sie am Handgelenk fest. »Hier.« Er reichte ihr ein Schokoladenpapier, auf dem eine Telefonnummer stand. »Falls du irgendetwas brauchst, solange du noch in Frankreich bist, ruf mich an. Egal wann oder wo. Ich schlafe ohnehin nicht viel.«

Das konnte sie sich gut vorstellen. Er war wie ein Wachposten, der immer im Dienst war.

»Ich kümmere mich um meine Freunde«, erklärte er.

Gerührt nahm sie das Papier entgegen und steckte es in ihre Handtasche. Dann beugte sie sich vor und drückte ihm rasch einen Kuss auf die Wange. Er rührte sich nicht, aber sie nahm den Duft nach Rasiercreme und Kaffee wahr. »*Au revoir*. Viel Glück mit deinem Französischkurs.« Sie stieg aus dem Taxi und schloss die Tür. Das Taxi brauste davon, und Jackson sah starr geradeaus.

Es klopfte an Elsas Tür, und die klare Stimme von Lulu Divine ertönte. »Bist du da?«

Elsa überlegte, ob sie sie ignorieren sollte; sie hatte im Augenblick keine Lust auf zänkische alte Frauen. Mittlerweile war sie selbst eine geworden.

»Ich kann dich durch die Jalousien sehen«, stellte Lulu fest.

»Natürlich kannst du das«, murmelte Elsa und schob sich zur Tür. Die beiden Frauen starrten sich an; die Reifen ihrer Rollstühle berührten sich an der Türschwelle beinahe.

»Hi«, sagte Lulu.

»Was für eine Überraschung.«

»Wie geht es Rita?«

»Recht gut so weit, wie Sarah sagt. Im Krankenhaus wird sie gut versorgt. Aber die Grippe hat sie ziemlich stark erwischt, und sie wird noch eine Weile dort bleiben müssen.«

»Gut zu hören, dass es nichts Schlimmeres ist.« Lulus Stimme klang so, als meinte sie das tatsächlich ernst. »Ich komme nächste Woche auch ins Krankenhaus«, fuhr sie fort. Der Winterwind zerzauste ihr Haar, und Elsa wusste, dass sie sie eigentlich hereinbitten sollte.

»Dann hast du deinen Termin bekommen?«

»Endlich werden diese alten Beine wieder zum Laufen gebracht.«

»Nun, das ist großartig«, erwiderte Elsa höflich und bemühte sich, echte Anteilnahme zu zeigen. Die Aussicht, ihre Zeit im Rollstuhl bald hinter sich lassen zu können und wieder unabhängig zu sein, war bestimmt eine große Erleichterung für Lulu. »Bevor du dich versiehst, wirst du wieder im Sattel sitzen.«

Lulu lächelte schwach und ließ den Blick verträumt zu dem Dach des Bungalows schweifen. »Das wäre wunderbar.« Doch im nächsten Moment klang ihre Stimme wieder scharf und pragmatisch. »Meine Tage als Reiterin sind wohl für immer vorbei. Aber es wird herrlich, wenn ich nach der mühsamen Reha wieder meine eigenen Wege gehen kann.«

»Ja. Diese Freiheit.«

»Mmm.«

Plötzlich hatte Elsa das merkwürdige Gefühl, dass sich in ihrer Brust ein großes, klaffendes Loch auftat. Sie konnte Lulu zwar nicht leiden, aber dass sie das Altersheim verließ, nahm sie mit. »Was wirst du anschließend machen?«, fragte sie. »Hast du eine Bleibe? Besuchst du jemanden?«

»Ich habe in Launceston ein Haus für ein paar Monate gemietet, während ich in der Reha bin. Danach? Wer weiß?« Lulu dachte einen Moment nach und schaute über die Auffahrt hinaus auf Oatlands. »Vielleicht werde ich einige Dinge ins Reine bringen. Unerledigtes in Angriff nehmen. Verstehst du, was ich meine?«

Elsa stellte sich vor, wie Lulu sich um gebrochene Herzen, im Stich gelassene Kinder und entfremdete Familienmitglieder kümmerte, Lügen aus dem Weg räumte und lang gehegten Kummer beendte, vielleicht ging es sogar um Rache und Vergeltung. All das konnte sie mit Lulu problemlos in Verbindung bringen. »Ja, ich glaube schon.«

»Ich möchte ein paar Leute noch einmal sehen, bevor … du weißt schon.«

»Ja.«

Lulu schniefte und straffte die Schultern, als hätte sie soeben begriffen, dass sie ihren sonst undurchdringlichen Schutzschild hatte sinken lassen. »Wie auch immer, ich wollte es nur kurz jemandem erzählen. Und du bist schließlich meine Nachbarin und so.« Sie lächelte und fröstelte. »Ich muss raus aus der Kälte. Wenn ich jetzt krank werde, fällt die Operation ins Wasser.«

»Natürlich.«

Die Reifen quietschten auf dem Asphalt, als Lulu den Rollstuhl umdrehte.

»Danke, dass du es mir erzählt hast.«

Lulu nickte, schob ihren Rollstuhl an und beschimpfte das verdammte Ding, weil es ihr nicht schnell genug ging.

Schaudernd rieb Elsa sich die Schultern und schloss die Tür.

22

Christmas war der Ansicht, dass sie sich nach den Anstrengungen im Kurs von Maître Le Coutre einen faulen Tag in der Sonne verdient hatte. Seit ihrer letzten merkwürdigen Unterhaltung gingen ihr seine Worte immer wieder durch den Kopf.

Die Kakaokönigin. Der Kompass. Lebenserhaltende Heilmittel. Schwer bewacht. Was sollte sie mit diesen Informationen anfangen? Sie kam sich vor wie eine Figur in einem Agentenfilm. Und der Maître war offen gesagt nicht nur ein bisschen exzentrisch. Mit Sicherheit hatte er auch etwas von einem Genie, aber er lebte in seiner eigenen Welt.

Auf dem Anwesen gab es viel zu sehen und zu genießen – weite, makellos grüne Rasenflächen, die bis zum Waldrand reichten, mit einem kleinen Pfad, der an den angrenzenden Grundstücken entlangführte, und mit einem Formschnittgarten, Zypressen und zwei riesigen Eichen, deren Zweige sich anmutig über den See streckten.

Sie breitete eine Picknickdecke vom Hotel unter den Eichen aus, zog ihre Schuhe aus, setzte sich und beobachtete die Enten auf dem Wasser. Sie tauchten die Köpfe ins Wasser, streckten die hübschen Schwänzchen in die Höhe und ruderten mit den Schwimmfüßen durch die Luft. Auf der anderen Seite des Ufers watschelten zwei große weiße Gänse einträchtig nebeneinander her, rupften Gras und ließen sich die Sonne auf den Rücken scheinen. Christmas atmete tief die warme, duftende Luft ein und wackelte mit den Zehen. Es war wunderschön hier – eine wahre Oase der Entspannung und Ruhe.

Für heute hatte sie nur einen Plan – sich unter den Bäumen auszuruhen, allein mit ihren Gedanken zu sein, abzuschalten, sich zu erholen und den Augenblick zu genießen. Dann würde sie einen Spaziergang im Wald machen und sich später den Rest des Schlosshotels anschauen. Am Nachmittag wollte sie die Straße hinuntergehen, vorbei an den angrenzenden Weingärten und einem Milchbauernhof, ein paar Wildblumen pflücken und sie in dem Roman pressen, den sie sich in Paris gekauft hatte.

Giselle, die junge rotbraune Setterhündin des Hotels, lief zum See. Als sie die Vögel entdeckte, sprang sie begierig ins Wasser, jagte die Enten und Blesshühner durch die Seerosen und scheuchte sie immer wieder auf, bis sie schließlich alle wegflogen. Unbeirrt jagte sie weiter, entdeckte einen großen Stock, der unter einem überhängenden Baum im dunklen Wasser trieb, und packte ihn mit der Schnauze. Sie paddelte gekonnt zurück, den Schwanz wie ein Ruder nach oben gereckt, und sprang auf die begrünte Uferböschung. Dort schüttelte sie sich so heftig, dass Wassertropfen in alle Richtungen flogen.

Christmas seufzte zufrieden, lehnte sich an den Stamm der Eiche, legte die Hände in den Schoß und schloss die Augen. Heute Abend sollte sie sich mal zu Hause melden. Und vielleicht auch mit Lincoln Kontakt aufnehmen? Nein, entschied sie sich rasch dagegen. Im Moment war es besser, wenn sie sich zurückhielt. Sie wollte nicht noch einmal alles verderben. Aber sie gestattete sich, ein wenig von ihm zu träumen, und wagte es sogar, sich vorzustellen, wie es wäre, wenn er einen festen Platz in ihrem Leben hätte.

Wie würde eine Zukunft mit Lincoln aussehen? Würde er

sich wegen ihr in Tasmanien niederlassen, oder müsste sie mit ihm durch die Welt reisen, oder würden sie beide weiter ihren Beruf ausüben, in verschiedenen Ländern, die Schwierigkeiten einer Fernbeziehung meistern müssen und sich nur ab und an treffen?

Und wie stand es mit Kindern? Sie konnte sich nicht vorstellen, dass er einen großen Kinderwunsch hegte, weil er ja so gerne reiste, aber wenn doch? Sie ließ diesen Gedanken auf sich wirken, horchte in sich hinein, welche Gefühle er in ihr wachrief, und versuchte, sich vorstellen, wie es wäre, Kinder zu haben. Erst vor Kurzem hatte sie Val gesagt, dass sie keine Kinder haben wolle. Aber mittlerweile hatte sie ihre eigenen Regeln über Bord geworfen. Jetzt konnte sie neue Pläne schmieden, wenn sie wollte. Würde sie es also in Betracht ziehen, falls es Lincolns Wunsch wäre?

Sie öffnete die Augen, blinzelte, bis sie die Kontraste von Licht und Schatten wieder wahrnahm, und betrachtete die hübschen roten Blumen, die die Auffahrt zum Haupteingang säumten. Ein paar andere Gäste spazierten durch die Gartenlandschaft, pflückten Blumen und genossen den Sonnenschein.

Einer der Gäste, ein hochgewachsener Mann, kam zielstrebig auf sie zu. Sie hob die Hand und schirmte ihre Augen vor dem gleißenden Sonnenlicht ab. Er lächelte und winkte ihr zu. Sie runzelte die Stirn und überlegte, wo er ihr schon einmal begegnet sein mochte. Doch als sie ihn erkannte, traf es sie wie ein Donnerschlag.

Vor ihr stand Lincoln van Luc, lächelnd, frisch rasiert, das Haar geschnitten und ordentlich frisiert, mit einem gebügelten Hemd. Er sah so anders aus, dass sie zuerst dachte, sie würde sich irren, vielleicht halluzinieren, aber er war es wirklich. Und er sah *umwerfend* gut aus.

»Hi.« Obwohl er lächelte, wirkte er zurückhaltend, so, als würde er sich gleich wieder umdrehen und weggehen, falls sie ihn nicht sehen wollte.

»Du meine Güte. Was tust du hier?«

Lincoln half ihr auf, und sie zupfte ein Blatt von ihrer Hose. Sie war froh, dass sie sich, beeindruckt von der Eleganz und der Schönheit der Umgebung, am Morgen besondere Mühe mit ihrem Aussehen gegeben hatte.

»Ich wollte dich überraschen«, sagte er. Sie konnte den Blick nicht von seinem Gesicht abwenden; seine Lippen ohne Bart veränderten ihn auf unglaubliche Weise. »Du siehst gut aus«, fügte er hinzu.

»Danke, du auch«, erwiderte sie, und er schien sich über das Kompliment zu freuen. »Die Überraschung ist dir gelungen.« Peinlich berührt dachte sie an ihr letztes Treffen, an den Kuss, der mehr als perfekt gewesen war, und daran, wie sie ihn abgewiesen hatte. Er kratzte sich am Nacken, ebenfalls verlegen, wie sie annahm, und plötzlich wünschte sie sich verzweifelt eine zweite Chance.

Nun stand er vor ihr und sah sie aufmerksam an. Und sie waren ausgerechnet in der Provence; sie sah gut aus, er sah zum Anbeißen aus, und die Sonne schien. Wenn sie sich jetzt nicht von ihrer besten Seite zeigte und ihn für sich gewann, wann dann?

»Ich hoffe, es stört dich nicht, dass ich unangemeldet hier auftauche.« Seine Stimme klang zögernd.

»Nein! Nein, überhaupt nicht«, sprudelte es aus ihr heraus. »Ich meine, es ist seltsam, total unwirklich. Aber wundervoll! Warum bist du hier?« Sie berührte seinen Arm und hoffte, dass diese Geste charmant und bestärkend wirkte.

»Nun …« Er atmete tief durch. »Das ist eine gute Frage.« Er starrte auf seine Hände und schien plötzlich nervös zu sein.

»Bevor du antwortest, möchte ich mich bei dir für das, was in der *Schokoladenapotheke* geschehen ist, aufrichtig entschuldigen.«

»Nein, nein, das ist nicht nötig.« Er schüttelte den Kopf. »Schon in Ordnung. Ich glaube, dass …«

In diesem Augenblick bemerkte die Setterhündin Giselle die Ankunft eines neuen Besuchers, ließ ihren Stock fallen und stürmte auf sie zu. Sie sprang an Lincoln hoch und stürzte sich, als er sie sanft beiseiteschob, aufgeregt auf Christmas.

»Nein!« Christmas wich vor der großen, nassen Hündin zurück, um zu vermeiden, dass sie mit ihren schlammbedeckten Pfoten ihre saubere Hose ruinierte, stolperte über den Rand der Picknickdecke und stürzte. Als sie versuchte, sich mit Lincolns Hilfe wieder aufzurappeln, sauste Giselle auf sie zu. Die Hündin hüpfte und sprang wie ein Dreispringer bei der Olympiade und riss Christmas zu Boden. Sie bellte begeistert und trampelte auf Christmas' weißer Baumwollbluse und der teuren Leinenhose herum.

»Aus!«, rief Lincoln, legte seine Arme um den Brustkorb der Hündin und versuchte, sie von Christmas wegzuziehen. Aber Giselles Fell war nass und glitschig, und Lincoln rutschte ab und taumelte nach hinten.

Christmas war entsetzt. Das war nun wirklich nicht der geeignete Zeitpunkt für die Liebesbezeugungen eines tropfnassen Hundes. Sie drehte sich rasch auf den Bauch und schützte ihren Kopf mit den Händen, als die viel zu große junge Hündin, die nach Brackwasser und Algen stank, sich liebevoll auf sie warf.

»Giselle!« Lisbet, die Herrin des Hauses, kam quer über den Rasen auf sie zu, klatschte in die Hände und schimpfte mit der Hündin, die sich davon jedoch nicht beeindrucken ließ. Christmas stieß einen Schmerzensschrei aus, als eine der scharfen Hundekrallen durch ihre Hose drang und die Rückseite ihres Oberschenkels aufritzte.

»Sie trägt kein Halsband«, keuchte Lincoln und schob die Hündin mit dem Knie weg. Giselle war jedoch so hin und weg von diesem tollen Spiel, dass sie sich sofort wieder auf Christmas stürzte.

Die Setterhündin umklammerte mit den Vorderpfoten Christmas' Taille, brachte sich in Position und …

Oh, Gott! Der Hund versuchte, sie zu besteigen!

Zu ihrem Entsetzen brach Lincoln unwillkürlich in Gelächter aus, während er noch einmal versuchte, die nasse Hündin wegzuziehen.

»Giselle!«, kreischte Christmas. »Das ist völlig falsch, in jeder Hinsicht! Falsche Gattung! Falsches Geschlecht!«

Endlich gelang es Lisbeth gemeinsam mit Lincoln, Giselle wegzuzerren. Die Hündin hustete, als ihr die Kehle zugedrückt wurde. Christmas drehte sich auf den Rücken und ließ sich von Lincoln aufhelfen.

»Es tut mir so leid«, sagte er und konnte nur mit Mühe ein Lachen unterdrücken.

Abermals schalt Lisbet die Hündin, bis Giselle sich schließlich beruhigte und den Kopf beschämt sinken ließ. Wahrscheinlich hatte sie soeben die schlimmsten Ausdrücke zu hören bekommen, die es in der französischen Sprache gab. Sie zog den Schwanz ein und schlich sich hinter ihr Frauchen.

»Bitte entschuldigen Sie, es tut mir so leid«, wiederholte Lisbet mehrmals und schob das mit Schlamm bedeckte Tier noch ein Stück zurück. »Wir kommen selbstverständlich für die Reinigung Ihrer Kleidung auf, und Sie erhalten eine Ermäßigung auf die Hotelrechnung. Meine Güte, Ihre Hose! Und Ihr Bein!«

Christmas bemerkte einen langen Riss in ihrer Hose und einen breiten Kratzer auf ihrem Bein; aus der Wunde drang Blut.

»Schon gut«, murmelte sie peinlich berührt.

Hastig ging Lisbet mit Giselle zum Haus zurück und ließ sie mit Lincoln allein.

»Alles in Ordnung?«, fragte er teilnahmsvoll.

»Ich glaube schon.« Sie war immer noch schockiert und fühlte sich ein wenig gedemütigt.

»Tut mir leid, dass ich gelacht habe«, sagte er. »Ich habe nicht über dich gelacht, ganz ehrlich, aber die Situation war so absurd, und …«

»Schon gut, ich hätte auch gelacht, wenn mir das alles nicht so peinlich gewesen wäre.« Die Gelegenheit, einen perfekten Eindruck auf Lincoln zu machen, hatte sie gründlich verpatzt.

Er lächelte und zog dabei den linken Mundwinkel nach oben. *Unter all den Barthaaren hatten sich tatsächlich Lippen versteckt!* »Komm, wir gehen ins Haus. Du kannst dich frisch machen, und dann erzähle ich dir, warum ich hier bin.« Er streckte ihr die Hand entgegen.

Als sie sie ergriff, durchfuhr sie ein Stromschlag bis hinunter zu den Zehen. Schweigend ging sie neben ihm her und warf ihm hin und wieder von der Seite einen Blick zu; sie konnte es immer noch nicht fassen, dass er tatsächlich hier war. Am Ende der Auffahrt stiegen sie die zwei Steinstufen hinauf und betraten durch die große Flügeltür das Foyer. Im Gang kramte Christmas in der Tasche ihrer jetzt ruinierten Hose nach dem Schlüssel und schloss ihre Zimmertür auf.

»Hübsch hier«, sagte Lincoln. Er ließ den Blick über die schweren Vorhänge an den offenen Lamellentüren, die gemusterte Stofftapete, die ovalen, goldgerahmten Spiegel, die geschmackvolle Bettwäsche und den Kronleuchter an der Decke gleiten.

Christmas war immer noch so schockiert, dass ihr die Worte fehlten.

»Vielleicht solltest du duschen, und anschließend helfe ich dir, den Kratzer zu verarzten, wenn du möchtest.« Lincoln deutete auf ihr Bein. Sie rührte sich nicht.

»Warum starrst du mich so an?«, fragte er.

»Dein Gesicht.«

Er fuhr sich über die glatten, olivfarben getönten Wangen und grinste. »Gefällt es dir?«

»Oh, ja. Natürlich. Ich meine, vorher war es auch schon … Aber jetzt wirkst du so …« Etliche Begriffe schossen ihr durch den Kopf. Heiß. Sexy. Männlich. Ein wenig düster und unergründlich, aber nicht auf eine beängstigende Weise, sondern wie ein tiefer See, in den man sich hineinstürzen wollte. »… ganz anders«, beendete sie schließlich ihren Satz.

Sie hatte sich schon beim ersten Mal von ihm angezogen gefühlt, als sie ihm vor der *Schokoladenapotheke* begegnet war, keine Frage. Aber irgendwie hatte er sie immer ein wenig an einen Waldschrat aus *Der Zauberwald* von Enid Blyton erinnert. Jetzt waren seine Lippen plötzlich deutlich zu sehen. Sie waren voll, und über der geschwungenen Oberlippe sah man einen leichten Bartschatten. Die schmalen Koteletten betonten seine Wangenknochen. Und sein Haar war jetzt kurz geschnitten, aber vorne etwas länger und schwungvoll gewellt.

Er unterdrückte verlegen ein Grinsen. »Lass dir Zeit im Bad«, sagte er. »Mach dir um mich keine Gedanken – ich mache es mir in der Zwischenzeit hier bequem.«

Christmas stand in der Löwenfußbadewanne, ließ heißes Wasser über ihren Körper rinnen und zuckte kurz zusammen, als es über den Kratzer lief. Sie massierte gründlich Shampoo ins Haar und schrubbte sich die Fingernägel. Der Duft der Seife nach Lavendel und Patschuli beruhigte ihre Nerven.

Lincoln war *hier*, in der Provence, und saß nebenan, nur durch eine Wand von ihr getrennt.

Was machte er hier? Hatte er es ihr bereits gesagt? Bei der ganzen Aufregung konnte sie sich nicht mehr daran erinnern. Sie stieg aus der Wanne, schlüpfte in den flauschigen weißen Bademantel, der an der Tür hing, und verknotete den Gürtel. Rasch fuhr sie sich mit den Händen durchs Haar, sodass es locker auf ihre Schultern fiel. Sie musterte sich im Spiegel – so viel dazu, dass sie sich heute besonders schick gemacht hatte.

Christmas straffte die Schultern und ging ins Zimmer zurück.

Lincoln saß in einem Ohrensessel am Fenster und ließ sich die Sonne aufs Gesicht scheinen. Als er sie sah, sprang er auf. »Fühlst du dich besser?«

»Ja, danke. Zumindest rieche ich eher nach Maiglöckchen als nach einem Sumpf in der Provence.«

Mit zwei langen Schritten stand er so nah vor ihr, dass er sie hätte berühren können. »Soll ich mir den Kratzer anschauen? Und vielleicht eine Salbe auftragen?«

Sie biss sich auf die Unterlippe. Die Wunde brannte. Und sie wollte nicht riskieren, dass sie sich entzündete. Aber der Gedanke, den Bademantel hochzuheben und Lincoln ihren Oberschenkel zu präsentieren, war … nun ja, hocherotisch.

»Ich beiße nicht, versprochen.« Lincoln lächelte zaghaft.

»Wie schade«, erwiderte sie schmunzelnd.

»Ach ja?« Er zog eine Augenbraue nach oben.

»In meinem Koffer ist eine Reiseapotheke mit einer antiseptischen Salbe.« Sie ging zur Gepäckablage hinüber und kramte in ihrem violetten Koffer, sorgsam darauf bedacht, dass dabei keine Unterwäsche auf den Boden fiel; ihr war bewusst, dass er jede ihrer Bewegungen genau beobachtete.

Hör auf damit. Bleib ganz ruhig, Livingstone.

Schließlich fand sie die kleine Tasche, holte die Salbentube heraus und schlug den Kofferdeckel zu. »Wo soll ich mich hinstellen? Damit du mein Bein gut sehen kannst.«

Lincoln straffte die Schultern und setzte eine professionelle, ungerührte Miene auf. »Am besten hier ans Fenster ins Licht. Und zieh den Bademantel so weit hoch, dass ich die Wunde gut sehen kann.«

»Okay.« Still stellte sie sich vor das Fenster, schaute auf die Bäume hinaus und versuchte, nicht daran zu denken, dass Lincoln sich nun direkt hinter ihr hingekniet hatte und auf ihr Bein starrte.

Er stieß einen Pfiff durch die Zähne aus. »Sieht aus wie eine Kriegsverletzung, aber das wird schnell wieder verheilen.«

»Au!«

»Tut mir leid.« Er trug vorsichtig ein wenig Salbe auf und verteilte sie gleichmäßig mit einem Finger. Er fühlte sich warm an. Die Salbe brannte zuerst so stark, dass sie die Zähne zusammenbiss, doch der Schmerz ließ rasch nach. Aber sein Finger massierte sie rhythmisch weiter, bis seine Berührung angenehme Gefühle in ihr auslöste. Ihre Gedanken schweiften unwillkürlich ab. Sie dachte an das schöne Zimmer, in dem sie sich befanden, an die warme, sanfte Brise, die durch die weißen Gardinen strich. An den langen Tag, der ohne einen bestimmten Plan vor ihr lag. An den neuen, umwerfenden Lincoln, der hinter ihr kniete und mit seinen Fingern so zart über ihre Haut strich, als sei sie ein wertvoller Schatz.

»Das dürfte reichen«, sagte er leise. Er nahm die Hand von ihrem Bein, stand aber nicht auf.

Sie ließ den Saum ihres Bademantels fallen, drehte sich langsam zu ihm um und schaute in sein Gesicht und seine ernsten, hinreißend blauen Augen. Scheinbar ohne ihr Zutun landete ihre Hand auf seinem Kopf, und sie fuhr ihm mit den Fingern durchs Haar. »So kurz«, murmelte sie.

»Ja.« Er legte die Hand auf die Seite ihres Oberschenkels.

»Ja«, wiederholte sie leise und freute sich im Stillen darüber, dass sie in Paris beschlossen hatte, ihre Regeln außer Kraft zu setzen. Jetzt konnte sie tun, was immer ihr Herz begehrte.

Lincoln strich mit seiner freien Hand über ihren anderen Oberschenkel, wobei er sorgfältig darauf achtete, den Kratzer nicht zu berühren. Christmas ließ ihre Finger zu seinem Nacken wandern. Er legte den Kopf in ihre Hand, und sie streichelte mit einem Finger seinen Hals. Seine Hände glitten in kreisförmigen Bewegungen langsam nach oben unter ihren Bademantel, während er sie an sich zog.

Einen Moment lang regte sich Widerstand in ihr, doch er verflog so schnell, wie er gekommen war. Wem wollte sie hier etwas vormachen? Das war genau das, was sie wollte.

Und genau deshalb hatte sie ihre Regeln über Bord geworfen.

Sie machte ein, zwei, drei kleine Schritte, bevor ihr die Knie einknickten und sie mit ihm auf den Boden fiel. Einen Moment lang hielten beide inne und sahen sich schwer atmend in die Augen. Und dann trafen sich ihre Lippen. Bevor sie sich versah, war der Knoten ihres Gürtels gelöst, seine starken Hände strichen über ihren nackten Rücken, und ihre Beine waren ineinander verschlungen. Sie zerrte an seinem Hemd und fingerte an den Knöpfen herum, bis er ihr half und schließlich sagte, es sei ihm egal, sie solle es einfach aufreißen. Und sie gehorchte bereitwillig. Knöpfe flogen durch das Zimmer und prallten an den Möbeln ab, und sie kicherten und küssten sich wieder. Und als sie ihn leicht in die Schulter biss, stöhnte er vor Verlangen auf, und es klang sehr männlich und kein bisschen nach einem Waldschrat.

Lincoln zeichnete mit den Fingern Muster auf Christmas' Schultern und strich dann über ihre Rippen bis hinunter zu ihrer Hüfte.

»Wenn du damit nicht aufhörst, komme ich nie mehr vom Boden hoch«, murmelte sie. »Ich werde schmelzen und zu einer Pfütze zerfließen.«

»Mmm.« Er küsste ihren Nacken, und ihr lief ein Schauer über den Rücken.

»Du hast mir immer noch nicht gesagt, warum du hier bist.« Sie schmiegte sich noch enger an ihn. »Aber ich will mich nicht beklagen. Du bist wie Mary Poppins, die auftaucht und alles besser macht.«

Er hielt inne. »Ich bin mir nicht sicher, ob das ein guter Vergleich ist.«

»Du hast recht. Nicht Mary Poppins. Du bist Johnny Depp.«

»In welcher Rolle? Als Edward mit den Scherenhänden, in *21 Jump Street* oder als Captain Jack Sparrow?«

»Natürlich als Jack Sparrow.«

»Gut.« Das schien ihm zu gefallen.

»Allerdings weiß ich nicht, ob das irgendeinen Sinn ergibt. Mein Gehirn produziert nur noch unzusammenhängendes Zeug; anscheinend kann ich nicht mehr klar denken.«

»Das stört mich nicht. Sollen wir weiter nach verlorenen Schätzen suchen?«

»Ja, bitte.«

»Alles klar.«

Sie waren am Verhungern und verschlangen auf den zerwühlten Laken im Bett gierig Brot und Käse.

Meine Güte, sie war einfach hinreißend.

Sie hatte sich einen Slip und ein Top übergestreift und bewegte sich darin sexy, natürlich, entspannt und vollkommen unbekümmert. Es fiel ihm schwer, sie eine halbe Stunde in Ruhe zu lassen, damit sie sich stärken konnte.

»Was ist?«, fragte sie und spülte ein Stück Brot mit einem Schluck schwarzen Kaffee hinunter.

»Nichts. Du siehst nur ganz anders aus.«

Sie hielt inne und sah ihn nachdenklich an. »Frankreich tut mir gut. Ich fühle mich hier anders. Vielleicht war ich in Evandale inzwischen viel zu eingefahren.«

»Ich fühle mich auch immer ganz anders, wenn ich auf Reisen bin«, stimmte er ihr zu. »Es hat etwas Befreiendes an sich. Und die bisherigen Definitionen deiner Person treffen plötzlich nicht mehr zu, weil es niemanden gibt, der darauf besteht.«

»Genau.« Sie leckte sich die Finger ab. »Und nun sag mir, warum du hier bist.« Sie lehnte sich mit ihrem herrlich zerzausten Haar an die großen weißen Kissen. Er wollte die Welt dort draußen nicht in dieses Zimmer lassen, aber er konnte nicht einfach ohne eine Erklärung wieder über sie herfallen.

»Und wo ist Caesar?«, fügte sie plötzlich hinzu.

»Er ist bei Nan. Ich habe die Erlaubnis vom Heim bekommen, dass er in ihrem Bungalow bleiben darf, bis ich zurückkomme.«

»Damit waren sie einverstanden?«

»Nicht wirklich, aber Sarah, die junge Krankenschwester, scheint sich sehr für die Heimbewohner einzusetzen. Sie hat schließlich die Einwilligung bekommen, unter der Voraussetzung, dass sie Caesar mit zu sich nach Hause nimmt, falls es Probleme geben sollte. Ich hoffe, dass alles gut geht. Nan braucht Gesellschaft, obwohl sie das nie zugeben würde.«

Er ließ sich auf dem Bett zurücksinken und atmete tief aus. »Sie hat mir einen Vortrag übers Erwachsenwerden gehalten.«

»Wie meinst du das?«

»Sie ist der Meinung, ich sollte mich endlich niederlassen – Beruf, Frau, Kinder. Das ganze Paket.«

»Also bist du nach Frankreich getürmt?«

»Guter Plan, oder? Nein, so war es nicht. Eigentlich war es Rubble, der mich zum Nachdenken gebracht hat.«

»Dein Freund, der Künstler?«

»Er ist vom Outback zurückgekommen und wird nächsten Monat eine Frau heiraten, die er dort in einem Pub kennengelernt hat. Wie er sagt, war es Liebe auf den ersten Blick, und nun will er keine Sekunde mehr verschwenden. Das Leben ist zu kurz und so weiter. Ich habe ihn darauf hingewiesen, dass er vielleicht einen großen Fehler mache, aber er schüttelte nur den Kopf, tätschelte mir den Arm, als sei ich ein kleines Kind, und meinte, ein weiser Mann wisse, dass man auf der großen Reise durchs Leben keine Fehler machen könne.«

»Hatte er vielleicht etwas geraucht?«

Lincoln lachte. »Durchaus möglich.«

»Das ist ein mutiger Schritt«, sagte sie.

Er fuhr ihr mit den Fingern durch das Haar, und sie legte den Kopf in seine Hand. »Das habe ich mir auch gedacht.«

Er wollte noch mehr sagen, aber er war immer noch total überwältigt davon, dass sie sich so gefreut hatte, ihn zu sehen, und ihn nicht wieder von sich gestoßen hatte. Bei ihrer letzten Begegnung in ihrem Laden hatte sie ihn zur Tür hinausgeschoben und dann das Land verlassen. Aber irgendwann zwischen dem Vortrag seiner Großmutter, Rubbles Neuigkeiten und der Überlegung, Emily eine Suppe zu bringen …

Verdammt.

Emily hatte er total vergessen. Er hätte sich von ihr verabschieden und dieses Kapitel auf anständige Weise beenden sollen. Das war sehr schlechtes Benehmen. Und jetzt, wo er hier bei Christmas war, tat es ihm leid, dass er Emily getäuscht hatte.

Emily war nett. Er hatte sich eingeredet, dass es in Ordnung sei, sich mit ihr zu verabreden, da es nichts mit Christmas zu tun hatte und er frei war, sich zu treffen, mit wem er wollte. Aber im Grunde genommen war es nur um Christmas gegangen.

»Was ist los?«, fragte sie.

»Ach, mir ist nur gerade etwas eingefallen, was ich vor meiner Abreise noch hätte erledigen sollen.« Er zwang sich zu einem Lächeln. »Aber das spielt keine Rolle. Jetzt bin ich hier bei dir.«

»Ich bin immer noch ein wenig verwirrt. Warum bist du hier? In Frankreich? In meinem Bett?«

»Ah.« Er verschränkte seine Finger mit ihren. »Nun, dafür gibt es ein paar einfache Erklärungen, wie zum Beispiel, dass ich im Augenblick keinen Auftrag habe, ich eine Menge Vielfliegermeilen gesammelt habe und es mir in Evandale zu eng wurde. Und noch ein paar andere verrückte Gründe.«

»Wie zum Beispiel?« Sie streichelte seine Finger, was ihn ablenkte und erregte.

»Ob du es glaubst oder nicht, ich bin nicht hierhergekommen, um dich vor einem liebestollen Hund zu retten, und ich hatte auch nicht geplant, den Tag in deinem Bett zu verbringen. Ich habe nur daran gedacht, dass die Zeit, die wir miteinander verbracht haben … nun ja, ich habe noch nie so etwas empfunden wie bei dir.«

»Oh.«

»Ja. Aber dann hast du mich abgewiesen, und als du mir gesagt hast, dass du mich wiedersehen wolltest, habe ich sehr engstirnig reagiert. Das hat mir später leidgetan, und ich wollte unbedingt wissen, warum du mich weggeschoben hast, denn ich fand den Kuss wunderbar. Also habe ich mich gefragt, ob es nicht doch eine Chance gibt, um herauszufinden, wie es mit uns weitergehen könnte. Ich will damit nicht sagen, dass wir Rubbles Beispiel folgen sollten. Oder Nans Ratschlag, was das betrifft. Aber vielleicht haben beide recht, dass man bestimmte Gelegenheiten nutzen sollte.«

»Ich verstehe.«

»Du hast mir deinen Reiseplan gegeben, deshalb wusste ich, dass dein Kurs gestern beendet war. Ich habe den ersten Flug gebucht, den ich bekommen konnte, und bin hierhergekommen, um dich zu fragen, warum du mich abgewiesen hast und ob ich dich vielleicht umstimmen könnte. Und möglicherweise habe ich auch gehofft, ein paar Tage mit dir in der Provence verbringen zu können. Oder auch nicht. Ich weiß es nicht. Ich habe keine anderen Pläne, und ich habe bisher noch kein Rückflugticket. Ich wollte es einfach wissen. Verstehst du?«

Warum hatte sie ihn abgewiesen? Christmas drehte das Laken zwischen den Fingern.

Weil der Kuss so unglaublich schön gewesen war? Weil ihre Regeln für ein glückliches Leben eine Beziehung im Augenblick ausschlossen? Weil sie das Leben, das sie sich aufgebaut hatte und mit dem sie zufrieden war, nicht aufs Spiel setzen wollte? Weil sie wusste, was Liebeskummer bedeutete und das nie wieder erleben wollte? Weil manchmal Risiken tatsächlich schwerer wogen als die möglichen Vorteile? Hin und wieder kam man im Leben an einen Punkt, wo man wählen musste, ob man ein Risiko eingehen wollte. Wenn man Kinofilmen und Märchen Glauben schenkte, war es die Liebe immer wert, etwas zu riskieren, aber in der Realität sah das oft anders aus. Das wirkliche Leben war unvorhersehbar und konnte grausam und vernichtend sein.

Aber jetzt, wo sie darüber nachdachte, kamen ihr all diese Gründe ziemlich dumm vor.

»Na ja, meine Abreise stand direkt bevor, und ich wollte keine Verwirrung stiften.«

Das klang recht plausibel, schien ihn jedoch noch mehr zu irritieren. »Aber du wolltest nur für drei Wochen verreisen. Schließlich hattest du nicht vor, für immer auszuwandern.«

»Das stimmt.« Sie wusste nicht, was sie darauf sagen sollte. Zwischen ihnen breitete sich peinliches Schweigen aus, während sie sich den Kopf zermarterte, um die richtigen Worte zu finden.

»Schau, es tut mir leid«, begann er. »Das kommt alles sehr plötzlich für dich. Ich tauche hier unangemeldet auf, und dann … na ja, was dann kam, weißt du ja. Das ist für uns beide eine Art Schock. Wir müssen jetzt nicht darüber reden.« Er wirkte verletzt, und sie hatte das Gefühl, sich gemein zu verhalten.

Ach, zum Teufel, warum erzählte sie ihm nicht einfach alles über ihre zehn Regeln für ein glückliches Leben? Er hörte ihr mit zunehmender Erheiterung zu, so wie sie es vorhergesehen hatte.

»Und der Kuss war übrigens zu gut, um wahr zu sein«, fügte sie hinzu. »Also lief ich Gefahr, die Regel Nummer zehn zu brechen.«

»Du hast mich zurückgewiesen, weil du Angst hattest, wir könnten miteinander glücklich werden? Das begreife ich nicht«, sagte er.

»Großes Glück kann zu großer Verzweiflung führen, also wollte ich vorbeugend Schadensbegrenzung betreiben.«

Und dann nahm sie all ihren Mut zusammen und erzählte ihm alles über Sydney, Simon und das Baby, die dunkle Phase ihres Lebens danach und ihre Rückkehr nach Tasmanien. Sie erklärte, wie sie sich mit großer Sorgfalt ein neues Leben aufgebaut hatte, um sich selbst und anderen Hoffnung zu geben, weil sie genau wusste, wie es war, wenn man in ein tiefes schwarzes Loch fiel. Und sie fügte hinzu, dass die Liebe das größte Risiko in sich berge.

Er hörte ihr aufmerksam zu, und nachdem sie geendet hatte, streichelte er ihr den Arm. »Es tut mir sehr leid, dass dir das zugestoßen ist.«

»Danke.«

»Ich verstehe jetzt, warum du diese Regeln aufgestellt hast. Es kann sehr lange dauern, bis ein gebrochenes Herz geheilt ist.«

»Sprichst du aus Erfahrung?«

»Ich war schon einmal verheiratet.«

»Tatsächlich?«

»Kein Grund, so erstaunt zu sein«, entgegnete er gespielt beleidigt.

»Nein, natürlich nicht. Tut mir leid. Du bist ein sehr guter Fang. Warum solltest du nicht schon einmal verheiratet gewesen sein?«

»Ein guter Fang? Das gefällt mir.« Er erzählte ihr von seiner kurzen Ehe mit Benita. »Die Trennung gestaltete sich schwierig. Obwohl sie unausweichlich war, weil in unserer Beziehung immer irgendetwas gefehlt hatte, war das Ende trotzdem ein Schock für mich, und ich fühlte mich eine Zeit lang wie ein Versager. Daher kann ich gut verstehen, warum du dich davor schützen wolltest.«

Es war ihr vernünftig erschienen. Doch nach ihrem Aufenthalt in Paris, und nun in der Provence, mit Lincoln in ihrem Bett, schienen diese Ängste keine große Bedeutung mehr zu haben. Sie hatte sich geirrt. Sie war ein anderer Mensch als damals in Sydney. Verdammt, sie fühlte sich sogar ganz anders als noch vor zwei Wochen.

Sie streckte die Hand nach ihm aus. »Ich bin wirklich sehr froh, dass du gekommen bist.«

»Ich habe den Eindruck, mein Besuch tut dir gut.«

»Vielleicht könnten wir das noch eine Weile fortsetzen?« Sie unterdrückte einen letzten Anflug von Nervosität. »Du könntest mit mir die Provence erkunden, falls du keine anderen Pläne hast.«

Er schenkte ihr ein reizendes Lächeln und sah dabei so verführerisch aus, dass sie ihn am liebsten wieder geküsst hätte. »Wenn du meinst.«

»Ja. Ich hätte dich nicht abweisen sollen. Bitte komm mit mir.«

»Ich stehe ganz zu deiner Verfügung.«

23

Am Samstag, ihrem ersten gemeinsamen Tag, sprangen Christmas und Lincoln aus dem Bett und freuten sich auf einen Ausflug in der Provence. Immer noch war Lisbet entsetzt über das Verhalten ihrer Hündin und bot ihnen als Entschuldigung ihren Zweitwagen an. Christmas und Lincoln sahen sich an und beschlossen nach kurzem Zögern spontan, das Angebot anzunehmen.

Sie wollten sich ein paar Dinge ansehen und ansonsten eine gemütliche Fahrt ins Blaue machen. Lisbet empfahl ihnen Les Halles d'Avignon, den beeindruckenden Markt in der berühmten Stadt. »Der Verkehr ist schrecklich«, sagte sie und verzog das Gesicht. »Und die Parkplatzsuche ist ein Alptraum. Aber Sie sollten trotzdem hinfahren.«

Der Rechtsverkehr machte ihnen beiden am Anfang zu schaffen, aber sie fuhren langsam und gewöhnten sich allmählich daran, auch wenn sie sich hin und wieder wütende Gesten von den einheimischen Fahrern gefallen lassen mussten. Das war es wert. Sie kauften sich an den Ständen etwas zu essen, ließen sich Melonenscheiben, *pains au chocolat* und reife, süße Tomaten schmecken und probierten einige Weine aus örtlicher Produktion.

Zwischen den köstlichen Happen erzählte Christmas ihm von Maître Le Coutres Legende der Kakaokönigin.

Lincoln nickte wissend, trank ein kleines Glas Wein in

einem Schluck aus und fuhr sich mit der Zunge über die Lippen. »Diese Geschichte kenne ich. Ich arbeite für den größten Schokoladenfabrikanten der Welt, der jährlich Milliarden Dollar umsetzt. Das würde mich nicht im Geringsten wundern.«

»Aber du hast nie versucht herauszufinden, wo dieser Baum steht?«

»Nein. Aus Sicht eines Wissenschaftlers ist es unmöglich, dass man aufgrund der Ernte eines einzigen Baums Rückschlüsse auf den Jahresertrag auf der ganzen Welt ziehen kann, vor allem, wenn dieser Baum so alt ist, wie die Legende besagt.«

»Aber woher stammt die Geschichte? Ich bin schon der Meinung, dass sich solche Legenden oft auf Tatsachen gründen.«

Lincoln trat zur Seite, um eine große Familie vorbeizulassen, und winkte ab, als die Eltern sich entschuldigten und ihre Kinder rasch durch die Menschenmenge schleusten. »Wo Rauch ist, ist auch Feuer?« Er zog eine Augenbraue nach oben. »Nicht sehr wissenschaftlich.«

»Aber faszinierend!« Sie hakte sich bei ihm unter. Auf dem Markt war es heiß und voll, aber dadurch hatten sie eine großartige Entschuldigung, sich eng aneinanderzuschmiegen und sich an den Händen zu halten, damit sie nicht voneinander getrennt wurden.

»Eine verlockende Idee, da gebe ich dir recht«, sagte er.

»Würdest du dich für mich einmal umhören? Nur ganz beiläufig. Ich möchte nicht, dass du von der Schokoladenmafia verfolgt wirst, falls du einem Geheimnis auf die Spur kommen solltest«, scherzte sie halbherzig.

»Natürlich. Für dich tue ich alles.« Er küsste sie im grellen Sonnenlicht, und sie seufzte zufrieden.

Lincoln holte sein Telefon aus der Tasche und bat einen Passanten, ein Foto von ihnen zu machen, während sie beide in ein *pain au chocolat* bissen.

»Das könnte ein Autorenfoto werden«, meinte er, zog Christmas an sich und küsste sie auf den Mund, während der gelangweilt wirkende Mann ein paar Bilder schoss.

»Dafür ist es nicht geeignet«, widersprach sie.

Also posierten sie noch einmal mit den Gebäckstücken in der Hand, und der Passant machte leise murrend weitere Fotos.

»*Merci*«, bedankte sich Lincoln übertrieben freundlich und ließ sich sein Telefon zurückgeben. Der Mann zuckte die Schultern und verschwand. »Eine Frohnatur«, bemerkte Lincoln, und sie lachte. Warum auch nicht? In diesem Augenblick war sie überglücklich, dass sie ihre Regeln außer Kraft gesetzt hatte. Sie hatte einiges versäumt!

Sie verließen den Markt, spazierten durch die kopfsteingepflasterten Straßen von Avignon, schauten Malern bei ihrer Arbeit im Schatten der Bäume zu, lauschten Straßenmusikern vor Cafés und gingen schließlich in ein italienisches Restaurant, in dem ab acht Uhr Abendessen serviert wurde. Sie tranken Wein, aßen Pizza und fuhren dann zurück ins Schlosshotel. Nachdem sie sich leidenschaftlich geliebt hatten, fielen sie in einen tiefen Schlaf.

Als Christmas am nächsten Morgen aufwachte, fühlte sie sich unbeschwerter, freier, zufriedener und schöner als je zuvor. Sie war wie berauscht und unbeschreiblich glücklich. Sie schmiegte sich an Lincolns Brust und strich sanft mit den Fingerspitzen über seinen Daumen und seinen muskulösen Arm bis hinauf zu seiner Schulter. Er lächelte, ohne die Augen zu öffnen.

»Morgen«, brummte er, zog sie an sich und vergrub sein Gesicht in ihrem Haar.

»Ich wünsche dir auch einen guten Morgen.«

Sie küssten sich sanft, ließen sich von ihrem Verlangen hinreißen und liebten sich zärtlich. Für sie hätte es nicht schöner sein können. Sie waren die perfekten Partner im Tanz der Liebe. Maître Le Coutre schien tatsächlich zu wissen, wovon er sprach.

Danach schmiegten sie sich aneinander, schauten sich an und lachten.

»Wäre es sehr schlimm, wenn wir die Provence einfach links liegen ließen und stattdessen den ganzen Tag im Bett blieben?«, fragte sie. Sie hatten geplant, nach Arles zu fahren, sich die Altstadt anzuschauen, die größtenteils von den Römern erbaut worden war, das alte Amphitheater zu besuchen, durch die schmalen Straßen mit den hohen, hellen Häusern mit den zurückgesetzten Türen und blauen Fensterläden zu schlendern und das Café von van Goghs berühmtem Gemälde zu suchen.

»Dagegen habe ich nichts einzuwenden.« In Lincolns Augen glimmte erneut Begierde auf, als er sie auf den Rücken drehte und ihre Brust mit Küssen bedeckte. Eine Weile tauschten sie Zärtlichkeiten aus, bis Christmas' Magen laut knurrte und Lincoln sich aufsetzte.

»Hast du Hunger?«

»Und wie! Aber ich befürchte, zum Frühstücken ist es zu spät.« Das Geschirrgeklapper vom Büfett war schon seit einiger Zeit verklungen.

»Was machen wir jetzt?«

»Wir könnten etwas aus der Küche klauen«, scherzte sie.

»Ausgezeichnete Idee!« Er sprang aus dem Bett und schlüpfte in seine Hose.

»Was hast du vor?« Sie lachte.

»Jagen und sammeln. Bin gleich wieder da.« Und schon machte er sich, barfuß und ohne Hemd, auf die Suche nach einem Frühstück.

Christmas streckte sich und stand auf, um zu duschen. Sie genoss den Dampf, der im Badezimmer nach oben stieg, und plantschte mit den Füßen im Wasser. Sie fühlte sich so lebendig, so erdverbunden.

Lincoln stieß die Zimmertür auf, klapperte mit dem Geschirr und tauchte kurz darauf nackt bei ihr in der Dusche auf. Sie seifte ihm die Arme und den Rücken ein, und er küsste dabei ihren Nacken. Während er sich die Haare wusch, ließ sie die Hände über seine Brust gleiten. Dann knurrte ihr Magen wieder.

»Ich muss jetzt wirklich etwas essen«, erklärte sie, stieg aus der Dusche und wickelte sich in ein Badetuch ein.

Auf dem kleinen Tisch neben dem Fenster entdeckte sie Brötchen, Käse und Aufschnitt, Orangensaft und Kaffee und eine Scheibe gelbe Butter. Ohne lange zu zögern, nahm sie sich ein Messer und bestrich ein Brötchen mit Butter. Lincoln kam zu ihr, legte die Hände um ihre Taille, knurrte wie ein hungriges Tier und biss in ihr Brötchen.

Er setzte sich auf den anderen Stuhl und griff nach dem Orangensaft, ohne seine andere Hand von ihrer Hüfte zu nehmen. »Ich kann es einfach nicht lassen, dich zu berühren.«

»Nur zu, mir gefällt das.«

Sie grinsten sich albern an und rückten die zwei Stühle näher aneinander, sodass sie sich mit den Füßen berühren konnten, während sie aßen. Eine Weile genossen sie schweigend ihr Frühstück.

»Glaubst du, wir können das in Tasmanien auch machen?«

Seine Stimme klang tief und ernst. »Gemeinsam frühstücken?«

»Natürlich.« Sie konnte sich nichts Schöneres vorstellen, als jeden Tag neben Lincoln aufzuwachen und mit ihm zu frühstücken. Dann fiel ihr etwas ein. »Meine Schwester heiratet an dem Wochenende nach meiner Rückkehr. Möchtest du mich begleiten?«

»Nichts lieber als das.« Er beugte sich vor und nahm ihre Hände in seine. »Du bewegst etwas in mir. Ich weiß, das kommt alles sehr plötzlich – ich bin einfach hier aufgetaucht. Aber ich glaube, dass wir uns bei unserer Arbeit in Tasmanien bereits sehr nahegekommen sind.«

Sie nickte.

»Weißt du, ich …« Er hielt inne und atmete tief durch. »Ich glaube, ich habe mich in dich verliebt.«

Christmas hatte das Gefühl, als würde eine Sonne in ihr aufgehen. Sie fühlte sich geliebt, aber das machte ihr keine Angst, sondern vermittelte ihr Sicherheit und Frieden und die Hoffnung, noch einmal ganz von vorne anfangen zu können. »Ich glaube, ich habe mich auch in dich verliebt«, gestand sie und lächelte ihn strahlend an. Es war eine große Erleichterung, es endlich zuzugeben, vor sich selbst und vor ihm, und einfach … loslassen zu können.

»Ich bin froh, dass ich nach Frankreich gekommen bin«, sagte er.

»Und ich bin froh, dass du hier bist.«

Damit verwarfen sie die Idee, nach Arles zu fahren, und blieben den ganzen Tag im Bett.

Am Abend zogen sie sich an, um ihr Liebesnest zu verlassen und irgendwo zu Abend zu essen. Christmas träumte in Gedanken von ihrem Leben mit Lincoln in Tasmanien. Dieses

Mal war es real – es geschah tatsächlich. Und sie wollten es beide. Natürlich würden sie noch einiges regeln müssen, aber im Augenblick war das einfach eine kostbare neue Phase ihres Lebens, die noch ganz am Anfang stand. Sie nahm ihre Ohrstecker heraus und tauschte sie gegen lange glitzernde Ohrhänger, passend für ein Dinner. Lächelnd stellte sie sich vor, wie sie am nächsten Wochenende bei der Hochzeitsfeier mit ihm tanzen würde.

»Leider wirst du auf Vals Hochzeit niemanden kennen«, rief sie ihm zu. Er stand mit einem Handtuch um die Hüften geschlungen im Badezimmer vor dem Waschbecken und rasierte sich.

»Hauptsache, du bist da.« Seine Stimme war kaum zu verstehen, weil er sich gerade mit dem Rasierer über das Kinn fuhr.

»Oh, Emily wird auch kommen«, fiel ihr ein. »Also zumindest ein bekanntes Gesicht.«

»Ah.« Er klopfte den Rasierer gegen das Waschbecken und stellte das Wasser an.

»Was?«

Er wischte sich das Gesicht mit einem Handtuch ab, drehte sich um und lehnte sich gegen die Waschkonsole. »Ich muss dir noch etwas sagen, Emily und ich …« Er hielt inne und räusperte sich.

Christmas wurde übel. »Ihr hattet ein Date?«

Er blinzelte und schaute an die Decke. »Na ja, nicht wirklich.«

»Das glaube ich jetzt nicht«, kreischte sie. Obwohl es eigentlich nicht stimmte. Das hatte sie sich selbst eingebrockt. Schließlich hatte sie Emily ausdrücklich erklärt, dass sie sich gern mit Lincoln treffen könne, da sie nicht an ihm interessiert sei.

Wie dumm von ihr.

»Hast du mit ihr geschlafen?«, fragte sie. Ihr Herz raste.

Lincoln sah sie entsetzt an. »Nein! Natürlich nicht. Ich habe sie nicht einmal geküsst!« Er lächelte und legte ihr die Hände auf die Taille. Und sie ließ es zu.

»Wir haben uns in einem Pub verabredet, aber wir haben nicht einmal etwas getrunken, weil sie sich den Knöchel verstauchte und zum Arzt musste. Das war alles.«

»Das war alles?«

»Ja.«

Doch dann zögerte er.

»Was?«, fragte sie, nicht sicher, ob sie es hören wollte.

Er drehte den Kopf hin und her. »Wir haben uns noch einmal verabredet. Aber sie hatte Migräne und konnte nicht kommen. Die ganze Sache war dumm von mir. Es tut mir so leid. Aber nachdem du mich abgewiesen hattest …«

Gequält ließ sie den Kopf sinken. »Ja, ich weiß. Es tut mir leid.«

»Sie hatte mir ihre Karte gegeben und mich gebeten, sie anzurufen, und ich dachte mir, warum nicht. Das war sehr kindisch von mir.«

Sie nickte. Es tat weh. Aber sie hatte ihn zurückgestoßen und Emily praktisch dazu aufgefordert, sich um ihn zu bemühen. Also konnte sie sich jetzt schlecht aufs hohe Ross setzen, oder? Immerhin war Lincoln um die halbe Welt geflogen, um sie zu sehen.

Er sah sie verständnisheischend an, und sie atmete tief durch. »Okay, ich kann nicht behaupten, dass mir das gefällt, aber ich verstehe, wie es dazu gekommen ist. Und ich bin an der Situation nicht ganz unschuldig, deshalb vergessen wir es einfach«, erklärte sie entschlossen und versuchte damit, sich selbst ebenso zu überzeugen wie ihn.

»Du bist vielleicht die perfekteste Frau auf dieser Welt.«

»Na ja, du stehst hier in der Provence in meinem Hotelzimmer vor mir – ein guter Beweis, dass du wirklich ernst meinst, was du gesagt hast.«

»Was habe ich denn gesagt?« Er lächelte kokett.

»Das weißt du genau!«

Er küsste sie. »Dass ich dich liebe?«

»Genau das.« Sie schmiegte sich an ihn.

»Und du liebst mich auch«, flüsterte er mit seinen Lippen an ihrem Mund.

»Ja. Aber keine weiteren Überraschungen mehr, versprochen?«

»Versprochen.«

Was war das für ein Lärm?

Elsa wurde sich plötzlich bewusst, dass etwas Hartes gegen ihren Rücken, ihre Beine und, was sie am meisten beunruhigte, gegen ihren Hinterkopf drückte. Irgendetwas stimmte nicht.

Und dieses Geräusch. Ein sehr lauter, sich ständig wiederholender Ton, der in ihrem Kopf widerhallte.

Sie hatte ein Kreuzworträtsel gemacht. Sieben senkrecht. Eine ärgerliche Frage, die nicht sehr klar und in der falschen Zeitform formuliert war. Es wurde eine Antwort im Präsens gesucht, aber sie war sich ganz sicher, dass das richtige Wort in der Vergangenheitsform stehen musste. Sehr frustrierend. Beherrschte denn heutzutage niemand mehr Grammatik?

Ein Schmerz schoss ihr durch den Rücken, und sie stöhnte unwillkürlich auf. Jetzt wurde ihr klar, dass sie auf dem Boden lag. Das war das Problem.

Sie versuchte, die Augen zu öffnen, aber ihre Lider waren bleischwer. Ihr war schwindlig, aber das empfand sie nicht als unangenehm. Es kam ihr so vor, als würde sie gleich einschlafen.

Aber sie sollte aufstehen. Sie atmete tief durch und bemühte sich, all ihre Kräfte zu mobilisieren, aber nichts geschah. Wo war ihre Kraft geblieben? Dieses blödsinnige Altwerden war wirklich nervtötend. Wenn man mal ein bisschen Schwung brauchte, blieb einem gleich die Luft weg.

Und ihre Kehle war wie zugeschnürt.

Meine Güte, woher kam nur dieser Lärm?

Am nächsten Tag strahlte die Sonne in der Provence zwischen kleinen, bauschigen Wölkchen vom Himmel.

»Wir sollten wirklich endlich raus aus diesem Zimmer und uns ein paar Sehenswürdigkeiten anschauen«, sagte Lincoln, aber seine Stimme verriet keine große Begeisterung. Er saß am Fenster, trank Kaffee und blickte auf die majestätischen Eichen auf dem Rasen.

Christmas rollte sich auf dem Bett zur Seite und stützte den Kopf in die Hand. »Ein hochgestecktes Ziel. Vielleicht machen wir einfach einen Spaziergang auf dem Grundstück. Oder leihen uns vom Hotel Fahrräder aus und fahren zum Mittagessen zu einem Café?«

Der Rest der Welt war in den Hintergrund gerückt. Im Augenblick zählten nur Lincoln und sie und ihre wunderbare, einzigartige Liebe füreinander, die seit Lincolns Geständnis über Emily noch stärker zu sein schien. Die Vergangenheit war bereinigt, und nun konnten sie vollkommen unbelastet ein gemeinsames Leben beginnen. Im Flur spielte jemand auf einem Akkordeon ein französisches Volkslied, und Christmas lauschte begeistert.

»Wenn ich jetzt sterben würde, wäre ich glücklich.« Genussvoll schloss sie die Augen.

»Bitte tu das nicht.« Lincoln nippte an seinem Kaffee. »Ich würde dich sehr vermissen.«

In diesem Augenblick klingelte das Telefon in ihrer Handtasche, und sie zuckte zusammen. Sie hatte völlig vergessen, dass sie ein Telefon besaß.

»Meine Güte, bin ich jetzt erschrocken.« Sie lachte und presste die Hand auf ihre Brust. Dann griff sie nach ihrer Tasche und kramte das Telefon heraus.

Hast du meine Nachricht auf Skype bekommen?

Christmas runzelte die Stirn. Dann fiel ihr ein, dass sie eine Nachricht bekommen hatte, während sie mit Lincoln das Filmtitel-Spiel gespielt hatte. Das hatte sie völlig vergessen.

»Was gibt's?«, wollte Lincoln wissen.

»Val. Sie will wissen, ob ich ihre Skype-Nachricht erhalten habe.«

Christmas antwortete und erkundigte sich, um welche Nachricht es sich gehandelt habe. Es dauerte nur einen Moment, bis Val zurückschrieb.

Über deinen Vater.

»Merkwürdig«, sagte Christmas. »Val schreibt, es gehe um meinen Vater.«

Lincoln stellte die Kaffeetasse auf den Tisch und sah sie mit großen Augen an. »Oh, verdammt.«

»Was ist?«

»Es tut mir leid, ich habe vergessen, es dir zu erzählen.«

»Mir was zu erzählen?«

»Es geht um deinen Vater. Anscheinend war er ein Mikrobiologe, der auf Bauernhöfen die Ernten untersuchte.«

Christmas lachte verständnislos. »Was soll das heißen?«

Lincoln zögerte. »Emily hat es mir gesagt.«

Christmas setzte sich im Bett auf und zog das Laken über ihre Brust. »Emily? Das verstehe ich nicht.«

»Sie hat mich gebeten, es dir zu sagen, und ich habe es … einfach vergessen.« Er ließ die Schultern sinken und verzog beschämt das Gesicht.

Die Musik, die Christmas noch vor einem Augenblick so begeistert hatte, wurde von dem Rauschen in ihren Ohren übertönt. Emily? Er hatte sich nicht nur mit Emily getroffen, sondern sich auch mit ihr über sie unterhalten. Sie hatten sehr persönliche und wichtige Informationen ausgetauscht. Und sie hatten ihr nichts davon gesagt.

»Was ist los?«

Er kam zu ihr und setzte sich auf die Bettkante. »Zwischen mir und Emily ist nichts«, erklärte er ruhig. »Sie hatte einen ihrer Migräneanfälle, und …« Er sprach rasch weiter, doch Christmas hörte nach dem ersten Satz nicht mehr zu. *Sie hatte einen ihrer Migräneanfälle.* Das klang so, als würde er sie gut kennen. So, als wären sie ein altes Ehepaar. Sie starrte ihn an und wartete, bis seine Worte versiegten wie das Wasser aus einem tropfenden Hahn, was viel zu lange dauerte.

Lincoln rieb sich die Stirn. »Es tut mir leid, ich habe es einfach vergessen. Ich weiß, das ist eine lahme Entschuldigung, aber es ist wahr.«

»Aber wir haben doch ausgemacht, keine Überraschungen mehr«, beharrte sie kindisch. »Das hast du mir versprochen.« Es schmerzte sie, dass sie die Information über ihren biologischen Vater erst jetzt erhielt und dass Emily und Lincoln so achtlos damit umgegangen waren.

Die ganze Zeit hatte sie sich eingeredet, dass sie Gregoire Lachapelle nicht suchen wollte, weil es nicht wichtig war. Sie wusste doch ohnehin nur seinen Namen. Die leise Stimme in ihrem Inneren, die versucht hatte, ihre Aufmerksamkeit zu erregen, hatte sie einfach ignoriert. Aber jetzt, mit dieser neuen Information, war die Sache plötzlich von großer Bedeutung.

Aufgeregt sprang sie aus dem Bett. Das Zimmer war plötzlich zu klein. Ihr Brustkorb schmerzte. Sie war völlig durcheinander.

War ihre neue Liebe wirklich das, was sie zu sein schien? Sie hatte Lincoln vertraut, obwohl sie mit ihren Gefühlen immer noch sehr vorsichtig war. Dieses Mal sollte alles anders werden. Aber jetzt war sie sich nicht mehr so sicher.

Gregoire gab es tatsächlich. Er existierte. Er hatte einen Job, war auf einen bestimmten Bereich spezialisiert. Er arbeitete hier in Frankreich, vielleicht sogar dort, wo sie mit den anderen Kursteilnehmern vor einigen Tagen über die Felder spaziert war. Möglicherweise hatte sie sich nur wenige Meter von ihm entfernt befunden. Er könnte sogar der Bauer mit den Ziegen gewesen sein.

»Du solltest dich hinsetzen.« Lincoln versuchte, sie zu einem Stuhl zu führen. »Atme tief und langsam durch, sonst fängst du an zu hyperventilieren.«

Sie schüttelte den Kopf und zog den Arm zurück. »Nein. Ich brauche ein bisschen Zeit für mich. Bitte lass mich einen Moment allein.«

»Christmas, warte …«

»Nein. Bitte … geh jetzt. Ich muss nachdenken.«

Lincoln zog sich ein T-Shirt über. »Also gut. Ich setze mich eine Weile an den See.« Er wartete kurz ab, falls sie ihre Meinung doch noch ändern sollte. »Nimm dir so viel Zeit, wie du brauchst.« Zögernd verließ er das Zimmer und zog die Tür leise hinter sich ins Schloss.

Das Zimmer drehte sich um sie. Christmas ließ sich auf einen Stuhl sinken und konzentrierte sich auf ihren Atem.

Val schrieb eine weitere Nachricht.

Gregoire Lachapelle war ein Wissenschaftler, der Krankheiten auf Farmen erforschte.

Christmas starrte auf den Bildschirm. Irgendetwas stimmte da nicht. Lincoln hatte gesagt, Emily habe ihm berichtet, dass Gregoire ein Mikrobiologe sei. Es war nur ein feiner Unterschied, aber es machte sie stutzig. Woher kam diese Information? Sie ließ sich ein Bad einlaufen und tippte währenddessen eine Antwort an Val. Nachdem sie sie abgeschickt hatte, kippte sie die ganze Flasche Badezusatz ins Wasser und tauchte in den beruhigenden, duftenden Schaum ein.

Lincoln saß am Seeufer, vergrub die Füße in die weiche, feuchte Erde und dachte an Fische. Genau genommen an das Ausnehmen von Fischen. Daran, wie man das Messer hinter den Kiemen ansetzte, während der Fisch mit den Flossen ruderte und nach Luft schnappte und um eine letzte Chance flehte, bevor man ihm den Bauch aufschlitzte und ihm den Kopf abschnitt, den man dann an einen bereits wartenden Pelikan verfütterte. Daran, wie man mit dem Messerrücken die Schuppen entfernte, die wie gräuliche Konfetti durch die Luft flogen, während die Seemöwen grausig vergnügt kreischten. Daran, wie man die Messerspitze in das weiße Bauchfleisch bohrte und die Eingeweide herausholte.

Er hasste Fischen. Schon immer. Aber er hatte es lange mitgemacht, weil sein Vater Fischen liebte und er sich wenigstens eine Sache gewünscht hatte, die sie miteinander verband. Als

Teenager hatte er gelernt, den Anblick der blutenden, noch lebenden Würmer und der verblüfften, glasigen Augen der Fische am Haken zu ertragen. Für die Fische, die die Haken geschluckt hatten, war es am schlimmsten; sie hatten absolut keine Chance mehr, verschont zu werden.

Er dachte an Fische, weil er sich jetzt fühlte wie ein ausgenommener Fisch. Am Bauch aufgeschlitzt. Ihm war etwas so Wundervolles widerfahren, und weil er dumm, vergesslich und – was hatte seine Nan gesagt? … oh, ja, *träge* – war, hatte er vielleicht alles wieder verloren.

Christmas hatte großzügig über sein Date mit Emily hinweggesehen. Aber er war sich nicht sicher, ob sie ihm das verzeihen würde.

Sein Telefon piepste. Er holte es aus seiner Tasche und hoffte, dass Christmas ihn bat zurückzukommen, aber die SMS war von Jen.

Nan im Krankenhaus. Zusammenbruch im Bungalow. Wird jetzt untersucht. Könnte ernst sein. Sehr ernst. Ich fliege morgen. Wann kommst du zurück? x

Lincoln ballte die Hände zu Fäusten und blickte nach oben zu den Ästen des Baums. Tausend Gefühle stürmten gleichzeitig auf ihn ein. Er war zehn Jahre alt und schluchzte innerlich, weil seine Nan möglicherweise bald sterben würde. Er war zweiundvierzig Jahre alt und begeistert, dass Nan vielleicht noch miterleben würde, wie er sich mit Christmas häuslich niederließ. Er saß hier und machte sich Sorgen darüber, was Christmas sich jetzt in dem Hotelzimmer denken mochte. Er war gereizt, weil gerade jetzt eine solche Familienkrise eintreten musste. Und er fühlte sich schuldig, weil er zu einem solchen Gedanken fähig war, weil seine Nan vielleicht im Sterben lag, während er sich am anderen Ende der Welt befand.

Er musste sofort nach Hause zurückkehren. Das war das einzig Richtige.

Werde noch heute abfliegen. x

Val

Ich habe Emily gebeten, es dir zu sagen. Ich habe mir nichts dabei gedacht. Dad hat es mir erzählt, als er für mich gekocht hat. Ich hatte die Grippe, und mir ging es sehr schlecht. ☹ Aber das ist keine Entschuldigung.

Joseph

Ich habe nicht gesagt, dass er Wissenschaftler ist, sondern dass er Ziegenkrankheiten erforscht. Deine Mutter hat mir das erzählt. Ich dachte, du solltest das wissen. Val wollte es dir sagen. Das könnte dir helfen, ihn zu finden. Hast du eine schöne Zeit?

Darla

Ich habe nie gesagt, dass er Ziegenkäse herstellt. Es ist nicht meine Schuld, wenn Joseph nicht richtig zuhört. Warum bist du denn so patzig?

Darla

Der Tonfall deiner SMS ist mir nicht entgangen, Christmas. Kein Grund, mich anzuschreien.

Darla

Schau, ich habe mein Bestes getan. Du redest seit dreißig Jahren davon, und mir reicht's jetzt. Dieses Thema ist für mich erledigt.

»Ich hoffe, dass alles wieder in Ordnung kommt.« Christmas rang die Hände, während Lincoln durch das Zimmer lief und seine verstreuten Kleidungsstücke zusammensuchte.

»Ich auch.«

»Ich weiß, wie viel dir deine Nan bedeutet.« Ihr schossen Tränen in die Augen; sie war überwältigt von ihren Gefühlen, und nun musste Lincoln auch noch um Elsas Leben bangen.

Er gab keine Antwort. Sie hätte ihn am liebsten in die Arme genommen, aber nach dem turbulenten Vormittag wusste sie nicht, ob das jetzt angebracht war.

Schließlich richtete er sich auf. Er hatte sich eine Jeans und ein weites Baumwollhemd angezogen, seinen Koffer verschlossen und ließ den Blick noch einmal durch das Zimmer schweifen.

»Ich muss los«, sagte er, als das Taxi mit knirschenden Reifen über die gekieste Auffahrt fuhr.

»Ich weiß.«

»Es tut mir leid wegen heute Morgen.« Er sah sie unglücklich an.

»Mir auch.«

»Ich wollte dich nicht verletzen.«

»Das weiß ich.«

»Aber trotzdem ist die Stimmung zwischen uns jetzt ein bisschen seltsam, richtig?«

»Ein bisschen.« Sie versuchte zu lächeln. »Aber darüber müssen wir jetzt nicht sprechen. Du musst dich jetzt um Elsa kümmern. Wenn ich zurück bin, reden wir darüber, okay?«

»Okay.« Er richtete den Blick in die Ferne, und seinem Gesicht war deutlich seine Besorgnis anzusehen.

Sie ging zu ihm hinüber, umarmte ihn und drückte ihn an sich. Er schlang die Arme um sie und gab ihr einen Kuss auf den Scheitel. Christmas hoffte inbrünstig, dass sich alles klären würde, aber sie war sich nicht sicher.

24

Darla schob den Kopf des Kaninchenkängurus in ihre Jutetasche und verknotete sie, bevor sie sie schwungvoll in die Kühlbox beförderte. Sie warf die Metallsäge auf das dürre Gras des Seitenstreifens und hielt einen Moment inne, um zu verschnaufen und sich umzuschauen.

Der SMS-Austausch mit Christmas am Abend zuvor hatte sie aufgeregt, das musste sie zugeben. Und sie nannte gern die Dinge beim Namen. Christmas benahm sich unmöglich.

Auf den Feldern vor ihr tummelten sich einige Gruppen grauer Kängurus. Es mussten mindestens zweihundert sein, die dort im rosa Licht der Abenddämmerung nach Futter suchten, während ihre Jungen auf unsicheren Beinen herumsprangen und versuchsweise an langen Gräsern und Baumkeimlingen nagten. Die ganz Kleinen streckten den Kopf aus dem Beutel, schnüffelten und blinzelten und fühlten sich sicher in der Obhut ihrer Mütter.

Darla bewunderte Wallabys und Kängurus. Es war beeindruckend, wie robust sie waren und wie gut sie für ihren Nachwuchs sorgten. Wenn sie einen Fressfeind entdeckten, riefen sie ihr Junges zu sich, zitterten besorgt, bis es in den Beutel zurückgekrochen war, und sprangen dann schnell mit dem sicher verstauten Baby davon.

Aber in Wahrheit waren nicht alle Kängurus gute Mütter. Das hatte sie im Lauf ihrer Arbeit oft beobachtet. Einige ließen ihre Babys nach Einbruch der Dunkelheit draußen in der

Kälte zurück, sodass sie erfroren und verhungerten. Andere flohen vor einem Dingo und überließen ihm ihr Baby, um sich selbst zu retten. Und dann gab es noch die ungeschickten Mütter, die mit ihrem Beutel gegen Felsen stießen oder ihre Babys bei einem unbedachten Sprung über einen Stacheldrahtzaun aufspießten.

Darla hob die Metallsäge auf, schob die Kühlbox auf den Rücksitz des Kombis und schlug die Tür zu. Das war der letzte Fund des Tages. Es wurde zu kalt, um weiterzusuchen, und die Nacht brach allmählich herein. Morgen würde sie den Papierkram erledigen, die ausstehenden Statistiken erstellen und alles vom nächsten Postamt aus faxen, damit ihr Auftraggeber seine intensiven Studien weiterführen konnte.

Sie stieg in den Van, schnallte sich an und fragte sich, ob sie eine schlechte Mutter war.

Sie dachte zurück an die düstere Zeit voll Angst und Unsicherheit, als sie, achtzehn Jahre alt und schwanger, nach Hause zu ihren Eltern zurückgekehrt war. An die langen Monate der Schwangerschaft, in denen sie den Blicken, dem Gekicher und der Verurteilung der anderen ausgeliefert war.

Und die Geburt, ein mittlerweile fast vergessener, lang anhaltender Schmerz, der damit endete, dass man ihr ein sich windendes, klebriges rotes Baby in den Arm drückte. Als das kleine Wesen mit seinen winzigen Fingern nach ihren griff, hatte Darla zu weinen begonnen; sie hatte es nicht fassen können, dass sie so etwas Perfektes, Vollkommenes geboren hatte. *Sie* hatte das fertiggebracht. Es war kaum zu glauben, dass dies jede Minute jeden Tag auf der Welt geschah. Es schien unmöglich – ein wahres Wunder.

Ihr persönliches Weihnachtswunder, das nun im Monat März in ihren Armen lag.

Ihre Eltern fragten wegen des Namens mehrmals nach;

wahrscheinlich vermuteten sie, dass ihr Gehirn von den Schmerzmitteln vernebelt war. Aber Darla hatte nur gelacht, verzückt von ihrem kleinen Baby, und gesagt: »Schaut sie euch doch an! Sie ist das schönste Geschenk, das ich jemals bekommen habe. Sie ist wie ein Weihnachtsmorgen überall auf dieser Welt, verkörpert bis in alle Ewigkeit durch dieses wunderbare Kind.«

Jetzt schüttelte Darla den Kopf, trat auf die Kupplung und legte den ersten Gang ein. Natürlich war sie keine schlechte Mutter.

Christmas lag unter einem Berg von Kissen. Ein großes, schweres aus Daunenfedern schirmte ihr Gesicht vom Tageslicht hinter den zugezogenen Vorhängen ab. Wieder einmal wurde das Frühstück serviert; auf dem Gang ertönte das Klappern von Geschirr und Besteck und das Pfeifen von Wasserkesseln. Gelächter und Diskussionen über die beste Fahrstrecke auf den Autobahnen mit den geringsten Gebühren. Der Geruch von angebranntem Toast stieg ihr in die Nase und verursachte ihr Übelkeit.

Lincoln und sie hatten für heute einen Ausflug nach Gordes geplant – vorausgesetzt, sie hätten es geschafft, das Bett zu verlassen –, um sich die Weingüter anzuschauen. Sie stellte sich vor, wie sie gemeinsam ein Glas Wein tranken, den Ausblick über das Tal und die herrlichen Felder genossen, lachten und sich küssten. Stattdessen plagte sie der erniedrigende Gedanke, dass sie das alles ruiniert hatte. Sie hatte Emily praktisch auf Lincoln angesetzt. Sie hatte sich eingeredet, es sei ihr nicht wichtig, ihren Vater ausfindig zu machen. Aber es bedeutete ihr mehr, als sie sich eingestanden hatte. Und dann war sie vor Lincoln total ausgerastet, kurz nachdem er ihr gesagt hatte, dass er sie liebte; und er schien es wirklich ernst zu meinen. Ihr Verhalten war genau das Gegenteil von dem gewesen, was ihr so sehr an ihm gefiel – seine unbekümmerte Art und sein natürlicher Optimismus. Er hatte miterlebt, wie sie ausgeflippt war. Und nun war er weg.

Und das alles hatte sie nur sich selbst zuzuschreiben, weil sie ihre Regeln über Bord geworfen hatte.

Bevor sie Lincoln van Luc begegnet war, war es ihr eigentlich sehr gut gegangen. Sie war zufrieden gewesen. Glücklich? Nein. Aber wer war das schon? Selbst diejenigen, die das von sich behaupteten, taten oft nur so. Die meisten Menschen behaupteten, glücklich zu sein, wenn sie gerade nicht unglücklich waren, und meinten damit nicht das Gefühl von Glückseligkeit. Alle strebten danach, glücklich zu sein, aber die wenigsten waren es tatsächlich. Sie beklagten sich über das Wetter, über Politiker, über die Benzinpreise oder ihre schmerzenden Knochen.

Ihr sorgfältig ausgeklügeltes System für ein glückliches Leben hatte funktioniert. Aber sie war gestrauchelt, wie ein Alkoholiker, der dachte, alles unter Kontrolle zu haben. Und nun lag sie hier, an einem der schönsten Orte der Welt, und versteckte sich unter einem Kissen.

So ging das nicht weiter. Sie musste sich aufraffen. Schließlich wollte sie nicht die letzten Tage im Bett vergeuden.

Ja, sie musste endlich aufstehen. Raus aus den Federn.

Also los. Eins, zwei, drei ... und ... auf!

Aber ihre Glieder bewegten sich nicht. Sie schaffte es einfach nicht.

Lincoln fuhr vom Flughafen direkt zum Krankenhaus und lief auf dem Flur seiner Schwester in die Arme. Sie wollte gerade mit einem Pappbecher Kakao in Nans Zimmer zurückgehen.

»Ich habe dich so vermisst!« Sie lächelte strahlend und stellte ihren Becher auf einer Holzbank ab, direkt unter einem riesigen, farbenfrohen Plakat, das für eine Darmspiegelung warb. Es zeigte lachende Leute im mittleren Alter bei einer Partie Krocket, die sich, völlig unangebracht, gegenseitig auf den Rücken klopften.

»Ich freue mich, dich zu sehen.« Er nahm sie in den Arm. »Wie geht es Nan?«

»Besser. Es tut mir leid, dass du deine Reise abbrechen musstest. Sie hat Grippe, also keine Erkältung, sondern eine richtige Grippe, an der ältere Menschen sterben können. Die Lage war sehr ernst, aber sie erholt sich langsam. Ich glaube, es war gut, dass man sie sofort ins Krankenhaus gebracht hat.«

»Da bin ich erleichtert.« Er atmete tief aus.

Jen neigte den Kopf zur Seite. »Ein Zwei-Tage-Bart.« Sie tippte mit dem Finger gegen sein Kinn. »Steht dir gut.«

»Danke.«

»Bist du müde? Natürlich, schließlich hast du gerade einen schrecklichen Flug hinter dir.«

»Halb so wild.«

»Warum machst du dann so ein langes Gesicht?«

»Weil ich ein Pferd bin, das in eine Bar kommt.«

»Was?«

»Du kennst doch diesen Witz. Kommt ein Pferd in eine Bar, und der Barkeeper sagt: ›Warum so ein langes Gesicht?‹«

»Oh.«

»Vergiss es. Nathan würde den Witz verstehen.«

Sie lächelte mit mütterlichem Stolz. »Ruf ihn später an und erzähl ihn ihm.«

In Elsas Zimmer war es sehr warm, und ihr Gesicht wirkte erhitzt. Sie lächelte schwach. »Kein Yeti mehr, wie ich sehe.« In einer blauen Vene an ihrer mit Altersflecken übersäten Hand steckte eine Kanüle, und neben dem weißen Klebeband, mit dem sie befestigt war, breitete sich ein großer Bluterguss aus. Aus einem Infusionsbeutel tropfte Kochsalzlösung in den Schlauch.

Als er sie auf die Stirn küsste, merkte er, wie erhitzt sie war. »Du fühlst dich sehr heiß an.« Er legte die Hand auf ihre Stirn.

»Sie hatte einige Fieberschübe«, erklärte Jen und machte es sich auf einem Plastiksessel bequem, auf dem sie wahrscheinlich die letzten zwei Tage verbracht hatte.

»Viel Aufregung um nichts«, meinte Elsa.

»Welche Behandlung bekommst du?« Lincoln stand unbeholfen vor ihrem Bett, als gäbe es keinen weiteren Stuhl, auf den er sich setzen könnte.

»Sie versuchen mich mit grässlichem, matschigem Essen, das man nicht einmal einem Hund vorsetzen würde, ins Grab zu bringen«, erwiderte Elsa.

»Hauptsächlich Schmerzmittel und Flüssigkeit«, fügte Jen hinzu.

»Apropos Hund, wo ist Caesar?«, fragte Lincoln.

»Er ist bei Sarah. Weißt du, dass er Alarm geschlagen hat?« Elsa bekam einen langen Hustenanfall und keuchte. Es hörte sich furchtbar an, und Jen sah zu Lincoln hinüber und verzog das Gesicht.

Endlich legte sich der Anfall. »Er hat gebellt, geheult und gewinselt, bis schließlich jemand kam und mich auf dem Boden gefunden hat. Ich konnte mir diesen Krach nicht erklären, aber jetzt weiß ich, dass er es war.«

Lincoln war zutiefst dankbar. Und auch ein bisschen stolz.

»Sarah bringt ihn jeden Tag zur Arbeit mit. Sie hat ihm ein kleines rotes Mäntelchen gekauft, das ihn als Rettungshund ausweist. Der Schlingel lässt sich von allen im Heim verwöhnen.«

»Wahrscheinlich so sehr, dass er nicht mehr nach Hause kommen will.«

Elsa lachte leise, hustete wieder und gähnte dann. Jen trank ihre heiße Schokolade aus und stand auf. »Nan, ich begleite Lincoln jetzt nach Hause, damit er sich frisch machen kann. Wir kommen später wieder, okay?«

»Prima.« Elsa schloss die Augen.

Lincoln hatte sich in dem kleinen Honda seiner Großmutter auf den Beifahrersitz gezwängt, und Jen fuhr.

»Meine Güte, Jen, kannst du nicht ein bisschen langsamer fahren?«

»Ich habe noch nie einen Strafzettel wegen Geschwindigkeitsüberschreitung bekommen.« Jen trat auf die Kupplung und schaltete in den nächsten Gang, bevor sie schwungvoll eine Kurve in den Weizenfeldern nahm.

»Darum geht es doch nicht.«

»Hey, wie war's in Frankreich? Erzähl mir von dieser Frau.« Sie grinste ihn an. In diesem Moment fielen ihm ihr dunkles Haar – offensichtlich frisch gefärbt mit einem leichten violetten Schimmer – und ihr sonnenverbranntes Gesicht auf. Sie sah gut aus. Wie eine dieser Supermütter, die pausenlos beschäftigt, dabei aber immer gut gelaunt und sehr stark waren. So wie man es von einer Krankenschwester oder von einem Sonderpädagogen erwartete. Und sie war in der Tat beides. Bei der nächsten lang gezogenen Kurve wurde er jedoch abrupt aus seinen Gedanken gerissen. Er hatte Todesangst.

»Schau auf die Straße, Jen!« Er klammerte sich an seinem Sicherheitsgurt fest. »Verdammt! Fährst du auch so, wenn Nathan bei dir im Auto sitzt?«

»Ihm gefällt das. Er schüttet sich vor Lachen aus und macht die Geräusche des Motors beim Fahren und Schalten nach.«

»Ich sag es noch einmal. Darum geht es doch jetzt nicht.«

»Hör auf, ständig das Thema zu wechseln. Was ist nun mit dieser Frau?«

»Die Sache ist kompliziert.«

»Willst du darüber reden?«

»Nein.«

»Willst du ein Eis essen?«

»Ich bin doch keine Frau.«

»Wie wäre es dann mit einem Bier?«

»Das hört sich schon besser an.«

»Eine furchtbare Idee.« Lincoln hielt sich am Armaturenbrett fest. Nachdem sie am Abend zuvor ein paar Bier im Clarendon Arms getrunken hatten, hatte Jen ihn dazu überredet, ihren Vater zu besuchen und einige Dinge ins Reine zu bringen.

»Nun, so kann es nicht weitergehen«, stellte sie fest. »Oh, schau dir die Kuh an, ist sie nicht süß? Sie leckt die andere ab, als hätte sie eine verloren geglaubte Freundin wiedergefunden.«

»Augen auf die Straße, Jen«, befahl er und biss die Zähne zusammen. Aber nichts, was er sagte, konnte sie dazu bewegen, ihren Fahrstil zu ändern. Sie rasten durch die öde Landschaft, konnten im letzten Moment noch einem Ameisenigel ausweichen, und hielten ruckartig vor dem Haus ihres Vaters an.

Tom kam gerade mit drei Knollen in der Hand aus dem Garten in die Küche.

»Hi, Dad«, sagte Jen. »Wie ich sehe, pflanzt du immer noch diese merkwürdig geformten Kartoffeln an.« Sie umarmte ihn, und erst als sie ihre kräftigen Arme um ihn schlang, bemerkte Lincoln, wie dürr Tom geworden war.

Tom erwiderte die Umarmung und tätschelte leicht Jens Arm. »Wie sie aussehen, spielt keine Rolle. Sie sind auf jeden Fall billiger als das unverschämt teure Zeug im Laden.« Er nickte Lincoln argwöhnisch zu.

»Hi, Dad.«

Jen sah von einem zum anderen. »Alles wie gehabt, oder? Wie immer, wenn ihr euch mal wieder nicht grün seid?«

»Darum geht es nicht, Jen. Er erpresst Nan.«

»Ja, Dad. Was ist da los?« Jen stemmte die Hände in die Hüften.

Tom legte die schmutzigen Kartoffeln in das glanzlose Spülbecken. »Spielt euch nicht so auf. Das hat mit euch beiden gar nichts zu tun.«

»Oh, doch«, entgegnete Jen. »Wir lieben Nan. Es geht ihr übrigens besser, falls dich das interessiert.«

Tom starrte aus dem Fenster. »Gut zu hören.«

»Und Caesar geht es auch gut, falls du das wissen willst«, fügte Lincoln hinzu.

»Du hast den alten Köter behalten?«

»Er hat möglicherweise Nan das Leben gerettet«, sagte Jen.

Über Toms Gesicht huschte ein Anzeichen von Anerkennung, bevor er wieder eine undurchdringliche Miene aufsetzte.

»Können wir uns setzen?« Jen schob Tom zu dem alten grünen Sofa hinüber, das beinahe unter Stapeln von Zeitungen verschwand, und bedeutete Lincoln mit einer Geste, sich zu ihnen zu gesellen. Zögernd ließ er sich auf dem einzigen Stuhl gegenüber nieder.

»Ich kann nicht lange in Tasmanien bleiben«, sagte sie rasch. »Bei mir zu Hause wartet mein Junge, der mich braucht, und Mum kann sich allein nicht sehr lange um ihn kümmern. Ich liebe ihn über alles, aber, weiß Gott, er macht viel Arbeit.« Das war ein sehr seltenes, knapp formuliertes Eingeständnis, dass sie täglich zu kämpfen hatte. »Und den Austausch von Höflichkeiten erspare ich mir, weil ich darin keinen Sinn sehe.«

Tom verschränkte die Arme vor der Brust und richtete den Blick zur Decke. Lincoln starrte seinen Vater an, um ihn zu zwingen, ihn anzusehen.

»Dad, du musst begreifen, dass es nicht richtig ist, was du mit Nan machst«, erklärte Jen bestimmt. »Sie unter Druck zu setzen ist nicht in Ordnung.«

Tom gab keine Antwort.

»Selbst wenn du keine Liebe für sie empfindest …«

Abrupt wandte Tom sich seiner Tochter zu und öffnete den Mund, um etwas zu sagen, aber Jen hob die Hand und fuhr fort. »Selbst wenn du dich nicht wie ein Sohn verhalten kannst und jeden Tag zu schätzen weißt, den du mit deiner Mutter noch auf dieser Welt verbringen kannst, möchte ich dich bitten, dich ihr gegenüber wenigstens wie ein freundlicher Fremder zu verhalten. Vielleicht ein bisschen mehr als das. Möglicherweise wie ein besorgter Nachbar.«

Sie wartete, bis Tom das verarbeitet hatte.

»Es wäre mir lieber, unter angenehmeren Umständen nach Tasmanien zu kommen«, fuhr sie fort. »Nicht weil Nan sehr krank ist und ihr Sohn sich nicht um sie kümmert. Und auch nicht, weil mein Vater und mein Bruder nicht miteinander reden. Ihr seid keine Einzelpersonen. Die Familie besteht aus uns allen, und jeder hat eine Aufgabe. Habt ihr das kapiert?«

Lincoln verstand sehr gut, was sie meinte. Er war Botaniker. Im Dschungel konnte nichts allein für sich existieren.

Jeder lebende Organismus hatte eine Aufgabe zu erfüllen, um das gesamte System zu erhalten. Jeder war von einem anderen abhängig. Wurde ein Bereich von einer Krankheit befallen, waren sofort auch andere Regionen davon betroffen.

»Ja«, erwiderte er. »Ich verstehe, was du meinst.«

Jen schenkte ihm ein dankbares Lächeln. »Dad? Hast du das auch verstanden?«

»Was genau erwartet ihr von mir?«, fragte Tom.

»Nun, sag uns zuerst, warum du so hinter Nans Geld her bist.« Sie sah sich in dem Zimmer um. »Klar, dir geht es finanziell nicht sehr gut. Bist du pleite? Hast du Schulden? Hast du ein Spielproblem?«

Tom tat ihre Fragen mit einer Handbewegung ab.

»Gut, was ist es dann? Wir verstehen es nicht. Bitte lass uns dir helfen.«

Ihr Vater knirschte mit den Zähnen. »Ihr könnt mir nicht helfen. Und wenn ihr es unbedingt wissen wollt – ich bin am Ende.« Seine Stimme klang verbittert. »Man hat mich bei einem Geschäft übers Ohr gehauen, okay? Ich weiß, das ist ein Schock für dich«, fügte er an Lincoln gewandt hinzu.

»Bei welchem Geschäft?«, fragte Jen vorsichtig nach.

»Immobilien. An- und Verkauf von Häusern.«

»Wie meinst du das?«

»Mitchell zwei Häuser weiter, der sich aus dem Staub gemacht und mir diesen Hund überlassen hat, hat mich mit einer Gruppe von Investoren bekannt gemacht. Die Leute kaufen Häuser zu einem niedrigen Preis, lassen sie renovieren und verkaufen sie innerhalb eines Monats wieder. Und machen angeblich damit in kurzer Zeit enorme Gewinne.«

Lincoln verkniff sich eine Bemerkung, um seinen Vater nicht zu unterbrechen.

»Es gab eine Menge Broschüren und Videos von ihren

letzten erfolgreichen Geschäften. Also habe ich eine Hypothek auf das Haus aufgenommen und das Geld investiert. Aber es war ein Reinfall. Sie haben mich beschissen. Jetzt steckt mein Geld in einer Fehlinvestition, die Bank fordert die Rückzahlung des Kredits, und ich weiß nicht, woher ich das Geld nehmen soll.« Tom wirkte zornig und gleichzeitig beschämt. Er starrte Lincoln an, als wolle er seine Kritik herausfordern.

»Warum hast du Nan das nicht erzählt?«, fragte Lincoln stattdessen.

»Das würde ihr so gefallen«, murmelte Tom. »Sie würde sich freuen und sich wieder einmal bestätigt fühlen, dass ich eine Enttäuschung für sie bin und niemals ihrem geliebten Erstgeborenen Matthew oder dem erfolgreichen Jake das Wasser reichen kann.«

Lincolns Brustkorb zog sich zusammen. »Nichts, was du je gemacht hast, war gut genug für sie. Das tut weh, richtig?«

Wortlos starrte Tom ihn an.

»Du musst es ihr sagen«, warf Jen ein.

»Nein.« Tom trommelte mit den Fingern auf die Holzlehne des Sofas. »Mir geht es ums Prinzip.«

»Ums Prinzip?«

»Sie hat mir mein Geld gestohlen.«

»Wie meinst du das?« Jen schüttelte verständnislos den Kopf.

»Ich war achtzehn. Und ich habe mich jahrelang auf Farmen halb zu Tode geschuftet und damals gutes Geld dafür bekommen. Ich habe Kühe gemolken, Heu eingefahren, Ställe ausgemistet. Das war Knochenarbeit. Damals gab es noch keine Maschinen so wie heute. Ich habe alles gespart, um eines Tages von dieser Insel wegzukommen. Ich wollte nach Amerika. Leider haben sie mich nicht eingezogen und nach

Vietnam geschickt. Ehrlich gesagt war ich deshalb ziemlich enttäuscht.«

Lincoln war schockiert über dieses Geständnis seines Vaters. Er konnte sich nicht vorstellen, dass man nicht über alle Maßen erleichtert war, wenn man nicht dazu gezwungen wurde, in einen Krieg zu ziehen.

Jen nickte und hörte ihm aufmerksam zu.

»Deshalb legte ich mir einen anderen Plan zurecht. Ich bewahrte meinen gesamten Lohn in einer Blechdose im Milchstall auf. Davon wollte ich den Flug nach Amerika bezahlen. Und dann geriet Pa wieder einmal in Schwierigkeiten.« Er verzog das Gesicht.

»In welche Schwierigkeiten?«, fragte Lincoln nach. Sein Großvater war für ihn immer ein bedrohlicher Mensch gewesen. Er hatte die Melkeimer gegen die seiner Nachbarn ausgetauscht, wenn die Milch darin fetter und cremiger ausgesehen hatte. Manchmal war er auch zu weit gegangen und hatte gegen das Gesetz verstoßen.

»Geldprobleme. Wie immer. Schulden, die er nicht zurückzahlen konnte. Also hat Mum sich mein Geld genommen. Einfach so. Sie hat es mir gestohlen!« Toms Gesicht lief dunkelrot an.

»Aber das ergibt doch keinen Sinn«, sagte Lincoln. »Nan hat einiges auf ihrem Konto, und sie sagt, dass es von der Farm stammt.«

»Ja, interessant, nicht wahr? Sie hat immer gewusst, wie Pa war, und das Geld überall auf dem Grundstück versteckt. Ich glaube, sie wusste gar nicht, wie viel es war, bis Pa starb. Und dann hat sie alles eingesammelt. Und weil ihre Eltern auch wussten, wie Pa drauf war, haben sie all ihr Geld, das sie mit ihrer eigenen Farm verdient hatten, und ihren Grundbesitz allein ihr vermacht.«

»Du glaubst also, sie schuldet dir noch etwas?«, fragte Jen.

»Allerdings. Das ist so!«

»Verstehe.« Jen wickelte eine Haarsträhne um den Finger, wie sie es immer tat, wenn sie nachdachte.

Tom deutete auf Lincoln. »Du hältst sie für eine perfekte Großmutter. Aber als Mutter war sie ganz gewiss nicht perfekt!«

25

Ein Nachtvogel zwitscherte in der Dunkelheit vor Christmas' Fenster. Im Schlosshotel schliefen alle, aber sie wusste nicht wohin mit ihrer Energie. Es war Mittwochnacht. Am Samstag würde sie bereits wieder in Tasmanien sein, und im Augenblick befand sie sich womöglich ganz in der Nähe ihres Vaters. Oder vielleicht auch meilenweit von ihm entfernt.

Lincoln hatte ihr nach seiner Ankunft eine kurze SMS geschickt und ihr mitgeteilt, dass es Elsa besser gehe, aber seitdem nichts mehr von sich hören lassen. Sie fröstelte, wenn sie daran dachte, dass sie vielleicht alles ruiniert hatte, und ihr wurde übel vor Scham, weil sie sich das alles selbst zuzuschreiben hatte. Na ja, fast alles.

Am liebsten würde sie jetzt Schokolade machen und ihre wild rasenden Gedanken in konstruktive Aktivität verwandeln. Aber dazu hatte sie hier keine Möglichkeit.

Dann fiel ihr etwas ein, und sie suchte rasch ihre Handtasche. Darin befand sich ein Fläschchen Lavendelöl, das sie in der Woche zuvor auf dem Bauernhof gekauft hatte. Aber als sie in ihrer Tasche kramte, fiel ihr etwas anderes in die Hände – das Schokoladenpapier mit Jackson Kents Telefonnummer. Seine Sprachenschule lag nicht weit weg von hier. Und er hatte gesagt, sie könne ihn zu jeder Tages- und Nachtzeit anrufen. Kurz entschlossen griff sie nach ihrem Telefon und wählte seine Nummer. Glücklicherweise meldete er sich sofort.

Wenig später stand er vor dem Schlosshotel, mit einem Geländewagen, den er sich, wie er sagte, von einem Insassen ausgeliehen habe.

»Von einem Insassen?«, fragte Christmas.

»Könnte man so sagen.« Er machte Witze – das hoffte sie zumindest.

Er stellte ihr keine Fragen, während sie über dunkle Straßen zu seiner Schule fuhren, und Christmas kam sich plötzlich sehr dumm vor. Sicher hatte sie ihn mit ihrem Anruf gestört. Aber als sie die Schule erreichten, stellte sie fest, dass sie sich darüber keine Gedanken machen musste. Der Campus war hell erleuchtet, und es herrschte eine Atmosphäre wie bei einer Party beim Karneval. An den Bäumen hingen Lichterketten, auf den Holztischen darunter standen Kerzen und etliche Schlemmereien. Zigarettenrauch durchzog in Schwaden die Nachtluft. Man hörte das Knallen von Weinkorken und das Klirren von Gläsern.

»Woher kommt dieser süßliche Geruch?«, fragte Christmas. Sie gingen über das feuchte Gras an einigen Reihen mit Weinstöcken vorbei, wo sich, soweit sie das sehen konnte, mindestens zwei Liebespärchen versteckt hatten.

»Wahrscheinlich von einer bestimmten Pflanze«, erwiderte Jackson. »Der Duft ist nachts am stärksten, und ich fange dann immer an, von den Reisen zu träumen, die ich unbedingt noch machen möchte.«

»Achtung, Jackson, ich glaube, die französische Sprache hat den Poeten in dir erweckt.«

Lächelnd öffnete er die verwitterte Holztür zu seiner Unterkunft. »Ich nehme an, es gibt Schlimmeres.«

Der Raum war spartanisch eingerichtet, wirkte aber freundlich. Zwei Einzelbetten mit blauen Tagesdecken, dazwischen ein Nachttisch mit einer Lampe, ein alter Schreibtisch mit einem Stuhl und in der Ecke ein kleiner, summender Kühlschrank. Französische Wörterbücher, Bücher, Landkarten und Fahrpläne lagen überall verstreut herum. Draußen zupfte jemand auf einer Gitarre eine spanisch klingende Melodie, begleitet von skandierenden Rufen. Die Zuhörer klatschten begeistert in die Hände und trommelten auf die Tische.

Jackson nahm eine halbvolle Flasche Rotwein vom Kühlschrank. »Möchtest du einen Schluck Wein?«, fragte er und griff nach den Gläsern auf dem kleinen Regal über dem Kühlschrank.

»Ja, gern.«

Er schenkte zwei Gläser ein, und sie nahm ihres dankbar entgegen, wenn auch nur, um eine Beschäftigung für ihre Hände zu haben, während er sie aufmerksam musterte.

»Du scheinst hier eine schöne Zeit zu haben.« Sie setzte sich auf den Stuhl am Schreibtisch. Jackson stellte sein Glas auf den Nachttisch und ließ sich auf einem der Betten nieder. Christmas ging es schon viel besser, allein weil sie ihrem Hotelzimmer und ihren bohrenden Gedanken entflohen war und ein freundliches Gesicht vor sich sah.

»Ich fühle mich hier sehr wohl«, erwiderte er, lockerte seine Krawatte und streckte die Arme über den Kopf. »Allerdings habe ich ständig Kopfschmerzen. Diese Intensivkurse sind sehr anstrengend, aber ich habe den Eindruck, in wenigen Tagen schon sehr viel gelernt zu haben. Wir werden hier dazu angehalten, nur Französisch zu sprechen, und das ermüdet.« Er rieb sich die Augen.

»Das kann ich mir vorstellen.« Christmas bemerkte schuldbewusst, dass ihr nur ein paar einfache Worte und Phrasen einfielen. »Es tut mir leid, dass ich dich wach halte.« Sie nippte an dem warmen, schweren Rotwein.

»*Non, non.*« Er deutete auf das Fenster. »Wie du siehst,

kommt man hier nicht zur Ruhe. Wahrscheinlich ist das Teil der Foltermethode, mit der man zuerst in die Knie gezwungen und dann wieder aufgerichtet wird.«

»Wie in einer Sekte?«

Er lachte. »So ähnlich.«

»Aber du hast dich bisher gut gehalten.« Sie bewunderte ihn tatsächlich. Als sich ihre Blicke trafen, durchfuhr sie ein Ruck. Sie stellte das fast leere Weinglas auf den Tisch.

»Danke.« Er hielt einen Moment inne. »Also, warum bist du hier, Christmas? Ganz ehrlich. Ich bin sicher, dass es sich nicht um Schokoladenverarbeitung handelt – sosehr ich unsere Zusammenarbeit auch genossen habe.«

»Nun, ich mache gern Schokolade, wenn ich im Stress bin. Zumindest bei mir zu Hause. Das beruhigt mich.«

»Was stresst dich denn im Moment?«

Es war so vertrackt. Sie hatte sich verliebt und war auf Gegenliebe gestoßen, doch jetzt stand alles plötzlich infrage und war auf den Kopf gestellt worden. Die Information über ihren Vater. Elsas Erkrankung. Ihr kleiner Zusammenbruch vor Lincoln im Schlosshotel.

Ihr wurde plötzlich heiß, und sie stand auf, um das Fenster zu öffnen. Es befand sich über dem Bett, auf dem Jackson saß. Als sie den Arm nach oben streckte und an dem Griff zog, rutschte ihr T-Shirt nach oben und entblößte ihren Bauch. Verlegen ging sie ein paar Schritte zurück, aber Jackson hatte den Blick wie ein Soldat geradeaus gerichtet. Sie empfand mit einem Mal große Zuneigung für ihn und fühlte sich versucht, ihm mit der Hand über die Wange zu streichen. Aber sie hielt sich zurück.

Sie setzte sich auf das gegenüberliegende Bett und sah ihm in die Augen. Was sie jetzt am nötigsten brauchte, war ein Freund. »Es ist eine lange Geschichte«, sagte sie.

»Ich habe Zeit.«

»Das ist gut. Ich fühle mich seit einigen Tagen sehr schlecht. So schlecht wie seit Jahren nicht mehr. Ich mache mir allmählich Sorgen um mich.«

Jackson wartete, dass sie fortfuhr.

»Ich habe eine Information bekommen, die mich ziemlich schockiert hat.«

»Ist zu Hause alles in Ordnung?«

»Ja, ich glaube schon. Aber ganz sicher bin ich mir nicht.« Sie fragte sich, wo sie anfangen sollte, und zupfte an der Tagesdecke.

»Manchmal ist es sinnvoll, einfach mit dem Anfang zu beginnen«, sagte er.

»Wie bei dem Lied von Julie Andrews?« Sie grinste.

»Was?«

»*Do re mi*. Aus *The Sound of Music*.«

»Das habe ich nie gesehen.«

»Oh, komm schon. Das gibt's doch nicht.«

»Doch, wirklich.«

»Das musst du nachholen. Der Film ist zauberhaft. Gut, er ist viel zu lang. Ich habe ihn mir ungefähr zwanzig Mal angeschaut und es nur zweimal bis zum Ende geschafft. Aber man muss ihn gesehen haben. Sobald ich wieder zu Hause bin, schicke ich dir die DVD.«

Jackson legte lachend den Kopf in den Nacken, und sie sah, wie seine Halsmuskeln hervortraten. Dieser Mann musste nur atmen, und schon spannten sich seine Muskeln an.

»Gib mir deine Adresse.« Sie kramte aus ihrer Tasche ein Stück Papier und einen Stift und reichte ihm beides. Belustigt legte er den Zettel auf die Knie und schrieb sorgfältig seine Adresse auf.

»Prima.« Sie steckte das Papier zurück in die Tasche. Draußen wurde die Musik immer lauter, und außer der Gitarre waren noch weitere Instrumente zu hören. Es klang wie ein Zigeunerfest, und Christmas' Laune hob sich.

»Okay, die Sache mit dem Film wäre geklärt, und nun verrate mir den Grund, warum du hier bist«, forderte Jackson sie auf.

»Ach ja.« Sie hielt kurz inne. Vielleicht war es keine gute Idee, jetzt darüber zu reden, weil dann ihre Gedanken wieder nur darum kreisen würden. Da sie keine Schokolade machen konnte, brauchte sie eher eine andere Möglichkeit, sich körperlich auszutoben. »Weißt du was? Ich glaube, du hast mir bereits geholfen. Wie wäre es, wenn wir rausgehen, Wein trinken und tanzen?«

»Von mir aus gern«, erwiderte er. »Handeln liegt mir ohnehin mehr als Reden.«

»Dann lass uns tanzen, anstatt zu reden oder Schokolade zu machen«, sagte sie fröhlich.

»Für Maître Le Coutre ist das sowieso das Gleiche.«

»Er ist wohl doch ein Genie«, sagte sie ernst.

»Oder verrückt wie ein Hutmacher.«

»Ah, *Alice im Wunderland* kennst du also!«

»Nein. Wieso?«

»Oh, Jackson!«

»Also gehen wir tanzen.«

»Sehr gern.«

Sie tanzten barfuß auf dem feuchten Gras, hielten sich erhitzt in den Armen und tranken Wein. Um sie herum sangen Menschen aus der ganzen Welt in verschiedenen Sprachen, und die Musik gab ihnen den Rhythmus für ihre Schritte vor. Gegen drei Uhr morgens wurden sie müde, und Jackson fuhr sie nach Hause. Ihre Lider wurden schwer, und sie sprachen nicht mehr viel.

»Du solltest hierbleiben«, meinte sie, als er vor dem Schlosshotel anhielt. »Du bist zu müde, um zurückzufahren. Ich habe eine Klappcouch in meinem Zimmer. Wahrscheinlich ist sie nicht sehr bequem, aber sicher auch nicht schlimmer als das Bett in deinem Zimmer. Und zumindest ist es hier ruhig.«

Er schüttelte den Kopf.

»Okay, dann schlafe ich auf der Klappcouch, und du bekommst mein Bett«, schlug sie vergnügt vor.

»Darum geht es nicht«, erwiderte er. »Es wäre zu schwierig für mich, mit dir in deinem Zimmer zu sein und nicht mit dir zusammen sein zu können.«

Christmas' Puls beschleunigte sich. »Es tut mir leid, Jackson. Ich mag dich sehr, aber leider habe ich mein Herz schon verschenkt.«

Er sah sie an, und ihr Magen krampfte sich zusammen. »Warum ›leider‹?«, fragte er.

Sie zuckte mit den Schultern. »Es ist immer mit einem großen Risiko verbunden, richtig?«

Er nickte. »Ich lebe in Johannesburg, daher bin ich an ein Leben mit Risiken gewöhnt.«

»Ja, das kann ich mir gut vorstellen.«

»Aber eines weiß ich genau«, fuhr er fort und strich ihr eine Haarsträhne aus dem Gesicht. »Das Leben an sich ist ein Risiko. Wir alle laufen jeden Tag Gefahr zu sterben. Aber das soll uns nicht daran hindern zu leben. Und nichts … absolut nichts … kann verhindern, dass uns der Tod irgendwann ereilt. Also bleibt uns nur die Möglichkeit weiterzuleben.«

Ihre Kehle schnürte sich zu. Christmas schluckte und atmete tief ein. »Das klingt ziemlich ernüchternd.«

»Tut mir leid«, sagte er. »Ich wollte dir nicht die Laune verderben.«

»Nein, schon gut. Ich glaube, du hast recht. Vielleicht liegt die Kunst darin, einfach immer weiterzutanzen.«

Er lächelte, und sie stieg aus dem Wagen und schloss sanft die Tür.

Christmas sah Jackson hinterher, bis die Rücklichter hinter der nächsten Kurve verschwanden. Sie hoffte sehr, dass sie ihn eines Tages wiedersehen würde, und warf ihm einen Abschiedskuss nach.

Für ihre letzten zwei Tage in der Provence hatte Christmas sich drei befristete Regeln gesetzt, die ihr helfen sollten, bei guter Laune zu bleiben. Sie würde sich damit abfinden, dass sie Gregoire Lachapelle auf dieser Reise nicht finden würde, aber sie würde sich diese Möglichkeit für die Zukunft offenhalten; sie würde sich keine Sorgen mehr wegen Lincoln machen – die Situation klärte sich ohnehin bald, so oder so; und sie würde die atemberaubende Schönheit der Provence genießen, schmecken, betrachten, hören und riechen. Und ihre inneren Quellen wieder beleben.

Und genau das tat sie dann auch.

Sie kam am Samstagabend nach Einbruch der Dunkelheit in Tasmanien an, betrat ihre Wohnung über der *Schokoladenapotheke* und stellte ihr Gepäck neben der Tür ab. Rasch drehte sie die Heizung auf, holte sich einen flauschigen Schlafanzug aus dem Schrank, kroch unter die Bettdecke und fiel in einen tiefen, traumlosen Schlaf.

Ihr erster Tag im Laden war ein Sonntag, und weil an diesem Tag immer viele Wochenendbesucher kamen, konnte sie ihren Jetlag nicht auskurieren. Aber als sie aufwachte, fühlte sie sich besser als erwartet und las sich gut gelaunt Abigails Notizen durch. Auch Briefe und Rechnungen hatten sich angesammelt. Darunter befand sich eine Einladung zur Hochzeit von Dennis und Juliette in einigen Monaten. Damit hatte sie nicht gerechnet, und es rührte sie, dass sie ihr schrieben, sie hätten das Datum für den Tag festgesetzt, an dem die Schokoladenverkostung stattgefunden hatte, und würden sich sehr über ihr Kommen freuen. Sie fühlte sich geehrt.

Aber der Papierkram musste bis morgen warten, wenn der Laden geschlossen war. Heute brauchte sie ihre ganze Kraft, um Kaffee zu kochen und Leckereien zu servieren, ohne sich dabei zu verbrennen oder etwas zu verschütten. Der Laden sah ein bisschen anders aus – einige Waren standen an anderen Plätzen oder waren neu aufgefüllt worden. Es war, als würde sie einer guten alten Freundin wiederbegegnen, die in der Zwischenzeit selbst einiges erlebt hatte. Und sie freute sich darüber, dass ihr, inspiriert durch ihre Reise, viele kreative Ideen für ihr Geschäft durch den Kopf schossen. Zum Beispiel könnte sie Besichtigungen von Farmen ihrer örtlichen Lieferanten organisieren und damit ihren Kunden zeigen, woher ihre Produkte stammten. Oder Workshops zur Herstellung von Schokolade veranstalten, wobei sie allerdings freundlicher mit den Teilnehmern umgehen würde als Maître Le Coutre in seinem Trainingslager.

Es überraschte Christmas nicht, dass Rosemary McCaw ihre erste Kundin war. Aber es verblüffte sie, wie sie gekleidet war – sie trug einen pinkfarbenen Fahrraddress und hielt einen schwarzen Fahrradhelm in der Hand.

»Christmas, Engelchen, es ist so schön, Sie wieder am Steuer dieses Schiffs zu sehen.« Rosemary durchquerte mit laut klappernden Schuhen den Laden und umarmte sie.

»Ich freue mich auch sehr, Sie wiederzusehen, Rosemary«, sagte Christmas und erwiderte ihre Umarmung. »Warum sind Sie so gekleidet?«

Rosemary trat einen Schritt zurück und hob einen Fuß leicht an. »Meine neuen Schuhe.« Es waren Fahrradschuhe mit Pedalplatten, was das Klacken auf dem Holzboden erklärte. »Gordon Harding hat mich in die Kunst des Hochradfahrens eingeführt. Wir trainieren für das Seniorenrennen im nächsten Jahr.«

»Aha.« Das erklärte auch den eng anliegenden pinkfarbenen Anzug. »*Oh!* Sie und Gordon?« Christmas zwinkerte Rosemary zu und zog die Augenbrauen nach oben. Es wärmte ihr das Herz, dass anscheinend zwei Senioren zusammengefunden hatten. Vor allem weil Rosemary vor Christmas' Reise nach Frankreich so deprimiert gewesen war.

»Ja, wir sind jetzt ein Paar. Er ist mein Freund, und wir verbringen die Nächte regelmäßig entweder bei ihm oder bei mir.«

»Ah … wie schön.«

In diesem Moment fuhr Gordon Harding auf seinem Hochrad vor, blieb vor dem Laden stehen und betätigte die Fahrradklingel.

»Das ist mein Zeichen«, sagte Rosemary. »Nach unserem Morgenausflug wollen wir uns Videos bei YouTube anschauen, um uns mit einigen Taktiken beim Rennen vertraut zu machen.«

»Das hört sich sehr gut an. Aber werden Sie bei all dem Training noch Zeit für Schokoladen-Konsultationen finden?«

Rosemary legte die Hand an ihr Herz. »Meine Liebe, ohne Ihre Schokolade könnte ich nicht leben. Nichts auf dieser Welt wird mich davon abhalten, Sie weiter aufzusuchen.« Sie setzte den Fahrradhelm auf, schob ihn hin und her, um die beste Position zu finden, und befestigte dann mit einiger Mühe den Kinnriemen unter ihrem breiten Kiefer. »Auf jeden Fall komme ich so bald wie möglich wieder, denn ich bin schon sehr gespannt auf Ihre Reiseabenteuer und Ihre eigene Liebesgeschichte.«

»Ich bin noch nicht sicher, wie die Geschichte ausgehen wird«, erwiderte Christmas nachdenklich.

»Dann können Sie noch Einfluss auf die Schlussszene nehmen«, rief Rosemary ihr über die Schulter zu, als sie zur Tür lief. »Zur Zugabe bin ich wieder hier.«

Gegen Mittag tauchten Bert und Ernie auf. Als sie die Tür öffneten, brachten sie einen kalten Windstoß mit in den Laden. Sie tippten zur Begrüßung lächelnd an ihre Baseballkappen, bevor sie sich an der Kaffeemaschine bedienten.

»Steht wieder ein Canasta-Spiel an?«, rief sie ihnen zu, während sich die beiden ihre Lieblingssorte aussuchten.

»Ja«, bestätigte Bert. »Und heute haben diese Henderson-Jungs keine Chance.«

»Sie haben beim letzten Mal nur wegen der vier roten Dreier gewonnen. Gegen so viel Glück kommt man nicht an. Aber laut Statistik wird sich das heute nicht wiederholen.«

»Und die roten Asse.« Bert schüttelte den Kopf. »Ich könnte schwören, dass sie gemogelt haben.«

Bert und Ernie setzten sich wie immer an den langen Tisch und bestellten Schokoladentoast, und Christmas legte das frische Brot von Janes Bäckerei unter den Grill.

Als sie den Männern das Gericht servierte, kam eine SMS von Emily; sie fragte, ob sie sich zum Abendessen treffen könnten. Christmas blieb jedoch keine Zeit, um über eine Antwort nachzudenken, denn Cheyenne betrat den Laden, im Arm einen Strauß mit riesigen Sonnenblumen, hinter denen ihre kleine Gestalt fast verschwand.

»Hallo!«, rief sie.

Christmas eilte zu ihr und half ihr, die Blumen auf dem Tresen abzulegen. »Wie schön, dass du wieder da bist«, sagte sie. »Abigail hat sich während meiner Abwesenheit Sorgen um dich gemacht. Was war los?«

Cheyenne streckte ihre linke Hand in die Luft und drehte sie. Ein Diamantring aus Weißgold funkelte an ihrem Finger.

»Oh, mein Gott!« Christmas nahm Cheyennes Hand und bewunderte den schönen glänzenden Ring, ein Zeichen für einen Neubeginn. »Wie ist es denn dazu gekommen?« Soviel sie wusste, hatte Cheyenne nicht einmal einen festen Freund gehabt.

»Er heißt Wilbur«, erzählte Cheyenne. »Er lebt in Melbourne. Wir kennen uns schon seit unserer Kindheit, hatten jedoch in den letzten zehn Jahren keinen Kontakt mehr. Dann hat er mich bei Facebook entdeckt, und wir haben viel miteinander gechattet. Plötzlich waren wir beste Freunde – so als wären wir das schon immer gewesen und hätten uns nie aus den Augen verloren. Während deiner Abwesenheit hat er mich besucht, und wir … na ja, dann ging es sofort zur Sache.«

»Du wirst ja rot bis über beide Ohren!« Christmas lachte.

»Der Rest der Welt war plötzlich nicht mehr wichtig. Und leider betraf das auch deinen Laden und meine Verpflichtung, mich um die Blumen zu kümmern. Es tut mir sehr leid.«

Christmas winkte ab. »Schon gut.«

»Abigail kam schließlich bei mir vorbei. Sie war nicht gerade erfreut. Du weißt doch, sie kriegt immer diese Falte zwischen ihren Augenbrauen, wenn sie schlechte Laune hat.«

»Ja, allerdings. Sie ist sehr oft missmutig.«

»Sie hat mir den Marsch geblasen, mir vorgeworfen, dass ich dich im Stich lassen würde und du sehr enttäuscht von mir sein würdest.« Cheyenne versteckte, offensichtlich beschämt, die linke Hand hinter dem Rücken.

Christmas zog sie wieder vor. »Das bin ich nicht. Ich freue mich sehr für dich.«

»Wirklich? Denn ich hätte dich gern als meine Brautjungfer. Ich weiß, wir sind eigentlich zu alt für so etwas, aber mir fällt kein anderes Wort dafür ein. Ich kann dich ja nicht bitten, mein Blumenmädchen zu sein. Oder vielleicht doch?« Cheyenne lachte – laut, fröhlich und ungehemmt.

»Na klar. Ich bin dabei, egal in welcher Funktion.« Sie umarmten sich.

»Ich muss los«, sagte Cheyenne. »Wir wollen uns zusammen ein paar Lokale anschauen, während die Kinder in der Schule sind. Aber ich wollte dir vorher die Blumen vorbeibringen und dir sagen, wie sehr es mir leidtut, dass ich plötzlich von der Bildfläche verschwunden war. Ich verspreche dir, dass ich schon bald wieder die Kurve kriege.«

»Geh schon. Viel Spaß.«

Mit schwungvollen Schritten verließ Cheyenne den Laden.

Christmas atmete tief durch und dachte einen Moment über die wunderbare Wendung in Cheyennes Leben nach. Das Leben war voller Überraschungen. Es schien, als hätten sich plötzlich alle verliebt und planten zu heiraten: Val und Archie, Lincolns Freund Rubble, Dennis und Juliette, Rosemary und Gordon und nun auch noch Cheyenne.

Am Nachmittag tauchte Val auf, in der Hand eine Tüte mit den Hochzeitsschuhen, die sie sich für das kommende Wochenende gekauft hatte. Sie hielt sie in die Höhe und grinste ein wenig verlegen. Christmas war immer noch wütend auf sie, aber die kleine Val war ihre Schwester. Es war völlig normal, dass man manchmal auf seine Schwester nicht gut zu sprechen war und sich verletzt fühlte, aber sich dann wieder verhielt, als sei nichts gewesen. Das war ein ungeschriebenes, allgemeingültiges Gesetz. Und außerdem würde Val in einer Woche heiraten. Christmas betrachtete die Schuhe.

»Bist du hierhergekommen, weil du weißt, dass ich dir vor meinen Kunden keine Szene mache?«

»Natürlich nicht.« Val nahm sich ein frisch gebackenes Lebkuchenmännchen aus einem Glas auf dem Tresen.

»Ich bin immer noch ein bisschen sauer.« Christmas stellte zwei Teetassen hin. Koffein hatte sie heute schon genug zu sich genommen. Trotz des erfolgversprechenden Starts in den Tag hatte ihre Kraft rasch nachgelassen, und in den vergangenen Stunden hatte sie immer wieder gegen den Jetlag ankämpfen müssen, der sie wellenartig überrollte. Sie fühlte sich, als würde sie bei starker Brandung schwimmen, von den gewaltigen Wogen wurde sie so stark nach unten gezogen, dass sie ständig nach Luft ringen musste. Sie hatte eine CD mit temporeichen Songs von den Beatles eingelegt, um sich in Schwung zu halten, doch sie dachte sehnsuchtsvoll an morgen, wenn der Laden geschlossen war und sie sich erholen konnte.

»Oh, Val, die Schuhe sind wunderschön!« Sie strich mit den Fingern über die weißen Stoffblumen an den Spitzen.

»Und sie sind bequem! Und ich habe sie zum halben Preis bekommen! Ein richtiger Glücksfall!« Val biss dem Lebkuchenmännchen einen Fuß ab. »Das habe ich dir mitgebracht.« Sie streckte ihre Hand aus.

Misstrauisch beäugte Christmas das Geschenk. »Einen Stein?«

»Ja.«

»Warum?«

Val zuckte mit den Schultern. »Die Backmischungen für Kuchen sind uns ausgegangen, also habe ich einen Stein aus unserem Garten geholt. Du kannst dich glücklich schätzen – der Stein ist wahrscheinlich genießbarer als ein von mir gebackener Kuchen.«

Christmas starrte sie an. »Manchmal benimmst du dich wirklich seltsam.«

»Ich weiß. Schau, ich bedaure das sehr. Es war einfach ein Kommunikationsfehler und schlechtes Timing. Du hast so oft gesagt, dass du Gregoire nicht suchen willst. Als ich dann nichts von dir hörte, habe ich angenommen, dass du meinen Hinweis bewusst ignorierst, und nach einer Weile wollte ich dann lieber doch noch einmal nachfragen … Es tut mir sehr leid.«

Christmas drehte den Stein um. Val hatte mit Nagellack ein rotes Herz auf die Rückseite gemalt.

»Wir gehören zu einer Familie, Massy, und das wird immer so sein«, fuhr Val fort. »Familien bilden die Grundlage des Lebens, so wie Steine die Grundlage der Erde. Und deshalb schmerzt es dich natürlich sehr, dass du vielleicht die Chance verpasst hast, deinen Vater zu finden.«

Christmas hob die Schulter – ein Zeichen, dass sie sich zögernd erweichen ließ. »Ich glaube, ich bin alt genug, um zu wissen, dass man viele Chancen im Leben bekommt. Es ist wie mit dem Bus. Wenn du einen versäumst, musst du eben den nächsten nehmen.«

Als Val ihre Hand ergriff, dachte Christmas, dass ihre kleine Schwester recht haben könnte: Die Familie war die Basis des Lebens und ebenso der Grundstock für Glück. Und wenn man zu Beginn einen wackligen Untergrund vorfand, musste man eben hart dafür arbeiten, um ihn stabiler zu machen.

»Also gut, ich verzeihe dir.« Sie drehte sich um, um den Tee zu holen.

»Hurra!« Val klatschte in die Hände.

»Sollen wir uns jetzt wie üblich nach einem beigelegten Streit mit Schokolade vollstopfen?«, fragte Christmas.

»Gib mir die Tüte mit den gesalzenen Karamellbonbons.«

»Diese hier?«

»Ja. Und noch einen von den Schokoladenriegeln.«

»Gern. Und weil wir gerade über Familie sprechen: Ich würde Nate gern Kochunterricht geben. Das hätte ich schon längst tun sollen. Schließlich bietet sich das an.«

»Er wird sich sehr darüber freuen.« Val biss in den Schokoladenriegel. »Und bring ihm als Erstes bei, wie man diese Dinger macht, denn ich habe vor, deinen Bestand restlos zu vernichten.«

Am späten Nachmittag kam Mary Hauser mit ihrem Schnauzer vorbei (um Hundeschokolade zu kaufen), und dann Abigail (um Christmas mitzuteilen, dass sie nur noch am Samstag arbeiten könne, weil sie sich mehr auf ihr Studium konzentrieren müsse), und schließlich schneiten noch Tu und Lien herein. Die beiden waren auf dem Weg zu Liens Hydrotherapie, und Christmas bat sie, kurz zu warten. Sie sauste die Treppe nach oben, kippte den Inhalt ihres Koffers aus, lief mit dem Roman, den sie in Paris gekauft hatte, wieder nach unten und gab ihn Lien.

»Das Buch ist auf Französisch«, sagte das Mädchen verblüfft.

»Ich habe es an einem Stand an der Seine gekauft. Du liest so schnell, dass ich befürchtet habe, dass du schon bald mit allen englischen Werken durch sein könntest, also habe ich mich gefragt, ob wir beide nicht einen Französischkurs machen könnten, um dann Bücher auf Französisch zu lesen.«

Lien schaute auf. Ihre Augen unter der roten Wollmütze weiteten sich. »Zusammen?«

»Ja. Es ist höchste Zeit, dass ich die Sprache lerne, aber ich habe gehört, sie soll nicht ganz einfach sein, und mit einer Freundin würde das Lernen einfach mehr Spaß machen. Was hältst du davon?«

Lien warf Tu einen Blick zu, die lächelnd nickte. Ein strahlendes Lächeln glitt über Liens Gesicht, bevor sie sich wieder als lässiger Teenager gab. »Okay, klar, das ließe sich schon machen.«

»Prima!«

Tu formte mit den Lippen ein lautloses Danke, während Lien begeistert in dem Buch blätterte.

Christmas fiel wieder ein, dass Emily noch auf eine Antwort wegen eines gemeinsamen Abendessens wartete. Vielleicht war Emily ihr böse, weil sie versucht hatte, sie und Lincoln zusammenzubringen. Aber dann war Lincoln ihr nach Frankreich gefolgt. Und da sie nicht wusste, wie die Dinge zwischen ihr und Lincoln jetzt standen, könnte ein Gespräch darüber sehr peinlich werden. Christmas fühlte sich schuldig wegen Lincoln, war jedoch gleichzeitig immer noch gekränkt, weil Emily ihr die Neuigkeiten über Gregoire nicht selbst mitgeteilt hatte. Für ihr müdes, vernebeltes Gehirn war das im Augenblick alles zu viel. Deswegen schrieb sie Emily eine SMS, dass ihr der Jetlag noch schwer zu schaffen mache und sie sich wieder melden würde, wenn es ihr besser gehe.

26

Zu ihrem Verdruss war Elsa immer noch im Krankenhaus. Sie hatte sich bereits erholt, doch bei alten Menschen waren die Ärzte vorsichtig. Wahrscheinlich machte es sich in den Akten nicht sehr gut, wenn sie einen älteren Menschen entließen und der dann kurz darauf den Löffel abgab. Aber der Krankenhausaufenthalt zog sich schier endlos hin. Dass sie alt war und sich nicht mehr so gut bewegen konnte, war eine Sache, aber immer wieder die gleichen langweiligen Fragen über ihr Essverhalten, ihre Verdauung und ihre Atembeschwerden gestellt zu bekommen, machte es noch viel schlimmer. Und sie hasste die modernen Metallclips, die man ihr an die Finger steckte. Es war viel mitfühlender, den warmen Finger eines Menschen an ihrer faltigen Haut zu spüren, als wie ein Roboter mit einem Kabel verbunden zu werden.

Noch mehr stresste sie, dass man ihr ständig Fragen stellte, die eindeutig darauf abzielten herauszufinden, ob sie noch alle Tassen im Schrank hatte. Wie zum Beispiel dieses Mädchen, die ihren Pferdeschwanz immer so über ihre Schulter schwang wie in einem Werbespot für ein Shampoo.

»Was haben Sie heute zum Frühstück gegessen?«, fragte das Pferdeschwanz-Mädchen. Und wusste natürlich die Antwort, denn sie konnte sie von Elsas Patientenblatt ablesen, das sie in den Händen mit den lilafarben lackierten Nägeln hielt.

»Können Sie mir sagen, seit wann die Tafeln mit der Patientenakte nicht mehr aus Holz, sondern aus Plastik sind?«, entgegnete Elsa.

»Wie bitte?« Das Mädchen wirkte verwirrt, wenn nicht sogar ein wenig ängstlich, und machte sich eine Notiz.

»Das Plastikteil, das Sie in der Hand halten«, antwortete Elsa geduldig. »Früher waren die Dinger aus Holz.«

»Nein, sie waren schon immer aus Plastik.«

»Sie sind einfach noch sehr jung.« Das war keine Feststellung, sondern eine Kritik.

Das Mädchen verließ stirnrunzelnd das Zimmer und ging an Elsas jüngstem Sohn vorbei, der auf der Türschwelle stand.

»Steh nicht so in der Gegend herum«, befahl die alte Frau und bemühte sich, sich ihre Überraschung nicht anmerken zu lassen. »Setz dich.«

Tom ließ sich auf der Kante des Besucherstuhls nieder. Elsa hatte Schwierigkeiten, seinen Gesichtsausdruck zu deuten. Abwehr, das stand fest. Vielleicht auch ein Anflug von Reue? Oder redete sie sich das nur ein?

»Ich nehme an, du besuchst mich, weil deine Kinder bei dir waren«, sagte Elsa. »Wahrscheinlich hast du gehofft, ich läge im Sterben.«

Er besaß den Anstand, zumindest ein wenig beschämt dreinzuschauen.

»Mach dir keine Sorgen«, fuhr sie fort. »Ich weiß, warum du hier bist. Sie haben mir von deiner Fehlinvestition erzählt.«

Tom murmelte etwas Unverständliches und fuhr sich mit der Hand über den Mund. Sie betrachtete sein zerknittertes Hemd. Meine Güte, nahm dieser Mann nie ein Bügeleisen zur Hand? Sie wartete auf seine Erwiderung, obwohl sie bezweifelte, dass sie an ihrer Entscheidung etwas ändern würde. Mr Nettle von der Anwaltspraxis am Ende der Straße war bereits auf dem Weg zu ihr, damit sie ihr Testament ändern konnte.

»Dann weißt du ja, wofür ich das Geld brauche«, sagte Tom.

»Und warum sollte ich dir aus der Patsche helfen?«

»Weil du es mir schuldig bist. Du hast mich ruiniert.« Man hörte seiner Stimme die jahrelang unterdrückte Frustration an.

»Ich habe dich ruiniert?«, wiederholte sie überrascht. »Was um alles in der Welt meinst du damit?«

»Ich hatte Pläne und Träume. Ich habe hart für das Geld gearbeitet, um nach Amerika zu gehen, und du« – er schnaufte ein paar Mal erregt – »hast es mir einfach weggenommen!«

Elsa schaute stirnrunzelnd auf die weiße Baumwolldecke, die bis zu ihren Achseln hochgezogen war, und durchforstete ihr Gedächtnis. Schon nach kurzer Zeit fiel ihr ein, was er meinte. Das war ein Vorteil des Älterwerdens. Man erinnerte sich schneller an Dinge, die weit in der Vergangenheit lagen, denn wenn man den Kreis seines Lebens fast vollendet hatte, waren sie einem wieder viel näher.

»Um die Gläubiger zu bezahlen?«, fragte sie. Sie erinnerte sich daran, wie sie die Geldscheine gezählt hatte und sehr beeindruckt gewesen war, dass ihr Sohn so viel gespart hatte.

»Ja, um die Gläubiger zu bezahlen«, erwiderte Tom. In seiner Stimme lag tiefe Verachtung.

»Wir hätten sonst das Haus verloren.« Sie konnte es kaum fassen, dass die Geistesgegenwart, mit der sie an jenem Tag gehandelt hatte, auf so undankbare Weise verurteilt wurde.

»Das war aber nicht *mein* Problem. Ich wollte dort ohnehin nicht bleiben. Ich wollte weg, nach Amerika, um dort ein neues Leben anzufangen.«

Traurig schüttelte sie den Kopf. Warum war Tom nur so ein beschränkter Mensch geworden? »Aber damit war dein Leben nicht vorbei, Tom. Seit diesem Tag ist viel Zeit vergangen. Du hattest viele Möglichkeiten, dein Leben so zu gestalten, wie du wolltest. Schlimme Dinge stoßen fast jedem irgendwann einmal zu. Menschen verlieren ihr Zuhause, ihre Existenzgrundlage, ihre Familien. Oder ihre Kinder!« Ihr schnürte sich plötzlich die Kehle zu, und sie drehte den Kopf zur Seite. *Sie* hatte ein Kind verloren. Auch wenn er schon erwachsen gewesen war, war er immer noch ihr Kind gewesen. Und sie hatte ihn in einem grauenhaften Krieg auf dem Schlachtfeld verloren und sich nicht einmal von ihm verabschieden können.

»Geld ist wie Ebbe und Flut, Tom. Es kommt und geht und kommt wieder. Ein bisschen Geld zu verlieren bedeutet nichts. Gar nichts«, sagte sie scharf.

»Aber du hast mich betrogen«, entgegnete er.

»Ah, ich verstehe. Wenn man sich betrogen fühlt, entwickelt man sehr starke Gefühle. In diesem Fall halte ich sie jedoch nicht für gerechtfertigt. Dein Vater steckte in Schwierigkeiten, und das hat uns alle in Gefahr gebracht. Ich habe nur alles Menschenmögliche getan, um unsere Familie zu retten. Du warst ein Teil dieser Familie und hattest in diesem Moment die Mittel, um uns zu helfen. So läuft das in Familien.«

»Aber du hast mich nicht einmal gefragt.«

Elsa öffnete den Mund, um ihm zu sagen, dass ihr dafür keine Zeit geblieben war, dass es ihre einzige Chance gewesen war und sie im Laufe ihres Lebens immer wieder zu solchen Mitteln hatte greifen müssen, aber Tom hatte das wohl meistens nicht mitbekommen. Und manchmal hatte sie auch eine Wahl treffen und Opfer bringen müssen, auch wenn es sie viel gekostet hatte. Ebe hatte ihr das Leben nicht leichtgemacht. Aber damals ließ man sich nicht scheiden und machte einfach weiter.

Doch dann hielt sie inne. Eine unangenehme Schwere breitete sich in ihr aus. Irgendetwas an ihrer Erinnerung schien nicht so recht zu stimmen. Unwillkürlich versuchte sie, den Gedanken zu verdrängen, ihr Handeln vor sich selbst zu rechtfertigen, doch dann schloss sie die Augen und ließ es zu, dass weitere Bilder in ihr aufstiegen.

Und auf einmal fiel es ihr wieder ein.

In Wahrheit hatte sie an jenem Tag genug Geld für die Gläubiger gehabt. Aber wenn sie es ihnen gegeben hätte, wären ihr keine Reserven mehr geblieben, und das hatte sie nicht riskieren wollen. Ebe war so unberechenbar, und sie fühlte sich nie sicher. Jeden Tag konnte ihr der Boden unter den Füßen weggezogen werden. Deshalb reichte es nicht aus, für nur eine finanzielle Katastrophe vorzusorgen; sie brauchte mehr Sicherheiten. In ihrem Bemühen, das Große und Ganze im Blick zu behalten, hatte sie die Träume und Pläne ihres Sohns übersehen.

Und nun behauptete er, sie habe sein Leben ruiniert. Unabhängig davon, ob sie ihm glaubte oder seinen Vorwurf für berechtigt hielt, musste sie zugeben, dass sie an jenem Tag nicht gründlich genug über alles nachgedacht hatte. Sie hatte gehandelt, ohne auf Toms Gefühle Rücksicht zu nehmen. Und nun? Sie war alt genug, um ihre Fehler zuzugeben.

»Du hast recht. Ich habe dich nicht gefragt, und das war nicht fair. Es tut mir leid.«

Tom starrte sie an; seine Lippen zuckten, und er zupfte am Saum seiner Hose. Ihre Worte hatten ihn offensichtlich bewegt.

»Und jetzt könnte *ich* mein Haus verlieren«, sagte er

schließlich. »Ich stecke in der gleichen Klemme wie du damals.«

Sie hob den Kopf und starrte an die Decke. Ah, so hatte sie das noch nicht betrachtet. Aber ihr kleiner Vortrag über Familien war trotzdem richtig gewesen, und nun sollte sie sich nicht ganz so selbstgerecht verhalten. »Warum hast du mir nichts von dieser Investition erzählt und mir gesagt, warum du das Geld brauchst, anstatt zu versuchen, mich zum Verkauf meines Hauses zu drängen?«

Er suchte nach den richtigen Worten, während er beschämt den Blick durch das Zimmer gleiten ließ, was sie zutiefst berührte. Wenn er in seinem Alter immer noch Angst davor hatte, ihr die Wahrheit zu sagen, dann war sie ihm wohl keine gute Mutter gewesen. Vielleicht konnte sie sein Unbehagen ein wenig lindern; das wäre eine freundliche Geste.

»Das spielt jetzt keine Rolle mehr«, sagte sie leise. »Wir alle kennen die Wahrheit. Und du hast getan, was du für richtig hieltst, Tom. Manchmal haben wir im Leben einfach Pech, auch wenn wir uns noch so sehr anstrengen.«

Eine Zeit lang herrschte Schweigen.

»Also hilfst du mir?«, fragte er ruhig. Ihre Worte hatten ihn besänftigt.

Sie fuhr sich mit der Zunge über die trockenen Lippen. »Ja, ich werde dir helfen. Das Haus wird nicht verkauft, aber ich habe noch ein wenig Geld gespart. Das gebe ich dir, damit du Zeit gewinnst und eine Chance hast, langfristig nach einer Lösung zu suchen.«

»Danke.«

»Mein Anwalt ist auf dem Weg hierher. Ich werde ihn beauftragen, dir eine Summe zur Überbrückung zu überweisen. Aber das war's dann, verstehst du? Mehr gibt es nicht. Der Rest liegt bei dir.«

Er nickte und kratzte sich hinter dem Ohr. »Ja. Danke.«

Sie brachte es nicht fertig, ihm die Hand zu reichen, aber sie wollte ihm noch ein freundliches Wort mit auf den Weg geben, etwas, was ihn ein kleines bisschen dafür entschädigen sollte, was sie ihm vor all den Jahren angetan hatte. »Ich hoffe, du bringst das gut hinter dich und wirst glücklich. Du hast es verdient. Jeder verdient es, glücklich zu sein.«

Toms Nasenflügel zitterten – ob es daran lag, dass er nicht die richtigen Worte fand oder von seinen Gefühlen überwältigt war, wusste sie nicht. »Ich gehe dann jetzt«, verkündete er schließlich.

»Okay.«

Er schob den Stuhl zurück, stand auf und verließ das Zimmer in dem Moment, in dem der Anwalt hereinkam. Elsa sah ihrem Sohn nach und spürte, wie sich eine Last von ihren Schultern hob, die sie schon lange mit sich herumgetragen hatte – die Bürde, so zu tun, als würde ihr der Zorn ihres Sohns nichts ausmachen.

Am Montag machte Christmas immer wieder mal ein Nickerchen. Zwischendurch packte sie verschlafen ihren Koffer aus, wusch die Wäsche, erledigte ein bisschen Papierkram, überwies ein paar Rechnungen und aß Hühnersuppe. Da ihr Kopf noch so benebelt war, wollte sie nicht mit Lincoln sprechen. Lieber konzentrierte sie sich auf ihren Haushalt und schonte sich. Schließlich musste sich ihr Körper, verwöhnt vom herrlich warmen, sommerlichen Frankreich, wieder auf den Winter in Tasmanien einstellen. Bevor sie sich versah, war es Dienstag, und sie stand wieder in der *Schokoladenapotheke*, temperierte Schokolade, mahlte Kaffeebohnen, bediente die Gäste und hielt ein Schwätzchen mit den Einheimischen, die sie über ihre Reise ausfragten. Sie nahm sich vor, demnächst einige ihrer Fotos von Frankreich im Laden aufzuhängen.

Lincoln hatte ihr eine E-Mail mit dem letzten Entwurf ihres Buchs geschickt. Er hatte geschrieben, dass er hoffe, es gehe ihr gut, und ihr mitgeteilt, dass die arme Elsa immer noch im Krankenhaus sei. Seine Schwester sei gekommen, um Elsa zu besuchen, deshalb habe er diese Woche kaum Zeit. Er fragte, ob sie sich am Freitag vielleicht sehen könnten. Am Freitag hatte Christmas nicht vor, den Laden zu öffnen, weil sie Val bei den Hochzeitsvorbereitungen helfen wollte. Als sie Lincolns Nachricht las, klopfte ihr Herz wie verrückt.

Die Hochzeit. Sie hatte sich so sehr darauf gefreut, mit Lincoln zu feiern. Mit ihm zu tanzen. Ihn zu küssen. Und nun? Sie wollte das nicht in einer E-Mail ansprechen und verabredete sich mit ihm am Freitag. Dann würden sie weitersehen.

Nun war es Dienstagabend. Sie saß im Schneidersitz auf ihrem Bett, vor sich das Manuskript und in der Hand einen roten Stift. Immer noch hielt der Jetlag sie zu den unpassendsten Zeiten wach. Es war bereits fast Mitternacht, und draußen war alles dunkel und still. Als plötzlich das Display ihres Telefons aufleuchtete und ihr eine SMS anzeigte, zuckte sie zusammen.

Bist du noch wach? Ich bin gerade vorbeigefahren und habe gesehen, dass bei dir Licht brennt.

Emily wohnte in einem anderen Viertel und kam wohl kaum zufällig bei Christmas vorbei. Sie überlegte, ob sie die Nachricht ignorieren sollte; sie konnte behaupten, schon geschlafen zu haben. Doch irgendwann musste sie mit Emily sprechen.

Komm rauf. Du weißt ja, wo der Schlüssel liegt.

Sie kletterte aus dem Bett und stellte den Wasserkessel auf den Herd. Kurz darauf hörte sie, wie Emily den Schlüssel unter dem Ziegelstein an der Rückseite des Hauses hervorholte, die Tür aufschloss und die Treppe hinauflief.

»Willkommen zu Hause!« Emily umarmte sie, ein wenig außer Atem vom Treppensteigen. »Ich konnte es kaum erwarten, dich wiederzusehen und zu hören, wie alles gelaufen ist. Ich hatte schon das Gefühl, dass du mir ausweichst!«

»Ich freue mich, dass du hier bist. Kaffee?« Christmas hoffte, dass Emily ihr Angebot annehmen würde, damit sie etwas zu tun hatte.

»Nein, danke. Dafür ist es schon ein wenig zu spät.«

»Stimmt. Tee?«

»Nein, danke.«

»Ich könnte dir eine heiße Schokolade machen.«

Emily gab nach. »Okay.«

Sie setzte sich auf das Sofa, zog den Wollschal aus und fuhr sich mit den Fingern durch die Locken. Christmas erhitzte langsam ein wenig frisch zubereitete Schokoladen-Ganache, gab Milch und einen Schuss Karamellsauce dazu – Emilys Lieblingsmischung – und krönte das Ganze mit einem Klacks Vanillesahne.

Dann reichte sie Emily das hohe Glas. »Leider habe ich heute keine Verzierung zur Hand.« Sie dachte an die Schokoladenflocken unten im Laden, die so gut dazu passen würden.

»Oh, bitte. Zu Hause hätte ich mir Kakao aus der Dose vom Supermarkt gemacht.« Emily trank einen Schluck. »Ah, das schmeckt herrlich.«

»Das freut mich.«

Christmas nahm auf der anderen Seite des Couchtisches

Platz. Emily schaute sie über den Rand ihres Glases an. »Alles okay? Du wirkst ein wenig nervös.« Sie leckte den Löffel ab.

Christmas vergrub für einen Moment das Gesicht in den Händen, dann schaute sie auf und schnitt eine Grimasse. »Es ist alles so chaotisch.«

»Wie meinst du das?«

»Ich weiß, dass du ein Date mit Lincoln hattest.«

Zögernd sah Emily sie an. »Na ja … so etwas Ähnliches. Aber woher weißt du das?«

»Und ich weiß auch, dass du Lincoln etwas über Gregoire erzählt hast, was er an mich weiterleiten sollte.«

Ihre Freundin wirkte verwirrt. »War das nicht richtig? Du wolltest doch immer etwas über deinen Vater erfahren.«

»Schon, aber die Information kam nicht von dir.«

»Natürlich. Ich war zu krank, um mich an den Computer zu setzen, also habe ich Lincoln gebeten, das für mich zu erledigen.«

Christmas holte hörbar tief Luft. »Aber ich …« Sie hielt inne und suchte nach den richtigen Worten. Eigentlich wollte sie sagen, dass Emily ihre beste Freundin war und sie deshalb erwartet hatte, dass sie ihr eine so wichtige Information persönlich überbringen würde. Es verletzte sie, dass Emily die Weiterleitung dieser Nachricht unbekümmert einem anderen überlassen hatte. Und es überraschte sie, vor allem weil Emily und Val sie so sehr gedrängt hatten, nach ihrem Vater zu suchen.

Emily wirkte gekränkt.

Christmas atmete noch einmal tief durch.

Eigentlich war es Schnee von gestern. Eine Verwicklung unglücklicher Umstände. Und auch Christmas hatte jetzt etwas zu beichten. Emily mochte sie verletzt haben, aber vielleicht hatte auch sie ihr wehgetan.

»Du hast recht. Schon in Ordnung. Es ist eben dumm gelaufen.« Sie winkte ab und lehnte sich gegen ein Kissen.

Emily stellte ihr Glas auf dem Tisch ab und legte den Löffel daneben. »Nein. Ich bin deine beste Freundin, und ich hätte es dir selbst sagen und es nicht Lincoln überlassen sollen. Ich kann verstehen, warum dich das verärgert hat.«

»Danke.« Christmas lächelte, und Emily ließ entspannt die Schultern sinken.

»Hat Lincoln dir gesagt, dass wir uns getroffen haben? Als er dir die Neuigkeit gemailt hat?«, fragte sie neugierig.

»Er hat mir keine E-Mail geschickt.« Christmas nahm all ihren Mut zusammen. »Er hat mich besucht. In Frankreich.«

Emily sprang von der Couch auf. »In Frankreich? Warum? Wie?«

»Er ist am Tag nach meinem Kurs aufgetaucht. Völlig überraschend.«

»Aber warum?« Emily ließ sich langsam wieder auf das Sofa sinken.

»Anscheinend haben wir uns stärker voneinander angezogen gefühlt, als ich zuerst glauben wollte. Er wollte uns eine Chance geben, um herauszufinden, ob aus uns ein Paar werden könnte.« Sie hielt inne und hätte am liebsten Emilys Hand ergriffen.

Aber Emily fasste sich an die Brust. »Das glaube ich jetzt nicht.«

»Ich weiß. Es tut mir leid. Ich habe versucht, euch beide zusammenzubringen. Nachdem Lincoln und ich uns in der *Schokoladenapotheke* geküsst hatten, habe ich starke Gefühle für ihn entwickelt, und das ließ sich nicht mit meinen Regeln vereinbaren. Aber in Frankreich war dann alles so wunderschön, und ich änderte meine Meinung. Ich erkannte, dass zwischen uns etwas ganz Besonderes war, und wollte, dass es mit uns weiterging. Und er empfand anscheinend ähnlich und stieg kurzentschlossen in ein Flugzeug.«

»Ich habe mich schon gefragt, warum er meine letzte SMS nicht beantwortet hat. Aber dann dachte ich, er sei mit dem Buch beschäftigt und …« Ihre Stimme schwankte, und sie schluckte rasch. »Er ist ein sehr attraktiver Mann.«

»Ja, das stimmt.«

»Ich mag ihn wirklich gern, und ich dachte, er würde mich auch mögen.«

Das versetzte Christmas einen Stich; sie fühlte sich schuldig. »Natürlich mag er dich, Em. Du bist eine wunderbare Frau.«

»Ich hätte mir denken können, dass es zu schön ist, um wahr zu sein.«

»Es liegt nicht an dir, Em«, sagte Christmas. »Ich kann nicht für Lincoln sprechen; ich weiß nicht, was ihm durch den Kopf gegangen ist, aber er ist ein guter Mensch und wird es dir sicher bald erklären.« Sie hielt kurz inne. »Und im Augenblick haben wir ein paar Probleme miteinander, und ich weiß nicht, was passieren wird.«

»Was ist los?«, fragte Emily. »Bitte erzähl es mir. Zwischen euch läuft offensichtlich etwas Ernstes, anders als zwischen ihm und mir.« Sie schnaubte spöttisch. »Wir hatten nicht einmal ein richtiges Date. Hat er dir davon erzählt?« Sie lächelte schwach.

Mitfühlend erwiderte Christmas ihr Lächeln. »Ja.«

Emily fächelte sich Luft zu und tat so, als wolle sie ihre Tränen trocknen. »Vergiss es einfach. Zwischen uns war nichts von Bedeutung. Aber zwischen euch hat sich wohl viel mehr entwickelt als gedacht. Dass er zu dir nach Frankreich geflogen ist, heißt schon einiges. Und nun erzähl mir alles ganz genau.«

Christmas atmete erleichtert auf. Dieses Thema war vom Tisch, und sie waren immer noch Freundinnen. Die Schwierigkeiten, die sie in den letzten Monaten miteinander gehabt hatten, waren beseitigt. Emily zog ihre Schuhe aus, sie holten sich Decken und kuschelten sich aufs Sofa. Christmas erzählte ihr von dem Kuss in der *Schokoladenapotheke*, von der SMS, in der sie sich entschuldigt hatte, von seiner vagen Antwort, von ihrem Spiel auf Skype und ihren »Beinahe-Geständnissen«, von seiner Ankunft im Schlosshotel, von Giselles liebestollem Angriff (was bei Emily lautes Gelächter hervorrief), von ihrer wunderschönen Zeit mit Lincoln, von seinem Geständnis, dass er sich mit Emily getroffen hatte, davon, wie sie die Neuigkeiten über Gregoire erfahren hatte und ausgerastet war, und schließlich von Elsas Zusammenbruch.

»Meine Güte, das ist ja furchtbar«, stöhnte Emily.

»Elsa wird sich wieder erholen, aber ich weiß nicht, wie es mit mir und Lincoln weitergehen wird. Ich habe Angst, dass ich ihn für immer verschreckt habe.«

»Das glaube ich nicht.«

»Er hat mir gesagt, er habe sich in mich verliebt.« Christmas spürte, wie sie bei der Erinnerung daran rot wurde.

»Ohhh.« Emily klatschte in die Hände, und ihr Blick verschleierte sich. »Und wie ist es bei dir?«

»Ich empfinde das Gleiche.«

»Wo liegt dann das Problem?«, fragte Emily aufgeregt. »Das passt doch alles wunderbar.«

»Aber ich habe mich benommen wie eine Irre.« Christmas zupfte an der Decke auf ihrem Schoß.

»Dann sag ihm, du hättest einen Aussetzer gehabt. Sag ihm, dass du ihn liebst und den Rest deines Lebens mit ihm verbringen willst!« Emily hüpfte auf der Couch auf und ab. »Ich kann es dir ansehen – er ist der Richtige für dich! Der

Mann, der für dich um die halbe Welt geflogen ist. Wer tut das denn schon? Zwischen euch gibt es offensichtlich eine kosmische Verbindung, und niemand – ich schon gleich gar nicht – kann euch trennen. Zerbrich dir nicht länger den Kopf und greif einfach zu! Sofort!«

Emilys Begeisterung war ansteckend, und Christmas war plötzlich optimistisch und hoffnungsvoll. Sie lachte. »Schon gut, das werde ich. Aber nicht jetzt, es ist schon nach Mitternacht. Er kommt am Freitag zu mir, um mit mir über unser Buch zu sprechen. Dann werde ich es ihm sagen.« Obwohl sie immer noch ein wenig nervös war, stand ihr Entschluss fest.

»Vielen Dank für dein Verständnis«, fuhr sie fort. »Es tut mir leid, dass ich versucht habe, dich mit Lincoln zu verkuppeln, obwohl ich das eigentlich nicht wollte. Ich hoffe, du bist nicht allzu sehr verletzt.«

Emily winkte ab. »Schon vergessen. Wichtig ist jetzt, dass ihr zwei wieder zusammenfindet und dass du bis an dein Lebensende glücklich und zufrieden bist.«

Erstaunt schüttelte Christmas den Kopf. »Kannst du dir das vorstellen?«

Emily schwieg eine Weile. »Ich habe auch Neuigkeiten«, sagte sie dann.

Christmas verzog das Gesicht. »Entschuldige, bisher hat sich alles nur um mich gedreht. Bitte, was gibt es bei dir Neues?«

»Ich werde in einigen Wochen nach Melbourne ziehen.«

»Was?«

»Eine Produktionsfirma plant eine neue Kindersendung und sucht jemanden für die Recherchen. Ich habe mich vor einiger Zeit beworben, weil meine Arbeit hier so langweilig ist. Warum auch nicht? Ich habe gar nicht mehr daran gedacht, doch dann haben sie mir während deiner Abwesenheit ein Interview per Skype angeboten, und heute habe ich Bescheid bekommen, dass sie mich nehmen. Ich geh nach Melbourne.«

Christmas blieb für einen Moment die Luft weg. »Wow.«

»Das kommt überraschend, ich weiß.« Emily hörte sich an, als könne sie es selbst kaum glauben.

»Glückwunsch«, sagte Christmas. »Das ist toll, und natürlich freue ich mich für dich.« Aber sie fühlte sich wie betäubt. Ihre beste Freundin verließ sie. Sie hätte sie am liebsten angefleht, nicht zu gehen. »Wie lang wirst du weg sein?«

»Das weiß ich nicht. Es ist eine Vollzeitstellung, aber du weißt ja, wie es beim Fernsehen zugeht. Das kann sich sehr schnell ändern.«

Christmas beugte sich zu Emily hinüber und umarmte sie. »Das ist eine fantastische Chance, Em. Sicher wird dir der Job einige neue Möglichkeiten eröffnen. Aber du wirst mir fehlen.«

»Oh, sag das nicht!« Emily brach in Tränen aus.

27

Lincoln nahm die Postkarte aus dem Briefkasten. Darauf war eine handgezeichnete Karikatur von Rubble, mittlerweile zaundürr, und seiner Verlobten mit Dreadlocks zu sehen. Die beiden trugen Hawaiihemden und surften mit einem Board auf einer riesigen Welle. Auf der Rückseite waren die Einzelheiten zur Hochzeitsfeier angegeben. Sie sollte im kommenden Monat am Bondi Beach stattfinden. Lincoln schob die Karte lächelnd in seine Hosentasche.

Er freute sich sehr für Rubble und Eleisha. Sie stürzten sich in ein aufregendes neues Abenteuer. Und er freute sich darauf, Christmas morgen zu sehen. In den vergangenen Tagen, als Jen zu Besuch war und sie mit ihrer geheimen Mission beschäftigt gewesen waren, hatte er keine Zeit gefunden, zu ihr zu gehen. Aber jetzt konnte er es kaum mehr erwarten. Vor allem weil sich alles anders entwickelt hatte als vorhergesehen. Ihr Weg hatte plötzlich eine unerwartete Wendung genommen.

»Komm, Caesar.« Er öffnete die Wagentür und versuchte, den alten Hund anzulocken, der wieder einmal mit der nie endenwollenden Suche nach dem perfekten Ort zum Beinheben beschäftigt war. »Wir haben etwas zu erledigen.«

Caesar hob den Kopf und wedelte begeistert mit dem Schwanz. Dann ließ er den Blick über das Nachbargrundstück schweifen. Auf der Tafel am Zaun stand heute: *Willst du durch eine Ehe reich werden? Dann heirate einen Scheidungsanwalt.*

Lincoln schüttelte den Kopf. »Dieser griesgrämige alte Kerl. Was ist denn aus dem eigenen Schiff geworden?«, fragte er laut.

Caesar trottete zu ihm hinüber, hob an der Tafel das Bein und zeigte damit, was er davon hielt.

»Gut gemacht, Caesar. Und jetzt los.«

Elsa ließ sich in der Auffahrt von Green Hills, ohne zu murren, von Lincoln vom Beifahrersitz heben und in ihren Rollstuhl setzen. Der Hund war noch auf dem Rücksitz; er hatte fast die ganze Fahrt vom Krankenhaus hierher gestanden und seinen Kopf auf ihre Schulter gelegt, wobei hin und wieder ein bisschen Speichel auf ihren Arm getropft war. Sie war froh, dass Lincoln hier war. Nach ihrem Krankenhausaufenthalt und ihrer Auseinandersetzung mit Tom fühlte sie sich kraftlos.

Lincoln schob sie über die gekieste Auffahrt zu ihrem Bungalow. Die Jalousien waren geschlossen, der Himmel war dunkelgrau, und über die gelben Felder blies ein kalter Wind um ihr Heim.

Ihr Heim? Eine merkwürdige Vorstellung.

Lincoln öffnete die Tür des abgedunkelten Bungalows. Das war es dann. Hier war ihr letztes Zuhause.

Er schloss die Tür und schaltete das Licht an.

»Überraschung!«

Elsa zuckte zusammen. In ihrem Zimmer fand eine Willkommensparty statt. Sarah hatte sich eine Federboa in grellem Pink über die Schwesterntracht geworfen und blies in eine Tröte. Rita saß mit einem zerknüllten Taschentuch in ihrer Hand in ihrem Rollstuhl und grinste schief. Sie hatte sich anscheinend gut von ihrer Grippe erholt. Elsa winkte ihr zu, erleichtert, dass es ihrer Freundin offensichtlich besser ging. Der Rest des Buchclubs war auch da: Robert Graham und seine Frau, Yvonne Murphy und Doris Laherty, die ausnahmsweise sogar wach war. Alle waren gekommen, bis auf Lulu natürlich. Und alle hielten eine Ausgabe des Buchs in der Hand, das Elsa für ihr Treffen im August ausgesucht hatte, bevor sie krank geworden war. (*Der Doktor und das liebe Vieh* von James Herriot) Sie hatte es gewählt, weil sich viele für die Vorkriegszeit interessierten, es in dem Buch um Bauernhoftiere ging und die meisten von ihnen vom Land kamen. Elsa hatte sich überlegt, vielleicht einen dieser mobilen Streichelzoos zu buchen, die normalerweise Schulen besuchten.

Und der Bungalow! Sie konnte es kaum fassen.

Während Caesar durch das Zimmer lief, alle begrüßte und ein Sandwich vom Tisch klaute, kniete sich Lincoln neben sie. »Jen hielt es für eine gute Idee, deine Wohnung ein bisschen zu renovieren«, sagte er. »Was hältst du davon?«

Was sie davon hielt? Ihr verschlug es den Atem! Die düsteren malvenfarbenen Wände waren in einem sanften Altweiß gestrichen. Die neuen strahlend weißen Vorhänge hatten am Saum ein lavendelfarbenes Muster. Auf dem Bett lagen eine neue blaue Tagesdecke und Kissen mit Bezügen aus französischem Leinen. Überall standen Vasen mit frischen Blumen. Auf den Beistelltischen und an der Decke entdeckte sie neue Lampen. Und einen neuen Flachbildfernseher. Aber das Beste von allem war ein eigener Computer, mit dem sie in Ruhe mit ihren Familienangehörigen skypen konnte, wann immer sie wollte, und dazu nicht mehr in den Gemeinschaftsraum gehen musste. Auf der Kommode brannte eine Kerze und verbreitete einen zarten Duft nach Vanille.

Unwillkürlich hatte sie die Hände vor den Mund geschlagen, und nun ließ sie sie rasch sinken, um etwas zu sagen. Aber sie hatte einen riesigen Kloß im Hals, presste die Lippen aufeinander und nickte nur rasch. Lincoln legte ihr seine Hand auf die Schulter, und sie tätschelte sie dankbar.

Und dann entdeckte sie durch den Tränenschleier die allerschönste Überraschung.

Aus dem Badezimmer kamen Jenny und ihr Sohn Nathan. Er saß im Rollstuhl, sein Kopf lehnte an einer mit Lammwolle bezogenen Stütze, und er lächelte sie strahlend an. Hinter ihm stand Katherine, Jenny und Lincolns Mutter. Elsas ehemalige Schwiegertochter war für sie immer mehr eine Tochter, als Tom für sie je ein Sohn gewesen war.

Elsa begann zu weinen.

Sie scharten sich alle um sie und versuchten, sie zu trösten und zu beruhigen. Sarah brachte ihr eine Tasse Tee auf einem passenden Unterteller und drückte sie ihr in die Hand. Elsa starrte immer noch ungläubig auf die drei Besucher aus Nordqueensland.

»Wie seid ihr denn hierhergekommen?«, fragte sie mit zittriger Stimme.

Jenny lächelte und zuckte die Schultern, als sei das kein Problem gewesen, aber natürlich stellte es eine logistische Herausforderung dar, Nathan mit seinem Rollstuhl hierher zu befördern. »Ich habe Lincoln in den letzten Tagen beim Renovieren geholfen, und dann haben Mum und Nathan beschlossen, dich auch zu besuchen. Also haben sie einen Flug gebucht und sind heute Morgen hier eingetroffen.«

Katherine umarmte Elsa vorsichtig, um den Tee nicht zu verschütten, und Elsa lehnte sich an die rundliche, weiche Frau. Es war sehr ermüdend, immer Mutter zu sein, und ein Genuss, zur Abwechslung einmal von jemandem gehalten und in den Armen gewiegt zu werden.

»Ich hätte schon viel eher kommen sollen«, erklärte Katherine schlicht.

»Nein, nein. Du musst dich um Jenny und Nathan kümmern.« Elsa streckte die Hand nach Nathan aus. Ein Gefühl der Trauer überfiel sie. Er war viel zu jung, um an einen Rollstuhl gefesselt zu sein. »Wie geht es dir?«, fragte sie ihn.

»Fliegen macht Spaß«, erwiderte er und breitete seine dünnen Arme aus.

»Vielleicht wirst du einmal Pilot«, meinte Elsa. »Ich schicke dir ein paar Bücher über Flugzeuge.«

Es war unfassbar, dass Nathan hier war. Sie hatte ihn kaum mehr gesehen, seit er und Jenny Tasmanien verlassen hatten. Und nun machte sie es noch glücklicher, dass sie ihren Anwalt damit beauftragt hatte, alle nötigen Unterlagen aufzusetzen. All ihr Besitz würde nach ihrem Tod treuhänderisch für Nathans Pflege verwaltet werden. Sie tätschelte sein Knie, und er lachte, als Caesar ihm die Hand leckte.

Jemand hatte für Musik gesorgt, leichte Unterhaltungsmusik von einer Big Band, und Sarah teilte Zitronenbaisertorte aus – Elsas Lieblingskuchen – und reichte allen Teller.

»Wir möchten alle, dass du weißt, wie sehr wir dich lieben«, sagte Lincoln.

»Und Tom ist ein Idiot.« Katherine schüttelte den Kopf.

»Ihm fehlt es an Voraussicht«, sagte Elsa. Sie spürte, wie ihre Kraft zurückkam. »Aber jetzt kenne ich ihn besser. Und mich selbst auch. Vielleicht ist doch etwas Gutes dabei herausgekommen.«

»Das ist sehr großzügig von dir.« Katherine nahm ein Stück Torte entgegen. »Als ich nach unserer Scheidung von hier weggegangen bin, tat es mir am meisten leid, dass ich dich verlassen musste. Ich bin froh, dass wir in Kontakt geblieben sind.«

»Da wir schon davon sprechen …« Lincoln warf einen Blick auf seine Armbanduhr. »Onkel Jake und seine Familie werden sich gleich per Skype melden. Sie sind in London extra aufgeblieben, um mit uns zu feiern. Fahren wir den Computer hoch und loggen uns ein.«

Er schob Elsa zum Schreibtisch und gab ihr einige Informationen zur Bedienung des neuen PCs, obwohl das nicht nötig war. Mit Computertechnik war sie vertraut, aber er hatte offensichtlich Spaß daran, ihr zu helfen, also unterbrach sie ihn nicht, sondern nippte an ihrem Tee. Die gute Sarah. Sie wusste genau, wie sie ihn gern trank – stark und heiß.

Jemand öffnete eine Sektflasche – meine Güte, das war wirklich eine richtige Party –, und Caesar schob den Korken durch das Zimmer.

Mit einem Mal fiel ihr auf, dass Lincoln in all dem fröhlichen Trubel plötzlich ganz still geworden war und auf den Boden starrte. »Was ist los, mein Junge?«

Er atmete tief ein und tat sich anscheinend schwer damit, ihr zu sagen, was er auf dem Herzen hatte. »Ich habe sehr lange darüber nachgedacht, ob ich dich nach Hause holen und mich dort um dich kümmern soll.«

»Oh, nein, nein!« Sie winkte ab. »Das kannst du nicht!«

»Ich bin deiner Meinung. Es würde nicht funktionieren.«

Obwohl Elsa wusste, dass er recht hatte, war sie enttäuscht. So sah also der Rest ihres Lebens aus.

»Aber ich verspreche dir, dass ich alles tun werde, um dir ein besseres Leben zu ermöglichen als bisher. Gemeinsam werden wir sehr viel Spaß haben.« Seine Stimme klang entschlossen und kompromisslos.

»In Ordnung«, erwiderte sie leise.

Als er ihr einen Kuss auf die Stirn drückte, piepste der Computer und zeigte Jakes Anruf an. Elsa setzte ein Lächeln auf und drückte auf die Empfangstaste. Sie hatte Jake einiges zu berichten, und danach musste sie sich wieder ihren

Partygästen widmen. Schließlich war es der erste Tag ihres restlichen Lebens.

An ihrem freien Tag half Christmas Val bei den Hochzeitsvorbereitungen, es gab einiges zu tun, aber natürlich nahm sie sich Zeit für Lincoln. Sie bat ihn herein und setzte sich nervös ihm gegenüber an den langen Tisch. Er war freundlich, wirkte aber ein wenig zurückhaltend, was sie gut verstehen konnte. Umso mehr brannte sie darauf, ihm zu sagen, was sie auf dem Herzen hatte. Als er das Manuskript auf den Tisch legte und zu sprechen begann, unterbrach sie ihn rasch.

»Ich möchte dir zuerst etwas sagen.« Sie lächelte ihn an, aber unter dem Tisch zupfte sie angespannt am Stoff ihrer Hose.

»Natürlich.« Er lehnte sich zurück.

Sie ließ den Blick über sein Gesicht mit den klaren blauen Augen, sein dunkles Haar und seine Lippen gleiten. Und über seinen Körper, den sie lieben gelernt und an den sie sich den Rest ihres Lebens schmiegen wollte.

»Es tut mir leid«, begann sie. »Ich habe im Schlosshotel die Nerven verloren und mich dumm verhalten. Ich war schockiert. Und überdreht. Ich brauchte ein wenig Zeit, um das alles zu verdauen.«

»Das ist durchaus verständlich«, erwiderte er ernst. »Das war meine Schuld. Ich habe vergessen, dir die Neuigkeiten über deinen Vater zu erzählen. Und was Emily betrifft …«

Christmas zuckte zusammen.

»Ich hätte mich nicht mit ihr verabreden sollen. Es fiel mir leicht, weil ich wusste, dass ich mich nicht in sie verlieben würde. Das klingt furchtbar, aber es ist die Wahrheit. Ich hatte keine wahren Gefühle für sie, nicht so wie für dich. Du hast bei mir sofort einen Volltreffer gelandet.«

Christmas wagte kaum zu atmen.

»Meine Nan hat mir vorgeworfen, ich sei zu träge, und ich glaube, sie hat recht. Du hast mich zurückgewiesen – zwei Mal –, und das hätte ich nicht zulassen dürfen. Ich hätte zurückkommen, deine Tür eintreten und dir sagen sollen, dass ich dich liebe.«

Christmas streckte den Arm über den Tisch und ergriff seine Hand. Sie war stark und warm.

»Ich liebe dich«, sagte sie bestimmt. »Und ich will keine weitere Sekunde damit verschwenden, darüber nachzudenken, dass einer von uns beiden sich dumm verhalten oder überreagiert hat. Ich kann es kaum erwarten, morgen mit dir auf die Hochzeitsfeier zu gehen und ein neues Abenteuer mit dir zu beginnen.«

Doch anstatt sich zu freuen, wirkte Lincoln bekümmert. »Was ist los?«

Er räusperte sich, und ihr wurde angst und bange.

»Man hat mir einen weiteren Job angeboten«, sagte er.

»Wo?«

»In Ecuador. In etwa die gleiche Tätigkeit wie zuvor, nur dieses Mal als Gruppenleiter. Das heißt mehr Verantwortung, mehr Geld, mehr Eigenständigkeit. Sie haben mir nicht viel Zeit für meine Entscheidung gelassen, und sie brauchen mich schon bald.«

»Du fährst wieder weg?« Sie zog die Hand zurück.

»Morgen. Für sechs Monate, vielleicht ein Jahr.«

Sie ließ die Hände sinken und starrte ihn an. Ihre Augen füllten sich mit Tränen. »Nein. Nein, bitte geh nicht. Wir haben uns doch eben erst kennengelernt. Unsere Beziehung ist etwas ganz Besonderes; wir dürfen sie jetzt nicht aufgeben.« Christmas richtete sich auf. Ein solcher Gefühlsausbruch war sonst nicht ihre Art, aber sie hatte sich diesen Moment so oft vorgestellt, sich darauf vorbereitet und im Geiste immer wieder durchgespielt, wie er wohl reagieren würde. Emily hatte sie davon überzeugt, dass sie füreinander bestimmt und ihre Liebe Schicksal war. Mit so etwas hatte sie nicht gerechnet. Die Worte waren aus ihr herausgesprudelt, bevor sie darüber hatte nachdenken können.

»Ich gebe dir recht, es war unerwartet, wundervoll. Etwas Ähnliches habe ich nie zuvor erlebt.«

»Dann geh nicht.«

»Aber das ist mein Beruf«, erwiderte er. »Und so bin ich nun einmal.«

Christmas wusste, dass es keinen Sinn hatte zu versuchen, ihn von seiner Entscheidung abzubringen. Lincoln hatte ihr von Anfang an gesagt, dass es keine Garantien gab und es für ihn unabdingbar war, sich spontan zu entscheiden, dorthin zu reisen, wo er einen Job bekam, und neue Erfahrungen zu machen. Sie hatte sich hier ein neues Leben und eine Karriere aufgebaut, die gerade in Schwung kam und ihr neue, aufregende Möglichkeiten bot. Ihre Familie lebte hier. Ihr Leben fand hier statt.

Sie stand auf und verschränkte die Arme vor der Brust. »Ich verstehe.«

Lincoln schien mit sich zu kämpfen. Aber der Schmerz war offensichtlich nicht groß genug, um ihn umzustimmen.

»Du gehst jetzt besser«, sagte sie. »Du hast vor deiner Abreise sicherlich noch viel zu tun und willst Zeit mit Elsa verbringen.«

»Ja.« Der Gedanke daran, Elsa verlassen zu müssen, schien ihm großen Kummer zu bereiten. »Ich habe es ihr noch nicht gesagt.«

»Was ist mit Caesar?«, fragte sie.

»Ich werde Sarah, die Krankenschwester, bitten, ihn zu

sich zu nehmen.« Er verzog das Gesicht. »Ich werde ihn vermissen.« Er schob das Manuskript über den Tisch. »Können wir die Buchbesprechung per E-Mail erledigen?«

»Natürlich.«

Er schwang die Beine über die Bank, stand auf und rieb sich die Hände, als wüsste er nicht, was er sonst damit tun sollte. Sie starrte auf den Boden.

»Es tut mir leid«, sagte er.

Sie hob das Kinn und sah ihm in die Augen. »Mach dir um mich keine Gedanken.«

Dieser Liebeskummer würde schlimmer werden als alles, was sie bisher erlebt hatte. Sie würde viele Tränen vergießen und sehr lange sehr traurig sein. Aber sie würde darüber hinwegkommen, denn sie war jetzt ein anderer Mensch; sie hatte gelernt, glücklich zu sein. Und sie war belastbar. Außerdem hatte sie Val und die Jungs und Joseph, Emily, Cheyenne, Rosemary, Tu und Lien, die alle einen Teil des Puzzles eines glücklichen Lebens darstellten.

»Danke«, sagte er. »Für alles. Du wirst mir fehlen.«

»Du mir auch.«

Und schon war er verschwunden.

Emily nahm ein Bad, rasierte sich die Beine und pflegte ihre Füße, weil morgen die Hochzeit stattfand. Ihr Telefon am Badewannenrand klingelte, und Schaumflocken fielen auf den Boden, als sie sich vorbeugte und es in die Hand nahm. Es war Christmas, und aus irgendeinem Grund hatte Emily das Gefühl, dass sie keine guten Nachrichten hatte.

»Was ist los?«, fragte sie und ließ sich ins Wasser zurücksinken.

Christmas schluchzte am anderen Ende. »Es ist vorbei«, brachte sie mühsam hervor.

»Was ist vorbei? Was meinst du damit?«

»Lincoln … er reist ab!« Und dann weinte und schluchzte sie so lange, dass Emily ihr schließlich befahl, sich nicht vom Fleck zu rühren. Sie werde sofort zu ihr kommen. Schließlich gehörte das zu den Aufgaben einer besten Freundin.

28

Das Weingut Leaning Church war eine zwanzigminütige Autofahrt von Launceston entfernt und lag auf einer Anhöhe bei dem Städtchen Lalla an der Weinstraße von Tamar Valley. Die Hochzeitsautos hatte ihnen ein Freund von Archie, ein begeisterter Autosammler, zur Verfügung gestellt. Archie saß am Steuer eines schwarzen Ford 1930 Cabriolet und hatte die drei Jungs bei sich. Sobald sie die Kirche im hinteren Teil des Weinguts erreichten, würden sie die Teelichter in den zwanzig Reispapierlaternen im Mittelgang anzünden. Das war das Zeichen für die Gäste, ihre Plätze einzunehmen, und die Jungen würden ihren großen Auftritt haben, wenn sie zum Altar schritten. Vor der Abfahrt hatte Christmas Archie auf die bärtige Wange geküsst. Er sah aus wie ein struppiger, aber gut gepflegter Hund, dessen haarige Pfoten aus den Ärmeln seines weißen Jacketts herausragten. Willis, Nate und Braxton waren Miniaturausgaben ihres Vaters, natürlich ohne die starke Körperbehaarung. Doch das war möglicherweise nur noch eine Frage der Zeit.

Die Braut Val und ihre Angehörigen – Christmas, Darla und Joseph – folgten in einem blaugrünen Austin mit roten Ledersitzen, der vorne mit weißen Bändern geschmückt war. Joseph saß am Steuer und Darla auf dem Beifahrersitz. Offensichtlich kämpfte sie mit sich, damit sie wegen seines Fahrverhaltens keinen Anfall bekam. Die beiden Schwestern hielten sich auf der Rückbank an der Hand, kicherten und atmeten tief den zarten Duft der weißen Freesien auf ihrem Schoß ein. Cheyenne hatte die herrlichen Bouquets am Morgen vorbeigebracht.

»Schau dir diese Wolken an!« Vals Augen leuchteten auf, als sie den Himmel betrachtete.

Das Wetter war nicht so, wie viele Bräute es sich für ihren Hochzeitstag wünschten, aber Christmas fand den Anblick ebenfalls bezaubernd. Die dicken, tiefhängenden Wolken schienen sie zu begleiten und die Spannung, die in der Luft lag, noch zu verstärken. Schwache Sonnenstrahlen bahnten sich den Weg durch die Nebelschwaden, ließen das Grün der Hügel noch intensiver erscheinen und gaben der Landschaft einen besonderen Zauber. Es herrschte eine perfekte Stille, beinahe wie in einer Kathedrale. Die lange, unbefestigte Straße wand sich kurvenreich bergauf und bergab. Der Wagen holperte langsam vorbei an Ziegen, Weinstöcken und kleinen Häuschen, aus deren Kaminen Rauch stieg.

Joseph hielt vor der holzverkleideten Kirche an, und ein paar Nachzügler – eine Mutter, die ihrem Kleinkind in einem pinkfarbenen Tutu hinterherlief, einer von Archies pickeligen Lehrlingen, der noch schnell eine Zigarette rauchte, und eine ältere Frau mit ihrem Telefon am Ohr – hasteten rasch hinein. Christmas stieg aus dem Wagen. Sie trug ein ärmelloses Kleid aus minzgrünem Satin mit elfenbeinfarbenem Tüll und Spitzen, hielt ihren Blumenstrauß in der Hand und fröstelte leicht in der kühlen Luft. Trotz allem, was sich mit Lincoln ereignet hatte, freute sie sich auf die Hochzeit.

Darla stieß die Wagentür auf, und Christmas ging zu ihr, um ihr beim Aussteigen zu helfen.

»Ich bin keine alte Frau, Christmas«, murrte sie, aber sie ließ es zu, dass Christmas ihren Arm nahm, und machte sich auch nicht los, nachdem sie ausgestiegen war.

»Das weiß ich«, erwiderte Christmas. »Aber als deine Tochter ist es mein Vorrecht, freundlich zu dir zu sein.« Darla wirkte verblüfft, aber Christmas umarmte sie, bevor sie eine Antwort geben konnte.

Ihre Mutter war nicht fehlerlos, das hatte Christmas schon immer gewusst. Aber jetzt begriff sie, dass es nicht fair, vielleicht sogar grausam war, etwas von ihr zu erwarten, was sie ihr nicht geben konnte. Sie musste aufhören, ihr ständig vorzuwerfen, dass sie nicht mehr über Gregoire wusste. Es war, wie es war. Niemand konnte die Uhr zurückdrehen und die Vergangenheit verändern. Man musste stattdessen einfach nach vorne schauen.

Joseph öffnete Val die Tür und reichte ihr die Hand. Christmas bemerkte, dass er seine Rührung zu verbergen versuchte. Ihre Nase begann zu kribbeln, aber sie drängte die Tränen rasch zurück.

In dem bodenlangen Kleid aus pfauenblauem Duchesse-Satin sah Val aus wie Audrey Hepburn, und die Pfauenfeder auf ihrem Kopf verlieh ihr eine majestätische Note. Sie hätte ein wenig Rouge auflegen können, aber eigentlich brauchte sie das nicht; sie strahlte, wie man es von einer jungen Braut erwartete. Sie zog ihr Kleid zurecht, legte den Strauß Freesien in ihren Arm und sah Christmas und Darla fragend an.

»Du siehst hinreißend aus«, sagte Christmas.

Darla nickte. »Ja«, stimmte sie ihr zu. »Wunderschön.«

»Danke, Mum«, erwiderte Val. »Ich freue mich sehr, dass du hier bist.« Sie drückte Darlas Hand, und ihre Mutter zog sie an sich und umarmte sie, bevor sie sich auf den Weg in die Kirche machten.

Es begann zu regnen. Zuerst nur ganz leicht, als sie den mit Blüten bedeckten Pfad entlanggingen, und dann immer stärker, als sie den mit Rosen geschmückten Vorplatz der Kirche erreichten. Hinter den Fenstern flackerten die Lichter der Laternen, und leise, jazzige Klavierklänge drangen aus der Kirche. Als sie den Eingang erreichten, goss es in Strömen. Der Regen prasselte so laut auf das Dach und die Erde, dass die Musik kaum mehr zu hören war. Val ließ sich davon nicht verdrießen und strahlte vor Freude.

Zu viert gingen sie an den lächelnden Gästen in den Kirchenbänken vorbei. Emily saß am Ende der vierten Reihe von vorne und trug einen festlichen Hut, geschmückt mit australischem Laub und Eukalyptusfrüchten. Christmas schenkte ihr ein Lächeln, dankbar für ihre Unterstützung, vor allem am Abend zuvor, als sie gedacht hatte, ihr würde es das Herz zerreißen. Emily lächelte zurück und winkte verhalten. In der ersten Reihe saßen Vals andere Halbgeschwister Paula und Sacha mit ihrer Mutter Gloria. Sie trugen Blumen im Knopfloch und Ansteckssträußchen, die zu Vals Bouquet passten, und zückten ihre Kameras.

Als sie den Bräutigam mit seinen Begleitern und die Zelebrantin erreichten, war der Regen ohrenbetäubend. Val küsste ihre drei Söhne und reichte ihren Blumenstrauß Darla, die neben ihr und Christmas stand. Als Joseph den Arm um die Schulter seiner Exfrau legte, begann ihre Unterlippe zu zittern. Val wandte sich Archie zu und nahm seine Hände in ihre. Die Zelebrantin versuchte, alle zu begrüßen, aber in dem Lärm ging ihre Stimme unter. Alle lachten, und eine Weile hörte man nur die Wassertropfen auf das Dach trommeln. Die träumerische Stimmung wurde von einem schluckaufähnlichen, krächzenden Laut zerrissen; er stammte von dem haarigen Mann an Vals Seite, der ihre Hände hielt und ihr versprechen wollte, sie nie wieder loszulassen, als er sich endlich über den Regen hinweg verständlich machen konnte.

Die anschließende Feier hätte eigentlich in Val und Archies Garten stattfinden sollen, doch da der Regen ihnen einen Strich durch die Rechnung gemacht hatte, wurde sie kurzerhand ins Haus verlegt und artete in ein gemütliches Chaos aus. Alte Marmeladengläser mit Kerzen wurden im ganzen Haus und Blütenblätter auf den Tischen verteilt. Im Eingang und im Flur hatten sie wegen des Regens und des Schlamms Handtücher ausgebreitet. Die Fenster beschlugen von der Körperwärme der vielen Gäste. Braxton holte seine Dinosaurier, um damit die Käseplatten zu schmücken. Nate band sich eine Schürze um und half in der Küche beim Vorbereiten des Essens, und Willis übernahm die Rolle des Kellners; er schlängelte sich mit Eis, Getränken und Tabletts mit Appetithäppchen durch das Gewühl.

»Bist du enttäuscht, dass wir nicht draußen feiern können?«, fragte Christmas Val. Sie waren in einer Ecke der Küche einem Strom Gäste ausgewichen, der sich ins Wohnzimmer drängte.

»Eigentlich nicht. So ist das Leben nun mal. Man kann es nicht planen.« Val entdeckte eine alte Schulfreundin und begrüßte sie freudig.

Emily kam mit einem Drink in der Hand zu ihr.

»Wo ist dein Hut?«, wollte Christmas wissen.

»Ich musste ihn abnehmen, weil ich damit ständig an die Türrahmen gestoßen bin. Ich glaube, Braxton bastelt daraus gerade einen Lebensraum für seine Dinosaurier.«

Sie schauten sich um. Krawatten wurden gelockert, Schuhe flogen in die Ecke, Plastikbecher liefen über, Gäste posierten Wange an Wange für ein Foto, Smartphones wurden herumgereicht. Gelächter, Geplauder. Ein unvermeidlicher schwieriger Gast, der mit verschränkten Armen in einer Ecke stand, eine gelangweilte und wahrscheinlich gehörlose Großmutter auf einem Sessel, die darauf wartete, dass ihr jemand einen Teller brachte.

»Ich kann es nicht glauben, dass du wegziehst.« Christmas war plötzlich erschöpft und den Tränen nahe.

»Ich weiß. Das ist das Ende einer Ära. Aber wir haben schon andere Zeiten überstanden, in denen wir räumlich getrennt waren. Denk an deinen Aufenthalt in Sydney.«

»Und danach bin ich zu dir zurückgeeilt«, sagte Christmas.

»Nun, wenn es schlecht läuft, dann komme ich zu dir zurück, schlafe auf deinem Sofa und ernähre mich einige Monate von deiner Schokolade, bis ich mich wieder aufgerappelt habe.«

»Versprochen?«

»Versprochen.«

In diesem Augenblick schallte Frank Sinatras Stimme aus den Lautsprechern der Stereoanlage, und im Wohnzimmer wurden Tische und Stühle zur Seite gerückt. Paula, Vals energische Schwester, rief alle auf die Tanzfläche.

Joseph bahnte sich den Weg zu ihnen, küsste Emily auf die Wange und fragte, ob er Christmas zu einem Tanz entführen dürfe.

»Ich leih sie dir für einen Moment.« Emily drückte kurz Christmas' Hand.

»Wo sind Val und Archie?«, fragte Christmas, als sie sich mit Joseph einen Platz auf der Tanzfläche erkämpft hatte.

»Keine Ahnung. Ich habe sie schon eine Weile nicht mehr gesehen.«

»Wahrscheinlich kaut ihnen gerade ein Gast ein Ohr ab.«

Joseph wiegte sich mit Christmas im Takt zu *Come Fly with Me*. »Hast du Tanzstunden genommen?«, fragte er. »So ein gutes Rhythmusgefühl hattest du früher nicht.«

»Ich würde jetzt gern protestieren, aber du hast recht.« Sie ließ sich von ihm herumwirbeln. »Tanzen gehörte zu meinem Schokoladenkurs in Frankreich.«

»Eine ungewöhnliche Lehrmethode«, merkte Joseph an, während sie sich weiter im Takt der Musik bewegten.

»Das kann man so sagen.«

»Hat sie funktioniert?«

»Ja, ich glaube schon.«

»Hm.«

Sie legte die Hand auf seine Schulter. »Weißt du was?«

»Was?«

»Ich bin sehr froh, dass du mein Stiefvater beziehungsweise Exstiefvater beziehungsweise eine Vaterfigur für mich bist.«

»Wie nett, dass du das sagst. Ich bin auch froh, dass du meine Stieftochter beziehungsweise Exstieftochter und wie eine Tochter für mich bist.«

»Und falls ich jemals heiraten sollte, wäre ich sehr glücklich, wenn du mich zum Altar führen würdest.«

Joseph stolperte und trat ihr auf den Fuß.

»Autsch!« Sie lachte.

»Meine Güte, bitte entschuldige. Alles in Ordnung?«

»Ich werde es überleben, aber meine Pediküre könnte etwas gelitten haben. Tut mir leid, wenn ich dich aus der Fassung gebracht habe.«

»Ich würde mich geehrt fühlen, wenn ich dich zum Altar führen dürfte.« Josephs Stimme klang gerührt.

»Weißt du, was ich soeben begriffen habe?«, fuhr sie fort. »Man kann sich seine Eltern nicht aussuchen. Man kann sich nicht einmal seine Stiefeltern aussuchen. Aber ich kann es mir aussuchen, meinen Exstiefvater als meinen Vater anzusehen. Du bist der einzige Vater, den ich jemals hatte, und ich bin so glücklich und dankbar dafür. Und das soll immer so bleiben, egal, wie viele falsche oder vorübergehende Väter, Stiefväter oder leibliche Väter meinen Weg noch kreuzen sollten. Ich habe mein ganzes Leben lang einen Vater vermisst, dabei warst du immer hier. Na ja, fast immer.«

Joseph zog sie an seine Brust und umarmte sie. »Und ich wähle dich zu meiner Tochter.« Er strich ihr mit den Fingern kurz über die Hand, bevor er sich entschuldigte und auf die überdachte Terrasse ging.

Die Hochzeitstorte war ein turmhoher Biskuitkuchen, den Archies Mutter gebacken hatte. Er war verziert mit frisch geschlagener Sahne, Erdbeeren, Rosenblüten und einer dicken Schicht Zuckerguss. Einfach, schön anzusehen und sehr lecker. Christmas' Hochzeitstörtchen aus Schokolade wurden auf einem Silbertablett serviert und kamen bei allen gut an. Sie erhielt viele Komplimente dafür und wurde nach ihrem Laden und ihrer Arbeit gefragt. Einige Gäste versprachen ihr für die nächste Zeit Aufträge.

Der Regen ließ schließlich nach, und als die ersten Gäste gingen, wehte ein frostiger Wind zur Haustür herein. Erst jetzt spürte Christmas wieder, was sie alles verloren hatte – Lincoln hatte sie verlassen, und nun ging auch noch Emily weg. Sie stellte den Plastikbecher mit Sekt zur Seite. Offensichtlich verkehrte sich der gewünschte Effekt des Getränks gerade ins Gegenteil; die Fröhlichkeit war verflogen und einer Rührseligkeit gewichen. Sie holte sich rasch einen Mantel aus Vals Schrank und ging hinaus in die Kälte. Sie fröstelte, als der Wind um ihre Beine strich und ihr unter das Kleid fuhr, und zog den Mantel fester um sich.

Auf beiden Seiten der Straße parkten Autos, aber der Gehsteig war leer, bis auf einen dick vermummten Mann, der einen kleinen Hund Gassi führte. Sie marschierte los, mit dem Ziel, sich wieder besser zu fühlen und ihr Selbstmitleid abzuschütteln. Schließlich war es der Hochzeitstag ihrer Schwester. Sie sollte sich freuen. Aber plötzlich war ihre Stimmung umgeschlagen. Und der eisige Wind belebte sie nicht, sondern machte sie noch unglücklicher. Ihr stiegen Tränen in die Augen, die von einem Windstoß sofort fortgewischt wurden.

Sie ging weiter, ohne auf die Richtung zu achten, und tupfte sich vorsichtig die Augen ab, um ihr Make-up nicht zu ruinieren.

Ein Wagen kam auf sie zu, fuhr vorsichtig um die parkenden Autos herum und bremste vor ihr ab.

Sie starrte durch die Windschutzscheibe. Das konnte doch nicht sein …

Es war Lincoln.

Christmas blieb stehen, und er zog die Handbremse an, ließ das Auto mitten auf der Straße stehen und stieg aus. Er trug nur ein langärmliges Baumwollhemd und eine Jeans, und der offene Kragen flatterte im Wind.

»Was tust du hier?«, rief sie. »Es ist eiskalt. Und warum sitzt du nicht im Flugzeug?«

Er blieb vor ihr stehen. »Ich gehe nicht weg«, erklärte er.

»Wie meinst du das?«

»Ich habe es nicht geschafft, in den Flieger zu steigen. Ich saß im Terminal und fühlte mich einfach …« Er fuhr mit der Hand durch die Luft und suchte nach dem richtigen Wort. »… elend«, beendete er den Satz. »Du machst mich glücklich, und ohne dich geht es mir schlecht. Ich liebe dich und möchte bei dir sein. Ich habe beschlossen, erwachsen zu werden und den Kurs meines Schiffes selbst in die Hand zu nehmen, anstatt dorthin zu segeln, wohin der Wind mich treibt. Ich bleibe hier, bei dir.«

»Aber was ist mit Ecuador?«

»Ecuador? Nie davon gehört.«

Sie brach unter Tränen in Gelächter aus.

»Dieses Land gibt es schon sehr lange, und es wird auch noch eine Weile existieren. Es kann warten. Im Moment will ich nur dich. Ist das in Ordnung?« Er lächelte sie an.

»Das ist perfekt.«

Er deutete auf den Honda. »Hättest du jetzt die Güte, in meine Kutsche zu steigen? Ich möchte dich nach Hause bringen und dich die ganze Nacht lieben.«

Sie nickte. »Ja, bitte.«

»Aber versprich mir eines.«

»Alles.«

»Versprich mir, dass du mich nie wieder küssen und dann zur Tür hinausschieben wirst.«

»Ich verspreche es.«

Er zog sie an sich, küsste sie und führte sie zu seinem Wagen. Dann öffnete er die Tür und verbeugte sich tief. »Madame, Ihre Kutsche wartet.«

»Fahren wir.« Sie nahm seine Hand, stieg in das Auto und begann ein neues Kapitel ihres Lebens.

29

Mit einem Strauß gelber Blumen betrat Lincoln Elsas Bungalow.

»Warum bist du immer noch hier?« Elsa stellte mit der Fernbedienung den Fernseher ab. »Ich dachte, du wärst schon weg.«

»Ich habe meine Pläne geändert und wollte dich überraschen.« Er reichte ihr den Blumenstrauß.

Sie roch daran, konnte aber keinen Duft wahrnehmen. Das war enttäuschend, aber eigentlich spielte es keine Rolle, da Lincoln noch einen oder mehrere Tage länger blieb, bevor sie sich wieder von ihm verabschieden musste. »Vielen Dank, sie sind wundervoll.«

Lincoln setzte sich auf die Couch. »Ich habe Neuigkeiten für dich.« Seine Augen funkelten. »Ich werde in Tasmanien bleiben und dich jeden Tag mit Caesar besuchen.«

»Das ist doch lächerlich. Du kannst nicht wegen mir in Tasmanien bleiben. Ich hätte dich niemals darum bitten dürfen. Das war falsch.«

»Ich bleibe nicht wegen dir, sondern wegen Caesar«, neckte er sie. »Ich lasse mich hier nieder, so wie du es vorgeschlagen hast.«

»Das hätte ich auch nicht sagen sollen.« Ihr Gesicht rötete sich vor Scham. »Es ist dein Leben. Du musst tun, was dich glücklich macht.«

»Genau das tue ich.«

Elsa biss sich auf die Unterlippe. Sie wagte es kaum zu glauben, was sie da hörte, aber der kleine Hoffnungsschimmer in ihr wurde von Minute zu Minute stärker. Sie ließ seine Worte auf sich wirken: Lincoln würde in Tasmanien bleiben, und sie würde ihn jeden Tag sehen, zusammen mit diesem verrückten Hund.

»Hol mir einen Schluck Wasser«, krächzte sie. »Das ist ein ziemlicher Schock.«

Er sprang auf. »Natürlich.«

Als er an ihr vorbeiging, griff sie nach seiner Hand und schaute ihm in die Augen. »Das macht mich sehr glücklich.«

Er beugte sich zu ihr hinunter, legte den Arm um ihre Schulter und drückte sie an sich. »Mich auch.«

Zwei Monate später

ECUADOR

Es regnet seit Wochen. Schwerer, trommelnder, alles durchdringender Regen, dem nichts und niemand entkommen kann. Flüsse treten über die Ufer, rauschen auf Städte zu und verschlingen die Ernten. Die Erde ist matschig. Nichts ist mehr trocken. Nichts.

Wir müssen alle geduldig warten, bis das Wasser zurückgeht, wie lange das auch dauern mag.

Und wenn es vorüber ist, werden wir feststellen, dass die Erde ihre Form verändert hat, und lange verschüttete Geheimnisse werden ans Licht kommen.

EVANDALE

Christmas hatte ihre Fachbücher auf der Arbeitsplatte aufgeschlagen. Daneben hatte sie einige Büschel getrockneter Kräuter gelegt und kleine blaue Flaschen mit ätherischen Ölen und einen großen Topf mit Schokolade bereitgestellt. Sie beschäftigte sich mit neuen Schokoladensorten, versetzt mit Ölen und Kräutern, denen eine heilende und schmerzlindernde Wirkung zugeschrieben wurde. Vor Kurzem war sie auf einen Kurs in Frankreich gestoßen, in dem Aromaheilkunde und der Einsatz von ätherischen Ölen zu Heilzwecken gelehrt wurden. Der Prospekt hing an ihrer Kühlschranktür, direkt neben Jackson Kents Karte, mit der er sich für die DVD von *The Sound of Music* bedankte, die sie ihm nach Johannesburg geschickt hatte.

Ein Jahr in Frankreich zu studieren war ein verführerischer Gedanke, vor allem weil sie dann Mim, Hank und Margot wiedersehen würde. Mim hatte ihr aus Amerika eine E-Mail geschickt und ihr berichtet, dass Margot sich ihr vor Kurzem anvertraut habe. Sie habe ihr von ihrer ersten großen Liebe und ihrem Liebeskummer erzählt – deswegen sei Margot so abwesend und verschlossen gewesen. Weg von Paris, dem Jungen und dem Rest ihrer Clique hatte Margot ihre Abwehrhaltung aufgegeben, und Mim schrieb, dass sie sich ihrer Tochter schon seit langer Zeit nicht mehr so nahe gefühlt habe. Christmas verspürte das Bedürfnis, die beiden zu umarmen, dafür musste sie nur wieder nach Frankreich fahren. Sie war sich noch nicht sicher, aber sie dachte darüber nach, den Kurs zu belegen.

Cheyenne und Wilbur waren mittlerweile ein eingespieltes Team, und Cheyenne könnte vielleicht während ihrer Abwesenheit die *Schokoladenapotheke* führen. Allerdings würde Christmas noch hart an ihren Französischkenntnissen arbeiten müssen, wenn sie in Frankreich zurechtkommen wollte. Zumindest musste sie mit Lien Schritt halten. Lien genoss es sehr, der Star in ihrem Sprachkurs zu sein. Und Christmas freute sich darüber, wie viel Erfolg sie hatte und dabei an Selbstbewusstsein gewann.

Sie lehnte sich auf ihrem Stuhl zurück, streckte die Arme über den Kopf und ließ dann die Hand auf die alte Brosche an ihrer Bluse sinken. Sie war ein Geschenk von Elsa und stammte aus ihrer Schmucksammlung.

»Das ist der blaue Vogel des Glücks«, hatte Elsa gesagt und ihr die Brosche in die Hand gedrückt. »Er hat mir im

Laufe meines Lebens Glück gebracht, und jetzt sollst du ihn haben.«

»Ich fühle mich geehrt, dass du mir die Brosche geben willst.« Christmas hatte Lincoln einen fragenden Blick zugeworfen. »Bist du dir ganz sicher?«

Elsa lehnte sich in ihrem Rollstuhl zurück. »Keine Widerrede«, befahl sie. Sie dachte kurz nach. »Für mich bedeutet das alles ebenso viel wie für dich. Dass ihr beide miteinander glücklich seid, macht auch mich glücklich.«

»Die Brosche ist wunderschön. Vielen Dank. Ich werde gut auf sie achtgeben.« Christmas ergriff Lincolns freie Hand – mit der anderen kraulte er Caesar hinter den Ohren, der in seinem Hundemantel neben ihm auf dem Boden lag.

»Ich habe schon immer gewusst, dass ihr zusammengehört«, fuhr Elsa fort, während Christmas ihr Tee nachschenkte.

»Tatsächlich?«, fragte sie ehrlich erstaunt.

»Oh, ja. Obwohl Rita gesagt hat, daraus würde nichts werden, weil wir das Licht nicht sehen konnten.«

Lincoln neigte den Kopf zur Seite. »Das Licht?« Er warf Christmas verstohlen einen beunruhigten Blick zu. Elsa sprach über das Licht!

»Aber ich weiß, was geschehen ist.« Elsa sah Christmas an. »Du hast dein Licht versteckt, richtig? Du wolltest nicht, dass man es sieht.« Sie lächelte so fröhlich, als hätte sie soeben ein schwieriges Rätsel gelöst.

Christmas stellte die Teekanne auf den Tisch und blickte Elsa beeindruckt an. »Ja«, erwiderte sie. »Ich hatte Angst.«

Elsa klatschte jubelnd in die Hände. »Ach, ich wünschte, Lulu könnte das jetzt hören. Aber Rita, wir müssen es Rita sagen. Wenn du mich das nächste Mal besuchst, kannst du dann wiederholen, was du mir gerade gesagt hast?«

»Natürlich.« Christmas war ein wenig verunsichert.

»Ausgezeichnet!« Elsa nahm sich noch eine von Christmas' Pralinen. »Ich kann es kaum erwarten, ihr Gesicht zu sehen.«

Jetzt saß Christmas in der Küche und lächelte bei der Erinnerung daran. Elsa war gewitzt und klug. Sie würde Rosemary und Gordon einmal nach Green Hills mitnehmen. Vielleicht konnten sie eine Hochrad-Ausstellung für die Heimbewohner veranstalten. Bestimmt würden sich die beiden blendend mit Elsa verstehen. Rosemary und Elsa waren beide sehr charismatisch, und Gordon hatte, wie sie mittlerweile wusste, einen frechen Humor, der Elsa sicher gefallen würde.

Die Standuhr, die sie vor Kurzem für den Laden gekauft hatte, schlug zwei Uhr und erinnerte sie daran, den Fernseher anzustellen. Emily, die ursprünglich als Produktionsassistentin für eine Kindershow nach Melbourne gegangen war, war dort schon bald als echtes, ungekünsteltes Talent entdeckt und vor die Kamera geholt worden. Jetzt moderierte sie begeistert die Sendung drei Mal in der Woche. Die vielen Stunden, die sie mit ihren Nichten gespielt, gebastelt und sich verkleidet hatte, zahlten sich offensichtlich aus. Christmas freute sich sehr, dass es mit ihrer Karriere steil bergauf ging. Und bei ihrem letzten Telefonat hatte Emily angedeutet, dass der Produzent der Sendung nicht nur ihr Talent zum Moderieren erkannt hatte. Er schien auch noch andere Qualitäten an ihr zu schätzen.

Lincoln stürmte zur Tür herein und riss sie aus ihren Gedanken. Er hatte einen Stapel Biologiearbeiten von seinen Studenten dabei; er war jetzt Dozent an einer Online-Universität und arbeitete in Evandale von zu Hause aus. Er hievte die Unterlagen auf einen Tisch, zog einen Rinderknochen aus einer Einkaufstüte, gab ihn Caesar und schickte ihn damit hinaus in den Garten. Aufgeregt packte er Christmas an den Armen und drückte ihr einen Kuss auf die Lippen.

»Wow!« Sie rang nach Luft. »Wofür war das denn?«

»Ich habe soeben eine E-Mail aus der Forschungsstation in Ecuador bekommen.«

Er hob sie hoch, wirbelte sie herum, setzte sie auf die Arbeitsplatte und küsste sie noch einmal. »Tolle Neuigkeiten!«

»Was heißt das?«

»Sie haben eine neue Spezies entdeckt!« Er schlug triumphierend mit der Hand auf die Platte. »Es ist unglaublich. Und ich denke, dir wird das auch weiterhelfen. Es könnte der magische Kakaobaum sein, nach dem du suchst!«

Sie nahm sein Gesicht in die Hände und lachte. »Beruhige dich. Wovon sprichst du?«

Aufgekratzt ging er auf und ab. »Im Amazonasgebiet gab es einige Überschwemmungen. Mittlerweile ist das Wasser abgelaufen, und nun findet man dort alle möglichen Dinge – vergrabene Schätze, antike Stätten, Grabkammern. Darunter auch eine sehr alte Gruft, in die offensichtlich ein paar Sonnenstrahlen gedrungen sind. Darin befand sich ein Tongefäß mit Samen; das war früher eine übliche Grabbeigabe. Und einer dieser Samen hat gekeimt und sich zu einem Trieb entwickelt. Jetzt, wo das Grab freigelegt wurde, hat man das kleine Bäumchen gefunden. Es ist eine vollkommen neue Art des *Theobroma cacao*! Weißt du, was das bedeutet?«

Hoffnung keimte in ihr auf, aber sie zögerte noch. »Eine neue Spur?«

»Genau!« Lincoln schnippte mit den Fingern, fuhr sich durch das Haar und lachte laut. »Das könnte der Heilige Gral der Schokolade sein.« Er atmete tief durch, um sich zu beruhigen. »Aber vielleicht ist es auch nichts. Aber das ist das Aufregende daran. Der Nervenkitzel. Das ist es, was Wissenschaftler fesselt. Sie wollen, dass ich so bald wie möglich komme und ihnen meine Meinung dazu sage.«

Christmas rutschte von der Arbeitsplatte herunter. »Für wie lange?«

»Nur für zwei Wochen.«

»Oh! Einen Augenblick lang dachte ich, du würdest … mich verlassen.«

Er nahm sie in den Arm. »Nein! Ich wollte dir keine Angst einjagen. Ganz im Gegenteil. Ich möchte, dass du mit mir kommst.«

»In den Dschungel? Wo es Schlangen, Blutegel und Pfeilgiftfrösche gibt?«

Er ließ sie los und grinste sie an. Seine blauen Augen strahlten. »Genau.«

»Kann ich eine Weile darüber nachdenken?«

»Nein. Wir müssen schon morgen los.«

»*Morgen?!* Können diese Leute nicht eher Bescheid sagen?«

»Nein, eine solche Entdeckung kann man nicht planen. Da zeigt sich die Natur von ihrer besten Seite – wild, unvorhersehbar, dramatisch und aufregend! Komm schon.« Er wirbelte sie noch einmal durch die Luft. »Überleg doch mal, was das für deine Schokoladenkreationen bedeuten könnte. Du fährst in das Ursprungsland der Schokolade, der eigentlichen Quelle für alles.«

Es war tatsächlich eine wunderbare Chance. Und wie Maître Le Coutre gesagt hatte, konnte man Schokolade nur herstellen, wenn man wusste, woher die Zutaten kamen.

»Beschützt du mich vor all den Tieren?«, fragte sie schaudernd.

»Das verspreche ich dir.«

»Und was ist mit Elsa?«

»Sie organisiert gerade die erste Buchmesse in Green

Hills.« Er gab ihr mit seinem Tonfall zu verstehen, dass er genau wusste, dass sie nur nach einer Ausrede suchte. »Und Caesar ist in Green Hills gut aufgehoben, um ihn musst du dir auch keine Sorgen machen. Und denk doch nach – wir werden uns auf die Suche nach der Kakaokönigin machen, von der Maître Le Coutre gesprochen hat. Direkt vor Ort!«

Ihr wurde schwindlig. Am liebsten hätte sie jetzt Val angerufen, um sie nach ihrer Meinung zu fragen, aber eigentlich wusste sie schon, was ihre Schwester sagen würde. Sie würde ihr raten, nicht weiter darüber nachzudenken, sondern sofort loszufahren.

»Aber ich habe mit Nate vereinbart, ihm in ein paar Tagen die erste Unterrichtsstunde im Kochen zu geben.«

»Er wird Verständnis dafür haben. Und er wird sich für dich freuen. Welcher kleine Junge hätte nicht gern eine Tante, die im Dschungel unterwegs ist?«

»Und meine Projekte als gute Fee?«

»Verschieb sie. Oder gib sie ab. Vielleicht könnte Val einspringen.«

»Nein, sie ist zu beschäftigt. Sie hat sich freiwillig dafür gemeldet, die Abschlussfeier in der Schule ihrer Söhne zu organisieren, und rennt ständig mit einem Klemmbrett und einem Stift hinter dem Ohr durch die Gegend.«

»Oder Liens Tante … wie heißt sie gleich noch?«

»Tu.«

»Ja! Wolltest du nicht ohnehin eine Assistentin einstellen? Tu wäre dafür wunderbar geeignet. Sie hat in diesem Bereich Erfahrungen aus erster Hand.«

»Das stimmt …« Christmas suchte nach einem weiteren Einwand. »Und mein Laden?«, brachte sie schließlich hervor. »Abigail hat an der Uni zu viel zu tun, und Cheyenne ist damit beschäftigt, ihre Hochzeit zu organisieren.«

»Schließ den Laden! Denk nur, wie viel Aufmerksamkeit wir in den Medien bekommen werden, wenn wir von unserem Ausflug in den Dschungel berichten. Und wir werden ein zweites Buch schreiben. Die Leute werden von überall hierher strömen.«

»Den Laden schließen«, wiederholte sie und dachte nach. Sie warf einen Blick auf ihre Notizen. Das konnte alles zwei Wochen warten. Niemand würde zu Schaden kommen, wenn der Laden vierzehn Tage geschlossen war. Den anderen Ladenbesitzern in Evandale gegenüber fühlte sie sich ein wenig schuldig, aber das würde sich legen, wenn sie im Flugzeug saß. Und dann wäre sie frei.

Und im Augenblick existierte nur eine Regel für sie: Es gab keine Regeln mehr. Sie berührte wieder die blaue Brosche. Hatte Elsas Geschenk ihr und Lincoln bereits Glück gebracht? Es gab keinen guten Grund, nicht nach Ecuador zu reisen – wenn man von den Schlangen absah. Diese Gelegenheit war zu gut, um sie nicht zu ergreifen.

»Nun, ich glaube, wenn einem das Leben Kakaobohnen gibt, sollte man daraus Schokolade machen«, sagte sie so gelassen, wie sie nur konnte. »Also los. Machen wir uns auf die Suche nach der Kakaokönigin.«

Danksagung

In Liebe und Dankbarkeit bin ich meinem Mann Alwyn Blayse und meinem Sohn Flynn verbunden. Euer unglaubliches Talent, eure Liebe, eure gute Laune und Fröhlichkeit machen alles lohnenswert.

Ein Dank geht auch an meine haarigen Kinder, die bei jedem Wort an meiner Seite waren. Die Hunde: mein wunderschöner goldfarbener Engel Goldie, den ich so sehr geliebt habe und unglaublich vermisse; Daisy, die mit ihrem Frohsinn alle ansteckt; und die kleinste unserer Hunde, Molly (Cyrus), die wie eine Abrissbirne in unser Haus einbrach und uns allen guttut. Die fantastischen Katzen: Princess Jasmine, deren Sabber wie Klebstoff auf meinen Stuhl tropfte und meinen Hintern darauf festhielt. Ihr Ableben war zwar vorhersehbar, aber trotzdem sehr schmerzhaft; Sapphina Ballerina, die wie eine Verrückte über unsere Tastaturen und sich in unsere Herzen tanzt; und Bucket Man, der liebevollste Kater auf der ganzen Welt. Die Pferde, die mich jeden Tag wieder auf den Boden der Tatsachen zurückholen (das gilt vor allem für den dunklen, ungestümen Lincoln, nach dem unser Held benannt ist). Und die Ziegen, die Tee trinken, Cupcakes lieben und niemals Gras fressen, wie sie eigentlich sollten.

Dank schulde ich auch Clay Gordon, der die Website *The Chocolate Life* ins Leben gerufen hat und Experte für alles ist, was mit Kakao und Schokolade zu tun hat. Seine Podcasts, die vielen schriftlichen Informationen und die ansteckende Begeisterung über das Kakaogeschäft vom Baum zum Konsumenten haben mich sehr inspiriert. Sein Wissen und seine Leidenschaft begeistern mich so sehr, dass ich am liebsten zehn Bücher über Kakao schreiben würde.

Mein Dank geht auch an Kate Smibert, eine verlässliche Stütze und führende Kraft in meinem Leben als Schriftstellerin – ich kann mich glücklich schätzen, dich zur Freundin zu haben. An Kathleen Lamarque für ihre tolle Freundschaft, ihren Sinn für Humor, ihre Fotos und das Design, dafür, dass sie mir unendlich viele Fragen über Paris und die Provence beantwortet hat und mir bei wichtigen Szenen bei der Reise nach Frankreich geholfen hat. (Ich weise ausdrücklich darauf hin, dass mögliche Irrtümer oder Abweichungen allein mir zuzuschreiben sind.) Und an Philippe, Hugo und Margot für die gleiche Hilfestellung.

Dank gebührt auch meiner Verlegerin Annette Barlow für ihre immer brillanten Ratschläge beim Redigieren, Clara Finlay, die meinen Text umso viel besser gemacht hat (was für ein Genie!), Kate O'Donnell, die mir so umsichtig geholfen hat, meine Worte zu Papier zu bringen, und dem gesamten Team von Allen & Unwin (Australien, Neuseeland und Großbritannien) für die vielen Dinge, die ihr unternehmt (und die normalerweise niemand sieht), um meine Bücher in der ganzen Welt zu veröffentlichen. Und meiner Agentin Fiona Inglis und dem gesamten Team von Curtis Brown Australia für ihre Unterstützung.

Inspiriert haben mich Chantal Coadys Buch *Rococo: Mastering the Art of Chocolate* und *28 Days in Provence* von Shannon Bennett. Einige der Rezepte finden sich in diesem Buch wieder. Zu nennen ist hier auch noch *The Chocolate Tree: A Natural History of Cacao* von Allen M. Young. Sein botanisches Nachschlagewerk ist mittlerweile schon ziemlich abgegriffen und hat mir geholfen, Lincoln van Luc ins Leben zu rufen. Mit großem Vergnügen habe ich auch *A Chocolate a Day Keeps the Doctor Away* von John Ashton und Suzy Ashton gelesen – ich habe schon immer gewusst, dass Schokolade gut für uns ist!

Ich danke auch Terese und Gerard Puglisi von Sweet Farm Tours in Cairns, die so freundlich waren und mir erlaubt haben, sie bei der Ernte des Zuckerrohrs zu stören, mir ihre vielen Kakaobäume anzuschauen, die Früchte zu öffnen und das Fruchtfleisch und die Samen zu kosten. Und mein Dank geht auch an Luis Felipe Valencia, den Generalkonsul von Ecuador – ich habe so viele Szenen geschrieben, die in Ecuador spielten, dann aber leider in der letzten Fassung doch keinen Platz mehr dafür gefunden, aber sie sind nicht vergessen; an Phil Boyle, der sich meine wilden Fantasien über eine noch nicht entdeckte Zauberbohne angehört und einen Weg gefunden hat, das plausibel darzustellen; an meinen Dad Brian und meine Stiefmutter Pamela, die mich in ihr wunderbares Häuschen eingeladen haben, mir so viel von Tasmanien gezeigt haben und bereitwillig meine Tagträume von Apple Isle teilen; und an Jane Shaw von der Ingleside Bakery, die mir so viele anschauliche und witzige Anekdoten aus dem Leben einer Geschäftsfrau in Evandale erzählt hat.

Vielen Dank auch an meine Mum Geraldine und an meine Schwester Amanda, die es mir nicht übel genommen haben, wenn ich hin und wieder mit meinen Gedanken ganz woanders war; und noch einmal an Amanda, die gemeinsam mit mir diesen äußerst strapaziösen Kurs für Schokoladenherstellung durchgestanden hat.

Zuletzt danke ich allen meinen Leserinnen und Lesern

dafür, dass sie meine Romanfiguren auf ihren vergnüglichen Reisen begleiten. Ihnen habe ich es zu verdanken, dass ich den schönsten Beruf dieser Welt habe.